四部要籍選刊·集部
蔣鵬翔 主編

清海源閣本

# 蔡中郎集

一

〔東漢〕蔡邕 撰

浙江大學出版社

傳古樓據上海圖書館藏清咸豐海源閣刻本影印原書框高一九六毫米寬一二五毫米

# 出版説明

《蔡中郎集》十卷《外紀》一卷《外集》四卷，漢蔡邕撰，據上海圖書館藏清咸豐二年楊氏海源閣刻本影印。

蔡邕字伯喈，陳留圉（今河南杞縣）人，生於東漢順帝陽嘉二年（一三三），少以孝弟著稱。『母常滯病三年，邕自非寒暑節變，未嘗解襟帶，不寢寐者七旬。母卒，廬于冢側，動静以禮』，『與叔父從弟同居，三世不分財，鄉黨高其義』。延熹二年（一五九），中常侍徐璜聞其善鼓琴，『遂白天子，勑陳留太守督促發遣。邕不得已，行到偃師，稱疾而歸』。首次被徵召赴京是因爲琴藝而非才幹，這在其看來無異於一種折辱，故不僅藉疾病之名中止行程，更作《述行賦》云『心憤此事，遂託所過，述而成賦』。此後十年，在黨錮汹汹、上層政治鬥争異常慘烈的背景下『閑居翫古，不交當世』，直到建寧三年（一七〇），才『辟司徒橋玄府，玄甚敬待之。出補河平長』[一]，又拜郎中，遷議郎，校書東觀。熹平四年（一七五），『與五官中郎將堂谿典、光禄大夫楊賜，諫議大夫馬日磾、議郎張馴、韓説、太史令單颺等，奏求正定《六經》文字。靈帝許之，邕乃自書丹於碑，使工鐫刻立於太學門外。於是後儒晚學，咸取正焉』。熹平石經是官方第一次全面固化儒家經典文本的舉措，不僅在當時即産生巨大影響，『及碑始立，其觀視及摹寫者，車乘日千餘兩，填塞街陌』，亦爲後世經籍定本之濫觴，『書籍之版本，莫先於漢之熹平石經』[二]，而蔡邕身兼此役的倡導者、書寫者和校訂者[三]等多重身份，當居首功。雖然《隋書·經籍志》『後漢鐫刻七經，著於石碑，皆蔡邕所書』的説法未免失之偏頗，但反過來完全抹殺其對熹平石經的獨特貢獻乃至否定其經學成就，也是不可取的。[四]

在京期間，蔡邕或奉詔論學作頌，或上書參事議政，表現較爲活躍。熹平六年（一七七）七月，靈帝『制書引咎，誥群臣各陳政要所當施行』，蔡邕以七事應對。這篇《陳政要七事疏》受到了重視並被部分採納，『書奏，帝乃親迎氣北郊，及行辟雍之禮。又詔宣陵孝子爲舍人者，悉改爲丞尉焉』，故本傳全載其文。次年七月，靈帝詔楊賜、馬日磾、張華、蔡邕、單颺詣金商門，入崇德殿，『特旨密問政事所變改施行』，又特詔問蔡邕灾變事。前者是作爲群臣之一，『受詔書各一通，尺一木板草書』，『給財用筆硯爲對』，本傳僅稱『邕悉心以對，事在《五行》《天文志》』，此二志久亡，但其辭幸存於《蔡中郎集》，即其卷七《答詔問灾異》的前七條。後者是『特密問，……以經術分別，皂囊封上，勿漏所問』，其辭具載於本傳，亦即《蔡中郎集》卷七《答詔問灾異》的第八條。這是後人將兩次奏對糅合成一篇的錯誤，而《資治通鑑》卷五十七靈帝光和元年（一七八）所載蔡邕奏對已是糅合兩次奏對爲一篇之辭，足見其發生甚早，連温公也不免傳訛之失，直到清咸豐二年（一八五二）楊以增重刻《蔡中郎集》才予以辨正。其卷七《答詔問灾異》題下云：

> 『灾異』下各本皆有『八事』二字，活本『八』字下空一格。案所答止七條，其弟八條是特詔所問，其答是彙論以前七事，而次于八，非是。各本標題八字，殊未協，無本可據，又未宜將答特詔一條妄離其篇，但芟去標題『八事』二字。又案《中郎集》非原本，大率後儒蒐采而成，標題參差，多乖體義，其他姑仍其舊，此太剌謬，衹合芟之。[五]

特詔所對觸動了靈帝，也不幸洩密，給蔡邕招來大難。『章奏，帝覽而歎息，因起更衣，曹節於後竊視之，悉宣語左右，事遂漏露。其爲邕所裁黜者，皆側目思報。』蔡邕與司徒劉郃、其叔父蔡質與將作大匠陽球皆有宿怨，於是陽球岳父中常侍程璜借機舉報蔡邕、蔡質曾多次因私事未諧而威脅劉郃的問題。蔡邕辯白未果，與蔡質同下洛陽獄，以仇怨奉公、議害大臣的罪名被判處棄市。『事奏，中常侍呂强愍邕無罪，請之。帝亦更思其章，有詔減死一等，與家屬髡鉗徙朔方，不得以赦令除。』貶謫途中，陽球仍不肯罷休，先後派刺客追殺、部主毒害，然而或感其義，或緣其情，皆不忍下手，蔡邕終於平安地抵達五原安陽縣。次年大赦，蔡邕得還本郡，從貶謫到赦免，歷時九個月。然而在其返程前，五原太守王智設宴款待而蔡邕在席間『不爲報』，使素來驕横的王智自感受辱，斥之曰『徒敢輕我』。蔡邕拂衣而去，王智密告『邕怨於囚放，謗訕朝廷』。『邕慮卒不免，乃亡命江海，遠跡吴、會，往來依太山羊氏。積十二年』[六]。蔡邕的第二次進京以校書始，以逃亡終，既是其學術成就最輝煌的時期（校刻石經、續補漢史皆在此時），也是其遭遇挫折歷時最久的階段。

『中平六年，靈帝崩。董卓爲司空，聞邕名高，辟之。』按《後漢書·靈帝紀》，中平六年（一八九）八月，『司空劉弘免，董卓自爲司空』，《獻帝紀》同年九月，『董卓自爲太尉』，則其辟蔡邕當在中平六年八九月間。面對征召，蔡邕仍想託辭疾病婉拒，但暴戾的董卓威脅云：『我力能族人，蔡邕遂偃蹇者，不旋踵矣。』又催促地方勒令其出發。五十七歲的蔡邕不得不第三次進京，接受董卓的安排，也接近了其人生的終點。根據本傳的記載，一方面董卓爲這位被脅迫來的名士提供了超常的政治待遇，『到，署祭酒，甚見敬重。舉高第，補侍御史，又轉持書御史，遷尚書。三日之間，周歷三臺。遷巴郡太守，復留爲侍中。初平元年，拜左中郎將，從獻帝遷都長安，封高陽鄉侯』，並在部分重要問題上聽取其意見，如放棄『尚父』的尊號，將車駕從僭越禮制的金華青蓋、爪畫兩轓之車改爲皁蓋車，『每有朝廷事，常令邕具草』[七]；另一方面，蔡邕仍對董卓的品行感到失望，只是受困於現狀，無法逃脱。

卓重邕才學，厚相遇待，每集讌，輒令邕鼓琴贊事，邕亦每存匡益。然卓多自佷用，邕恨其言少從，謂從弟谷曰：『董公性剛而遂非，終難濟也。吾欲東奔兖州，若道遠難達，且遯逃山東以待之，何如？』谷曰：『君狀異恒人，每行觀者盈集。以此自匿，不亦難乎？』邕乃止。

初平三年（一九二），董卓伏誅，得知此事的蔡邕在策劃誅董之役的司徒王允面前『殊不意言之而歎，有動於色』[八]，『允勃然叱之曰：「董卓國之大賊，幾傾漢室。君爲王臣，所宜同忿，而懷其私遇，以忘大節！今天誅有罪，而反相傷痛，豈不共爲逆哉？」即收付廷尉治罪。』蔡邕陳辭悔過，願受黥首刖足的刑罰以保留性命，續修漢史，而王允不許，『邕遂死獄中』，卒年六十。〔九〕

從蔡邕三次進京的經歷可以看出，他並不適合在波譎雲詭的政壇中斡旋。他個性耿直、缺少城府，所以面對靈帝詔問時，居然敢指名道姓地揭露程璜、娃璋等權貴的惡行，又害怕報復，『願寢臣表，無使盡忠之吏，受怨姦仇』，最終還是遭到迫害。他明白從道義上説，董卓是傾覆漢室的國賊，凡是漢臣皆應視爲仇讎，但又無法忽視董卓對自己的私恩，所以在得知其死訊時不禁哀歎，並因此招致殺身之禍。論其仕途，蔡邕只能算是一位失敗的理想主義者，然而論其才學，卻是東漢末年最耀眼的明星。

經學方面，其寫定石經之功已垂青史，又有《月令章句》十二卷。〔十〕史學尤爲其心血所聚，不僅臨刑前藉此乞命，相知者也多加盛讚，如太尉馬日磾稱『伯喈曠世逸才，多識漢事，當續成後史，爲一代大典』，大儒鄭玄歎息其遇害曰『漢世之事，誰與正之』。遺憾的是，此方面的著作皆已散佚，本傳云：『其撰集漢事，未見録以繼後史。適作《靈紀》及《十意》，又補諸列傳四十二篇，因李傕之亂，湮没多不存。』其中《十意》即爲續《漢書·十志》而作，因避桓帝諱而改題，據嚴可均輯考，包括律曆、禮、樂、郊祀、天文、車服、朝會、五行等八意，另外兩意或爲地理、藝文。[十一]該書雖亡（或曰並未寫定），但今本《獨斷》當係其初稿，[十二]司馬彪《續漢書》八志則據其成書，[十三]故仍可想見其面目。[十四]文學方面，詞章雖非蔡邕所重，卻是其著述中最受關注者，『所著詩、賦、碑、誄、銘、讚、連珠、箴、弔、論議、《獨斷》、《勸學》、《釋誨》、《敘樂》、《女訓》、《篆執》、祝文、章表、書記，凡百四篇，傳於世』。劉勰《文心雕龍》於蔡文讚譽備至，其《銘箴》篇曰『蔡邕銘思，獨冠古今』，《誄碑》篇曰『自後漢以來，碑碣雲起，才鋒所斷，莫高蔡邕』，《哀弔》篇曰『班彪蔡邕，並敏於致語』，《雜文》篇曰『蔡邕《釋誨》體奧而文炳……雖迭相祖述，然屬篇之高者』，《奏啓》篇曰『蔡邕詮列於朝儀，博雅明焉』，而《才略》篇『蔡邕精雅』四字則被劉師培視作定評。[十五]其文名之盛，當時已有比擬屈原者，『兖州、陳留並圖畫蔡邕形像而頌之曰：文同三閭，孝齊參騫』[十六]。除傳統的經史詞章外，蔡邕還是近乎全能的藝術家：曾救火燒之桐木而裁爲焦尾琴，著《敘樂》（馬瑞辰疑今本《琴操》即其遺文）；其書法『八分、飛白入神，大篆、小篆、隸書入妙』（張懷瓘《書斷》語）；其畫作《講學圖》《小列女圖》被著録於張彥遠的《歷代名畫記》，又奉靈帝詔繪赤泉侯楊喜五代將相形象於省中，甚至在天文[十七]、術數、醫藥[十八]等領域都允稱專家。蔡邕學問的廣博精深，不僅同時代幾無方駕，縱觀古史也罕見媲美者，這樣一位曠世奇才，自然容易激起今人研究的興趣，而要研究蔡邕，當以其文集爲核心。

蔡邕所處的時代是否已有編纂別集的風氣，學界看法各異，但其本傳稱蔡氏著述『凡百四篇，傳於世』，恐怕尚未纂成一書。西晉陸雲《與兄平原書》曰：『景猷有蔡氏文四十餘卷，小者六七紙，大者數十紙，文章亦足爲多。』[十九]可見當時仍是單篇流傳的形態。南朝蕭梁時，有《蔡邕集》二十卷録一卷，但唐初編撰《隋書·經籍志》時稱《蔡邕集》十二卷，則已有闕失，而《日本國見在書目録》《舊唐書》又著録爲二十卷，[二〇]增減不一，或以爲『由官書佚脱而民間傳本未亡，故復出也』[二一]，或以爲重編舊文新定分卷，或以爲著録卷數以訛傳訛，因原編蔡集已佚（嚴可均認爲亡於唐末），所以上述觀點都只是據理推測，難成定讞。

北宋天聖元年（一〇二三），歐靜（或作歐陽靜）爲蔡邕集重編本作序云：『按《唐書·藝文志》洎吴氏《西齋書目》並云邕集十五卷，今之所傳纔十卷，亡外計六十四篇。其中可疑者……年代差遠，邕安得紀述耶？是集也，今既缺五卷矣。見所傳者，蓋後之好事者不本事迹，編他人之文相混之耳，非十五卷之本編固矣。建安、黄初之文體多相類，復不逮廣被衆集，固不可知其誰之作也。偶閲而有得，識于帙末。』這個重編本雖非出自歐静之手，但因編者不可考而有歐静之序，故慣稱『歐静本』或『歐序本』。歐序本不僅在宋代就已流行，[二二]也是此後所有蔡集傳世版本的祖本，儘管其原本同樣散佚，這篇識語還是能提供一些關於蔡集早期版本的重要信息：首先是卷數問題。今本兩《唐書》著録的蔡邕集都是二十卷，[二三]歐静所見《舊唐書》和唐吴兢《西齋書目》卻記爲十五卷。重編本爲十卷，存六十四篇，當是以殘本爲基礎重輯而成，故卷數、篇數都較原本顯著減少。作爲官修書目的《崇文總目》進呈於慶曆元年（一〇四一），時間稍晚，著録《蔡邕集》僅爲五卷，可見北宋時該書的殘缺是普遍現象。其次是混雜問題。蔡邕是東漢時期作品最多、名望最高的文人之一（《隋書·經籍志》著録後漢時期别集凡三十五家，除《班固集》十七卷和《李固集》十二卷外，其餘别集卷數都少於《蔡邕集》的十二卷。如果以《隋志》附注的梁代文獻情況爲準，則《蔡邕集》有二十卷，爲東漢文人之冠），其文集漏收、混入他人作品的現象都較突出，嚴可均述曰：

所著詩、賦、碑、誄、銘、贊、連珠、箴、弔、論、議、《獨斷》、《勸學》、《釋誨》、《敘樂》、《大訓》、《篆勢》、祝文、章表、書記凡百四篇，蓋據晉《中經》、宋《元嘉四部》蔡集如此，實則蔡文之未入集而散見於故書者尚多。梁有二十卷、録一卷，或兼收集外文，江陵之厄，世稀足本。《隋志》僅十二卷。唐吴兢《西齋書目》十五卷，《舊唐志》《新唐志》二十卷，漸次探求，卷如梁舊。此晉宋梁唐蔡集之大略也。唐末蔡集亡，世上偶存殘本，好事者增補重編爲十卷，凡六十四篇，中有王肅《魏宗廟頌》、魏武《祀橋太尉文》、魏失名《劉鎮南碑》三篇誤補，實六十一篇。宋天聖初歐陽静序之，遂爲祖本。又有巾箱本十卷，外傳一卷，凡七十二篇，歐序本所有盡有，外傳者補遺也。《述行賦》《戍邊上章》《胡廣黄瓊頌》等篇皆歐序本所無，版式如北宋刊《王維集》，知亦北宋刊，與歐序本並爲祖本。後此重刊，或放爲大版，或改編，次第不倫，迭删迭補，舛漏滋多。至明季有張溥本二卷，凡百二十四篇，失落《楊賜第一碑》，誤補班固《東巡頌》《南巡頌》、嵇康《琴讚》，舛漏仍多。此北宋迄明殘本之大略也。〔二四〕

南宋晁公武《郡齋讀書志》别集類著録《蔡邕集》十卷，稱『所著文章百四篇，今録止存九十篇』〔二五〕，稍晚的陳振孫《直齋書録解題》别集類著録《蔡中郎集》十卷，稱『《唐志》

二十卷，今本闕亡之外，纔六十四篇』[二六]，二者卷數同而篇數異，陳振孫所言與歐序本吻合，晁公武藏本的『九十篇』説則無其他史料可印證（王應麟《玉海藝文》《困學紀聞》所説『九十篇』係轉抄晁志，並非别有來歷），已難稽考，但至少説明自北宋初重輯成書後，搜檢遺文、增訂篇章的工作仍未停歇，這種努力一直延續到明清兩代，並因此衍生出種類繁多、脈絡複雜的蔡集版本來。

《中國古籍總目》别集類著録蔡集凡十六條，[二七]在兩漢作者中遥遥領先（《總目》的體例是將相關版本聚合於同一條下，如『集10200228』下著録明正德十年華堅蘭雪堂銅活字印本、明萬曆三年徐子器刻本、清順治間劉嗣美刻本等八種版本，故其實際的版本數量遠不止此）。于迺鏖《蔡中郎集版本源流考》將其大致分爲六個系統：華堅十卷本、喬世寧六卷本、徐子器十卷本、汪士賢八卷本、張溥二卷本、參校各家刻本，鄧安生《蔡邕集編年校注·前言》沿用此分類，楊俊秀《蔡邕集成書及版本源流考》將汪士賢本歸入喬世寧本系統，改參校各家刻本爲楊氏海源閣本系統，其餘系統則基本一致。今以楊俊秀分類方案爲基礎，參考前賢著録及各地館藏，撮述其版本梗概如左。

一、**華堅十卷本**。即明正德十年（一五一五）華堅蘭雪堂銅活字印本，文集十卷外傳一卷，半葉七行，行十三字，小字雙行同，左右雙邊，白口，版心上印『蘭雪堂』，書末記『錫山蘭雪堂華堅允剛活字銅版印』，據歐序本擺印，後者既佚，這個本子便成爲現存蔡邕集中最早的版本，並對幾乎所有後續版本都産生了直接或間接的影響。僅論其衍生者，就包括影刻本、[二八]影抄本、重刻本三類，重刻本又有兩種，一是明嘉靖甲申（一五二四）宗文堂鄭氏刻本，目録末記『此書原係正德乙亥春三月錫山蘭雪堂華堅允剛活字銅版部行，今鄭氏得之，繡梓重刊行』，一是清陸心源刻《十萬卷樓叢書》本，書末記『錫山蘭雪堂華堅允剛活字銅版印／光緒七年歲在重光大荒落吴興陸氏十萬卷樓重雕』，其《重雕蘭雪堂本蔡中郎集序》云：『明弘治中華堅蘭雪堂活字本即從歐出，……惟《中郎集》存於今者，以此本爲最古，藏書家珍同宋刻，其訛誤皆有跡可尋，與明人妄改不同，付工摹刊，與好古者共之，其應改而不改者，附校誤記於後。』[二九]需要注意的是，《四部叢刊初編》本《蔡中郎集》，其牌記自稱『景印明蘭雪堂活字本』，實爲明翻刻本，文字稍有出入且微調其版式，有受誤導而以爲蘭雪堂擺印多次者，如于迺麿《蔡中郎集版本源流考》云：

（正德華本）每葉版心有『蘭雪堂』三字，檢陸剛父刻本，行格版式悉依正德華本，惟版心無『蘭雪堂』三字。涵芬樓影印正德華本，亦無此三字，似華氏當正德乙亥中亦曾擺印兩次，故有不同。今試以涵芬樓影本校楊刻本中所稱華本（即黃、顧原校語）亦小有出入，竊疑華氏擺印之後，原版已折，購求者多，乃依前本重行擺印，而目後年月未經改正也。〔三〇〕

至傅增湘始揭出此事，其《藏園訂補郘亭知見傳本書目》卷十二上『蔡中郎文集十卷外傳一卷』條云：

明翻刻蘭雪堂本，行款全同，唯改爲四周單闌，版心上方無『蘭雪堂』三字。此本已印入《四部叢刊初編》，誤認爲即華氏活字印本。〔三一〕

**二、喬世寧六卷本。**半葉九行，行二十一字，小字雙行同，四周單邊，白口。上海圖書館藏本前有歐靜序、明嘉靖二十七年（一五四八）喬世寧序、嘉靖戊申（一五四八）俞憲序，正文卷端題『明祋祤喬世寧景叔、無錫俞憲汝成校訂、任城楊賢子庸梓行』，故或稱楊賢本。喬序云：

《中郎集》十五卷，今止傳十卷。十卷中又多疑譌難信者，以是知逸亡益多也。……集舊無精本，頃與俞子汝成校理。汝成又稍稍增定，顧其籍散落既久，無從蒐逸補亡耳。

俞序云：

吾錫舊刻《蔡中郎集》往往脱誤至不可章句。西京喬子來視楚學，耦余校之，次簡正字，稍補遺闕，悉歸茂明。凡爲卷六，省舊之半，篇九十有二，益舊什之三，爲類五，序先《獨斷》，通古今用者，次章疏，譚政事者，次《釋誨》諸雜文，見志行者，次詩賦，道性情者，次碑銘頌讚表誄，述時功德者。

所謂『吾錫舊刻』，當指華堅本。此本校刻時曾參考華堅本，但『次第悉已改易』[三二]，篇目文字亦多出入，[三三]可視爲明人新編者，故應於華堅本外獨立門户。明萬曆汪士賢《漢魏六朝二十一名家集》本（實八卷）、[三四]明萬曆八年（一五八〇）茅一相刻十一卷本、[三五]清康熙劉嗣奇刻六卷本、《文淵閣四庫全書》本（底本爲清雍正陳留刻六卷本）皆可歸入此系統。

**三、徐子器十卷本。**半葉九行，行二十一字，四周雙邊，白口。上海圖書館藏本前有歐静序、明萬曆元年（一五七三）王乾章序，末有萬曆二年（一五七四）徐子器跋。王序云：『檢笥中得《中郎文集》，檄陳留令徐子器校讎而雕之。徐令雅尚古作，興起斯文，力任兹役，亦以爲邑之鄉先哲也。殺青已竟，請予斯文迺弁諸首。』徐跋云：『此固少參王公所譔述意也，亦予樂爲校讎意也。』則此本係王乾章委託徐子器刊行者。莫友芝將王乾章本與徐子器本分別著録，稱『明萬曆王乾章刻本，十卷，每頁十八行，行二十一字』，『明陳留令徐子器編輯本，六卷，以萬曆王乾章刻本校』。[三六] 又單獨記『順治甲午劉嗣美刻本』，其實是將後來的劉嗣美刻六卷改編本混同於徐子器原刻十卷本，才造成誤判（《增訂四庫簡明目録標注》《廉石居藏書記》都提到清順治時劉嗣美刊明陳留令徐子器編輯本六卷[三七]）。傅增湘訂補《郘亭知見傳本書目》時，亦分別著録爲『清順治間陳留劉嗣美刊本，九行二十字，白口，四周單闌，爲李木齋先生收去』[三八]和『《蔡中郎集》六卷補遺一卷，清劉嗣奇校，清康熙三十四年劉氏耆英堂刊本』。按天津圖書館藏清刻《蔡中郎集》六卷本，半葉十行，行二十字，首爲順治甲午（一六五四）劉嗣美序，次爲王乾章序、歐静序、俞憲序、康熙四十八年（一七〇九）許遇序，末附康熙三十四年（一六九五）劉嗣奇跋，次爲徐子器跋、雍正五年（一七二七）李鍾璠跋，而正文卷端題『莘野劉嗣奇爾常校』，其劉嗣美序云：

陳留止存文集十卷，爲徐使君刊刻，以視女琰所記，亦云寡矣，然亦僅留文獻之一綫也云爾。辛巳流氛肆虐，大河而南遂無堅城，遭彼秦火，灰洽烟飛，俱歸烏有。……恒欲重壽梨棗而舊本無存，鬱鬱數載，時勞寤思，迨山右報命節之暇，偶過報國寺閲市本，適獲是集，不啻家珍焉。竄伏餘生，蘭亭尚在，爰付剞劂，因舊本而更新之。

許遇序云：

甲申春遇承乏陳留，景行曩哲，旁搜遺稿，得鄉先達侍御劉嗣美所梓疏、議、策、頌、詩、賦、碑、銘七十五首，厥弟中翰嗣奇彙刻喬本一十九首，分卷六，于是考《月令》以稽五制，明《獨斷》以習漢禮，詳災異以匡君德，陳政要以勵臣忠，覽《釋誨》《述行》以端士品，彬彬乎文獻足徵矣。

劉嗣奇跋云：

考勝國時原有鏤板，久已付之洪流寇焰中。迨世祖章皇朝伯氏參議公代狩山右，復命後候補長安，偶過報國寺，適獲是集，亟爲壽梓，傳於邑中，四十餘載矣。奇嘗披讀廿一諸史，揀閲書笥，復得喬君舊本，則有《獨斷》以下十九首。……爰合校兩本而維新之，以紹先參議之遺志云爾。

劉嗣美、劉嗣奇相繼刻成《蔡中郎集》，序跋又未準確説明來歷，故各家著録或據一端而定名，或想當然而另列，難免給讀者造成困擾。于迺麐《蔡中郎集版本源流考》曾專門分析此問題，結論爲劉刻確有兩本。劉嗣美曾見徐子器十卷本，後在報國寺『適獲是集』，[三九] 遂於順治甲午翻刻爲七十五篇本。康熙三十四年（一六九五），劉嗣奇取喬世寧六卷本與劉嗣美刻本合校，補入喬本的十九篇，這次補入的篇數散在各卷中，而不是獨立成卷，『自爲首尾』，所以劉嗣奇是重刻全書，並非『就原版補刊』。順治劉嗣美刻本較爲稀見，『或爲嗣奇將原版毀卻』，參照喬本改編爲六卷之事也是劉嗣奇所爲。前人稱劉嗣美刻六卷本屬於張冠李戴。[四〇]簡而言之，劉嗣美本據徐子器本刻成，劉嗣奇本糅合徐子器本與喬世寧本重刻。劉嗣奇序落款康熙三十四年，天津圖書館藏劉嗣奇本又有康熙四十八年許遇序、雍正五年李鍾璠跋，則這部康熙三十四年刻成的書版又有康熙四十八年和雍正五年兩次後印本（許、李均未提及修改正文之事，應該只是單純的重印）。

與性質複雜的二劉本相比，馬維驥於明萬曆三十九年（一六一一）翻刻徐子器本可謂後者的嫡傳，至有疑書估用馬本冒充徐本者。于迺廖敘曰：

《蔡中郎集》十集《外傳》一卷　明萬曆馬維驥刻

按此本傳世甚希，河南圖書館近得此刻。前爲歐敘，再爲王乾章敘，後有徐子器跋，最末爲萬曆辛亥曆下震樂馬維驥跋，中有云：『謁選得陳留令，陳留故漢中郎蔡公里也。余履其地，遐想其人，因詢諸父老，購所爲其裔苗者，而未有也。獨邑中有文集十卷，板已磨勒，不可校矣。』又云：『會郡伯王使君亦有此命，於是開局鳩工，幾閱月而始成，雖未敢竄削其間，而庶之乎無魯魚亥豕矣。』云云。據馬本前後僅刻王敘、徐跋，可證出自徐本。又謂未敢竄削其間，可證字句悉依徐刻之舊，此本刻工精細，至足珍視。徐氏之後，此本最佳矣。跋後有男庠生鳴宁、鳴宣、鳴宇仝校，門生李賁書，字作四行。

又按萬曆末，徐本已不易見，清時著録竟有數家，疑其中有馬本而裁去後跋者。後跋計三葉，自爲首尾，故易裁除。不然，馬本傳世何若是之少也。又許印林《楊刻蔡集校勘記》《釋誨》『速速方穀』句下云『徐本穀亦作轂』，楊注喬本、張本作『轂』，或其所據徐本不作『轂』也，據此知徐本有二。今馬本即作『轂』，意許氏所據即馬本裁去後跋者。[四一]

總的來説，徐子器本與華堅本同源，或曰出自華堅本，其與此次影印的海源閣本關係密切，争議也最大，留待下文再議。

**四、張溥二卷本。**半葉九行，行十八字。卷端爲張溥《蔡中郎集題詞》，後爲目録及正文，無他人序跋。按此本係明張溥編《漢魏六朝百三家集》之一，其總序云：『余少嗜秦漢文字，苦不能解。既略上口，遍求義類，斷自唐前，目成掌録，編次爲集，可得百四五十種。近見閩刻《七十二家》，更服其搜揚苦心，有功作者。……余自賈長沙以下迄隋薛河東，隨手次第，先授剞劂，凡百三家，卷帙重大，餘謀踵行。……別集之外，諸家著書非文體者概不編入，其他斷篇逸句，雖少亦貴期于畢收。』所以此本是從文章學的角度，在晚明張燮《七十二家集》的基礎上，搜集遺文而成的新編別集，强調收羅之全且遵循叢書體例，並不講究底本來歷。張燮本（十二卷）、張溥本及清嚴可均輯本（十五卷）、丁福保《漢魏六朝名家集》本（十二卷）均可歸入此類。

**五、楊以增海源閣十卷本。**半葉九行，行十八字，白口，左右雙邊，即此次影印者，或稱楊刻，或稱海源閣本，刻於清咸豐二年（一八五二，始於二年，成於三年），是蔡集各本中最負盛名者。《藏園訂補郘亭知見傳本書目》云：『咸豐中漕督楊以增刻顧廣圻校輯本，原編十卷，外紀一卷，增補遺四卷，附録一卷，最精備。』

海源閣本的來歷問題牽涉甚廣，今從黃丕烈、顧千里的題識入手，綜合相關史料，撮述其梗概如左。

嘉慶甲子（一八〇四）九月，黃丕烈向顧千里出示錢曾舊藏《蔡中郎集》六卷本。顧千里指出此本不佳，舉盧文弨《鍾山札記》所言爲例，證明此本文字、篇目多非舊貌，『實誤本之祖耳』，並提醒黄丕烈蔡集的最善本歐序本或未失傳，應留心搜訪。歐序本原爲十卷六十四篇，今本六卷九十二篇，係明嘉靖時俞憲、喬世寧妄改所致，不足取。

次年正月，黄丕烈又訪得明萬曆徐子器刻十卷本，認爲其付梓雖晚，卻更接近歐序本的原貌，於是從周香巖處借得舊鈔本，從何夢華處借得華堅活字本，這兩個本子與徐子器刻本同爲十卷，字句卻多不同（徐子器本和舊鈔本均爲明末葉樹廉舊藏）。黄氏認爲三者中舊鈔本最善，活字本接近舊鈔本，而徐刻本最劣。其影鈔活字本後，將舊鈔本的異文過録於影鈔活字本上（舊鈔本則因字跡潦草，未能影鈔），並用舊鈔本、活字本校徐刻本。此外，黄氏還訪得惠棟所校張溥本，亦與舊鈔本、活字本每有出入，但仍不及舊鈔本之可靠。

顧千里用活字本校徐刻本，認爲二者不同處往往是活字本正確而徐子器妄改致誤者。『此徐子器本所改，其淺近者，或有是處，稍難讀則每不知而作矣。』其指出活字本『似據一行書寫本作底子，故「數」誤爲「如」、「閑」誤爲「困」之類，往往而有』。

何夢華藏活字本卷端牌記中的年號被射利者剜去，填入『至正』，冒充元本。嘉慶丙寅

（一八〇六），黄丕烈根據經驗，推測爲成化、弘治時期的本子。嘉慶庚午（一八一〇），其又新見年號未剜之活字本，才確定是正德乙亥（一五一五）印本。

黄、顧校此本的順序：首先是黄丕烈將舊鈔本、活字本的異文過録到徐刻本上。活字本和經黄氏校勘的徐刻本後來均被顧千里借去。顧氏影鈔活字本一部，又在黄氏校勘的基礎上對徐刻本『再三覆勘』，之所以『亟亟費日力爲之再三訂正者』，一是因爲『東漢人文集存於世者僅此一種，尚是宋以前人所編』，一是因爲此集與今文經學關係密切，『尤學者所不可廢』。顧氏對於校勘此書所得，頗爲自信，『凡訂正若干條，中有絶精處，索解人不得矣』。嘉慶丁卯（一八〇七），顧千里將此校本歸還黄丕烈，對於書中新增千里校語，黄氏也認爲『頗精當』，並過録以備觀覽。此集之合校，洵爲藝林佳話，故黄氏識曰：

十一月五日，千里自江寧歸，余往候之，因出手校《蔡集》共爲欣賞。其中精語較前正月所校本益多而益精，遂袖歸，録於余影寫活字本上。蓋《蔡集》自千里與余互爲商榷，而余始得十卷徐子器本，又借得何夢華所藏十卷活字本、周香嚴所藏十卷舊鈔本，悉校於徐刻上。千里因借余校本而讀之，析疑義如右。則《蔡集》之可以校證者，固由千里能讀之功，而余搜求之力亦頗有焉。

道光庚戌（一八五〇），海源閣主人楊以增購得黃、顧合校的徐子器本，遂有重校付梓之志。後委託高均儒模仿《韓文考異》的體例，以此徐本爲底本，參校喬刻、汪刻、張刻、劉刻等版本，並在徐本原有的正集十卷外紀一卷的基礎上新增外集四卷，補録遺文及《獨斷》，又附上蔡邕本傳和王昶所編年表，共十六卷，是爲海源閣本。根據其凡例的介紹，此書『迭誦互勘，異同兼存，是非嚴辨，于每句之下注明，不敢逞臆增竄一字』，但卷次有所調整：

> 徐本十卷，似照歐輯。首列碑銘，以人類次，其例甚善。惟弟九卷亦屬碑銘，列于論表之後，似徐改掇，斷非歐輯之舊，今移列弟六卷，其原弟六卷循次遞下，以歸一例，篇次悉仍其舊。

除了延續辨異同而存舊貌的乾嘉風氣外，結合文本性質設定校勘方法也是海源閣本的特點，如校碑銘文取范曄《後漢書》的傳記印證，校碑銘題參考書寫碑額的常規體例，統一格式並夾注遺文以解決議、答問等文的緣起舊本參差的問題（個別篇章如感覺可靠則保持原貌）。『他本且或另行大字，或夾行小注，或連正文，殊乖體式，以范《書》校之，亦屬迴別。竊疑後人改竄，斷非中郎之舊，今悉視題高一格，另行大字而注異同于夾行。惟《朱公叔謚議》《和熹鄧后謚議》二篇敘起簡直，似未經改竄，姑仍徐本，不另移行。』總的來説，論篇目之完備、校勘之審慎、體例之謹嚴，海源閣本都顯著地超過了此前諸刻，故張之洞《書目答問》云：『聊城楊氏仿宋本，附《獨斷》二卷，通行三本皆遜此本。』許瀚《楊刻蔡中郎集校勘記》跋亦云：『自有蔡集以來，未有如此本之善也。』今人鄧安生編撰《蔡邕集編年校注》的工作本仍用海源閣本。

海源閣本以徐本爲底本，關於徐本的優劣，前人説法卻大相徑庭。黄丕烈、顧千里均認爲徐本不佳，黄氏曰：『余收得明神廟時徐子器本，亦出葉氏舊藏，而刊本遠不逮鈔，因取校於刊本。且同時又見錢唐何夢華藏華氏活字本，頗勝徐刻，然較鈔本爲遜。』[四二]顧氏曰：『當以鈔本爲最佳，活字板次之。此徐子器本所改，其淺近者或有是處，稍難讀則每不知而作矣。』[四三]至高均儒校刻蔡集時，對各本的評價已較黄、顧發生明顯轉變。其凡例云：

校本黄、顧以鈔本爲最佳，活字本次之，而鈔本亦頗有不如徐本及他本者，則注明某字句鈔本作某，非是，或活本作某，非是。其字句髣髴者，則注明某本譌作某。他本有不如徐本及鈔本者準此。

鈔本羡岐之字，有豪無義理者，閒置不録。其有與徐本字體相似、字義與文相背者，注明某字鈔本譌作某，或作某，非是。鈔本所無或脱之字，有必不可無者，注明鈔本無某字，非是，其可有可無者，但注鈔本無某字或鈔本脱。

其跋海源閣本明確指出：『十卷本首碑銘，次疏表議書論問答，又外紀頌疏賦詩，編例視他本爲善。』而在傅增湘、于迺麐看來，各本的優劣關係恰恰相反。傅氏曰：『《中郎集》刊本以此（徐本）爲最佳，亦殊少見。王序不言其所出，然其次第篇數與活字本同，蓋出於宋本也。至楊賢、茅一桂諸本均改易卷第矣。』[四四]于氏曰：『黄氏屢謂徐本不如葉藏鈔本，實則徐本確爲最佳之刻。楊刻蔡集敘例及高均儒跋中屢稱徐本校善，當出歐輯原本云云，茲不詳論。善本書室著録茅本原敘，謂徐刻襲華之舊，今細校之，知華、徐卷數雖同，篇弟夐異，非出一源，無可疑也。』[四五]有趣的是，即使是到了今天，其評價也不能統一，劉明《蔡邕集版本考述》在對校《胡廣黄瓊頌》《述行賦》等四篇文章後，認爲：『徐本基本出自蘭雪堂活字本，又經部分修訂文字。傅增湘認爲該本出於宋本而以之爲最佳，似非允論。』[四六]丁延峰《海源閣楊氏刻本〈蔡中郎集〉考述》對校卷一《故太尉橋公廟碑》的徐本和葉藏舊鈔本，結果徐本疑誤十六處，舊鈔本疑誤六十六處，故認爲：『葉鈔本存在的問題不少，與徐本無法相提並論，若再將徐本和其他諸本作一比較，亦不如徐本。……黄氏説法不攻自破。余以爲徐本最佳，活字本次之，而鈔本則連張本、汪本、喬本等均不如也。故而，楊本選擇徐本作爲底本，實在是一個明智的選擇。』[四七]各家矛盾若此，只能説權威不可信，抽校難服衆，必須通校包括徐本在内的傳世各本，彙集異同，考辨得失，然後才有望探明徐本的來源，正確評價其優劣，影印海源閣本自然是將來開展此項工作的必要步驟之一。

談到海源閣本的校勘，有兩種清人書稿需加注意：一是許瀚的《楊刻蔡中郎集校勘記》，一是羅以智的《蔡中郎集舉正》。前者原以浮簽形式夾附在海源閣本蔡集内，一九三一年牟祥農移録編纂成册，稿本今藏山東省博物館，後經任迪善整理，於一九八五年由齊魯書社出版排印本。許瀚字印林，是清中期著名的樸學家，咸豐四年（一八五四）九月，通過其友生丁楙五獲觀新刻成的海源閣本蔡集，在讚歎此本之善的同時，也提出需進一步校勘的想法：

> 顧鈔本脱譌難讀，而古字古義，往往而存。徐本文從字順，而不堪按據。披誦數過，棄取從違，尚或未愜，輒疏鄙見，積六百餘條（并補遺外集共九百餘條）。敝藏僅徐、劉二本，餘則但就伯平所及者論之爾。漢人去古未遠，字多假借，中郎明小學，善佐書，所爲文字，碑銘居多，以校漢碑法校之，庶有合焉。伯平久别，恨不得如曩者朝夕過從，共相商榷也。[四八]

海源閣本所以稱善，緣於主事者廣集衆本且態度謹嚴。與高均儒相比，許瀚的劣勢在於目驗版本有限（僅徐、劉二本），而其長處則在學識，[四九]故欲更上層樓，就要在對校之外多下功夫。整理者歸納許校特色有三：以小學知識（旁及四部）考校字之形、音、義；以出土文獻（主要是漢碑）印證其碑銘文；重視類書引文的他校價值。這些方法固然在海源閣本的校記中已見端倪，但引成説者多而新發明者少，確實不及許校廣博深刻。牟祥農後記稱『（印林）先生此校，又在原書（海源閣本）黄蕘圃、顧千里、高伯平諸校之上，讀者比對，自可了然』[五〇]，良非過譽。許校今有齊魯書社出版的整理本流傳，已經在蔡集的整理研究過程中得到較充分的利用，與許校幾乎同時寫就的羅以智《舉正》則盛名在外而罕見全書。

孫詒讓同治六年（一八六七）跋羅以智校本《集韻》云：『羅君，杭州人，精於校讎之學，所著有《蔡中郎集舉正》及《金石綜例跋》，未見刊行，余他日當訪致其稿而傳録之。』[五一]《增訂四庫簡明目録標注》『蔡中郎集』條附録云：『羅以智《蔡中郎集舉正》二卷，余家有手稿本，極精博（詒讓）。』[五二]《書目答問補正》『蔡中郎集』條補云：『錢塘羅以智《蔡中郎集舉正》二卷，未刊，稿藏瑞安孫氏玉海樓。』[五三]

羅以智字子敉，號鏡泉。道光五年（一八二五）乙酉科拔貢，歷任西安縣學訓導、慈谿縣學教諭，咸豐庚申春徙居海寧，同年秋罹兵燹，歿於海寧葉氏賃舍。著述極富，羊復禮刊其《七十二候表》，丁丙刊其《新門散記》，葉景葵印其《恬養齋文鈔》，未刊者尚有《歷代紀年彙考正編》《文廟從祀賢儒表》[五四]《浙學宗傳》《敬哀録》《經史質疑》《趙清獻公年譜》《應潛齋先生年譜》《宋詩紀事補遺》《詩苑雅談》《宋太學石經考》《金石所見録》《金石綜例跋》《恬養齋詩集》《吉祥室集》等書，生平見羊復禮《七十二候表序》、《兩浙輶軒續録》卷三十一、《（光緒）鎮海縣志》卷十九。鏡泉潛心文獻，雖非巨擘，然其名每見於莫友芝、劉淇、梁章鉅、錢泰吉、吴式芬、姚燮、葉昌熾等宿儒筆端，丁丙《八千卷樓書目》《善本書室藏書志》尤多述及，《中國古籍善本書目》著録有關羅以智的條目凡三十三條，或曰校，或曰跋，或曰抄，或曰輯，或曰撰，或曰纂。

鏡泉校蔡集者未見付梓，但既得孫詒讓之推重，又著録於《增訂四庫簡明目録標注》《書目答問補正》，則受藝林珍視可想而知。玉海樓藏《舉正》稿本不知去向（《中國古籍善本書目》未著録），其校記傳世有兩種形式，一是移録於蔡集者，如南京圖書館藏海源閣本（《中國古籍善本書目》集部第一九七條）、復旦大學圖書館藏學禮齋舊藏臨羅校本，一是匯抄校記者，如浙江圖書館藏《蔡中郎集舉正》清光緒五年朱桂模抄本、上海圖書館藏《蔡中郎集舉正》葉景葵傳抄本。此次附印於卷末者即上海圖書館藏本。

南圖藏本有丁丙跋（丁跋又載於《善本書室藏書志》卷二十三），跋中過録鏡泉識語。上圖藏本卷端亦有鏡泉識語，但二者頗有異同，且與海源閣本關係甚大，故分别移録於左。丁跋所載鏡泉識語云：

余用錫山華氏蘭雪堂活字本《中郎集》校於萬曆間陳留令徐成庵刊本上，文視徐本爲少，又借得樸學齋舊鈔本詳校一過，又從嘉靖間喬氏刊六卷本、新安汪士賢刊八卷本、太倉張氏刻二卷本、康熙中陳留劉氏依喬刻增刊補遺本勘其異同。凡徐本所未收者，定爲遺集。又用《北堂書鈔》、《藝文類聚》、《初學記》、《太平御覽》、《文選》、《古文苑》、宋人諸書所引詳稽博考，擇善而從，又録盧抱經學士及勞君季言校語於書眉，上下幾無隙地。聞聊城楊氏新刊本最爲完善精審，當向高伯平索之一證同異。族弟厚伯子邕官，幼頗聰慧，産時厚伯夢中郎見謁而生，校成後當别鈔一本付之。咸豐己未陽月識。

上圖本鏡泉識語云：

東漢人文集傳於今者，惟《蔡中郎集》爲著。然原本久佚，輯自宋時，今僅存明刊本，宋本已不可復見矣。余友高伯平爲楊至堂河帥新刊《中郎集》，以顧千里所校爲主，參之各本，擇善而從，徵其同異而兼存之，析其是非而嚴辨之，二千餘年沿譌襲謬，一但俾有定本，中郎有知，當無遺憾。刊既成，示余，屬復加校勘，前輩盧抱經、嚴鐵橋兩家有校本，余並得見之。盧氏以宋本校，所改字多與鈔本同，嚴氏别爲編次，仍多譌謬，不足稱定本。勞季言爲言吴中吴厚齋名時中者曾有校本，余求之不可得。季言自有校本，又藏有袁壽階過録千里校本，余又曾見陳仲魚過録千里校本，兩本亦有異同，新刊本中有未之采列者，伯平所謂顧校尚有别本是也。竊謂宋本惜不得見，據《廣川書跋》圈點、《容齋隨筆》餘糧觀之，宋本獨不誤，又據《后村詩話》觀之，宋本必勝今本。各本自以鈔本爲最善，雖行草書易致誤，細繹其疑似處，尚可會悟宋本之彷彿，活字本次之，他本亦各有較勝處，但各本皆不免以今人文義相臆改，兼之鈔刻傳譌，第就集本互勘，猶不足以得廬山面目，余因取兩《漢書》而下所見諸書中有與中郎文相關者，博證旁通，求其確據，不僅斷斷於字句閒臆測而擬議之，庶免師心自用之誚。凡得若干條，録爲兩卷，命曰《蔡中郎集舉正》，仿宋方崧卿校輯韓集例也。外集采自張本，各篇見諸何書，悉爲尋注。遺文如《文選注》所引《陳球碑》《劉寬碑》，按其文在《隸釋》後碑中，《陳球前碑》《通志略》亦以爲中郎文，《劉寬前碑》《藝文類聚》繫之桓麟，又《文選注》所引《度侯碑》，按其文在外集《荆州刺史庾侯碑》中，『庾』爲『度』字之誤明矣。《隸釋》《度尚碑》别是一碑，兩碑文故不載入。又斷篇如《朔方上論》《渾天書》《筆論》《女訓》諸篇，又斷句如《顏氏家訓》《文選注》《藝文類聚》《北堂書鈔》《初學記》《太平御覽》諸書所引，俱采綴焉。質之伯平，未審於校勘之旨爲有當否。咸豐四年甲寅仲冬之月，羅以智識。

二跋不僅詳略迥異，個中異同尤費思量。首先，咸豐己未即咸豐九年（一八五九），其云『聞聊城楊氏新刊本最爲完善精審，當向高伯平索之一證同異』，則當時仍未及見海源閣本，而上圖本識語作於咸豐四年（一八五四），已稱『余友高伯平爲楊至堂河帥新刊《中郎集》……刊既成，示余，屬復加校勘』，顯然顛倒，且據丁跋文意，羅氏識語就附於海源閣本後，豈能自稱未見海源閣本。其次，咸豐三年（一八五三）刻成的海源閣本卷端載高均儒所擬凡例，已稱用活字本、舊鈔本、十卷本、八卷本、六卷本等各種蔡集版本互校，咸豐九年的羅氏識語又稱用同樣的版本『勘其異同』，重複校勘有何意義？羅氏校記無論是移録本還是匯抄本，其實都鮮見這種『取勘各本之處』，爲何其識語卻詳言版本校之事，是否應理解爲高均儒掠美此類版本校的内容？[五五]

對此，王欣夫先生認爲羅氏《舉正》確實成書於咸豐九年，之所以識語倒題咸豐四年，是因爲其初計劃附刊於海源閣本卷末，換言之，羅以智曾參與海源閣本校刻之役，只是中途生變，終未署名而已。此推測可謂唯一合理的解釋，但其間抵牾仍有待解釋處，今試再加補苴如左。

羅以智與高均儒交誼甚篤，羅氏《恬養齋文鈔》卷三《跋高東溪集》云：『禾中伯平高子孝於親，信於友，矯然以氣節自勵而有古儒者風，辱交予，予甚敬憚之。』[五六]卷四《高伯平研銘題詞》云：『願與伯平相切磋琢磨焉。伯平，端人也，學之博、詞之宏且不讓於稼堂先生。伯平以研爲石友，予獲以伯平爲石友，予所得轉視伯平爲多矣。』[五七]故携手校刊《蔡中郎集》，合乎情理。對讀高氏凡例和上圖本羅跋，二者明顯有互補照應之勢。高氏側重於直接校勘（羅列衆本，詳細介紹對校體例），羅氏則側重於間接校勘（以他校、理校爲主，並收集前人校本），如果海源閣本如計劃的那樣合刊高、羅校記，可以説就臻於完善了。有趣的是，高均儒以朱熹《韓文考異》自況，羅以智卻稱仿效方崧卿《韓集舉正》。我們知道，《韓集舉正》較爲謹慎，以版本校爲主，《韓文考異》卻較果敢，不憚理校，[五八]換言之，高、羅二人的校勘實踐與其模板實質上是彼此錯位的。他們都以校勘見長，對這種校勘學上的常識不可能同時發生無心之失，那麼只能做一假設：海源閣本中的版本校的内容確實主要出於羅氏之手，但高氏作爲主事者，且與羅氏交好，雙方都同意署高氏之名並不奇怪，羅氏也欣然誇讚云『徵其同異而兼存之，析其是非而嚴辨之，二千餘年沿譌襲謬，一但俾有定本，中郎有知，當無遺憾』。高氏自己則志不在此，未必滿足於『簡單』的版本校，故其跋海源閣本云『均儒懵無知識，僅據所見之本鹵莽從事，而謂列其同異，定其是非，一一確當，足存中郎之文之真。均儒雖至愚，亦斷斷不敢自欺若是，惟博學篤志之君子讀而教之』，之前接受楊以增委託時也直接提出『仿朱崇沐刻《韓文考異》舊式』。明乎此心，則可知所謂『錯位』才是契合雙方志趣的實情，而羅氏預先撰就的『咸豐四年』識語所以强調版本校之外的内容，一方面是表示對主事者的尊重，另一方面也是圍繞校刻蔡集之役做出的更爲周全的補充（此時雙方都一心爲書，無意争名）。

問題在於羅氏的咸豐九年識語。考慮到此前他已極熟悉海源閣本的情況，那麼『聞聊城楊氏新刊本最爲完善精審』一句只能理解爲語含譏刺。對高均儒的稱呼，從過去的『余友』『高子』『伯平』變爲直呼『高伯平』，恐怕亦非偶然。這篇識語不僅篇幅小於舊跋，重心也從介紹他校的材料和思路轉移到對校的版本和步驟，對校的内容和高氏凡例所述幾乎重複，『當向高伯平索之一證同異』，不能不令人懷疑是要宣示海源閣本相關校記的主權。羅氏識語稱『凡徐本所未收者，定爲遺集』與高氏凡例所稱『凡徐本不載在他本者，編作外集』同樣若合符節，考慮到這篇跋文是羅氏手書於海源閣本卷末，且鈐『武林羅氏以智鏡泉甫印』，字裏行間卻似對海源閣本視而不見，語氣更迥異舊跋，則此識語的意義恐怕不在於內容，而在於聲明海源閣本編纂校勘功勞之歸屬罷了（高氏云不敢自信得蔡文之真，羅氏識語末卻稱族弟羅學源生子時曾夢見中郎來謁，『校成後當别鈔一本付之』，也很有些皮裏陽秋的味道）。蓋此前二人已因故生隙，於是才有這篇奇特的識語。筆者妄言，未必可信，但羅氏《舉正》與海源閣本關係密切，且有裨於後者的文本是毋庸置疑的，今取上圖藏《舉正》抄本附印於海源閣本卷末，庶成完璧。

與浙江圖書館收藏的另一部羅氏《舉正》清光緒五年朱桂模抄本相比，這部上圖藏本卷端還有一篇珍貴的顧起潛先生手書識語：

> 去歲本館創辦之第一年，爲謀傳布先哲之精神，即有叢書之編印。揆丈舉羅鏡泉先生《恬養齋文鈔》爲第一種，並搜得遺文若干首，數月書成，丈以持贈豐華堂主人楊見心先生，承出示鏡泉《蔡中郎集舉正》鈔本，未刊稿也，自序一首，亦爲《文鈔》所未及。噫，見聞之難周如此。丈既命胥傳鈔一本，

付館藏度。余得粗校一過，卷首有『田印禹東』『秀三』兩印，眉有校語數則，不知出誰手，今以朱筆度于上方，前後豐華主人所書提要及節録遺事亦以朱筆録之，間有豐華所校一條，則署名别之。

廿九年九月廿三日顧廷龍記。

因知此本係葉揆初先生命人傳抄者，書法精工，猶在浙圖藏本之上。起潛先生所記又足補合衆圖書館史實，則其文獻價值更不限於蔡集一端而已。草述見聞，或爲讀書一助，容有臆解，仍請方家正之。

二〇二五年二月十四日　蔣鵬翔撰於湖南大學嶽麓書院

*本文係教育部人文社科青年項目『清代《儀禮》校勘與學術流變研究』（19YJC870010）階段性研究成果。

# 注

［一］《後漢書》本傳語。按《後漢書》卷八《靈帝紀》稱建寧三年『八月，大鴻臚橋玄爲司空』，四年『司空橋玄爲司徒』，故洪頤煊疑本傳『司徒』當作『司空』。又按『河平』當作『平阿』，錢大昕曰『《郡國志》無河平縣』，沈欽韓曰『河平蓋平阿之誤』。洪、錢、沈説均見王先謙《後漢書集解》卷六十下。

［二］馬衡：《從實驗上窺見漢石經之一斑》，見氏著《凡將齋金石叢稿》，中華書局，一九七七年，第一九九頁。

［三］《後漢書·宦者列傳》云：『詔蔡邕等正其文字，自後《五經》一定，争者用息。』

〔四〕此方面的意見可參考顧濤《熹平石經刊刻動因之分析——兼論蔡邕入仕》，載虞萬里主編：《七朝石經研究新論》，上海書店出版社，二〇一九年，第一〇五—一一三頁。

〔五〕至今人鄧安生校注《蔡邕集》始將《答詔問灾異》釐爲《答詔問灾異》（前七條）、《答特詔問灾異》（新擬題）兩篇。見鄧安生：《蔡邕集編年校注》，河北教育出版社，二〇〇二年。

〔六〕本傳語。按此十二年當指從蔡邕獲罪的光和元年（一七八）至被董卓强行征召的中平六年（一八九）。中華書局點校本《後漢書》本傳此句點爲『積十二年，在吴』，而自『吴人有燒桐以爨者』起另作一段，似理解爲自五原獲赦後又逃亡十二年（躍進《蔡邕的生平創作與漢末文風的轉變》即稱『被迫亡命江海，遠跡吴會，長達十二年之久』，見《文學評論》二〇〇四年第三期，第一四〇頁），不妥。『在吴』二字當下屬，與『吴人』云云共成一段。

〔七〕裴松之注《魏書》卷六引張璠《漢紀》語。見陳壽：《三國志》，中華書局，一九五九年，第一八〇頁。

〔八〕本傳語，《資治通鑑》轉述爲『聞之驚歎』。

〔九〕本傳稱其卒年六十一，但據蔡邕《尚書詰狀自陳表》所言逆推，其卒年當爲六十，陸侃如、劉躍進、鄧安生、陳海燕等人皆取六十之説。

［十］《隋書·經籍志》經部小學類另著録有蔡邕《勸學》《聖皇篇》《黄初篇》《吴章篇》各一卷。

［十一］見嚴可均輯：《全後漢文》卷七十《戍邊上章》。

［十二］參見代國璽：《蔡邕〈獨斷〉考論》，《文獻》二〇一五年第一期。

［十三］劉昭《後漢書注補志序》云：『自蔡邕大弘鳴條，寔多紹宣。協妙元卓，律曆以詳；承洽伯始，禮儀克舉；郊廟社稷，祭祀該明；輪騑冠章，車服瞻列。於是應、譙纘其業，董巴襲其軌。司馬《續書》揔爲八志，律曆之篇仍乎洪、邕所構，車服之本即依董、蔡所立，儀祀得於往制，百官就乎故簿，並籍據前修，以濟一家者也。』

［十四］嚴可均輯《戍邊上章》末有七意佚文。

［十五］劉師培《漢魏六朝專家文研究》云：『研治蔡文者應自此入手。精者，謂其文律純粹而細緻也；雅者，謂其音節調適而和諧也。』

［十六］語出《邕別傳》，《太平廣記》《天中記》《全後漢文》《後漢書補注》皆轉引之。

［十七］蔡邕《戍邊上章》云：『其難者皆以付臣，先治律曆，以籌算爲本，天文爲驗，請太史舊注，考校連年，往往頗有差舛，當有增損，乃可施行，爲無窮法。』

［十八］《隋書·經籍志》子部醫方類著録梁有蔡邕《本草》七卷。

［十九］黄葵點校：《陸雲集》卷八，中華書局，一九八八年，第一四六頁。

［二〇］孫猛《日本國見在書目録詳考》認爲《七録》、兩《唐志》和《日本國見在書目録》著録的都是《蔡邕集》原本二十卷，上海古籍出版社，二〇一五年，第一九四〇頁。此説並無實證，恐不可取。

［二一］永瑢等撰《四庫全書總目》卷一四八『蔡中郎集』提要語，中華書局，一九六五年，第一二七二頁。

［二二］陳振孫《直齋書録解題》卷十六著録的《蔡中郎集》即歐静本，上海古籍出版社，二〇一五年，第四六一頁。據劉明考證，歐陽脩、趙明誠所見蔡邕集亦當爲歐静本，參見其《蔡邕集版本考述》，《山東圖書館學刊》二〇一七年第二期，第一〇一頁。

［二三］天聖元年，《新唐書》尚未修成，故歐静所指必是《舊唐書·經籍志》，原文的『《唐

書·藝文志》』不可信。

〔二四〕據傅增湘《藏園群書經眼録》卷十二移録，中華書局，二〇〇九年，第八二〇頁。

〔二五〕晁公武撰，孫猛校證：《郡齋讀書志校證》，上海古籍出版社，一九九〇年，第八一〇頁。

〔二六〕陳振孫：《直齋書録解題》，第四六一頁。

〔二七〕清吴志忠校補疏證的《蔡中郎文集》稿本和清羅以智撰《蔡中郎集舉正》已帶有個人著述的性質，故不計入蔡集版本中。

〔二八〕《中國古籍善本書目》卷二十二『漢魏六朝别集類』著録《蔡中郎文集》明影刻蘭雪堂銅活字印本三部（第一五頁），著録《蔡中郎文集》清影抄明蘭雪堂銅活字印本一部（第一六頁）。

〔二九〕按蘭雪堂印《蔡中郎集》各家均稱正德本，獨陸氏稱弘治本，審其重刻者，仍從正德本出，則弘治云云當屬誤判。又按《十萬卷樓叢書》本闕載此序，今據陸心源《儀顧堂集》卷六節引，浙江古籍出版社，二〇一五年，第一〇〇頁。

［三〇］《河南圖書館館刊》第一册，一九三三年，第四三—四四頁。

［三一］《藏園訂補郘亭知見傳本書目》卷十二上，中華書局，二〇〇九年，第九三四頁。

［三二］傅增湘：《藏園群書經眼録》卷十二，第八一九頁。

［三三］參見劉明《蔡邕集版本考述》，第一〇三頁。

［三四］于迺譍《蔡中郎集版本源流考》云：『此刻雖爲八卷，實源出喬氏六卷本，試校其文可證也。』

［三五］書末有東海生題記云：『《中郎集》余得三本，一出於無錫華氏，爲卷十一，得文七十有一首，前後錯襍，至不可句讀；再得陳留令徐子器本，大都襲華之舊而了不加察，徒爲木災耳；最後得南都余汝成本，益文二十有一而損卷爲六，益之則是，損之則非，其間亦稍稍補緝遺漏，尚不免魯魚亥豕之舛。信乎校書之難也。蓋自入余齋中而衰漢於今千有餘載，始得睹中郎之完册。』所謂余汝成是俞汝成之誤，審其文意，蓋指喬世寧本爲完册，因據以校刊。

［三六］《藏園訂補郘亭知見傳本書目》卷十二上，第九三三頁。按孫星衍《孫氏祠堂書目》内編卷四『蔡中郎文集』條亦云『一明徐子器八卷本、一陳留六卷本』（上海古籍出版社，

二〇〇九年，第五八九頁），可見類似的混淆問題在當時並不鮮見。

［三七］邵懿辰：《增訂四庫簡明目録標注》别集類一，上海古籍出版社，一九七九年，第六三四頁；孫星衍：《廉石居藏書記》内編卷上，上海古籍出版社，二〇二一年，第二〇七頁。

［三八］李盛鐸著，張玉範整理《木樨軒藏書題記及書録》未著録此本，北京大學出版社，一九八五年。

［三九］于洒麐認爲據序文文意，劉嗣美在報國寺所得『似非徐本』。按劉序文意模棱兩可，但天津圖書館藏劉嗣奇本附有王乾章序、徐子器跋，則劉嗣美當時所得還是應該理解爲徐子器本。

［四〇］《中國古籍善本書目》《中國古籍總目》均著録有清順治劉嗣美刻本，恐不乏與劉嗣奇本相混淆者。

［四一］于洒麐：《蔡中郎集版本源流考》，第五〇頁。

［四二］《蕘圃藏書題識》卷七，《黄丕烈藏書題跋集》，上海古籍出版社，二〇一五年，第三七〇頁。

［四三］《蕘圃藏書題識》卷七，《黄丕烈藏書題跋集》，第三七二頁。

〔四四〕《藏園群書經眼録》卷十二，第八一九頁。

〔四五〕于洒麐：《蔡中郎集版本源流考》，第五〇頁。

〔四六〕《山東圖書館學刊》二〇一七年第二期，第一〇五頁。

〔四七〕《圖書館研究與工作》二〇〇七年第一期，第五三頁。

〔四八〕《楊刻蔡中郎集校勘記》，齊魯書社，一九八五年，第一七〇頁。

〔四九〕龔自珍詩詠許瀚云：『北方學者君第一，江左所聞君畢聞。』劉逸生注：《龔自珍己亥雜詩注》，中華書局，一九八〇年，第五三頁。

〔五〇〕《楊刻蔡中郎集校勘記》，第一七二頁。按許瀚對徐本的看法、校勘的思路都與顧千里較接近，其校勘可視爲顧校蔡集的延伸。

〔五一〕孫延釗輯，張憲文整理：《孫詒讓序跋輯録》，《文獻》一九八六年第一期，第一七九頁。

〔五二〕《增訂四庫簡明目録標注》，第六三五頁。

〔五三〕《書目答問補正》，上海古籍出版社，二〇〇一年，第一九二頁。

［五四］此名據王欣夫《蛾術軒篋存善本書録》甲辰稿卷四轉引，《兩浙輶軒續録》記爲《文廟從祀諸賢考》。

［五五］王欣夫：《蛾術軒篋存善本書録》甲辰稿卷四，上海古籍出版社，二〇〇二年，第一三五二頁。

［五六］《合衆圖書館叢書·恬養齋文鈔》，上海科學技術文獻出版社，二〇一六年，第九九頁。

［五七］《合衆圖書館叢書·恬養齋文鈔》，第一四四頁。

［五八］倪其心：《校勘學大綱》，北京大學出版社，一九八七年，第四〇頁。

# 全書目録

## 第一册



### 卷一

## 卷二



## 卷三



## 卷四

## 卷五



## 卷六



## 卷七



## 第二册

## 卷八

**外集卷一**

## 外集卷二



## 外集卷三

# 本册目録

## 卷六



## 卷七

# 蔡中郎集十卷

原編外紀壹卷今編

外集四卷傳余壹卷

咸豐二年東郡楊氏海源閣仿宋刊

# 蔡中郎集目次

外集卷四獨斷　傳表第六冊

# 敘

中郎集隋志載十二卷注曰梁有二十卷錄一卷唐志仍載二十卷宋志載十卷則今之傳本十卷已爲近古以增少業是集心好之而所見之本或六卷或八卷或二卷互有鐇忤苦無善本對勘曩歲庚戌始購得黄蕘圃顧澗薲合校明萬歷間陳留令徐成庵所刻有宋天聖間歐識之敘之十卷本又外紀一卷補十卷之遺其所據校者一爲葉氏樸學齋所藏舊鈔本一爲

蔡中郎集

錫山華氏活字本卷與徐刻同文視六卷八卷二卷本爲少未審是否宋志所載十卷之舊迭繙詳覈各有可取亦各有可議每思彙而別之徵其同異析其是非當箸之說列于句下當補之篇坿于卷餘庶察應袪之僞以存未汩之眞藉或稍糾俗本之謬而退食尟暇蓄此志者倏又數年比識秀水高君伯平均儒舉以商搉伯平韙之爲仿朱崇沐刻韓文考異舊式仍徐本爲主本卽黃顧二家所校之鈔本活字本以證

一大三百十二小四

嘉靖閒祋祤喬氏刻六卷本新安汪氏校二十家八卷本太倉張氏校百三家二卷本康熙中陳畱劉氏依喬本六卷增刊有補遺本擇善而從存疑俟質于徐本十卷外紀一卷外又采自他本另編四卷錄范書列傳及青浦王氏所蒐年表于卷末都爲十六卷篇則溢于范書所載百四之數甯過而存之也范書稱中郎經學深奧撰集湮沒多不存當劉宋之時其文僅傳已不逾此則梁唐所載二十卷恐尚未免沿誤今

就此讐校斤斤尋究于字句之閒亦冀由是溯其原出諸經博證旁通以求得夫有本有文之實是敢謂辨譌正竄遂堪爲中郎之功臣也邪

咸豐二年十月聊城楊以增敘

黄校題識

余所藏蔡中郎集六卷本係述古堂藏弆者既而余友顧千里舉盧抱經所言蔡集以天聖年間歐靜所輯本爲最古第一卷首篇是橋太尉碑今本移易其篇弟又并篇中顛倒次序大失其意云云謂六卷本實誤本之祖歐本自在天壤間何不留心搜訪之今歲正月十有九日展墓還道經胥門憩經義齋書坊坊中小主人胡立羣頗習目錄之學持明刊蔡中郎集示余余

始猶以爲六卷本無足重立羣云此十卷本也晁陳兩家皆以十卷爲善見行本皆六卷矣余開卷見有故太尉橋公廟碑知與盧說合且有樸學齋歸來草堂兩圖記知爲葉石君舊藏何奇而得此以踐千里畱心搜訪之語邪覆檢鍾山札記果與之悉合爰題數語以證此本之善至是刻爲㽅神廟時徐子器刻特未知抱經所見又何本爾嘉慶乙丑孟春月二十日是爲雨水節蕘翁識

余初得此刻卽僧香嚴書屋所藏舊鈔本校勘鈔本亦出樸學齋與此刻同是葉石君所藏然鈔刻分卷同而文字舛不同取校此刻大有增損卽有鈔本似誤者今悉仍之通本朱識是也

蕘翁

僧鈔本校未畢適錢唐何夢華行篋中攜得華氏活字本參校知鈔本爲㝡佳活字本近之且鈔皆行草字體有未甚明晳者可以活字本參之書之不可不多本相勘如是如是蕘翁又識

校蔡集訖其中鈔本活字本之異同可謂無遺漏矣然不得宋刻總不敢定其是非卽以文理論之此刻實可通而鈔與活本皆不如是是又未敢定此爲是也卷中朱墨兩筆之圈抹皆就兩本校之非圈者必是抹者必非也讀者辨之

蕘翁

# 顧校題識

蔡中郎集予向未究心蕘翁得述古堂所藏六卷本見示一望洩其不佳後遂別得此本又再三覆勘予亦影鈔蘭雪堂本一部相從偕閱偶有所見記之于上方皆顯然舊並不誤而徐子器刻時妄改者也夫六卷本無足論即十卷其佳惡不同如此書以彌古爲彌善可不待智者而後知矣乃世閒有一等人必謂書無庸講本子其人蕘翁門下士也噫將自欺邪將欺人邪

敢書此以質蕘翁丙寅十二月澗薲居士

抱經自言其所見蔡集爲宋刻在鍾山札記別風淮雨一條中今此本妄改雖變二字鈔本活字本皆誤作維而二字皆非其所見決然矣但未審果宋刻否曰黃君前因予言訪得十卷各本安知不更以予言訪得宋刻耶遂更書此以貽之嘉慶丁卯正月七日燈下時唯蕘翁更字復翁之朙年也澗薲

案當以鈔本爲最佳活字本次之此徐子器本

所改其淺近者或有是處稍難讀則每不知而作矣不揆檮昧輒加評論雖未得詳備然準例求之無難也宋槧若出必足證我言之非謬丁卯正月九日燈下澗蘋又書

大七十小三

徐本敍跋

蔡中郎邕陳留郡人也文集若干卷舊刻于吳中夫中郎博學善文爲漢季稱最今雖遐陬僻壤賈豎牧孺靡不思慕詠歌顧桑梓之區制作不少概見俾文采無徵甯非典籍之缺然者歟或曰文因人而傳中郎乃文人之無行者是以無傳焉此又不然古人之所爲要不可以淺衷測識也彼其際百六之厄丁陽九之窮皆欲屈志淪污默爲推挽故揚雄獻美于新莽荀彧濡

迹于曹瞞彼豈嬰情好爵哉其意葢有爲也中郎當漢靈時以議郎病免及董卓崛起屢徵不就劫之以威乃就旬日之閒周歷三臺羌胡梟獍中郎豈不知之其應召也固將託爲心膂砭其膏肓正論排之微詞諷之從容以開導之反復以規諭之芟雒社之荒蕪噓炎光于旣燼乃其心也彼昏不知卒罹燃臍之慘豈亦駢首就戮哀哉故子雲以符命投閣文若以九錫誅夷中郎以一歎隕命三子者皆比匪之傷其心乎

漢則一也不然邕嘗取朱穆以貞孤謂有羔羊之節讚楊秉之清儉雅重純白之操豈依卓以苟富貴者歟矧邕曠世逸才學無不貫使其不死必將抽金匱石室之藏品題軒輊勒成一代之典與子長孟堅爭馳不知孰爲先後且司徒允慮其訕謗竟寘之刑滅典覆紀難乎免于世矣予過陳留思中郎風致欲弔其廬與墓飛煙冷劫增慨噫焉檢笥中得中郎文集檄陳留令徐子器校讎而雕之徐令雅尚古作興起斯文

力任茲役亦以爲邑之鄉先哲也殺青已竟請予斯文乃弁諸首若夫竊經取則孝感兎祥則誌乘已備而識焦琴辨柯笛乃博洽細事皆可畧也故予著其事卓之心示後之人亦爲解嘲云爾萬歷元年仲春望日朝列大夫參議江藩

東陽王乾章譔

余刻蔡中郎集或曰中郎舍漢而倚卓爲之腹心非純臣也回視屈大夫心乎爲楚不同刻之何足以勸忠也予曰中郎豈忍于負漢者耶觀

所上諸疏議及荅問災異八事狀指摘時政缺失旁引曲證無所回顧剴切至矣視屈子奚異也他如撰郭有道陳太丘諸碑則向慕所在亦可概見至述行釋誨二賦卽陶靖節之閒情亦似不及子何泥迹而畧心至此乎矧于時炎運中否讒譖盈庭中郎以一孤忠立于羣黨之閒非徒言不見錄且從而被收矣淪落不偶遂爲卓所引用雖其執義不堅誠有可訾未必無深意存焉乃志不克遂身竟以隕名亦隨之豈不

悲乎顧其博識遐覽涯涘無際昌言抗論光欻三大三百廿九小、、
逼人非天才俊拔膽氣英毅亦孰能之足與屈
賈并稱無疑也使王允諸人能爲國惜才不忍
玉石俱焚俾得纂成漢紀與司馬氏齊驅竝駕
不至湮沒無聞胡其厄也乃竟乖所請不爲表
白又胡其不厄也今即其遺文之僅存者刻而
傳之後之欲識中郎者因著述以察其心因議
論以求其志因不免有過之中而恕其無過之
實畧其迹之可疑而取其文之足傳爲陳留之

文獻惽中郎不將躍然于地下已哉若必律以
春秋責備之法則如楊子雲柳宗元王介甫輩
其立志制行豈能過人特以其製作可觀皆有
文集行于世中郎獨不當與竝乎此固少參王
公所撰述之意也亦予樂爲校讐之意也或者
唯唯而退予遂刻而成之俾謚流傳于不朽云
萬歷二年三月旣望賜進士第知陳留縣事東
陽成庵徐子器謹跋

歐本原敘

漢蔡中郎傳邕博學辭章爲靈紀十裔裔喬本劉本皆作意及雜文凡百四篇傳于世及字下活本有諸字文字下有章字非是傳所載者釋誨幽冀刺史闕疏陳政要七事金商門荅災異疏疏活本作所非是被收時表及世傳獨斷女訓文選陳太丘等碑文初學記短人賦纔十數篇而已按唐書藝文志洎吳氏西齋書目竝云邕集十五卷今之所傳纔十卷亾外計六十四篇其中可疑者宗廟頌贊述武皇平亂

之功又有昊天眷祐我魏之句祐活本作佑蓋以宗廟指魏也魏字活本在宗字上校遜又有魏武帝祀橋太尉文祀活本作祠稱丞相冀州牧魏主操謹遣掾再拜祀牧活本譌作收操謹倒作謹操祀作祠祠字下有文字非是姜伯淮碑稱建安二年卒劉鎮南碑建安十三年薨太和二年葬按邕本傳本傳活本倒作傳本董卓被誅邕爲王允所害時年六十一據邕金商門荅災異被收表云臣今年四十八靈帝光和元年也董卓被誅獻帝初平三年也光和元年戊子至初平三年

一大二百七十、小八十五

壬申訖正六十一矣又初平盡四年（平盡從活本徐本作年至是非是）改興平二年改建安至二十五年正月操薨（二十兩字據陳壽志紀增各本皆脫月字下各本皆有薨字案獻紀衍）三月改延康（延從紀及活本他本作建非是）十月禪子魏王丕即初平四年是爲二十六年太和二年乃魏明帝之二年至是又八年計訖於已三十六年矣按初平已前操尚在誅卓之歲操始爲東郡太守破黃巾于壽張至建安十三年操自爲丞相二十一年操自進爲魏王亦有魏宗廟而操不得先稱

魏王武帝及武皇也其姜伯淮劉鎮南薨葬相後年代綖遠劉字據喬本劉本補徐本活本脫邕安得紀述邪是集也今旣鈠五卷矣見所傳者蓋後之好事者不本事迹編他人之文相混之目非十五卷之本編固矣建安黃初之文體多相類復不逮廣披眾集固不可知其誰之作也偶閱而有得識于帙末天聖紀號龍集癸亥余月哉生明後八日海陵西齋平陽歐靜識之敘案舊唐書經籍志新唐書藝文志皆載蔡邕集二十卷敘引作十五卷末云今旣鈠五卷又云非十五卷之本編喬本汪

本劉本皆同新唐書成于嘉祐五年始改舊書經籍志爲藝文志此敘作于天聖元年所引自是舊書遽稱藝文志或由後人妄易而再三論十五卷則是原引失考非由傳刻之譌又敘首論宗廟頌及祀喬太尉文卷中無此二篇度原輯并姜伯淮碑劉鎮南碑芟去後人摭復二碑審頌及祀文語顯非豈作不再拾補又敘所載年次多有譌踳如被收時表臣今年四十六誤作四十八據此下推至初平三年正六十歲不當云六十一若六十一則初平四年也敘又云初平盡四年改興平二年改建安至五年正月操薨曹操昉于建安二十五年非五年又云三月改延康十月禪子魏王丕卽初平四年是爲二十六年魏丕改延康爲黃初卽建安二十五年一歲凡三改元敘說云云思之不得其解諸本沿刻皆未糾及坿備參證

三一 大百小二百八十四

## 凡例

一是集爲明萬歷間陳留令徐子器成庵所刊十卷本卷首有宋天聖間歐靜識之敘經黄丕烈蕘圃顧千里澗蘋以葉氏樸學齋所藏舊鈔本錫山華氏蘭雪堂活字本參校存眞存譌點補鉤畫不遺分忽據一己得再三之證叓以嘉靖間喬世甯景叔所刊六卷本康熙間陳留劉嗣奇爾常所刊六卷有補遺本又太倉張溥天如訂百三家本新安汪士賢所校二十家本迭

誦互勘同異兼存是非嚴辨于每句之下注明
不敢逞臆增竄一字
一徐本十卷似照歐輯首列碑銘以人類次其
例甚善惟弟九卷亦屬碑銘列于論表之後似
徐改掇斷非歐輯之舊今移列弟六卷其原弟
六卷循次遞下以歸一例篇次悉仍其舊
一是刻以徐本爲主其字句有與他本不同而
徐本是者但注某字句某本作某非是或他本
皆作某非是徐本非是者注某字句從某本某

本作某徐本作某非是可竝存者但注某本作
某校勝者于作某下加校勝二字校遜而尚可
從者加校遜二字與有徐本可疑而鈔本及他
本皆未可信者則注明某字句某本作某某本
作某姑從之

一校本黃顧以鈔本爲最佳活字本次之而鈔
本亦頗有不如徐本及他本者則注明某字句
鈔本作某非是或活本作某非是與字句髣髴
者則注明某本譌作某他本有不如徐本及鈔

本者準此

一徐本譌而喬本汪本張本劉本是鈔本未及校正者注明某字句從某本徐本作某非是鈔本未校正

一鈔本羨歧之字有豪無義理者閒置不錄其有與徐本字體相似字義與文相背者注明某字鈔本譌作某或作某非是鈔本所無或脫之字有必不可無者注明鈔本無某字非是其可有可無者但注鈔本無某字或鈔本脫

一鈔本空格有連上及下字與徐本不同而文義可通者但注某字句鈔本空格其不可通者空格下加非是二字

一是集碑銘之文爲多其所碑所銘之人後漢書彊半有傳據後漢書正譌之字與諸本不同皆注明某字從范書作某

一碑銘題應照碑額所書方符一定體例而諸碑搨本無從訪覈各本題字不同殊多可疑者姑從徐本但就所疑之私見坿注每題之下

一議及荅問每篇緣起各本不同張本參詳畧尤異他本且或另行大字或夾行小注或連正文眛乖體式以范書校之亦屬迴别竊疑後人改竄斷非中郎之舊今悉視題高一格另行大字而注異同于夾行惟朱公叔謚議和熹鄧后謚議二篇敘起簡直似未經改竄姑仍徐本不另移行

一後漢書列傳所采中郎之文多與各本不同卽如被收時表字句大相懸異荅問并異疏閒

有芟節特載列傳全文于卷末讀者自辨不必
悉照校改其楲見在他傳及司馬彪志或劉昭
注者仍于每篇每句下注明
一吳縣蔡雲立青道光四年所刊蔡氏月令據
顧校改正之字與集中明堂月令論月令問荅
二篇不同似顧于是校之外尚有精詳別本無
從讎勘眛滋疑憾
一正集卷數篇次悉依徐本凡徐本不載載在
他本者皆于每篇題下注明某本無某本有編

作外集外者言在十卷本之外非外之之辭也

# 蔡中郎集目

## 卷一

卷二

卷三

卷四



一大一百十九小四

卷五

卷六

卷八



卷九

再讓高陽矦印綬符策表

卷十

明堂月令論

月令問荅

外紀

胡廣黄瓊頌

上漢書十志疏

述行賦

短人賦

飲馬長城窟行

篆勢

隸勢

釋誨



金陵柏士達刊

# 蔡中郎集卷第一

漢左中郎將蔡邕伯喈撰鈔本無漢字撰從活本徐本作傳非是

## 故太尉橋公廟碑橋從范書立傳及鈔本并他本徐本作喬非是

案漢碑額書官每于官上書故字題與額一例而集中惟此碑題有故字仍之其無者亦不妄增

光光列考列喬本及他本作烈伊漢元公克明克哲實叡實聰如淵之浚如嶽之嵩嶽鈔本作岳嵩作松當是崧之譌威壯虓虎文繫雕龍撫柔疆垂疆鈔本作壃戎狄率從

敷教中夏五典攸通典從喬本及他本徐本作敎校遜帝謂我后朕嘉君功嘉鈔本省作加命君三事時亮天功天鈔本譌作天功鈔本及他本作工案書舜典惟時亮天功皋陶謨天工人其代之上文朕嘉君功則此句似可從工而古人不忌重韻顧氏炎武論之蔡詳況句原引書不必改從鈔本仍之公拜稽首翼翼惟恭左右天子祗厥勳庸庶績既熙黎民時雍上下謐寍謐鈔本譌作謚八方和同丕顯伊德作憲萬邦案此頌是第一段喬本張本汪本劉本本皆倒置篇末張本且于光光列考句上妟增銘曰二字似未曾見十卷本盧文弨鍾山札記說甚詳洽采列篇後備參

公諱玄字公祖少辟孝廉辟司徒大將軍府爲

侍御史（爲字上鈔本有再字）牧一州典五郡出將邊營入掌機密歷三卿（卿鈔本譌作鄉）同三司享年七十五光和七年夏五月甲寅（七年范書傳作六年誤案范書靈帝紀中平元年十二月己巳改元中平則五月甲寅自當書光和七年爲允）以太中大夫喪于京師（太鈔本譌作大）朝廷所弔贈如前傅之儀（傅從喬本及張本汪本徐本劉本譌作傳鈔本活本脫）九月乙丣（九字上鈔本有其字）葬于某所三孤故臣門人相與述公之行（之行之字從盧說）（據水經注改徐本及他本皆作言行校遜）咨度禮則（則字從鈔本活本及盧說徐本及他本皆作制校遜）文德銘于三鼎武功勒于征鉞（征從盧說）

據水經注改徐本及他本皆作鉦非是鈔本末校正官簿次弟次弟從喬本及他本徐本倒作弟次鈔本末校正事之實錄書于碑陰以昭光懿以昭光懿四字從盧說據水經注改徐本及他本皆作俾爾後昆永有仰于碑陰云惟喬本無云字案此是弟二段喬本及他本迻在頌前橋氏之先出自黃帝至允世之表儀也弟三段之後是以弟三段爲弟一弟一段爲弟三致事之實錄書于碑陰句無著眛非是詳見篇末盧說橋氏之先出自黃帝帝葬于橋山橋活本作喬非是子孫之在不十二姓者此句從鈔本徐本張本汪本作子孫之紹基立姓者喬本劉本作子孫咸以爲氏顧千里曰不十二姓見國語今本所改大誤案顧仍鈔本說頗有據咸以爲氏漢興以禮樂爲業高祖諱仁鈔本諱字

上有父字位至大鴻臚列名于儒林祖侍中廣川相川從喬本及他本徐本作州非是案范書玄傳作祖父墓廣陵太守與碑所書迥異未審孰是考東萊太守萊鈔本作業非是公稟性貞純幼有弘姿剛而不虐威而不猛聞仁必行睹義斯居文以典術守以純固純從張本徐本及他本皆作繼鈔本仍之校遜弱冠從政當官而行刺史周公辟舉從事事從鈔本及他本徐本作政非是所部二千石受取有驗公糾發贓罪發鈔本譌作廢致之于理時有椒房貴戚之託貴從鈔本徐本及他本皆作桂非是託鈔本譌作訖周公累息息字下鈔本譌功字屬下公不爲之

動公字據喬本及他本增徐本活本無鈔本作功竝非是案十卷本固勝他本此句則鈔本譌徐本活本脫十卷本卻又校遜後之似此者尚不一可見校勘擇善不必泥誰何之本也史魚之勁直山甫之不阿于是始形舉孝廉除郎中洛陽左尉洛鈔本作雒特進潁陽侯梁不疑爲河南尹潁陽侯從盧說徐本鈔本及他本皆作潁王河鈔本譌作阿當以事對此句亦從盧說鈔本徐本及他本皆作當事以對是時畏其權寵而爲之屈辱者多矣之字從鈔本增徐本及他本脫公不折節折鈔本譌作折解印綬去辟司徒舉高弟補侍御史以詔書考司隸校尉趙祁事廷尉郭貞廷鈔本作子非是私

與公書非接使銜命之儀銜從張本徐本及他本皆作御非是鈔本未校正公封書以聞貞以文章得用章鈔本作筆盧說用字句鬼薪公盧說公字句離司寇盧說寇字句寇鈔本譌作冠辟大將軍梁公幕府屢以救正救鈔本作干據非是干其隆指干從張本徐本及他本皆作于校遜將軍嘉之無言不讐讐張本作酬又以高第補侍御史在職旬月月鈔本譌作有羌戎匪茹震驚隴漢四府舉公拜涼州刺史四從盧說徐本鈔本及他本皆作西非是涼鈔本作梁威名克宣克鈔本譌作充凶虜革心清風席卷至則無事車師後部阿羅多卑君君從鈔本

及他本徐本作居非是相與爭國興兵作亂鈔本脫興字公遣從事牛稱何傳何鈔本譌作阿輕車騎此句從鈔本活本作輕舉騎徐本及他本作舉輕騎案活本最遜徐本亦遜鈔本校遜收阿羅多卑君君從喬本及他本徐本作居非是繫燉煌正處以間繫鈔本作繋非是阿羅多爲王卑君侯稱以奉使副指除侯部侯鈔本作候候不動干戈喬本及他本無候字鈔本作假干活本譌作于案阿羅多爲王至不動干戈句其間疑有譌竄之字揮鞭而定西域之事人以爲美談鈔本脫人字爲字又值饉荒諸郡饑餧饑鈔本作飢公開倉廩以貸救其命廩鈔本作

稟主者以舊典宜先請公曰若先請民已欢已活本作以稟訖乃上之詔報曰邊穀不得妄動動鈔本活本皆作出玄擅出于是玄有汲黯憂民之心是字下鈔本有以字後不以爲常公達于事情剖斷不疑皆此類也遷齊相視民如保赤子討惡如赴水火刑罰賞遂民知勸懼臨菑令賂之賂鈔本譌作路之從鈔本徐本及他本作財校遜賕多遂正其罪鈔本張本汪本作賕多罪正校遜活本正作止喬本劉本正字上有止字並非是受鞫就刑沒齒無怨竟以不先請免官竟字據喬本及他本增徐本脫鈔本未校補徵拜上谷太

守民有父字俱行盧說行字句凶人惡言當道盧說道字句徐本及他本重人字謬曉之不止盧說止字句其子殺之而捕得盧說得字句之徐本張本汪本皆作人而徐本作公竝非是公以其見侮辨直公以二字徐本脫其字倒列于見字下脫直字侮喬本及他本作侮非是不舉文書此段皆從鈔本及盧說他本皆有可疑惟鈔本合盧說鈔本之勝他本以此以遇赦令蕃縣有帝舜廟以故事齋祠戶曹史張機有懲罰貨祠巫自託以舜命約公云不得譴公覺其姦態收考首伏卽日伏辜遷漢陽太守上邽令皇甫禎禎從范書傳及他本徐本省作貞贓罪明審收

考髠笞髠笞從范書傳及鈔本徐本及他本笞作鉗非是亥于冀市後以病去徵拜議郎司徒長史循王悝桓帝同產以懷逆謀黜封癭陶王始封勃海以公長于襟帶拜鉅鹿太守悝畏怖朙憲檢于靜息自將作大匠鈔本脫大字徵未到而章謟先入鈔本而字下空格故轉拜議郎遂用免官徵度遼將軍遷河南尹鈔本活本脫南字少府大鴻臚司徒司空託病而去託鈔本譌作記悉引眾熒雖非己負公皆以自克克從鈔本徐本及他本皆作劾遜位歲餘拜尚書令時河閒相蓋升以朝廷在

藩國時鄰近舊恩藩鈔本譌作蕃歷河南太守太中大夫在郡受取數億以上數鈔本作如非是創毒深刻公表升會放狼籍不顧天網網從鈔本及喬本汪本劉本徐本譌作綱張本作罔顧千里曰天網見老子損辱國家爲上招怨當肆市朝以謝兆民奈遇贖令罪除惡在可免升官禁錮終身没入財賂非法之物以充帑藏儆戒羣下連表上不納而升遷爲侍中公稱病辭從拜光祿大夫從鈔本譌作徒復拜太尉如前遜位前鈔本作月非是復拜少府病不就職鈔本脫就字拜太中大夫凡

所獲祿皆公府特表送送從鈔本及盧說徐本及他本皆作選校遜臨難受位自九列之後乃以丕貤乃以丕貤從喬本及他本丕鈔本譌作不徐本作咸以朙三字連下不成句尤非是公紀綱張弛勇浚不回勇鈔本作氣回作干非是析見是非朙作速于發機此二句從盧說徐本作析見是非朙作達于事機鈔本作見是非而作速于登機喬本劉本作見是非而作速于察機登疑卽察之譌張本汪本無析見二字而作仍作朙作機字上亦作察字案各本自以徐本爲勝而究遜盧說燕居從容燕字鈔本作乃實二字非是申夭夭鈔本活本脫夭夭二字和樂寬裕褒士親仁凡見公容貌公鈔本作心非是誾公聲音莫不熙怡悅懌悅鈔

（本譌作恍）思樂模則（模從活本鈔本譌作摸徐本譌作莫）來者忩歸去者願還（鈔本脫去字）雅性謙克不吝于利欲（欲劉本在下句雖字下非是）雖衆子羣孫（雖鈔本作惟衆作爾非是）竝在仕次曾無順媚一言之求身歿之日無獲大位在百里者莫得好縣比方公孫末有若茲者也（比從鈔本徐本作北末鈔本作末）初公爲舍于舊里弟卒推與其孤（推鈔本譌作惟）至于卽世柩殯無所（柩鈔本譌作樞殯作櫝活本作擯竝非是）清儉仁與之效（仁字下鈔本有以字）于斯爲著（著鈔本作着俗）巍巍乎若德允世之表儀也已（鈔本無已字盧文弨鍾山札記論蔡

中郎集其弟一條云凡傳古人書當一仍其舊慎勿以私見改作如蔡中郎集有宋天聖元年今歐靜所輯本雖未必盡合于隋唐之舊然在今當日已爲最古後日重刻便可悉依舊式或有斯補者可別坿于後當刊者可著說于篇下顚倒得之矣今乃移易其篇弟井一其篇之中首篇其次序致有大失其意者如歐本一卷之一首伊乃故太尉橋公廟碑以頌居首云光光列考篇漢元公此爲其孤作也故稱列考烈考也頌後公諱某字公祖云云至文德銘于三鼎武功勒于征鉞官簿次弟事之實錄書于碑陰以昭光懿于龇佪孖嘛陜繇硅胳妹䫻蜥䏲𪏉焜䴡歔驪嶷故此是弟二段下云橋氏之先出自黃帝云云至巍巍乎若德允世之表儀也已爲弟三段終焉卽所謂碑陰也其四銘坿此篇之後自明張天如所刻百三名家集卽集坿以賦爲首次以疏表書論議對問設論連珠頌贊箴銘而後及于碑此碑則以橋氏之先云云公諱某云

云連爲一段于未妥增銘曰二字然後以光光
烈考提行至作憲萬邦終焉四銘則別入銘中
不繫此碑之後則全與篇中所云不相應篇類
所云書于碑陰者卽橋氏之先一段文也若倒
在末則所云碑陰又何所指乎　本朝康熙年
間又有莘野劉嗣奇弟兄重刻蔡集分爲六卷
碑在弟五此文全與張本同但不加銘曰二字
目中郎又有太尉橋公碑一篇乃爲故吏司徒
崔烈廷尉吳整作者劉本則移之于四銘之前
不知文德銘于三鼎武功勒于征鉞之語自在
前篇今乃繫于後篇不亦謬乎甚矣人之好妥
作也如此爲能傳古書則古人之面目反隱矣
弟二條云古書流傳譌謬自所不免果有據依
自當改正蔡集余有校本今姑以橋公二碑略
言之弟二段云三孤故臣門人相與述公言行
咨度禮制考水經注言行作之行爲是此碑但
記行事目禮制作禮則又下鉦鉞作征鉞亦當
從水經注改正末云俾爾昆裔永有仰于碑陰

大五小六百七十一

云語意全不似漢人且此是三孤與其故臣門
人所述安得有俾爾昆裔之語故吾以爲當從
水經注作以昭光懿爲得也時有椒房桂國之
託桂乃賚字之誤特進穎王梁不疑爲河南尹
案不疑未封王乃穎陽矦之譌當事以對當作
當以事對貞以文章得用句鬼薪公句離司寇
句文章舊本作文筆又西府俱四府之譌四府
乃太傅太尉司徒司空也民有父子俱行句凶
人体敦循一惡言當道句曉之不止句其子殺
之而⿰者乍鄬公捕得句公以其杧⿰金孚有見郛循其
侮辨直竘⿰乃本嫵髓不舉文書此段皆以舊本考
正又云凡所獲祿皆公府所特表選舊又作表
送蓋仕而不受祿故公府爲特表送也皆云自
九列之後乃以丕貤言其位至九卿祿以械之
親舊故云丕貤有本作自九列之後咸作朙公
連下句者非是又析見是非丌擬脫朙事速于
發機集本或無析見二字下句作達于水機又
張本作察機皆譌黃鉞銘是用鏤石下水經注

有假象二字當補入蓋卽一篇之中其當改訂者不少但究須審愼疑者盍闕以俟後之人或有能通其義者若遽憑臆改定而又全沒舊文則似是而非之弊又有不可勝言者矣案盧說極允惜其所校全本未獲見此二條于橋公廟碑論最詳確特采列篇末俟訪得所校全本當于每卷末再坿校勘記也

## 東鼎銘

維建寍三年秋八月丁丑延公于玉堂前廷乃詔曰其以大鴻臚橋玄爲司空再拜稽首以讓鈔本活本脫再字帝曰俞往哉三讓然後受命公乃虔恭夙夜帝采勤施八方旁作穆穆以對揚天子

丕顯休命虔鈔本譌作處揚譌楊曰在先民曰從鈔本徐本及他本皆作越眦于天子罔不著萁股肱罔不著其股肱句從喬本及他本鈔本罔譌作內著作着俗徐本作丕著股肱亦遜畢其思心式率天行式昭德音公亦克紹厥猷克字猷字從喬本及他本徐本作剋作由非是鈔本末校正鑒于法罔敢不法鼎于誠罔敢不法鼎于誠此二句從鈔本徐本及他本皆作鑒于法罔敢不法憲于誠罔敢不誠案鈔本視徐本及他本爲難讀恐仍有譌而誠字是韻姑從之用總是羣后保乂帝家勛在方策策喬本及他本作冊民咸曰休哉惟帝念功越若來二鈔本作三月丁丑遷于司徒

中鼎銘

維建寍四年三月丁丑延公登于玉堂前廷乃制詔曰其以司空橋玄爲司徒公拜稽首以讓鈔本脫稽字帝曰俞往哉三讓然後受命鈔本脫命字公允迪厥德宣力肆勤戰戰兢兢以役帝事越其所以喬本及他本皆無越其所以四字率夫百辟辟鈔本作群非是媚于天子天子曰都鈔本活本脫曰字上之天子二字愼厥身脩思永鈔本脫身字脩作循非是同寅協恭以和天衷德則昭之昭鈔本作招違則塞之囘乃不敢不弼弼鈔本譌作粥枉

乃不敢不匡股肱之事旣充三事之繇允備災眚作見乃引其責曰責曰鈔本作青白非是凡庶徵不若庶鈔本譌作度彝倫不敘是惟臣之職職鈔本作收祇以疾告表告鈔本作苦越十月庚午記此記鈔本譌作訖

## 西鼎銘

維光和元年冬十二月丁巳延公入崇德殿前乃制詔曰其以光祿大夫玄爲太尉公拜稽首曰臣聞之三讓莫或克從臣不敢辭辭鈔本譌作辟臣犬馬齒七十犬鈔本譌作大可以生可以歿其戮力閑

私閑鈔本作閑非是懣心在公以盡爲臣之節于時侍從陛階從鈔本作軒階作私校遜與間公之昌言者莫不惕厲惕鈔本譌作陽如履薄冰履鈔本譌作覆旣乃碑表百代百鈔本譌作有

黃鉞銘鉞喬本及他本作鉞徐本作鉞竝非是

孝桓之季年鮮卑入塞鈔鈔從范書橋玄傳徐本作杪非是喬本及他本竝無杪字鈔本未校正盜起匈奴左部匈從喬本及他本徐本作凶非是鈔本未校正梁州叛羌逼迫兵誅迫鈔本譌作迪淫衍東夷夷從喬本及他本徐本作移非是鈔本未校正高句驪嗣子伯固逆謀

竝發驪嗣伯三字從范書傳驪各本省作麗嗣徐本喬本皆作翩非是鈔本作嗣無此字伯各本作百三垂騷然爲國憂念四府表橋公四從鈔本徐本及他本皆譌作西橋從喬本及他本徐本譌作喬鈔本脫晉在涼州柔遠能邇遠從鈔本及他本徐本譌作遠不煩軍師而車師克定鈔本脫而車師三字克作尅非是及在上谷漢陽連在營郡晉力方剛晉鈔本作旅非是眀集御衆御喬本張本作士徵拜度遼將軍始受旄鉞鉦鼓之任始鈔本譌作如扞禦三垂公以吏士頻年在外頻鈔本作連在作乃外空格活本又空一格顧千里曰此行疏脫約三格勤于奔命人馬疲羸撓鈍請且息州營

横發之役以補困憊（困憊鈔本作漸兒不可解）朝廷許之于是儲廪豐饒室磬不懸（室磬鈔本作奉使非是）人逸馬畜（畜從鈔本及他本徐本作同校遜）弓勁矢利（矢鈔本作始非是）而經用省息官有餘資執事無放械之尤簿書有進入之羸（羸徐本譌作羸各本譌作羸案句意應作贏贏有餘賈利也）治兵示威戎士踴躍（踴鈔本作勇校遜）旌旗曜日金鼓霆奮（霆張本作雷）守有山岳之固攻有必克之勢羌戎授首于西疆（授從喬本及他本徐本作受非是鈔本未校正疆鈔本譌作彊）百固冰械于東鄰鮮卑收迹烽燧不舉眎事三年馬不帶

一二大二百零八小二百卅九

鈹鈹鈔本作鈹弓不受彄是用鏤石假象假象二字依盧說據水經注增各本皆脫作茲征鉞征從盧說校正各本皆作鉦軍鼓陳之東階以昭公文武之勛焉焉鈔本譌作馬銘曰銘曰鈔本無二字案銘曰二字或有或無各本殊不一今悉仍徐本之舊帝命將軍秉茲黃鉞秉活本譌作乘威靈振耀如火之烈公之在位鈔本脫在字羣狄斯柔齊斧罔設罔活本譌作岡人士斯休

## 太尉橋公碑

喬本汪本碑字下有頌字

公諱玄字公祖梁國睢陽人也大鴻臚之曾孫

廣川相之孫[川從鈔本及他本徐本譌作州]東萊太守之元子也膺受純性[性鈔本譌作惟]誕有奇表岐疑而超等總角而逸羣至于初紳[于鈔本譌作子]高朙卓異爲衆傑雄其性疾華尚樸有百折而不撓臨大節而不可奪之風[鈔本脫百字折譌作忻折字下之而字據鈔本增大譌作太]經藝傳記周覽博涉瓌琦在前靡所不識當世是以服重器歸高名州郡交請待以訪斷歷端首則義可行處爪牙而威以布[爪從喬本徐本譌作瓜鈔本未校正]察孝廉除郎中洛陽左尉[洛鈔本作雒]以公事去辟司

徒舉高弟侍御史直道而往用免其任免鈔本作已任作莅非是免張本作光校遜辟大將軍四府表拜涼州刺史四從盧說徐本譌作西鈔本譌作而遷齊相以公事去詔書印綬即家拜上谷太守遷漢陽太守徵拜議郎議鈔本草書作㳅活本作義非是司徒長史鉅鹿太守被詔書爲將作大匠大鈔本譌作太爲受罰者所章拜議郎即徵拜度遼將軍遷河南尹少府大鴻臚遂陟司空司徒託痾遜位起家拜尚書令以疾篤稱拜光祿大夫後拜太尉久病自替復爲少府太中大夫

太鈔本譌作大春秋七十五光和七年五月甲寅薨公性質直不憚彊禦在憲臺則有盡規之忠領州郡則有虎彪之威其拔賢如旋流討惡如霆擊如字上鈔本衍惡字每所臨向清風光翔遠近豫震兹可謂超越衆庶彰于遠邇者已于是故吏司徒博陵崔烈鈔本脫故字崔從鈔本及他本徐本作顧非是廷尉河南吳整等以爲爲鈔本作謂至德在己揚之由人苟不皦述皦鈔本作矯非是夫何考焉夫鈔本作天考作舍竝非是乃共勒嘉石嘉石鈔本倒作石嘉永昭芳烈遂作頌曰

一四六二百六十六小一百六

赫矣橋父秉文握武內爲宗幹幹從喬本及他本徐本作榦校遜出爲藩輔在憲彈枉竟由厥矩允牧于涼劉彼裔土劉從鈔本徐本及他本作刈非是爰將度遼亦用齊斧敷敎四畿旋統京宇敦茲五服衆庶是與膺踐七命翼我哲聖登空補袞陟徒訓敬尹尉清宸宸鈔本作晨非是熙帝之政終始爲貞典章以定典鈔本作奐非是遺愛在民皇哀其命立石刊銘莫逸斯聽逸喬本張本汪本皆作遁鈔本譌作邇活本譌作迹魂而有靈萬億其盛

朱公叔謚議謚字從張本汪本增徐本脫鈔本未校補

漢謚州刺史南陽朱公叔卒門人陳季珪等議 一三大二行卅四小一行廿

所謚云宜曰忠文子陳留蔡邕議曰此與卷八和熹鄧后謚議敘起皆簡直似未經改竄爰仍徐本之舊不復移行張本鄧后謚議敘起不另行而此另行低一格昧未協

昔在聖人之制謚也將以勸善彰惡俾民興行賢愚臧否依事從實雖文武之美幽厲之穢幽從喬本及他本徐本作靈非是鈔本未校正罔不具存具鈔本譌作其自王公以降以鈔本作己至于列國大夫皆用配號傳于無窮秦以世言謚而黜其事以世鈔本作祚一校遜謚張本汪本譌作溢

漢興以來惟天子與二等之爵二從

鈔本喬本及他本皆作五非是顧千里曰二字冣是二等之爵者漢制王也侯也然後有之公卿大臣其禮闕焉歷世彌久莫之或修修鈔本作循謚州府君貫綜典術率由舊章始與諸儒與鈔本譌作興考禮定議加陳留府君以謚州之謚是後覽之者亦無閒焉今子亶纂襲前業今鈔本作令亦通不忘遺則孝既至矣禮則宜之謹覽陳生之議思忠文之意參之羣學稽之謚法夫萬類莫賢乎人百行莫美乎忠美從喬本徐本譌作羡鈔本未校正又脫乎字故夏后氏正以人統教以忠德然則忠也者

鈔本脫者字人德之至也而猶有三焉孔子曰進思盡忠又曰臣事君以忠奉上之忠也曰爲人謀而不忠乎鈔本脫曰字又曰忠焉能勿誨乎鈔本脫又曰忠三字勿作無又脫乎字謀誨之忠也鈔本脫謀誨二字春秋左氏傳曰鈔本脫曰字小大之獄必以情以鈔本作有情忠之屬也鈔本脫情字也字又曰上思利人曰忠鈔本脫忠字上之曰字撫下之忠也三者人之則則鈔本作剛不成字而忠行乎其中中鈔本作忠非是益州府君自始事至沒身忠言不輟乎口忠謀不已乎心鈔本脫謀字上之忠字其在

帝室正身危行言如砥矢策合神明蹇蹇之諫文章具存奉上忠矣其在部臣匡救善導救字鈔本空格善導作諗梁出自一心疑不我聽者心鈔本作疑疑作心非是果有躓覆不測之禍躓鈔本作足毀半字謀誨忠矣爰牧冀州牧字下鈔本有空格非是時値凶荒鈔本脫時字勞心苦思心鈔本作精活本空格勤恤度事誅斃貪暴糾戢賢黨雖則彊禦當官能行夫豈淫刑將有利也發墓盜柩議而不罪夫豈漏姦察以情也也鈔本作矣校遜撫下忠矣鈔本脫矣字位在牧伯職據納言秉權食祿

實有年數而居無畜好財貨不謚舊舊字據鈔本及他本增徐本脫糲飡布衾鬓謂之精麗者鬓字鈔本在飡字下者字據鈔本及他本增徐本脫昔魯季孫行父卒父從喬本及他本徐本脫鈔本譌作文宰庀家器無衣帛之妾無飡粟之馬君子曰相三君矣而無私積可不謂忠乎而謚曰文子春秋外傳曰忠文之實也然則文忠之彰也忠以爲實文以彰之鈔本脫以字上之忠字文字下有之字非是事通議合兩名一致是貞儉之稱文也貞字上鈔本喬本有忠字之作也案句法校遜徐本邾子蘧蒢蘧蒢從左傳徐本作籧篨鈔本作蘧蒢卜

遷于繹史曰鈔本脱遷字繹史活本倒作史繹利于民不利于君公曰民苟利矣孤亦與焉于是遷而遂卒謚曰文公是危身利民之稱文也衛大夫孔圉謚曰文子子貢疑焉惟敏而好學不恥下問仲尼與之是勤學好問之稱文也鈔本脱好字府君所在屢以忤違阽以深患苟除民害死生以之前後三黜一羅肙靡羅鈔本作離肙靡從鈔本徐本及他本作疾廢顧千里曰肙靡是今本誤改于身危矣兼包六典命世作師猶復宗事趙奕示有攸尊攸鈔本作修非是能下問矣有一于

此猶可以稱〔以鈔本作矣非是〕況乃忠兼三義文備三德于古志不悖而謚法亦曰宜矣本議曰忠文子〔子鈔本作字非是〕按古之以子配謚者魯之季文子孟懿子〔文鈔本譌作父子字據喬本張本增徐本脫鈔本未校補〕衛之孫文子公叔文子〔子字據喬本張本增他本皆脫〕皆諸侯之臣也至于王室之卿大夫其尊與諸侯竝〔鈔本脫竝字〕故以公配春秋曰劉卷卒葬劉文公公羊傳曰劉卷者何天子大夫也經又曰王子虎卒〔卒字下鈔本有而字〕左傳曰王叔文公卒〔傳曰二字鈔本空格〕而如同盟禮也

如字據鈔本及他本增徐本脫此皆天子大夫得稱其禮與同盟諸侯敵體故也同盟鈔本作盟同體故作文盟非是又禮緣臣子咸欲尊其君父故雖侯伯子男之臣自稱其君咸得曰公及其卒也異國之人稱之皆然皆字鈔本空格是以邾子許男稱公以葬活本脫稱字春秋之正義也以例言之則府君王室亞卿也府鈔本作有非是有王叔劉氏之比以臣子之辭言之鈔本活本脫以字則有邾許稱公之文雖無土而其位是也今曰公猶可若稱子則降等多矣矣鈔本作以非是懼禮

廢日久〔日鈔本譌作曰〕將詭時聽周有仲山甫伯陽嘉父優老之稱也〔伯陽嘉父句下鈔本空一格空格下有賢老之福四字無優字空格活本作子疑皆有竄譌〕宋有正考父魯有尼父〔活本脫尼字下之父字〕配諡之稱也春秋曰孔父子曰伯某父亾之稱也〔喬本脫春秋曰至稱也二句〕父雖非爵號與天子諸侯咸用優賢〔與字下鈔本喬本有同禮二字咸鈔本作滅非是〕禮同順乎門人臣子所稱之宜〔禮同鈔本喬本作異亾案此句及上句以鈔本喬本合校疑有闕譌〕可于公父之中擇一處焉使不得稱子而已〔使從喬本及他本徐本作斯非是鈔本未校正〕

## 鼎銘

忠文朱公名穆字公叔有殷之胄微子啓以帝乙元子周武王封諸宋以奉成湯之祀至元子啓生公子朱公子之子字鈔本譌作于其孫氏焉後自沛遷于南陽之宛遂大于宋鈔本脫于字爵位相襲烈祖尚書令肅宗之世守于臨淮考曰先生實爲陳留太守先生二字據鈔本增徐本及他本皆脫案曰字下或書名或書某先生疑鈔本尚有脫字乃及忠文克明慎德以紹服祖禰之遺風紹服鈔本作服享脫禰字作遺稱二字非是悉心臣事用媚天子顯

蔡中郎集

允其勳蹟（蹟從喬本及他本，徐本作績，校遜）尋綜六藝，契闊馳思，所以啟前惑而覺後疑者（惑鈔本譌作或），亹亹焉。雖商偃其猶病諸。初舉孝廉，除郎中、尚書侍郎，獨念運際存亾之要（獨字上鈔本有豊令二字，疑譌竄，令字下空格，無念字，疑郎念字之脫誤），乃陳五事（陳活本譌作諫），諫謀湥切，退處畎畝，以察天象，驗應著焉（驗鈔本作享）。孝順晏駕，賊發江淮，時辟大將軍府，實掌其事，用拜宛陵令，非其好也，遂以疾辭（鈔本無疾辭二字，作辟，非是）。復辟大將軍，再拜博士，高弟作侍御史，明司國憲，以齊百僚，矯枉董直罔冐阿順冐鈔本作不謬極以黜其位潛于郎中羣公竝表乃遷議郎登于東觀觀鈔本譌作歡纂業前史于是冀州凶荒州鈔本作朔年饉民匱而貪婪之徒婪鈔本作婪乘之爲虐錫命作牧牧字鈔本空格靜其方隅隅鈔本空格乃攄洪化奮靈武昭令德鈔本無令德二字草書似相字非是塞羣違貞亘者封植戕戾者芟夷鈔本脫戾字下之者字去惡除盜無俾比而作慝用陷于非辜鈔本作去惡因人獸曾主之盜相與比而作匿用陷我非辜曾活本作增顧千里曰因人當作冈之增當作憎惡冈之獸憎主之盜者用獸惡其冈盜憎主人也今本大誤案鈔本謬極

顧說叚是而徐本視顧說爲簡質喬本及他本同仍之惟歷徐本省譌匿從喬本及他本改作歷于鈔本作我校遜復徵拜議郎病免官免鈔本譌作兒徵拜尙書清一以考其素素鈔本譌作索正直以醇其德出納帝命乃無不允雖龍作納言龍鈔本譌作寵納言作齊栗竝非是山甫喉舌甫從喬本及他本徐本作父鈔本仍之靡以尙之之鈔本作書享年六十有四漢皇二十一世皇鈔本作王延熹六年夏四月乙巳卒于官官活本譌作宮天子痛悼詔曰制詔尙書朱穆立節忠亮世篤爾行虔恪機任守弥善道不忝而卒朝廷閔焉今使權謁者

中郎楊賁贈穆益州刺史印綬魂而有靈嘉其寵榮嗚呼哀哉肆其孤用作茲寶鼎而銘載休功（而字據鈔本增　休活本譌作體）俾後裔永用享祀以知其先之德（先鈔本譌作光）

## 墳前石碑

維漢二十一世延熹六年粵四月丁巳文忠公益州太守朱君名穆字公叔卒于京師其五月丙申葬于宛邑北萬歲亭之陽舊兆域之南（亭字下之之字鈔本作亭案亭陽亦通而之陽之南亦不嫌複仍之）其孤野受顧命

曰古者不崇墳不封墓祭服雖三年無不于寢今則易之吾不取也爾其無拘于俗無廢予誠予從活本及他本誠從鈔本及他本徐本譌作于誠野欽率遺意不敢有違封墳三板不起棟宇乃作祠堂于邑中南舊陽里舊鈔本喬本作曰張本作南陽舊里自勝他本而以邑中二字尚可疑姑仍徐本備器鑄鼎銘功載德懼墳封彌久夷于平壤于活本譌作子于是依德像緣雅則設茲方石鎮表靈域用慰其孤罔極之懷慰鈔本省作尉乃申詞曰

歆惟忠文時惟朱父父鈔本譌作文實天生德丕承洪

三三大二百五十五小一百卅

緒彌綸典術允迪聖矩好是貞厲疾彼彊禦斷剛若讐讐鈔本作仇柔亦不茹仍用朙夷邇難受侮難鈔本作改非是帝曰休哉朕嘉乃功命汝納言脣汝祖蹤父拜稽首翼翼惟恭下翼字鈔本作之校遜篤棐不忩篤棐鈔本作謂督非是夙夜在公昊天不弔降茲戕殃戕鈔本作篤不遺一父俾屛我皇我皇悼心鈔本脫悼字上之我二字皇錫詔孔傷位以謚州贈之服章服章鈔本倒作章服用刊彝器刊鈔本作列校遜宣昭遺光子子孫孫永載寶藏

王子喬碑

王孫子喬者蓋上世之眞人也上世鈔本倒作世上閒其僊舊矣不知興于何代博問道家或言潁川或言彥蒙初建斯域則具斯巨具鈔本譌作其傳承先人曰王氏墓紹胤不繼荒而不嗣歷載彌年莫之能紀洎于永和元年洎喬本張本作暨通活本作泊非是十有二月當臘之夜上有哭聲其音甚哀坿居者往閒而怪之往鈔本作王非是瞯則登其墓察焉洪雪下無人蹤洪字上鈔本有時字見一大鳥迹有祭祀之處左右

或以爲神或鈔本作咸其後有人著絳冠大衣杖竹策立冢前呼樵孺子尹秃謂曰我王子喬也爾勿復取吾先人墓前樹也前鈔本作⿱𠂊内須臾忽然不見時令太山萬熙稽古老之言令太鈔本作今大非是感精瑞之應咨訪其驗信而有徵乃造靈廟以休厥神于是好道之儔自遠來集或絃歌以詠太一或談思以歷丹田其疾病侹瘵者靜躬祈福祈鈔本譌作祁卽獲祚若不虔恪不鈔本譌作下輒顛蹈故知至德之宅兆眞人之先祖也先鈔本譌作光延熹八年

秋八月皇帝遣使者奉犧牲以致祀犧鈔本譌作曦祗懼之敬肅如也相國東萊王章字伯義以爲神聖所興必有銘表昭示後世是以賴鄉仰伯陽之蹤仰字鈔本空格蹤譌縱關民慕尹喜之風慕鈔本譌作墓乃會長史邊乾訪及士隸會鈔本作爲非是遂樹立石紀遺烈俾志道者有所覽焉者鈔本作作之有所作所有竝非是

伊王君德通靈通鈔本譌作道含光耀秉純貞秉鈔本譌作乘純譌作絕應大道羨久榮此句下鈔本有漂長二字長字下空一格活本作風案三字爲句以下恐尚有脫棄世俗飛神形翔雲霄浮太清

乘螭龍載鶴軿鶴鈔本作鵝活本作鴒戴華笠戴從喬本及他本徐本作載華鈔本作萃非是奮金鈴鈴鈔本作玲活本作齡黃丕烈曰案此字因下行齡字而誤揮羽旗揮鈔本作推曳霓旌霓鈔本譌作電懽罔極懽鈔本作驩壽億齡昭篤孝昭鈔本作肰非是念所生歲終闋發丹情存墓冢舒哀聲遺鳥迹覺舊城被絳衣絳活本譌作終垂紫纓纓鈔本作瓔呼孺子告姓名由此悟咸怖驚修祠宇反几筵饋饎進甘香陳鈔本脫陳字時傾顧傾顧鈔本倒作顧傾馨眀禋鈔本無此句傾字下作匡字匡字下空一格禋從喬本及他本徐本譌作煙匡流祉鈔本無此匡字在空格之上熙帝

庭祐邦國相黔民光景福耀無垠

三三五大一百十七小一百卌八

蔡中郎集卷第一終 大小一萬六百五十一字

# 蔡中郎集卷第二

## 郭有道林宗碑 鈔本有道下有太原郭三字非是

先生諱泰 諱各本皆作名非是案姜任脩所摹碑搨本及舊本文選皆作諱是從之 字林宗太原界休人也其先出自有周王季之穆有虢叔者 虢鈔本作號非是 實有懿德文王咨焉建國命氏或謂之郭即其後也 鈔本活本即字空格 先生誕膺天衷聰叡明哲孝友溫恭仁篤柔惠夫其器量弘深姿度廣大浩浩焉汪汪焉奧乎不可測已若乃砥節礪行直道正辭貞固足以幹事 鈔本

無貞字非是隱括足以矯時遂考覽六籍籍姜摹碑搨及文選並作經揆綜羣緯羣鈔本作經他本皆作圖周流華夏游集帝學游姜摹碑搨及文選並作隨收文武之將墜收鈔本作救拯微言之未絕拯活本作極非是于時纓緌之徒緌鈔本譌作縷紳佩之士形表而景坿景從鈔本他本亦皆作景徐本作累非是聆嘉聲而響和者猶百川之歸巨海鱗介之宗龜龍也爾乃潛德衡門收朋勤誨童蒙賴焉用祛其蔽州郡聞德虛己備禮莫之能致之鈔本作不非是劉本無莫字是脫羣公休之遂辟司徒掾掾鈔本譌作椽又舉有道

皆以疾辭將蹈洪崖之遐迹（洪崖校各本相同惟姜摹碑搨作澒厓）紹巢由之絶軌翔區外以舒翼超天衢而高峙（天鈔本譌作矢峙徐本作跱案集韻峙或作跱）稟命不融享年四十有三（三姜摹碑搨及范書竝作二）以建寍二年正月乙亥卒凡我四方同好之人永懷哀悼靡所寘念乃相與推先生之德（推姜摹碑搨作惟）以圖不朽之事（圖姜摹碑搨作謀）僉以爲先民旣歿而德音猶存者亦賴之于見述也（見從鈔本顧千里曰文選正是見字徐本及他本皆作紀姜摹碑搨亦作見）今其如何而闕斯禮（闕鈔本譌作闚）于是建碑表墓

昭銘景行俾芳烈奮乎百世令問顯乎無窮（問鈔本作聞他本同顧千里曰宋本文選作問顯字下乎字喬本及他本皆作于）其詞曰

於休先生明德通玄純懿淑靈受之自天崇壯幽濬（濬姜摹碑搨作浚）如山如淵禮樂是悅詩書是敦匪惟摭華乃尋厥根宮牆重仞允得其門懿乎其純確乎其操洋洋搢紳（搢徐本作縉誤他本皆作搢）言觀其高（觀字下其字徐本作而非是喬本及他本皆作其從之）棲遲泌丘善誘能敎赫赫三事幾行其招委辭召貢保此清妙降年不永民斯悲悼爰勒茲銘摛其光耀嗟

爾來世爾從鈔本及他本徐本作永非是是則是效效鈔本作効俗

文範先生陳仲弓銘銘張本作碑

君諱寔字仲弓潁川許人也其先出自有虞氏中葉當周之盛德有嬀滿者武王配以太姬而封諸太昊之墟太鈔本譌作大是爲陳胡公春秋之末失其爵土遂以國氏焉世篤懿德令問不顯問他本皆作間張本汪本作咨皆非是君膺皇靈之清和受明哲之上姿上鈔本作士姿憑先民之遐迹憑鈔本作馮迹鈔本作邇非是秉玄妙之淑行投足而襲其軌施舍而合其量夫

其仁袁溫柔（夫鈔本作天非是）足以孕育羣生廣大寬裕足以包覆無方剛毅彊固足以威暴矯邪（矯鈔本譌作嬌）正身體化足以陶冶世心先生有四德者故言斯可象靜斯可效（效各本皆作劾俗）是以邦之子弟遐方後生莫不同情瞻仰由其模範從其趣向（從鈔本譌作從向 從鈔本徐本譌作尚）戾狷斯和爭訟化讓雖嚴威猛政（威鈔本作石似石字不可解 政鈔本作正似政字之闕）迫以刑戮未若先生潛導之速也其立朝事上也恭順貞厲含章直方（含活本譌作舍 直方張本作方直非是）無顯諫以

彰直直鈔本作矗非是不割高而引長常幹州郡腹心之任義則進之以達道否則退之以光操然後德立名宣蓋于當世鈔本于字旁增於字謬辟司徒府納規建謀建喬本張本皆作陳鈔本活本作諫非是匡弼三事匡活本作主非是人用昭明台階允寍遷閒喜長清風暘于所漸儉節溢于監司鈔本無漸字所字下空二格又無溢字案兩于字下所字及監字上恐有闕文或闕在所字下鈔本故有空格喬本張本皆以所漸監司句姑從之郡政有錙爭之不從卽解綬去復辟太尉府遷太巨長民之治情斂慾情鈔本作清非是慾字空格反于端懿

者猶草木偃于翔風百卉之挺于春陽也以所執不協所屬色斯舉矣協字下鈔本無所字空格屬字下無色字作所以二字疑有誤不俟終日辟大將軍府道之行廢有分于命乃罹密罔罔從鈔本活本及他本皆作網徐本作網非是案罔同網以就禁錮潛伏不試潛伏鈔本作替復試鈔本作式非是十有八年大忌讁除舉賢良方正大將軍司徒竝辟君曰七十有懸車之禮況我過諸遂不應其命容止法度止鈔本作正非是老而彌壯凡所履行凡鈔本譌作丸事類博審不可勝數數鈔本作故非是畧舉首目具實錄

之記目鈔本謌作日具作其錄字下喬本及他本皆無之字作具實錄記案無之字句校簡當有亦不甚窒礙姑仍之在乎其傳春秋八十有三三范書作四中平三年三范書作四八月丙子卒大將軍三公使御屬大鈔本謌作太往弔祠會葬誄行告諡鈔本無往字祠謌作洞誄行謌作諫行顧千里曰誄行最是鄭禮記注有其證會葬下各本皆作作誄諡字上無告字今從鈔本增告字據顧校正諫字之謌曰文範先生刺史太守樹碑頌德鈔本活本皆無德字非是許令以下至于國人以鈔本作已立廟舊邑四時烝嘗歡哀承祀其如祖禰其張本作具禰鈔本謌作彌先生存獲重稱先鈔本謌作光獲作享稱作祿

亾歃血會（歃鈔本譌作歌）脩行于己（脩鈔本作循）得斯于人固上世之所罕有前哲之所不過也孤嗣紀衔恤在疚（衔鈔本作御疚作疾皆非是）敢錄言行終始所守乃有二三友生咨度禮則咸曰君化道神速行于有國（君鈔本作居無速字于作功皆非是）法施于民祀典所宗鄉人之祠非此遺孤所得專也（所鈔本作不也作辭案若從鈔本則非此二字衍鈔本似譌非譌類此者皆著錄譌）昝者先生甚樂茲土築室講誨精靈所宐紀順奉雅意遂定兆域立有銘勒表墳墓（銘字下鈔本空一格）俾後世之歌詠德音者

二 大二百五十九小二百卄八

德鈔本作得非是知丘封之存斯也斯字鈔本空格乃作銘曰

於熙文考天授弘造淵玄其淡巍巍其高巍鈔本作嵬剛而無虐柔而不撓誕鋪模憲示世作教示鈔本作亦君之誨矣民胥效矣效各本作効俗道行斯進廢乃斯止鮮我顯泰旣多幽否舍榮取辱湼而不繼德之休昭賤不爲恥超邈其猶猶喬本及他本皆作猷莫與方軌

## 陳太丘碑

先生諱寔字仲弓潁川許人也許字下各本有昌字非是舊本

文選作許人也注曰後漢書曰寔潁川許人漢書潁川郡有許縣魏志曰文帝黃初二年改許縣爲許昌縣蔡邕之時惟有許縣或曰許昌非也含元精之和膺期運之數膺他本及文選皆作應兼資九德資鈔本作姿總脩百行于鄉黨則恂恂焉斌斌焉斌斌文選作彬彬善誘善導仁而愛人使夫少長咸安懷之其爲道也用行舍藏進退可度不徼許以干時許鈔本譌作許不遷怒以臨下怒喬本及他本皆作貳非是四爲郡功轉五辟豫州六辟三府再辟大將軍宰聞喜半歲太丘一年德務中庸敎敦不肅政以禮成化行有謚會遭

一大二百廿一 小一百四十八

黨事禁錮二十年錮文選作固樂天知命澹然自逸交不諂上愛不瀆下見幾而作不俟終日幾文選作機及文書赦宥時年已七十遂隱丘山懸車告老四門備禮閑心靜居閑從文選及他本徐本作悶非是鈔本未校正大將軍何公司徒袁公前後招辟使人曉諭云欲特表特鈔本作持誤顧千里曰文選作特是也便可踐入常伯超補三事超從文選及他本徐本譌作起鈔本未校正佩紆金紫光國垂勳先生曰絕望已久飾巾待期而已皆遂不至弘農楊公東海陳公每在衮職職鈔本作伐非是羣

僚賀之皆舉首曰 首文選及他本皆作手 潁川陳君命世絕倫 絕文選作超 大位未躋慙于文仲竊位之負故時人高其德重于公相之位也 于文選作乎 年八十有三 三范書傳作四 中平三年 三范書傳作四 八月丙子 子鈔本及文選作午他本皆作子姑從之 遭疾而終臨殁顧命留葬所卒時服素棺槨財周櫬 周從鈔本及他本徐本作用非是 喪事唯約用過乎儉羣公百僚莫不咨嗟巖藪知名 藪從喬本及他本徐本作叟非是鈔本未校正 失聲揮涕 涕鈔本譌作悌 大將軍弔祠錫以嘉謚曰徵士陳君 士從鈔本及喬本徐本作仕非是

稟岳瀆之精稟鈔本作凜非是脫瀆字苞靈曜之純苞從喬本及文選徐本作包校遜鈔本未校正曜從喬本及文選徐本作輝天不憖遺一老俾屏我王俾字下鈔本有瀆字羨文顧千里曰當羨在岳字下梁崩哲萎于時靡憲搢紳儒林搢從活本及文選徐本及他本皆作縉非是論德謀迹迹從文選徐本及他本皆作績諡曰文範先生傳曰郁郁乎文哉書曰洪範九疇彝倫攸敘文爲德表範爲士則存誨歿號不兩宜乎兩喬本及他本竝文選皆作亦三公遺令史祭以中牢鈔本活本無史字牢鈔本作卒皆非是刺史敬弔太守南陽曹府君命官作誄曰赫矣陳

君命世是生含光醇德含鈔本作人顧千里曰毀半字當從文選作含徐本作令非是爲士作程資始旣正守中有令有文選作又奉禮終沒休矣淸聲遺官屬掾吏前後赴會刊石作銘府丞與比縣會葬比鈔本作北非是荀慈明韓元長等五百餘人緦麻設位哀以送之遠近會葬千人已上河南尹种府君臨郡追歎功德功鈔本譌作切述錄高行述鈔本作實以爲遠近鮮能及之重部大掾重從鈔本及他本顧千里曰文選重以音直用今本誤改也徐本作董非是以成斯銘此句鈔本及汲古本文選竝作以成時銘成化本文選作以時成銘斯可

謂存榮朌哀殁而不朽者也（喬本張本汪本無斯字）乃作

銘曰

峩峩崇嶽吐符降神於皇先生寔寶懷珍如何昊穹旣喪斯文微言圯絶（圯鈔本作已）來者曷聞交交黃鳥爰集于棘（鈔本無爰集于棘四字非是顧千里曰文選有當補）命不可贖哀何可極（可文選及他本皆作有）

## 陳太丘碑（張本碑字上有廟字他本同或碑字下有銘字）

維中平五年（五鈔本作三）春三月癸未豫州刺史典以褒功述德政之大經是以作謚封墓興于周

禮衛鼎晉銘其昭有實故太丘長潁川許（案前二碑文各本作許昌非是今刪昌字）陳寔字仲弓含聖哲之清和盡人才之上美光明配于日月廣大資乎天地（資從喬本徐本作咨非是鈔本未校正）辟四府宰三城神化著于民物形表圖于丹青（于鈔本作乎）巍巍焉其不可尚也（巍巍鈔本作嵬嵬焉喬本及他本皆作乎）洋洋乎其不可測也儉約違時懸車致仕徵辟交至遂不屑就春秋八十有三（三范書作四）寢疾而終大將軍賜謚羣后建碑國人立廟先生有二子季方元方（案碑例書名此書字是變

蔡中郎集

大二百卅三—百卅七

例范書紀字元方諱字季方此先書季方殆爲下文敘事又變例耶皆命世希有繼期特立特鈔本作時非是季方盛年早亾亦圖容加謚圖活本作啚俗元方在喪毀瘁消形嘔血純孝過哀孝鈔本空格率禮不越于時嘉異畫像郡國欽盛德之休朙懿鍾鼎之碩義鍾張本作鐘乃樹碑鐫石垂世寵光垂鈔本作舊寵字空格無光字皆非是詞曰鈔本無詞曰二字非是

於皇先生冠耀八荒闡德之宇揆道之綱揆鈔本作渓非是繼期立表以訓四方惟亮天工羣生之望高朙允實有馥其芳載德奕世奕活本作亦休有烈

光欽慕在人人鈔本空格舊有憲章過牧斯州庶奉清塵弃予而邁予從鈔本及他本徐本作子非是靡瞻靡聞嗟我懷矣曷所咨詢告哀金石式昭其勤式鈔本作戒非是



## 汝南周巨勝碑

君諱勰字巨勝陳留太守之孫光祿勳之子也君應坤乾之淳靈繼命世之期運玄懿淸朗朗鈔本作廟非是貞厲精粹體仁足以長人嘉德足以合禮總六經之要括河洛之機援天心以立鈞鈞鈔

本作均贊幽闡以揆時沈靜微密淪于無內寬裕弘博含乎無外巨細洪纖罔不總也巨字下鈔本有之字無細洪二字也鈔本作七非是是以實繫于華德盈乎譽初以父任拜郎中疾去官察孝廉官鈔本譌作宮是時郡守梁氏外戚貴寵非其好也遂以病辭太守復察孝廉乃俯而就之以闡可否猒猶私存衡門講誨之樂不屑已也又委之而旋故大將軍梁冀專國作威海內從風世之雄材優逸之徒優鈔本作俊莫不委質從命而顛覆者蓋亦多矣亦從喬本及他

本徐本作以閭君洪名前後三辟辟活本作羣非是而卒不降身由是搢紳歸高搢從鈔本徐本作縉非是羣公事德羣活本作辟非是太尉司徒再辟司空三辟司空二字從鈔本增他本皆脫察賢良方正州舉孝廉州鈔本作朙舉孝廉鈔本作舉才襄賁令校遜皆病不就擾攘之際災眚仍發聖上詢諮師錫策命公車特徵鈔本無命字徵作微非是君仰瞻天象俯効人事効喬本及他本皆作察世路多險進非其時乃托疾杜門靜居疾鈔本作病里巷無人迹外庭生蓬蒿張本作外無人迹庭生蓬蒿非是如此者十餘年疆禦不能奪

其守王爵不能滑其慮滑始疑汩謌案書正義及廣韻皆訓亂也仍之至延熹二年乃叟闢門延賓享宴娛樂娛鈔本作醇及秋而梁氏誅滅十二月君卒然則識幾知命幾鈔本作機可睹于斯矣洋洋乎若德雖崇山千仞重淵百尺曾未足以喻其高究其深也曾據鈔本增他本皆脫夫三精垂耀處者有表爰在上世作者七人焉有該百行備九德備字下鈔本有其字非是齊光日月洞靈神明如君之至者與亶所謂天民之秀也與鈔本作其亶空格秀字下有者字民張本汪本作明皆非是享年五十不登

期考考鈔本作者遐邇歎悼痛心失圖失從活本徐本作矢鈔本作夫誤圖活本作啚俗乃相與建碑勒銘以旌休美其詞

曰

厥初生民天賜之性有龐有醇有否有聖伊維周君維鈔本作茲允丁其正丁喬本及張本汪本作卜劉本作十皆非是正鈔本及他本皆作政亦非是案爾雅釋詁丁當也詩大雅寍丁我躬誕茲朙德自貽哲命煥乎其文如星之布確乎不拔如山之固追蹤先緒應期作度潛心大猷覃思德謨覃從喬本及張本徐本作譚非是鈔本夲校正遯世無悶遯鈔本作道非是屢辭

王寮洋洋泌丘于以消搖蔑爾童蒙是訓是敎瞻彼榮寵譬諸雲霄優哉游哉俾此弘高名振華夏光耀昆苗清風丕揚德音孔昭

## 彭城姜伯淮碑

先生諱肱字伯淮彭城廣戚人也戚字從范書增鈔本廣字下空格他本皆作廣人也非是其先出自帝胄在皇唐蓋與四岳共葉百夷能禮于神共鈔本作其百夷二字從鈔本增他本皆無顧千里曰鈔有百夷是也百伯同字舜命秩宗爰封于呂呂鈔本作宮非是其裔呂望佐周克殷佐鈔本作佑克從喬本徐本作剋非是鈔本末

校正俾侯齊國姓有姜氏卽其後也高祖祖父皆豫章太守潁陰令先生旣蹈先世之純德蹈活本作踏先鈔本作光且無世字皆非是體英妙之高姿體鈔本作本立性純固百行修備修鈔本作循故其平生所能事親惟孝孝字下鈔本有友字非是如大舜五十而慕友于兄弟有棠棣之華萼韡之度韡鈔本作韓非是體惠理和有上德之素安靜守約恩及嬰兒恬蕩之固恩鈔本作有兒字空格恬蕩之固四字喬本及他本皆無案恩作有兒空格鈔本殆誤恬蕩之固四字屬嬰兒下亦難讀恐其閒尚有譌脫倒置之字至操動信邑中化之信鈔本作

邑邑作信非是外戶不閉冶藏無隱冶鈔本譌作治及其學而知之者三墳五典八索九丘俯仰占候推步陰陽有名物定事之能獨見先睹之效效各本作効俗肰猶學而不厭誨而不倦童冠自遠方而集者蓋千餘人夫水盈而流德交而形是故德行外著洪聲遠布遠從喬本及他本徐本作外非是鈔本未校正華夏同稱名振當世振鈔本作震凡十辟公府九舉賢良方正公車特徵特徵鈔本作降徵校遜玄纁禮聘又家拜犍爲太守犍鈔本譌似揵字太中大夫太鈔本及張本汪本皆作大先生盤

桓有德莫之丏就不隕穫于貧賤不充詘于富貴拔乎其萃出乎其類生民之傑也年七十有七熹平二年四月辛巳卒熹平二字從張本徐本及喬本汪本劉本皆作建安鈔本活本同顧千里黃丕烈亦無說張溥曰舊本蔡中郎集載伯淮碑誤書建安二年卒宋人謂邕建安前已先逝因疑此碑爲僞不知後漢書伯淮之歾蓋熹平二年也在邕爲先輩大儒此碑實出邕筆今改正建安二字爲熹平可㠯于是從遊弟子陳畱申屠蟠等悲悼傷懷懼微言之欲絕懼鈔本作惟感絕倫之盛事此句從張本感絕鈔本作成錄倫徐本作論事字上無盛字非是乃建碑于墓甄述景行事至景行十字鈔本空格曰鈔本及喬

一口大二百廿一小二百廿七

本汪本皆無曰字張本曰字上有銘字

邈矣先生應天淑靈孝友是備上德是經弘此文藝眈怡是宖恂恂善誘恂恂鈔本譌作眴眴童冠來誠有燈其譽有煥其聲燈其譽三字鈔本空格有煥其聲鈔本作其奐有聲顯顯羣公竝加辟命竝鈔本空格加作十辟命作貢令皆非是赫赫聖皇仍獲其聘委策避國策鈔本作笨俗避作辟守此玄靜綽乎其裕確乎其操疇咨洪崖崖鈔本譌作崔雙名竝高嚳乎隕劭乎鈔本作呼劭作後搢紳永悼搢從喬本徐本作縉紳鈔本作申竝非是依依我徒靡則靡效效鈔本作効俗勤銘金

石彌遠謚曜遠鈔本作而曜作曜竝非是

貞節先生陳留范史雲碑

先生諱丹字史雲丹范書作冉注曰冉或作丹陳留外黃人陶唐氏之後也其在周室有士會者爲晉大夫以受范邑遂以爲氏漢文景之際爰自南陽來家于成安生惠及延二子官至司農廷尉生惠及延二子從顧千里校徐本作生惠及延延熹二年官至司農廷尉鈔本無下延字各本皆作生惠延熹二年官至司農廷尉顧千里曰以字數計之鈔本亦當無熹字爲是年當作子屬上爲句案延熹爲桓帝五改元之號上文旣曰文景之際可見各本皆謬顧特以字數臆度而說良是

校勝各本君則其後也鈔本活本皆無其字非是君受天正性志高行潔潔鈔本作繁非是在平幼弱固已藐然有烈節矣鈔本無節字非是時人未之或知或鈔本作式非是屈爲縣吏亟從仕進非其好也亟鈔本作函仕鈔本作估無也字皆非是遑不可得乃託疢遁去親戚莫知其謀遂隱竄山中涉五經覽書傳尤篤易尚書學立道通久而後歸游集太學知人審友苟非其類無所容納介操所在不顧貿賤鈔本無貿字非是其在鄉黨也張本無在字非是事長惟敬養稺惟壹言行舉動斯爲楷

式郡縣請召未嘗屈節節鈔本作敬非是其有備禮招延虛己迓之者其從鈔本徐本作甚延鈔本作賢迓作詠之作正無者字皆非是喬本及他本皆作其有備禮招延虛己迓止案徐本甚字于句義未順喬本及他本迓止二字句亦未足之字者字徐本卻勝他本亦爲謀奏盡其忠直盡字從喬及張本汪本增徐本脫鈔本未校補以處士舉孝廉除郎中萊蕪長萊字上鈔本有君字未出京師喪母行服故事服闋後還郎中鈔本無中字君遂不從州郡之政凡其事君過則弼之過鈔本譌作通闕則補之闕徐本作闋非是通清夷之路塞邪枉之門舉善不拘階次善鈔本作言非是黜

惡不畏彊禦其事繁博不可詳載博喬本及他本皆作多鈔本多下仍有博字句轉難讀雅性謙儉體勤能苦體鈔本譌作禮苦從鈔本徐本譌作若不樂假僭與從事荷負徒行負鈔本作傳人不堪勞君不勝其逸辟太尉府俄而冠帶士咸以羣黨見嫉時政喬及他本皆無士字咸皆作或黨從鈔本徐本作薰非是嫉鈔本作疾用受禁錮君羅其罪羅鈔本作離閑門靜居九旋中表莫見其面晚節禁寬困于屢空而性多檢括不治產業治鈔本作台非是以爲卜筮之術得因吉凶道治民情以受薄償償鈔本作賈且無咎

累乃礐卦梁宋之域好事者覺之應時輒去禁
旣錮除太尉張公司徒崔公前後四辟皆不就
四辟鈔本作回辟皆不就三字鈔本活本皆無竝非是仕不爲祿故不牽
于位牽鈔本譌作索謀不苟合故特立于時是則君之
所以立節明行是字上鈔本有夫字亦其所以後時失途
也時鈔本作門顧千里曰門字是案時字亦通年七十有四中平二
年四月卒太尉張公兗州劉君陳留太守淳于
君外黃令劉君僉有休命使諸儒參案典禮參鈔
本作恭作誄著謚誄鈔本譌作詠曰貞節先生昭其功行

錄記所履著于耆舊刊石樹銘光示來世來世下惟張本有銘曰二字於顯貞節天授懿度誕玆明哲允迪德譽德鈔本作得如淵之清如玉之素溷之不濁溷鈔本作圂涅之不污之活本作水非是用行思忠舍藏思固藏字下思字鈔本作斯伯夷是師史鰌是慕榮貧安賤不吝窮迍吝各本皆作悋俗甘死善道遺名之故身歿譽存休聲載路休聲鈔本作聲休

玄文先生李子材銘

玄文先生名休（名不曰諱各本皆同舶亦一例）字子材南陽宛人也其祖李伯陽周柱下史覩衰世而遯焉其後雄俊豪傑（後鈔本譌作復）往往崛出自戰國及漢名臣繼踵支冑椒逸（支從喬本張本徐本作枝）其遷于宛尚矣（鈔本活本並無遷字）王莽竊位漢祚中移考翼佐世祖匡復郊廟錫封茅土卿相牧守于時相逐休少以好學游心典謨旣綜七經又精羣緯鉤深極奧窮覽聖旨（聖他本皆作妙）居則玩其辭動則察其變雲物不顯必考其占故能獨見前識以先神意若

古今常難疑義鎝繆前人所希論後學所不覽休盡剖判剝㭿幽暗靡不昭爛（鈔本無靡不二字）猶發憤于目所不睹體所不閑遂登東嶽觀百王遺風習容闕里以協禮中（協鈔本作叶中從鈔本徐本作衷）退而講誨童冠仰焉僔僔如也郡署五官掾功曹司空胡公顯以儒譽特進大鴻臚仍禮優請固秉謙虛（仍禮優請固秉謙虛從鈔本徐本及他本皆作仍優禮固請秉讓執虛活本禮字在優字上讓作謙無請執二字顧千里曰謙字是固秉謙虛四字爲一句案顧說鈔本勝他本）辭此三命不爲利回不爲義疚（疚鈔本譌作疢）臨寵審

己不動其守可謂純潔皓素繟有餘裕者已其于鄉黨細行敦睦九族篤信交友不可得而詳也初娶配出後配未字初字下鈔本作口配竝作妃年旣五十苗脩不嗣以永壽二年夏五月乙未卒凡其親昭朋徒臭味相與大會而葬之臭鈔本作臭俗大徐本作犬非是鼎俎之禮節文曲備時令戴君臨喪命諡郡遣丞掾冠蓋咸屆旣定而後罷焉焉鈔本譌作馬于是因好友朋因從顧校徐本作故鈔本作固顧千里曰固當作因因親也友朋鈔本作故舊他本皆作朋舊僉以爲他本皆無爲字仲尼旣㓜鈔本無旣字非

是文不在茲韞櫝美玉櫝鈔本作匵喪莫賈之莫鈔本作英非是求而無繼僂而永思乃刊斯石懿德是丕吁茲先生吁鈔本作于吁茲句徐本另行案僉以以下句已用韻吁茲以下句換韻始爲銘仍徐本秉德恭勤天啟哲心其學孔純學鈔本作緜經緯是綜雅麗是分行己守道匪禮不遵處約不咸咸從喬本及他本徐本作威非是間寵不欣榮不能華威不能震天淑厥命淑鈔本作以任厥空格以讓以仁讓鈔本作尚非是有惠云載惟邦之珍按典考諡按鈔本作諡安非是以玄文身歿名彰配黔作隣遺譽罔極丕昭億

年嗚呼哀哉

處士圂叔則銘

伊漢二十有一世處士有圂典字叔則者夫其生也天眞淑性清理條暢精微周密包括道要致思無形（形鈔本作刑非是）潨總曆部纖入藝文（入字下鈔本有寘字寘字下空格無藝字作纖入寘口文藻分葩）藻分葩列（鈔本無列字案句法鈔本遜徐本）如春之榮守梋據窮不虛其聲偉德若茲惟世之英乃遂隱身高藪稼穡孔勤童蒙來求彪之用文不義富貴譬諸浮雲州郡禮招

二十　大二百廿四　小一百廿八

休命交集徒加名位而已莫之能起也加鈔本作如非是博士徵舉至孝恥已處而復出若有初而無終無鈔本作復非是潔耿介于丘園慕七人之遺風年七十有五五鈔本作立非是建寍二年六月卒臨殁顧命曰顧鈔本譌作頎知我者其蔡邕乃爲銘載書休美俾來世昆裔來鈔本作未當是末字之譌故無世字而究未若作來世爲允有諷誦于先生之德其辭曰

民之齊敏卓時挺生思心精叡綜物通靈術有玄妙于時游情閒道睹異惕然若驚守以善操

蔡中郎集 二二 大一百六十七小六十七

與世無營渾其若濁徐然後清綽其若煥終其諡貞有恆實難獨秉其經噬爾來世活本作噬來世爾非是是瞻是聽

蔡中郎集卷第二終 大小八千二百六十二字

# 蔡中郎集卷第三

## 太尉楊公碑

太尉二字及公字皆從張本徐本作司空楊秉碑鈔本未校正他本秉作公案漢書傳曰應司空辟拜侍御史與碑文初辟司空舉高弟拜侍御史義同傳又曰代劉矩爲太尉與碑文遂陟三司義同可見實爲太尉未爲司空也又案碑文中皆稱公題直書名非是張本題校勝他本從之

公諱秉字叔節叔節從鈔本徐本倒置弘農華陰人人字下徐本有也字他本皆無案句法下文有也字此也字複闕從他本刪其先蓋周武王之穆晉唐叔之后也末葉以支子食邑于楊因氏焉周家既微裔冑無緒緒下鈔本空格非是暨漢興

烈祖楊喜佐命征伐封赤泉侯喜從范書楊震傳鈔本作熹活本徐本作憙嗣子業紱冕相承公之丕考以忠蹇亮弼輔孝安孝鈔本作考非是登司徒太尉公承夙緒夙活本作風世篤儒教以歐陽尚書京氏易活本作尚書歐陽某京氏鈔本陽字下空格顧千里曰某當作易鈔本空爲是活版輒補轉誤矣案范書傳作歐陽尚書京氏易各本既同且勝鈔本活本仍之徐本雖有改掇凡勝鈔本活本者猶是宋本之舊誨授四方學者自遠而至蓋踰三千初辟司空舉高弟拜侍御史鈔本無高字是脫遷豫州兗州刺史兗鈔本作袞非是任城相徵入勸講拜太中大夫左中

郎將出補右扶風畱拜光祿大夫遭權嬖貴盛六年守靜外戚火熾爾乃遷太僕大卿爾字據鈔本增卿字上之太字從鈔本作大公事絀位浹辰之閒俾位河南憒疾豪彊鈔本無豪字非是見遘姦黨用嬖胥靡起家胥靡從鈔本徐本及他本皆作廢疾案范書傳秉論單匡罪坐輸左校已久旱裁出會日食皇甫規等訟秉忠正詔徵不至有司並劾秉大不敬請下所屬正其罪周景邊韶議奏重徵乃到拜太常案莊子注胥靡刑徒人也則作胥靡是廢疾非胥活本作胥顧千里曰胥非胥是案胥古文胥字正字通胥古文胥字復拜太常遂陟三司陟徐本作涉非是沙汰虛穴虛穴鈔本作海內料簡貞實簡鈔本譌作蘭抽援表達與

蔡中郎集

之同蘭芳任鼎重從駕南巡巡鈔本作迯不成字爲朝碩德鈔本無碩字非是然知權過于寵過字鈔本空格私富侔國大臣苛察大臣鈔本作人因察作有竝非是望變復還條表以閒鈔本無以字非是啟導上怒怒鈔本作恕非是其時所免州牧郡守五十餘人郡活本作部非是號蠶戾是黜黜從喬本徐本作絀英才是列列張本作烈善否有章京夏清肅在位七載年七十有四延熹八年五月丙戌薨月活本作丙丙作月非是朝廷憯焉寵錫有加公自奉嚴飭公字據喬本增徐本及鈔本皆無非是動遵禮度量材授任當官而行

（而鈔本作是非是）不爲義絀（絀徐本作疾喬本及他本皆作絀校勝）疾是苛政益固其守（鈔本無益字非是）廚無宿肉器不雕鏤夙喪嬪儷妾不嬖御可謂立身無過之地正直疾枉清儉該備者矣（疾枉二字據鈔本增案句法文氣應增二字）㕘仲尼嘗垂三戒而公克焉（克喬本及他本皆作免謬）故能匡朝盡直獻可去姦（姦鈔本作汗非是）忠侔前後聲塞宇宙非黃中純白竆達一致其惡能立功立事敷聞于下昭升于上若茲巍巍者乎（竆鈔本未寫全作穿巍巍作嵬嵬皆未協）于是門人學徒相與刊石樹碑表勒鴻

勳讚懿德傳億年鈔本無樹字非是

於戲公惟岳靈天挺德翼至神氣絪縕至鈔本作精無氣字非是至神張本作赤精仁哲生應台階作邦楨階鈔本及他本皆作任帝欽亮訪典刑道不惑迄有成惑鈔本作或迄字下有空格竝非是光遐邇穆其清清鈔本作請非是

司空臨晉矦楊公碑張本無他本皆有

皇帝遣中謁者陳遂侍御史馬助鈔本脫遣字持節送柩陳遵桓典蘭臺令史十人將羽林騎鉦車介士前後鼓吹以驃騎將軍官屬及司空法駕

與公卿尚書三臺以下以鈔本作已葬我文烈矦三年九月甲申小祥會如初四年九月戊申大祥公卿尚書三臺以下以鈔本作已會如小祥之禮公之祖納忠于前朝以罹艱禍罹鈔本作離父隱約蟄瘁蟄瘁下鈔本有卒蟄二字治家師導惟儉之尚公生値歎褊歎鈔本作謙資賄屢空手執勤役遠涉道里遠涉鈔本作定滖非是以修經術險阻艱難鈔本無艱字非是曷所不嘗特以其靜則眞一審固動則不違則度含容覆載無競伊人度字上鈔本有兢字而無度字下之含字非是競徐本作兢非

是鈔本及他本皆作競謀無不忠言無不信自在弱冠布衣之中固已流芳名著茂實已鈔本作以無著字非是公孫同倫莫能齊焉者矣州郡禮招莫之能屈委百里位避公車令避鈔本作辟車作事案范書傳除陳倉令因病不行公車徵不至則鈔本非是自侍御史侍中已往道爲帝師德爲世表體尊名重階級彌崇而公處以恭遜行以固愼德大而心小居高而志降夫驕吝之釁釁鈔本作亹案諸韻書亹同釁活本作亹非是周公其猶病諸而公脫然以爲行首脫鈔本作侻案脫與侻通不亦泰乎及其所以匡輔

本朝忠言嘉謀，造膝危辭（危鈔本作詭，非是），當事而行，言從計納（計鈔本作既，納字上有不敢二字），亦不敢宣，密誠潛功（潛鈔本作譖，非是），貽于帝躬，家無遺草，論者不見，噬乎誠爲達事君之體，得人臣之上儀者已（鈔本無誠字，者作諸，並非是）。公素不貲，歸非不樂，引美故雖仿佛，猶不敢載，以順公之雅。初受封，自以功不副賞，前後固辭，章凡十上（凡鈔本空格），憂慍悄悄，形于容色，雖不克從，情旨昭顯。晚節爲廷尉，公曰：咎枉三后成功，惟殷于民，而皋陶不與焉，蓋吝之也。

吝字下鈔本有君字案范書傳有君字非是及爲特進又曰惟漢重臣中興以來克稱斯位者其惟高密元侯乎吾何德以堪諸寢疾顧命無辭要言約戒忠儉而已顧鈔本作頓非是孤彪銜恤永思綴輯所履所鈔本作而非是以贊銘之銘曰鈔本無銘曰二字

赫赫烈侯卓爾超倫於惟楊公乃華降神故能明哲德亞聖人受茲介福位極人臣包羅五典本道根眞爲國之師誨尚經文誨尚鈔本作海上非是頻歷鄉校五登鼎鉉建名著忠名鈔本作忠忠作名非是確越

前賢〔磪鈔本作確非是〕攘災興化蝨蠹不臻〔蝨蠹鈔本作蝆賊〕風雨以時〔以徐本作有非是喬本及他本皆作以〕屢獲有年三葉宰相應祚于天臨晉是矦〔晉鈔本作旨非是〕子子孫孫億兆不窮如山之堅四時潔祠以承奉尊〔鈔本無奉字非是〕祀事孔明〔事字下鈔本空格非是〕奉亾如存馥馥芬芬〔芬芬鈔本作芳下芬字空格〕以慰顯魂〔慰鈔本作尉〕

## 漢太尉楊公碑

〔碑額題漢字是定例集中諸碑惟此題有漢字諸本〕皆然仍之其他皆無亦仍之不妄增案范書傳賜官終于司空而曾拜太尉似應如前碑稱司空爲是此碑文中及至太尉句似特書題稱太尉仍之

公諱賜字伯獻獻徐本及張汪本皆作猷鈔本未校正喬本作獻案范書傳同喬本從之弘農華陰人姬姓之國有楊侯者公其後也其在漢室赤泉侯佐高丞相翼宣侯鈔本作祐無佐字咸以盛德光于前朝于鈔本譌作子祖司徒考太尉繼迹宰司咸有勛烈鈔本無咸字非是公承家崇軌受天醇素欽承奉構構從鈔本及他本徐本作媾非是閑于伐柯柯徐本譌何鈔本未校正喬本及他本皆作柯是從之别風淮雨不易其趣别風淮雨從盧文弨說徐本作烈風雖變鈔本原作烈風風維而校作烈風淮雨徐本雖變喬本及他本皆作維變非是文弨鍾山札記曰尚書大傳越裳以三象重九譯而獻白雉其使請曰

吾受命吾國之黄耇曰久矣天之無別風淮雨
意者中國有聖人乎鄭康成注淮暴雨之名也
自後諸書所引皆作烈風淫雨説苑辨物篇書
舜典正義詩蓼蕭臣工及周頌譜正義所引皆
無有作別風淮雨者劉彦和雕龍練字篇有云
尚書大傳有別風淮雨帝王世紀云列風淫雨
別列淮淫字似潛移淫列義當而不奇淮別理
乖而新異傅毅制誄已用淮雨元長作序亦用
別風舲秫櫎舭之〻案古文苑傅毅作北海靖王
興誄云白日幽光淮雨杳冥但其文不全今雕
龍誄碑篇所載爲後人易以氛霧杳冥矣蔡中
郎集中有太尉楊賜碑云烈風淮雨不易其趣
今俗閒本淮雨改作雖變余所見者宋本也安
知烈風不亦出後人所改乎元長序無考惟陸
士龍九愍有思振桋于別風之語以
彦和所舉之外又得此二證裔
本及他本皆作藝案以用也以典籍言用
典籍成文非臆説也作藝句便呆非是

文以典籍尋道

入奧操清行朗[朗鈔本作庙活本作廟非是]潛晦幽閑不荅州郡之命[幽閑下鈔本有人事二字荅作合非是]辟大將軍府不得已而應之遷陳倉令公乃因是行退居廬[鈔本無公字]公車特徵以病辭[鈔本無特字以辭字病字下空格]辟司空舉高弟拜侍中越騎校尉帝篤先業[先鈔本譌作光]將問故訓公以羣公之舉[以鈔本作之非是]進授尚書于禁中[授鈔本作受案鈔本省筆之譌似此者固甚多也]遷少府光祿勳敬揆百事莫不時序庶尹知恤[庶鈔本作度非是]閭閻推清[推鈔本作惟]列作司空地平天成陰陽不忒公

遂身避(避鈔本作退)託疾告退又以光祿大夫受命司徒敬敷五品(受鈔本作爰無敬敷五品四字)宣洽人倫(洽鈔本作給非是)燮和化理(理鈔本無化字非是)股肱耳目之任靡不克明及至太尉四時順動三光耀潤(光鈔本作時非是)羣生豐遂太和交薄三作六卿(鈔本脫三字)五蹈三階受爵開國應位特進非盛德休功(功鈔本作切非是)假于天人孰能該備寵榮兼包令錫如公之至者乎(孰鈔本作执譌且俗無榮字非是)公體資明哲長于知見凡所辟選升諸帝朝者莫非瓌才逸秀(瓌鈔本作琨)

并參儲佐（并鈔本作拜參作家活本作家並非是）惟我下流二三小臣穢損清風愧于前人乃紏合同僚各述所審（鈔本無述字非是）紀公勳績刊石立銘以慰永懷

天降純嘏篤生柔嘉俾胥祖考光輔國家三業在服帝載用和粵暨我公（粵暨鈔本譌作奧槩）尤執丕貞（尤鈔本作凡）在棟伊隆于鼎斯寍德被宇宙華夏以清受茲介福履祚孔成爲邑河渭袞冕紱珽（紱鈔本作緌非是）以佐天子祗事三靈丕顯伊德萬邦作程爰銘爰贊式昭懿聲

# 文烈侯楊公碑

公諱賜，字伯獻〔獻徐本亦作猷非是〕，兼通五典，周覽篇籍，以爲尚書帝王之政要〔政要喬本及他本皆作要政鈔本作仕士活本作壯士皆非是〕，有國之大本也。是以三葉相承〔葉鈔本作業承作丞竝非是〕，擘其精義〔精義鈔本活本竝作義精非是〕，五代之微言，王政之紘綱〔紘從鈔本徐本作約喬張本同汪本作約皆非是案淮南子精神訓注紘宏也綱活本作罔非是〕，罔不尋其端源〔罔活本作綱非是〕，究其條貫，懔乎其見聖人之情旨也。蓋以韜騰餘蹤〔韜喬本及他本皆作蹈蹤鈔本作縱竝非是〕，思高游夏，以初潛山澤以字據鈔本增授誨童冠童鈔本譌作重後生賴以發祛蒙蔽賴鈔本作問文其材素者文鈔本作又材字下有初字竝非是蓋不可勝數數字鈔本空格乃由宰府遂作帝臣于時聖幼將入學羣公以溫故知新德宜師保師保張本作保師乃以越騎校尉援侍華光之內援侍華光之內句從張本徐本及他本皆作援于光上之內鈔本上作光上字上之光字同光光之內要不可解案范書傳三公舉賜乃侍講于華光殿中張本校勝從之帝座己北面座喬本及他本皆作坐己鈔本作以北從鈔本他本同徐本作此顧千里曰北面最是見大戴禮武王踐阼以納大誨納鈔本作網非是其敎人善誘敎鈔本作間則恂恂焉

罔不伸也引情致喩（喩鈔本作諭活本作踰非是）則闓闓焉罔不釋也迄用有成緝熙光明惟帝念功六在九卿三事勛假皇天澤充區域（充鈔本作光）疆土建封申增戶邑人臣之極位兼而有之然處豐諡約九命滋恭（滋鈔本作兹）可謂高朗令終有始有卒者已（謂鈔本作爲非是）于是門生大將軍何進等瞻仰洙泗公喪之禮（喪鈔本作長）糺合朋徒（糺喬本及他本皆作糾朋鈔本譌作朙）稽諸典則（諸鈔本譌作詩則喬本及他本皆作制）僉以爲匡弼之功政事之實（實鈔本作則）詔策之文（詔鈔本譌作詺）

之文（作諫諍）則史臣志其詳（鈔本無則字史作故）若夫道術之美授之方策則是門人二三小子所特貫綜（鈔特本作持綜作編）敢竭不才譔錄所審言于碑（言鈔本作書）乃申頌曰

巍巍聖猷匪師不昭小子困蒙（小從鈔本徐本及他本皆作士）匪師不敎於皇文父邈哉伊超如玉之固如嶽之喬鑽之斯堅仰之彌高示我顯德授我無隱正席傳道承帝之問誨茲一人萬邦作順（萬鈔本作郡非是）微微我徒實賴遺訓文武作式元勛旣奮

光啟爵土垂統末胤存榮亾哀殁而不泯

司空文烈矦楊公碑案四碑題稱互異各本皆然無可據正悉仍十卷本之舊

曰漢有國師司空文烈矦楊公公惟司徒之孫太尉公之胤子皇祖考以懿德脊及聿勤聿鈔本作肆喬本及他本皆作肆案聿字可疑或是逸字書盤庚脊及逸勤式建丕休式鈔本譌作或無丕字非是勳啟洪範公祗服弘業克丕堂構小乃不敢不慎慎鈔本作眞非是大亦不敢不戒用罔有擇言失行在于其躳洎在辟舉辟鈔本作於非是先

志載言罔不攸該乃自宰臣以從王事王鈔本作正非是立功不有用辟其祿逮作御史逮鈔本作進允執國憲納于侍中于鈔本作子非是在帝左右爰董武事事鈔本作授非是王師孔閑羣公以舊德碩儒鈔本無以字碩作頌並非是道通術明宜建師保延入華光侍宴露寢斅典誥之精旨達聖王之聽叡帝以機密齋栗常伯劇任劇鈔本作處非是鮮克知臧以釐其采知鈔本作如采作來並非是命公再作少府俾率其屬以熙庶績天地作險險鈔本作儉國家丕承軍門祛禁禁鈔本活

本竝作襟襟若作襟祛似當作祛作式遏寇虐命公再作光祿亦總其熊羆之士亦張本汪本竝作勳案亦字意承上式遏句勳字則當斷句從亦似勝案范書傳兩書復拜光祿大夫在引爲三老之前則張本汪本于此作光祿勳非是不二心之臣二鈔本作式非是保乂帝家巖巖大理巖活本作岩俗惟制民命命公作廷尉廷鈔本作民非是惟刑之恤之恤鈔本作恤之非是旁施四方鈔本無四方二字非是惟明折獄蔽罪于憲之中亦惟三禮六樂鈔本無惟字非是國之元幹之鈔本作體非是案幹應作榦命公作太常明德惟馨八音克諧神人以和永世豐年溥天率土而衆莫

外命公作司空公惟戢之翊明其政翊鈔本作胡無其字時惟休哉惟天陰隲下民彝倫所由順序命公作司徒而敬敷五教以親百姓父義母慈兄友弟恭子孝時惟休哉鈔本作命公作司空胡翩鍉翊謝明其政惟天陰隲下民彝倫所由順序公惟戢之時惟休哉親百姓敷五教命公作司徒而敬敷父義母慈兄友弟恭子孝時惟休哉案文意鈔本遜徐本昭孝于辟雍孝張本作教命公作三老帝躳以祗敬遵有虞于上庠苾苾大運運鈔本作渾非是垂光烈曜命公作太尉璇璣運周七活本無宣字鈔本無精循軌時惟休哉帝欲宣力于四方

于字並非是公則翼之翼鈔本作投非是辟道或回回鈔本作違公則弼之虔恭夙夜不敢荒寍用對揚天子丕顯休命揚鈔本譌作楊休命作命休非是天子大簡其勳用授爵賜封侯于臨晉功成化洽景命有傾傾鈔本作頃帝乃震慟執書以泣命于左中郎將郭儀作策賜公驃騎將軍臨晉侯印綬兼號特進謚以文烈特鈔本譌作持烈作勳非是寵命畢備寵鈔本作之畢作異皆非是而後卽世肆其孤彪敢儀古式昭銘景烈銘曰鈔本無銘曰二字

天鑒有漢誕生元輔生鈔本作先世作三事勛在王府乃及伊公克光前矩悉心畢力肖其祖武化洽羣心澤漫綿宇帝曰文烈朕嘉君功朕鈔本譌作勝爲邑河渭建兹土封土封鈔本作封土非是申備九錫以祚其庸位此特進于異羣公爵在申呂匡佐周宣佐鈔本譌作在嵩山作頌大雅揚言今我文烈帝載用熙熙鈔本作動參光日月比功四時身歿名存永世慕思

琅邪王傅蔡君碑君徐本作朗他本作公案漢碑額多稱君者今

據本文所稱題亦作君

君諱朗字仲朗蓋倉頡之精胤姬稷之末胄也稷字下之之字鈔本無非是昝叔度文王之昭文王鈔本作王文謬建侯于蔡以國氏焉迄于平襄周祚微鈌王室遂卑齊晉交爭彊楚侵陵昭侯徙于州來來鈔本作平不成字公族分遷氏家于圉奕葉載德常歷宮尹宮汪本張本作官非是以建于茲君雅操朗允威厲不猛履孝弟之性懷文藝之才包洞典籍刊摘沈祕知機達要機喬本作幾通含神契旣討三五之術討鈔本作

該又采二南之業采鈔本譌作米以魯詩教授生徒雲集莫不自遠並至棲遲不易其志簞瓢曲肱簞鈔本譌作簞不改其樂心棲清虛之域行在玉石之閒玉鈔本譌作王是以德行儒林智周當代代鈔本譌作伐四岳稱名帝曰予聞予從喬本鈔本作余非古元和元年徵拜博士舒演奧祕贊理闕文所立卓爾度躡雲蹤蹤從鈔本他本同徐本作縱非是其選士也抑頑錯枉抑頑錯枉鈔本作抑規枉搯非是進聖擢偉極遺逸于九皋揚明德于側陋拔茅以彙幽滯用濟加以清敏廣浹浹從鈔本徐本

及他本皆作平校遜好是正直規誨之策曰諫于庭曰鈔本譌作曰于鈔本及他本皆作王忠讜著烈令聞流行聖朝以藩國賢胄藩鈔本作審又無胄字並非是先帝遺體或以繼絕襲位正于阿保未洽雅訓驕盈僭竊或蹈憲理非弘直碩儒莫能匡弼察君審行修德察從鈔本徐本及他本皆作蔡案文義察字從上句貫下校勝文法于此稱君亦不應並書其姓君字下鈔本有道字似衍進退可度遷河閒中尉琅邪王傅閒鈔本作澗又無王字並非是乃從經術之方乃鈔本作及經字下有行字並非是示以棐諶之威諶鈔本作忱率禮莫違其國用靖其鈔本作乃

十五 大二百廿三 小一百九十三

雖安國之輔梁孝（之鈔本作方非是）仲舒之相江都靡以加焉勳績既盛帝簡其功（簡從鈔本徐本譌作蕑）將授上位遷于紫宮（鈔本無于字）賦壽不永（壽鈔本作受）遘此疾凶年五十八永興六年夏卒嗚呼哀哉（鈔本無哀哉二字）凡百君子咨痛罔極殷褱傷悼含滯流惻（鈔本無含滯二字非是活本空二格）如何昊天喪我師則爰勤斯銘式昭其德銘曰（鈔本無銘曰二字）

天敏明哲（敏從鈔本及他本徐本作縱非是）於赫我君含弘光大玄覽孔眞潛樂敎思韞玉衡門雲龍感應養

徒三千珠藏外耀鶴鳴聞天若時徵庸登祚王
臣綜彼前疑（綜鈔本作統）定此典文參佐七德俾相
大藩（大藩鈔本作二蕃非是）身汲稱顯（汲鈔本作汶）永遺令勳
表行揚名（行活本作幸非是）垂示後昆

## 劉鎮南碑

（張本無他本皆有案此碑文氣宂靡絕非東京軌範其斷非中郎所作不待考年不符而後信也特以十卷本皆載姑低一格照錄坿存䣛資參證）

君諱表字景升山陽高平人也君膺期誕生
瑰瑋大度（大鈔本作火非是）黃中通理博物多識爲

蔡中郎集

郡功曹千里稱平上計吏辟大將軍府遷北軍中候候從司馬百官志及范書徐本及喬本汪本皆作侯非是在位十旬以賢能特選拜刺史荆州以鈔本作此荆作蒞竝非是選作迁是遷字之俗永漢元年十一月到官永漢喬本汪本皆作永平非是案范書紀中平六年歲在己巳四月少帝即位改元光熹八月改昭寧九月獻帝即位改昭寧爲永漢十二月復稱中平此碑文書永漢元年十一月是也而范書傳所書初平元年詔以表爲荆州刺史初平改元在復稱中平之次年歲在庚午則碑書永漢又甚可疑要之此碑爲後人贗作即此可見其疏陋不獨書表卒于建安十三年一端也鈔本無官字非是清風先驅莫不震肅姦宄改節宄從

喬本徐本作軌不仁引頸頸鈔本作顯非是君乃布愷悌流

惠和君鈔本作尔布愷悌作班豈愷班豈似也尔字及豈字下之愷字非是慕

唐叔之野棠慕字下鈔本有郡字思王尊之驅策策從鈔本

各本作印賦政造次德化宣行俄而漢室大亂禍

起蕭牆賊臣專政豪雄虎爭縣邑閭里姦宄

煙發宄從喬本徐本作仇非是州縣戕破天下土崩四海

大壞當是時也雖孔翟之聖賢育賁之勇勢

育鈔本作烏活本作諸無所措其智力智鈔本作知君遇險

而建略遭難而發權招命英俊爰得驍雄爰從

喬本徐本作援鈔本無竝非是謀臣武將合策明計出次北境遷屯漢陰因滄浪以爲隍即春薬以爲墉即鈔本作因墉從喬本徐本省作庸南撫衡陽東綏淄沂綏鈔本譌作綏西靖巫山保乂四疆選才任良式序賢能簡將命卒綦布星陳備要塞之處處鈔本作戍活本作戍竝非是戍八方之邊戍鈔本作路非是勸穡務農以田以漁稌粟紅腐年穀豐夥江湖之中無劫掠之寇沅湘之閒無攘竊之民郡守令長冠帶章服府寺亭鄉崇棟高門皆如其舊皆如鈔本作如

皆無其字竝非是當世知名當鈔本作常非是輜輳而至四方繈負自遠若歸竆山幽谷于是爲邦百工集趣趣鈔本作起機巧萬端器械通變通變鈔本作變通利民無竆利鈔本作判非是鄰邦褁慕鄰鈔本作郡交揚益州揚鈔本作楊非是盡遣驛使冠蓋相望下民有康哉之歌羣后有歸功之緒莫匪嘉績克厭帝心卽遷州牧鈔本作卽遷拜牧伯又遷安南將軍領州如故于時諸州或失土流播或水潦沒害鈔本無水潦沒三字或字下作受害二字顧千里曰害下脫二字所改大誤案顧說頗有

見今無可據校補姑仍徐本人民死喪百遺二三而君保完萬里至于滄海聖朝欽亮析圭授土土鈔本作上非是俾揚武威揚武威鈔本作疾成武不可解遣御史中丞鍾繇即拜鎮南將軍錫鼓吹大車策命褒崇謂之伯父置長史司馬從事中郎開府辟召儀如三公上復遣左中郎將祝耽授節以增威重上鈔本作將遣作遺授活本作援竝非是并督交揚二州揚鈔本作楊非是揚字下徐本有益字他本皆無顧千里曰無益字最是委以東南惟君所裁雖周召授分陝之任陝鈔本譌作俠任作命

一ノ大二百廿三小一百七十五

不遠過也〔遠過鈔本作過遠〕交州昧遠王塗未夷〔未鈔本作耒非是〕夷民歸坿大小受命其郡縣長吏有鈹皆來請之君權爲選置以安荒裔輒別上聞齊桓遷邢封衛之義也武功既亢廣開靡泮〔開鈔本譌作閒〕設俎豆陳罍彝親行鄉射躋彼公堂〔躋鈔本譌作隮〕篤志好學吏民子弟受學之徒〔民字據喬本汪本增徐本無非是〕蓋以千計〔計鈔本作數〕洪生巨儒朝夕講誨誾誾如也雖洙泗之閒學者所集方之蔑如也〔蔑從鈔本徐本譌作篾蔑如喬本汪本作無異〕湥愍末

學遠本離質（質鈔本作直喬本汪本作實）乃令諸儒改定五經章句刪剗浮辭芟除煩重贊之者用力少而擬微知機者多（用力鈔本作同曰贊之者用力少而擬微知機者多十三字喬本汪本皆無活本只無多字案十三字之間似尚有闕文）又求遺書（求鈔本作成）寫還新者留其故本（故本從喬本汪本徐本作本故非是）于是古典舊籍必集州閭（舊籍必集四字從鈔本徐本作古典墳集充滿州閭喬本汪本作古典畢集充于州閭案鈔本視他本校勝）及延見武將文吏敎令溫雅禮接優隆言不及軍旅之事辭不逮官曹之文（逮從喬本徐本作遷非是）上

論三墳八索之典下陳輔世忠義之方内剛如秋霜外柔如春陽陽鈔本作暘不伐其善不有其庸庸字上之其字鈔本無非是如彼川流每往滋通滋從鈔本喬本徐本作茲非是可謂道理丕才命世希有者已仁者壽鈔本無壽字宜享胡考胡考鈔本作胎耇非是喬本汪本作朞耇昊天不弔年六十有七建安十三年八月遘疾隕歿耕夫罷耜織女投杼老幼哀號若喪父母時道路艱險畱墳州土轉移歸葬歸葬從鈔本喬本汪本徐本作葬歸非是葬字下徐本有立墓二字喬本汪本無案立墓二字

（閭于下文且不成句）父勉其子妻勉其夫欲共扶送至于鄉里南陽太守樂鄉亭侯旻思等言及志枉州里者（南陽樂鄉從喬本汪本徐本作南鄉樂陽非是案范書作南陽樂鄉爲允）自各發卒（喬本汪本無自字）具送靈柩之資（具鈔本譌作其）子授徵拜五官中郎將（子字從喬本汪本增徐本無子字授徵二字允似不可解案范書及三國志傳表二子琦琮琦初爲江夏太守琮爲表嗣繼琦爲荆州刺史琮爲青州刺史則子授徵拜五官中郞將句覂可疑文不可以僞爲于此可見）乃疏上請歸本縣葬（乃疏上請四字從喬本徐本疏作其上字下無請字非是）見聽許（聽鈔本譌作听）太和二年葬于先塋

于是故臣懼淪休伐故臣鈔本作臣故懼作新喬本汪本作于是臣故忻洽案徐本校勝他本以爲申伯甫矦之翼周室申鈔本作中甫作朝並非是受輅車乘馬玄衮赤舄之賜輅鈔本作路衮謁作袞舄謁作舄無之字非是詩人詠功列于大雅至今不朽況乎將軍牧二州歷二紀州從鈔本喬本徐本作川非是歷字從喬本增十卷本無非是功載王府賜命優備賜鈔本作錫

賴而生者毓子孕孫能不歌歎乃作頌曰

猗歟將軍膺期挺生生鈔本作直非是桓桓其武溫溫其仁初翰千里翰從喬本徐本汪本皆作幹非是允顯使

二二一 大一百九十四小一百卅二

臣幕府禮命集于北軍北活本作此督齊禁旅如羆如熊眷然南顧綏我荆衡將軍之來之鈔本作徂民安物豐江湖交壤刑清國興蔽芾甘棠召伯聽訟周人勿剗我賴其禎禎鈔本作棍裔本作楨活本作報非是欲報之德胡不億年如何殂逝孤弃萬民鐫勒墓石墓鈔本作之以紀洪勳昭示來世垂芳後昆

蔡中郎集卷第三終 大小四千六百廿一字

# 蔡中郎集卷第四

## 太傅安樂鄉文恭侯胡公碑

公諱廣字伯始交阯都尉之元子也阯徐本及他本皆譌作趾公應天淑靈履性貞固九德咸修百行必備必鈔本作畢遭家不造童而夙孤上奉繼見下繼引[illegible]險非是以盡孝友之道及至入學從訓歷觀古今生而知之生字上鈔本有自字閒一睹十是以周覽六經博總羣議旁貫憲法通識國典年二十七察孝廉除郎中尚書侍郎除字

下之郎字據喬本及汪本張本增十卷本皆無非是尚書左丞鈔本無書字非是尚書僕射幹練機事綢繆樞極忠亮惟允忠鈔本作中簡于帝心智畧周密鈔本無智畧二字非是冠于庶事遷濟陰太守濟鈔本作齊非是其爲政也其鈔本作眞非是寬裕足以容衆足鈔本作是非是和柔足以安物以鈔本作如非是剛毅足以威暴體仁足以勸俗故禁不用刑勸不用賞其下望之如日月從之如影響恩不可忘度不可革遺愛結于人心超無窮而垂則徵拜大司農遂作司徒遷太尉以援立之功鈔本

無立字功字並非是封安樂鄉侯錄尚書事稱疾屢辭策賜就第復拜司空功成身退鈔本無身字非是俾位特進俾位鈔本作和立又拜太尉復以特進致命休神又拜太尉遜位歸爵旋于舊土徵拜太中大夫尚書令太僕太常司徒鈔本無書字又無太常二字非是永康之初以定策元功功鈔本作公非是復封前邑錄尚書事疾病就第又授太傅入參機衡五蹈九列七統三事諒闇之際三據冢宰和人事于宗伯鈔本無伯字非是理水土于下台訓五品于司徒訓從鈔本徐本作訊

非是顧千里曰訓五品者今文尚書也改本大誤後碑訓五品于羣黎亦其證耀三辰于上階光弼六世歷載三十自漢興以來鼎臣元輔者耆耊老成耆耊從鈔本喬本及他本皆作耊耇徐本作耊衮非是勳被萬方與祿終始未有若公者焉春秋八十二建寍五年三月壬戌薨于位案范書靈帝紀熹平元年春三月壬戌太傅胡廣薨夏五月己巳改元熹平廣列傳亦書熹平元年薨葢作史者自後追溯遂書改元而碑以記實元旣始于五月三月自以書建寍五年爲允天子悼惜羣后同懷同喬本作傷詔五官中郎將任崇奉冊贈以太傅安樂鄉矦印綬拜室家子弟一人郎中室鈔本作

（空非是）賜東園祕器賜絲帛含歛之備（絲鈔本作采）中謁者董詡弔祠護喪錢布賻賜率禮有加賜諡曰文恭昭顯行迹四月丁丣葬于洛陽塋故吏濟陰池喜感公之義（公鈔本作父非是）率慕黃鳥之哀推尋雅意彷徨舊土（土從喬本及他本徐本作士）休績丕烈（績鈔本作續）亙宣于此乃樹石作頌用揚德音詞曰於皇上德懿鑠孔純大孝昭備思順履信膺期命世（期從鈔本及他本徐本作其）保茲舊門淵泉休茂（茂鈔本作幾）彪炳其文爰尚天機翼翼惟恭夙夜出納紹

迹虞龍紹鈔本作詔虞作魚非是賦政于外神化玄通普被汝南越用熙雍帝曰休哉命公三事乃耀柔嘉式是百司股肱元首庶績咸釐釐喬本及他本皆作治二氣燮雍燮鈔本作變非是五徵來備勳格皇天澤洽后土封建南蕃受茲介祜祜鈔本譌作祐四牡修扈贊事上帝艾輔路車雕驂驂鈔本作駮非是玉藻在冕毳服祇祠宗祖陟降盈虧與時消息旣明且哲保身遺則同軌旦奭光充區域生榮死哀流統罔極

胡公碑

二一大二百六十五小八十六

公諱廣字伯始南郡華容人也其先自嬀姓建國南土曰胡子春秋書焉列于諸侯公其後也考以德行純懿官至交阯都尉公寬裕仁壹覆載博大研道知機（機矯本及他本皆作幾）窮理盡性凡聖哲之遺教文武之未墜（未鈔本作父非是）罔有不綜年二十七察孝廉除郎中尚書侍郎左丞尚書僕射（射字下鈔本空格或有令字）内正機衡允釐其職文敏暘平庶事密靜周乎樞機帝用嘉之遷濟陰太守公乃布愷悌（公鈔本作不布作市非是）宣柔嘉通神化道靈

和揚惠風以養貞激清流以盪邪和揚惠風以養貞激清流以盪十二字據鈔本及他本增徐本脫揚鈔本作楊楊字上有拂字非是從喬本及張本作揚節去拂字貞喬本及張本皆作眞取忠肅于不言消姦宄于爪牙宄活本作究非是是以君子勤禮小人知恥鞠推息于官轄鞠推鈔本作鞭朴案鞠應作鞫鞫本作鞫說文訓窮理罪人也而玉篇訓鞠推也廣韻訓推窮也書盤庚爾惟自鞠自苦傳鞠窮也詩齊風既曰告止曷又鞠止傳鞠窮也則鞠可通鞫仍之刑戮廢于朝市餘貨委于路衢餘種棲于畎畝遷汝南太守增修前業考績既明入作司農入鈔本譌作人實掌金穀之淵藪和均關石王府

四大言卷廿九小亭侯十三

以充遂作司徒昭敷五教進作太尉宣暢渾元元鈔本作九非是人倫輯睦日月重光遭國不造帝祚無主援立孝桓以紹宗緒紹鈔本作絡非是用首謀定策封安樂鄉侯戶邑之數數鈔本作如非是加于羣公入錄機事聽納總己聽鈔本作聰致位就弟復拜司空敷土導川導鈔本作尊非是俾順其性性鈔本作往功遂身退告疾固辭告鈔本謌作吉乃爲特進爰以休息又拜太常典司三禮敬恭禋祀神明嘉歆永世豐年聿懷多福復拜太尉尋申前業又以特進消

搖致位（位鈔本作仕）又拜太常遘疾不夷遜位歸爵（歸從鈔本及他本徐本作辭）遷于舊都徵拜太中大夫延和末年聖主革正姦臣誅斃（斃從喬本及他本徐本作斃非是）引公爲尚書令以二千石居官委以閫外之事釐改度量以新國家弘綱既整衮闕以補（闕鈔本作鈹）乃拜太僕車正馬閑六騶習訓遷太常司徒威宗晏駕（威從鈔本徐本張本汪本皆作成喬本作質帝晏駕皆非是案范書桓帝紀廟曰威宗）推建聖嗣復封故邑與參機密寢疾告退（告鈔本譌作吉）復拜太傅錄尚書事于時春秋高矣繼

親在堂朝夕定省不違子道旁無几杖言不稱老居喪致哀率禮不越越鈔本作迨非是其接下荅賓下鈔本作不非是雖幼賤降等禮從謙尊尊從鈔本顧千里曰謙尊是徐本及他本皆作厚尊而彌恭勞思萬機萬鈔本作万身勤心苦雖老萊子嬰兒其服萊子鈔本作業于非是方叔克壯其猷公旦納于台屋旦鈔本作且非是台作白正考父俯而循牆牆從鈔本徐本及他本皆作體昷以尚茲夫烝烝至孝烝從詩頌各本作蒸非是德本也體和履忠行極也博間周覽上通也鈔本無也字非是勤勞王家茂功也用能七

登三事七從鈔本案前碑云七統三事本碑銘云七被三事後碑云七蹈相位徐本及他本皆作十非是篤受介祉祉鈔本作礼非是亮皇極于六世極世從鈔本徐本極作世世作王喬本極作業皆校遜嘉丕績于九有丕鈔本作無非是窮生人之光寵鈔本無人字非是享黃耇之遐紀耇從喬本徐本譌作考鈔本未校正蹈明德以保身與福祿乎終始年八十二建寧五年春壬戌薨于位天子悼痛贈策遂賜誄喬本及他本無遂字鈔本無賜字校遜誄曰文恭如前傅之儀傅從活本及他本徐本作傅非是而有加焉禮也故吏司徒許詡等相與欽慕崧高蒸民之作

取言時計功之則論集行迹銘諸琬琰琬徐本作碗非是
其詞曰
伊漢元輔時惟文恭聰明叡哲思心睟容睟鈔本作卒非是畢力天機帝休其庸賦政于外有邈其蹤
進作卿士粵登上公粵鈔本作奧非是百揆時敍敍從鈔本徐本作序五典克從萬邦黎獻共惟時雍共鈔本作且非是
勳烈旣建爵土乃封七被三事再作特進弘惟
幼沖作傅以訓傅從鈔本及他本徐本作傳非是赫赫猗公邦
家之鎭澤被華夏遺愛不淪淪從鈔本徐本及他本皆作倫非是

日與月與與齊光竝運存榮亾顯沒而不泯

胡公碑喬本及他本胡字上有太傅二字

維漢二十有一世建寍五年春三月既生魄八日壬戌日鈔本譌作月太傅安樂鄉侯胡公薨越若來四月辛亥葬我君文恭侯案文恭謚也上文書爵冠以地此冠以謚殆卽臨晉侯文烈侯之例特是見于上下相屬二句之中繩以文法似歧而各本皆然無可校正仍之于是掾太原王允鴈門畢整屬扶風魯宙潁川敦歷等屬鈔本作厲厲魯喬本及他本皆作曾潁川從張本汪本徐本皆作潁州非是鈔本川作順尤謬敦從鈔本顧千里曰敦姓當是徐本及他本皆作殷僉謂公

之德也（謂鈔本作爲非是）柔而不犯，威而不猛，文而不華，實而不朴，靜而不滯，動而不躁，總天地之中和，覽生民之上操，聰明膚敏（膚鈔本作斂非是），兼質先覺（鈔本脫質字），涉觀憲法，契闊文學，睹臯陶之闈閫，揆孔子之房奥（揆鈔本作闚子作氏），然而約之以禮（鈔本無然字），守之以恭，寬之以納衆（寬字下之之字據鈔本及他本增徐本無），汎愛多容，其誘人也（人活本作仁），恂恂焉，怡怡焉，使夫蒙惑開析，憹戾優順，逸惰能夫勤信（鈔本作使夫蒙惑開折憹勞僞戾優悠順逸者能夫勤信喬本及他本作能使蒙惑開析僞戾優順逸惰勤信）

（案喬本文意簡明鈔本文意曲衍感折必是感析之譌徐本視鈔本似遜雖仍之殊有可疑）及其創基即位發迹（喬本及他本皆無即位二字）機密聖朝其知其能夙夜惟寅以允帝命是以頻繁機極三升而不出焉乃還譚其舊章彌綸古訓貫萬品擘精微用補前臣之所闕（補字下鈔本有贊字）十年而無愆疆記同乎富平（同鈔本作可）周愼逸于博士（逸喬本張本作過）偶山甫乎喉舌（喉舌鈔本作舌喉）匹虞龍而納言（匹鈔本作疋）唯帝命公以二郡（公從喬本及他本徐本作工非是）其爲政也導人以德帥物以己（帥物鈔本作師不）敦以

忠肅鈔本無敦以忠三字非是以厲以知恥厲喬本及他本作勵人悅其化天樂其和天從張本汪本徐本作夫非是士相勉于公朝勉鈔本作兢于作乎民勸行于私家徽墨縈而靡係墨喬本作纏縈鈔本作縈非是鞭扑棄而無加洋洋乎若德宣治嚴以爲威寬以爲福而已哉五作卿士七蹈相位太僕司農太傅司空各一司徒特進各二太常太尉各三光輔六世歷載三十有餘十鈔本作百非是其致治也治鈔本作之通水泉于潤下蕃后土于稼穡蕃鈔本作繁訓五品于羣黎參人物于區域耀三辰

于渾元協大中于皇極協鈔本作叶傅聖德于幼沖傅從鈔本徐本汪本張本作傳非是德鈔本作主率旦奭于舊職于鈔本作之譬彼四時彼鈔本譌作披功成則退在盈思中中鈔本作仲升隆以順建封域于南土踐殊號于特進號從喬本徐本作域非是鈔本未校正榮祚統業垂乎來胥來鈔本作采非是公自二郡及登相位凡所辟用遂至大位者故司徒中山祝括其餘登堂閣據賦政輔世樹功流化者輔世從鈔本徐本及他本皆作策勳案鈔本校勝蓋不可勝載惟我末臣頑蔽無閒仰慕羣賢惡乎可及可鈔

（本作不非是）自公寢疾（疾從喬本徐本作室校遜）至于𣢾歘參與嘗禱列在喪位（在張本作位非是）雖庶物戮力不悆于禮進睹墳塋几筵靈設（筵活本作延非是靈張本作空）退顧堂廡音儀永闕（鈔本作進退顧俯廓猒永闕校遜）感悼傷懷心肝若割相與累次德行撰舉功勳刊之于碑用慰哀思（喬本及他本有其詞曰三字十卷本無）

煥文德伊朝后應期運作漢輔喜中興膏民庶（庶鈔本作主非是）澤淇淳（淳喬本及他本皆作湻）亶攸序亙地區充天宇轔高逵嶇遐武揚景烈垂不朽（朽鈔本作矩非）

是仰邃古邃活本作遂耀昆後

## 太傅祠前銘

天鑒有漢山岳降靈於肅文蒸肅從鈔本及喬本徐本作赫校遜應期誕生好是懿德德鈔本作悪謬柔惠且貞柔鈔本作隶爰在初服在初鈔本作初在非是皇嘉其聲納于機密機密惟清鈔本脫下機密二字守于三邦三邦事寍鈔本脫下三邦二字事作惟越尹三卿伯揆時序伯喬本及他本作百案百伯同七受帝命帝鈔本作八非是作此元輔此鈔本作漢左右六世靖綏土宇蠢彼羣生羣生鈔本作生郡非是保賴亶敘

敘鈔本譌作敘紹迹龍夷紹鈔本作詔非是繼軌山甫遭國不造仍世短祚援立聖嗣援鈔本作暖非是保公之謨保鈔本作伊喬本及他本作得帝曰文恭朕嘉君功君鈔本作尹非是爲邑安樂以祐其庸登位特進于畀羣公休命丕顯光寵克章公拜稽首是對是揚藹藹惟公民斯攸望春秋既暮倏爾乃喪倏爾二字鈔本空格不憖是遺憖各本作憗俗俾屏於皇俾屏鈔本作碑屑非是新廟奕奕廟鈔本作廂奕奕作𤇾烾竝非是于以烝嘗子子孫孫承嗣無疆

# 漢交阯都尉胡府君夫人黃氏神誥神誥靈表

蔡中郎集



誄讚計四篇惟此題有漢字各本皆然仍之

夫人江陵黃氏之季女字曰列嬴字鈔本作实嬴作嬴竝非是其先出自伯翳別封于黃別從鈔本徐本作列校遯于活本作子黃鈔本作廣竝非是以國氏焉高祖父汝南太守南字鈔本空格曾祖父延城大尹祖父番禺令父以主簿嘗證太守事奉朙君以立臣節奉鈔本作命非是漢南之士以爲美談初都尉君娶于故豫州刺史郎黃君之姊娶于鈔本作趣子非是生太傅安樂鄉侯廣及卷令康而卒康鈔本譌作廣案范書傳廣父貢交阯都尉注引襄陽耆舊記廣父名寵

寵妻生廣早卒寵叜娶江陵黃氏生康字仲始與誥文岐繼室以夫人二孤童紀未齔育于夫人鈔本作繼室以夫人生童紀未齔而失失活本作夭喬本及他本同案各本旣皆與范書注岐似皆可疑姑從徐本特是下文有撫育二孤句與育于夫人句複又似鈔本及他本校勝而都未敢信也夫人懷聖善之姿韜因母之仁因從鈔本徐本及他本皆作慈顧千里曰因母見喪服傳今本大誤仁鈔本作人非是撫育二孤導以義方思齊先姑神罔時恫致能迄用有成誕膺繁祉廣歷五鄉七公再封之祿康亦由孝廉宰牧二城九鼎之義夫人是享爰暨穉孫叜仕三官仕鈔本作士非是官喬本及他本皆作宮

或典百里或作虎臣虎臣鈔本作臣虎非是鉏艾貂蟬近侍顯尊受茲介福于我夫人自都尉仕于京師仕活本作任及廣兄弟式敘漢朝夫人居京師及廣兄弟至京師十三字徐本脫據鈔本及他本增六十有餘載其乘輅執贄朝皇后采柔桑于蠶宮手三盆于繭館者蓋三十年上有帝室龍光之休龍裔本及他本皆作寵校遜下有堂宇斤斤之祚心眈其榮體安其玄遠圖長慮張本作體安其遠圖長慮迴鈔本作體安其玄遠圓之慮校遜汪本上六字同鈔本慮迴作慮慮謬用遺舊居欲留此焉康寍之時亟以爲言極

太夫人年九十一太活本作大大非是建寧二年薨于太傅府是月辛亥公之季子陳留太守碩卒于洛陽左池里舍公銜哀悼祇慎其屬遵奉遺意不敢失墜乃俾元孫顯咨度羣儒以考其衷僉曰昔帝舜殉于蒼梧嬪于虞郊二妃薨于江湘不卽兆于九疑延陵季子實惟吳人長子道終卜葬嬴博卜鈔本作不不非是夫遭時而制不遠遷徙魂氣所之不繫丘壟帝舜以之神罔時怨季札以之仲尼嘉焉鑒帝籍之高論籍從喬本及他本徐本作藉藉校遜鈔本未

（校正）綜精靈之幽情稽先人之遐迹（迹鈔本作逝活本作邇竝非是）順母氏之所宜茲事體通而義同允不可替于是公乃爲辭昭告先考（鈔本無告字非是）然後卜定宅兆龜筮悉從（悉從喬本及他本徐本作襲）遂營窀穸之事舉封樹之禮十月既望粵翼日己亥葬我夫人黃氏及陳留太守碩于此高原雒陽東界關亭之阿天子使中常侍謁者李納弔且送葬（天鈔本作夫非是）持賻錢二十萬（持鈔本作特非是）布二百疋再以中牢祠（祠從鈔本及他本徐本作祀校遜）羣后畢會榮哀孔備

于時濟陽故吏舊民中常侍句陽于肅等二十三人思應慕化推本議銘推鈔本作雜非是著斯碑石鈔本無碑石二字俾諸昆裔瞻仰以知禮之用是爲神誥誥從張本徐本及他本皆譌作語鈔本未校正乃申頌曰

於穆夫人家邦之媛媛汪本譌作緩晉在嬴代嬴從喬本及他本徐本譌作嬴鈔本未校正黃國氏建致于近祖亦降于漢天祚明德福祚流衍旣作母儀履信思順履鈔本活本皆作祖非是登壽耄耋用永蕃孌孌鈔本作戀案孌訓係慕孌亦有慕之訓子孫以仁追稽先典先典鈔本作光与非是度茲洛濱

度從活本顧千里曰度字是度郎宅也徐本作厝案說文厝厲石也集韻同措訓置也而厝措究是兩字徐本厝郎措字義與度郎宅相類也喬本及他本皆作厝鈔本作庋庪之譌字校遜一四大一百九十七小二百十七

齊迹湘靈配名古人休矣耀光千億斯年千從喬本及他本徐本作于非是

太傅安樂鄉矦胡公夫人靈表

夫人編縣舊族章氏之長女也字曰顯章字鈔本作实活本作實竝非是令儀小心秉操塞淵塞活本譌作寒仁孝婉順率禮無遺體季蘭之姿蹈思齊之迹永初二年年十有五十字上之年字從喬本及他本增徐本脫鈔本末校補爰初

來嫁誕成家道仰奉慈姑竭歡致敬俯誨膝下化導周悉至德脩于幾微 于字下鈔本活本有其字非是幾作機 徽音暘于神明 徽鈔本譌作微 故能參任姒之功 任各本皆作姙案任姒姓也作姙非是鈔本未校正 兼生人之榮朝春路寢贊桑蠶宮 宮鈔本作功非是 光寵有祭祭服有琉 琉鈔本作充 前後奉斯禮者三十餘載夫人生五男長曰整伯齊 伯鈔本作百 次曰千億叔韡次曰寍稺威 寍鈔本作官 次曰頎季嶽 嶽鈔本作叔非是 伯仲各未加冠遭厲氣 厲鈔本作离活本作離 同時夭折叔讓郡孝廉 讓喬本及他本

皆作上非是及季叀歷州郡喬本及他本皆無及字非是郡字據張本增徐本及他本皆無亦非是寧舉茂才張本無寧字非是葉令京令爲議郎爲字鈔本空格季以高弟爲侍御史諫議大夫侍中虎賁中郎將陳留太守皆早卽世夫人哀悼劬顇顇喬本及他本皆作悴由是被疾遭太夫人憂篤年七十七建寧三年薨夫人之存也契闊中饋婉孌供養依生奉仁依字上鈔本有是字是字下空一格紹述雅意其閏月祔于太夫人窀穸于兹地祔各本皆作附案說文後死者合食于先祖曰祔又合葬亦曰祔檀弓魯人之祔也合之雜記大夫附于士註附讀爲祔

一三 大二百廿五 小二百零八

附通祔，而祔究是本字，自以作祔爲允。魂而有靈，欽明定省，神心欣焉。欣鈔本作忻。其實宝之元女金盈，追慕永思，憯怛罔極，遂及斯表，鐫著堅珉。頌曰：

悲母氏之不永兮，氏鈔本譌作民，兮字喬本及他本皆脫。懷殷恤以摧傷。鈔本脫以字，摧活本作推，非是。惟子道之無窮兮，兮字據鈔本增，徐本及他本皆無。憯聞誨之未央。庶黃耇以期頤，黃鈔本作胡，頤通本作順，非是。胡委我以夙喪。鈔本無胡字，非是。憂心怛以激切，鈔本作思心怛以激切，喬本及他本作恆思心以激切。亦割肝而絕腸。鈔本無亦字，非是。晉先聖之遺辭，言仁者其壽長。

嗟母氏之憂患母氏鈔本作子姚體愷悌以慈良失延年之報祜年鈔本作平非是獨何棄乎穹蒼棄鈔本作卒平喬本及他本作于穹鈔本作雩非是日月忽以將暮哀長結以含愁哀鈔本作拖非是尋脩念于在昔原疾病之所由遭元子之弱夭鈔本無遭字之作若夭活本作天竝非是心傷顇以自憂曁叔季之隕終隕鈔本作勛哀情結以彌綢皇姑䘏而終感鈔本無而字感作感竝非是遂大漸兮速流遂活本譌作逐疾欬欬而日遘遘鈔本作通非是氣微微以長浮鈔本作氣微微以長沒消案句法非是姑注存參證銷精魄以遐翔鈔本作精魂飄以遐

一一大二百零八八小二百廿六

翔案句法校上句勝會不可乎援畱畱鈔本作招爾乃順旨于皇姑冥冥旨鈔本作朁非是繼存意于不違爰祔靈于皇姑鈔本無爰字皇作黃非是尚魂魄之有依潛幽室之黯漠憯朙之景輝憯鈔本作朁非是一往超以未及一鈔本作二非是未活本作末是傾阻邈其彌遲傾阻鈔本作須且阻喬本及他本皆作徂案傾阻傾徂下屬邈字已難讀須且尤不可解疑傾字尚誤顧新廟以累欷伏几筵而增悲伏鈔本作杖非是嗟既逝之益遠眇悠悠而不追眇張本作耿不喬本及他本皆作莫

## 議郎胡公夫人哀讚

議郎夫人趙氏字曰永姜字鈔本作实活本作實竝非是允有令德秉心塞淵塞活本譌作寒舒詳閑雅閒從喬本徐本作閑儀節孔備女師四典窈窕德象罔不習熟熟鈔本作閑以供婦道議郎早世檢誨幼孤義方以導其性導鈔本譌作遵寸中禁以閑其情中字鈔本空格孤顯儉節用免咎悔免咎鈔本作啟各非是少辟侍中鈔本脫辟字龔先公之爵以議郎出爲濟陰太守是時夫人寢疾未瘳而國家方有滎陽寇賊震驚帝師簡選州辟授任進衛不得辭王命任鈔本作仕進字空格辭作辟非是親醫

二十大二百十七小一百廿六

藥醫鈔本作筮夫人乃自矜精稟氣力俛起若愈俛鈔本作俛起字空格以勸遣顥到官月餘所疾暴盛春秋五十八中平四年薨于京師顥有剖符之寄寄字鈔本空格偪于國典疾篤不得顧親顧鈔本作隱非是增感氣絕不能自存能鈔本作得存作察慎終之事慎終鈔本作輕俛之字上有爲字不可解闕焉永廢雖不毀以隨沒隨鈔本作墮亦困悴而傷懷困鈔本作因而作於竝非是知我如此不如無生無鈔本作勿號咷告哀咷從喬本徐本作跳非是以乞骸骨乞鈔本作气骸作体非是踰年然後獲聽追惟考君存時之命

迎棺舊土棺鈔本作格非是同穴此城穴鈔本譌作宂城作域孤心摧割靡所底念仰瞻二親或有神誥靈表之文敢曰亮闇敍我憂痛作哀讚書之于碑碑鈔本作神非是

愍予小子予鈔本譌作于夙離凶艱離喬本作羅凶從鈔本徐本作内嚴考隕殂我在齠年母氏鞠育載矜載憐憐鈔本作特非是般斯勤斯慈憂備存匪惟驕之範我軌度範鈔本作守敎誨嚴肅昭示好惡俾我克類俾鈔本作禆克空格類作作屬非是畏威忌怒怒從喬本及他本徐本作恕非是鈔本未校正用

免咎悔踐繼先祖卽爵其土土鈔本譌作工二將是臨與帝剖符守于濟陰夫人寢疾夫人二字從喬本及他本徐本作其夫非是榮此寵休疾用歡痊翼日斯瘳將征將邁從耆陶丘景命徂逝不憖少留疾大漸以危亟令精微微以浸衰以鈔本作而逼王職于憲典兮子孫忽以昔違忽從鈔本及他本徐本作怱非是目不臨此氣絕兮目鈔本作因非是手不親乎含飯手活本作乎非是陳衣衾而不省兮合緌棺而不見緌鈔本作梗非是筲予考之卽世兮予鈔本譌作子安宅兆于舊邦依存意以奉

亾兮遷靈柩而同來考妣痛莫慘兮莫從鈔本徐本及他本皆作以案妣字下疑有闕文離乖案考妣痛莫慘兮離乖爲句似未諧離字上疑有闕文乖鈔本作華神柩集而移兮孤情怛兮增哀孤情怛兮四字從鈔本增活本情作精徐本及他本皆無非是攝又以長兮羨除點而永墳二句從鈔本增活本又作尺羨作羡案鈔本固似有譌字活本字亦甚難解喬本及他本皆無此二句黃壚密而無閒兮出入闃其無門昪柩在茲兮昪鈔本作議非是不知魂景之所存存鈔本作在非是悼孤衷之不遂兮衷鈔本作子思情憭以傷肝情鈔本作憯幽情淪于后坤兮淪鈔本作倫坤作神竝非是精哀達

乎旲乾

蔡中郎集卷第四終　大小七千七百卅六字

# 蔡中郎集卷第五

## 光武濟陽宮碑

惟漢再受命曰世祖光武皇帝考南頓君頓鈔本作頊非是初爲濟陽令爲鈔本作惟非是濟陽有武帝行過宮有字上濟陽二字鈔本無非是常封閈帝將生考以令舍下溼下溼各本同范書帝紀注引此碑文作光武將生皇考以令舍不顯開宮後殿居之案下溼校不顯義勝仍之開宮後殿居之宮鈔本作空非是建平元年十二月甲子夜帝生時有赤光室中皆明皆鈔本作有使卜者王長卜之長曰鈔本無長字非是此善事不

可言歲有嘉禾有活本作月禾鈔本作作朱竝非是一莖九穗穗鈔本作稔非是長于凡禾因爲尊諱王室中微哀平短祚哀鈔本譌作衰姦臣王莽鈔本無臣字非是媮有神器十有八年罪成惡熟天人致誅帝乃龍見白水白水從裔本及他本徐本作泉淵非是案范書帝紀論或以貨泉字爲白水眞人後望氣者蘇伯阿爲王莽使至南陽遙望舂陵郭唶曰氣佳哉鬱鬱葱葱然則作白水爲允淵躍昆漴淵躍從裔本及他本徐本作躍飛非是昆漴從張本鈔本作漴上顧千里曰漴字冣是光武紀曰漴川盛溢今本所改大誤徐本裔本汪本皆作昆上顧所謂誤也案范書帝紀更始元年正月戰于沘水大破之三月徇昆陽六月莽兵大潰雨下如注漴川盛溢注引水經曰漴水出南陽魯

陽縣西堯山東南經昆陽城北東入汝則張本作昆滍校他本勝破前隊之衆殄二公之師殄從鈔本及張本徐本喬本汪本皆作彌牧兵畧地經營河朔朔活本作翔非是戮力戎功翼戴叓始義不卽命義鈔本作乂帝位闕焉于是羣公諸將據河洛之文文鈔本作丈非是協符瑞之珍僉曰曆數在帝曰鈔本作白踐祚允宜踐鈔本作淺非是乃以建武元年六月乙未卽位鄗縣之陽鄗從鈔本及他本徐本作鄗謬五成之陌五成從張本徐本及他本皆作九域非是鈔本未校正案范書帝紀命有司設壇場于鄗南千秋亭五成陌祀漢配天不失舊物享國三十有六年方

內乂安蠻夷率服巡狩泰山泰鈔本作大非是禪梁父皇代之遐迹迹鈔本作迒非是帝者之上儀罔不畢舉畢舉鈔本作渾李非是道德餘慶延于無窮先民有言樂樂其所自生鈔本無下樂字非是案樂音洛而禮不忘其本是以虞稱嬀汭姬美周原姬鈔本譌作嫗皇天乃眷神宮實始于此鈔本無眷神二字宮作審厥迹邈哉厥迹邈鈔本作其路蘇所謂神麗顯融越不可尚小臣河南尹鞏瑋先祖鉅艾封侯歷世卿尹受漢厚恩瑋以商箕餘烈箕鈔本作其郡舉孝廉郡舉鈔本作舉郡爲大官丞鈔本無爲

字丞作承非是來在濟陽願見神宮追惟桑梓梓鈔本作子非是

是竷述之義用敢作頌

赫矣炎光炎鈔本作天爰耀其輝篤生聖皇二漢之

微稽度乾則誕育靈姿育從喬本及他本鈔本作有徐本作育竝非是

黃孽作慝篡握天機帝赫斯怒爰整其師應期

潛見扶陽而飛禍亂克定自作慝至克字計二十五字鈔本無定字

下鈔本空一格活本作熄案黃孽定熄寫句文局似促鈔本活本皆非是羣凶殄夷

殄鈔本活本皆作於非是匡復帝載萬國以綏萬鈔本作万無國字非是

巡于四岳于鈔本作乎展義省方省鈔本作有登封降禪

升于中皇于中鈔本作中于爰茲初基天命孔彰子子孫孫保之無疆

太尉汝南李公碑

公諱咸字元卓汝南西平人蓋秦將李信之後孝武大將軍廣之冑也枝流葉布家于茲土文武繼踵世爲著姓曾祖父江夏太守伯父東郡太守伯父之伯伯字各本皆然案漢碑書例不一此書曾祖父不書祖父父而專書伯父殆亦一例也抑或伯爲祖之譌下文徐本有一父字以下或闕遂直接受純懿之資爲句則謬甚公受純懿之資作父受純懿之資固謬鈔本無此句從喬本及張本汪本徐本

父字亦未協案東郡太守句下當書父故徐本有父字以下闕喬本張本汪本之公字不知何所本恐卽改父爲公而書及本身原當有公字姑從之萃忠清之節萃從喬本鈔本空格徐本作粹校遜夙夜嚴慄慄鈔本作考非是孝配大舜敦詩書而悅禮樂觀天文而察地理兼動與神合喬本及他本無兼字動鈔本作洞合作契契抗流行契鈔本作合操邁伯夷操邁鈔本作邁操伯作色無夷字非是色過孔父色過從鈔本徐本及他本作德追顧于里曰色過孔父四字爲一句謂正色立于朝也見公羊傳今本大誤舉孝廉除郎中光祿茂才遷衞國公相公鈔本作以非是授高密令勤恤民隱政成功簡遷徐州刺史百司

震肅鼜鼜風靡惡直醜正公事去官公事去官從鈔本徐本公作恭去官作法宮他本同案法宮二字未協上文鈔本校勝帝念其勤家被榮命家從鈔本徐本及他本皆作屢校遜案上文作公事去官則此宜從家字爲允漁陽太守還遷度遼將軍協德魏絳協鈔本作叶絳汪本譌作降和戎綏邊徵河南尹母憂乞行鈔本無尹字非是母字上有遭字句法校遜服闋奔命孝和皇帝時機密久皷百僚僉允詔拜尚書允從鈔本及他本徐本作乞拜鈔本作林喬本作休林殆休之譌休亦未盡是歷僕射令納言令從鈔本及他本徐本作公校遜危行不絀鈔本無不絀二字案上文令從鈔本以歷僕射令爲句似也納言危行爲

句再繹未安徐本作公則公字屬下爲句張本以歷僕射令納言爲句危行不絀爲句校勝他本姑從之以公事去民神憤怒羣公薦之鈔本無羣公薦三字非是帝曰俞哉俞活本作逾非是徵拜將作大匠大司農大鴻臚大僕射徵字下鈔本有不字大僕射之大字從喬本徐本譌作太公所莅任任鈔本作也憲天心以敎育激垢濁以揚淸激鈔本作汰爲國有賞蓋有億兆之心兆之二字鈔本空格無心字喬本及他本皆無此二句懿鑠之美昭登于上丕顯之化宣聞于下下鈔本作上非是及遷台司遷台鈔本作建上位太尉補袞闕敘彝倫天人交格終始無疵鈔本無終始二

字疵作折竝非是雖元凱翼虞虞鈔本作堂謬周召輔姬召鈔本作郡姬作嫗竝謬未之或踰踰鈔本譌作踰功遂身退以疾自遜求歸田里告老致仕告老鈔本譌作先孝七十有六熹平四年薨熹平各本皆作嘉平案范書帝紀熹平二年三月太尉李咸免則四年薨與上文告老致仕文意相屬嘉平是魏邵陵公年號相距太遠各本皆誤鈔本未校正海内咨嗟莫不惻焉故吏潁川太守張溫潁各本作頴非是等相與歎曰名莫隆于不朽德莫盛于萬世銘勒顯于鐘鼎清烈光于來裔刊石立碑載德不泯詞曰鈔本無詞曰二字

天垂三台，地建五岳，降生我哲，應鼎之足。奕世載德，名昭圖籙。旣文且武，桓桓紹續。續從鈔本及他本，徐本作績。外則折衝，衝，汪本作衡，非是。內則大麓。惟清惟敏，惟敏二字鈔本空格。品物以熙。熙，鈔本作喜，校遜。告老懸車，天人靡歎。曾不百齡，圮我國基。人之云亾，云亾上鈔本有爲七二字，非是。八極悼思。申德作頌，光寵宣流。鈔本無申德作頌光五字，作能始於三字，譌脫不成句。鐫紀斯石，鴻烈顯休。

陳畱索昏庫上里社銘庫字從鈔本及他本增，徐本脫

曰：社祀之建尚矣。昔在聖帝，有五行之官，鈔本脫有

字）而共工子句龍爲后土（鈔本脫后字）及其歾也遂爲社祀故曰社者土地之主也周禮建爲社位左宗廟右社稷戎醜攸行（戎鈔本作我非是）于是受脤土膏恆動（鈔本脫土字）于是祈農（祈鈔本譌作所）又班之于兆民春秋之中命之供祠故自有國至于黎庶莫不祀焉（祀鈔本作事）惟斯庫里古陽武之戶牖鄉也（牖從鈔本及喬本張本徐本及汪本作牗誤也也字從張本增鈔本有也字在下句有字下子字上以文意揣之張本校勝）春秋時有子華爲秦相漢興陳平由此社宰遂佐高帝（社鈔本譌作杜佐作相無高帝二字非是）克

定天下爲右丞相封曲逆侯鈔本脫侯字永平之世虞延爲太尉延字下徐本有子字非是喬本及他本皆無是也鈔本未校芟案范書明帝紀永平三年二月己未南陽太守虞延爲太尉司徒封公司徒之徒字鈔本空格徐本及他本皆作司空非是案范書紀永平八年三月辛卯太尉虞延爲司徒延傳三年徵代趙熹爲太尉八年代范遷爲司徒是延未爲司空之確證封字鈔本空格下接空一格又案司馬百官志司徒公一人殆卽封公之謂而鈔本于封字空格下又空一格蘇不能解至延熹延弟曾孫放字子仲爲尚書延熹徐本及他本皆作嘉平非是鈔本未校正案范書傳順帝初放詣闕追訟震罪由是知名桓帝時爲尚書桓帝曾改元和平嘉平或是和平之譌而本句至字直貫下句封都亭侯自以作延熹爲允子仲從

范書傳徐本及他本皆作子卿非是鈔本未校正尚書下張本有令字外戚梁冀乘寵作亂首策誅之亂活本作辭非是王室以績詔封都亭侯鈔本無詔字作封邵都亭侯喬本及他本皆作封召都亭侯案范書紀延熹二年七月大將軍梁冀謀爲亂八月丁丑收大將軍印綬冀與妻皆自殺詔封勳等七人爲亭侯注七亭侯謂尹勳宜陽都鄉霍諝鄴都亭張敬山陽西鄉歐陽參修武仁亭李瑋宜陽金門虞放冤句呂都亭周永下邳高遷鄉則鈔本無詔字作邵都皆非是喬本及他本作召都當是呂都之譌又案某都以地言亭侯以爵之等差言徐本作都亭侯亦有可疑無本校改姑仍之太僕太常司空毗天子而維四方克鏳其功其功鈔本作功其非是往烈有常于是司監鈔本作於里同鑒校遜爰

𡒊邦人僉以宰相繼踵僉鈔本作令校遜咸出斯里秦一漢三而虞氏世焉鈔本脫世字雖有積善餘慶終身之致亦斯社之所相也乃與樹碑作頌以示後昆示字下活本有則字鈔本則字在示字上校遜張本昆字下有云字

惟王建祀惟從張本徐本作唯案說文惟唯各訓從惟爲允祀鈔本作祠校遜明事百神事鈔本作祀校遜乃顧斯社顧鈔本譌作碩脫斯字于我兆民明德惟馨其慶聿彰自嬴及漢四輔代昌爰我虞宗乃世重光元勳既立錫茲土疆乃公乃侯帝載用康康從喬本及他本徐本作庸非是神人協祚協從

喬本及他本徐本作叶且巨且長凡我里人盡受嘉祥刊銘金石永世不忘

## 陳畱太守胡公碑

君諱碩碩鈔本作顧非是字季叡交阯都尉之孫太傅安樂侯之子也其先與楚同姓別封于胡以國爲氏臻乎漢奕世載德不替舊勳幼有嘉表克岐克嶷不見異物習與性成與鈔本譌作典孝于二親養色甯意蒸蒸雍雍會閔顏萊無以尚也總角入學治孟氏易孟鈔本譌作蓋歐陽尚書韓氏詩氏字從喬

本及他本增徐本脫鈔本未校補遜博綜古文周覽篇籍篇鈔本作編校言語造次必以經綸加之行己忠儉事施順恕恕活本譌作怒公體所安與衆共之驕吝不萌于內吝鈔本作怪是悋之譌喜慍不形于外可謂無競伊人溫恭淑慎者也競從喬本徐本作兢非是鈔本未校正初以公在司徒除郎中宿衛宿鈔本作肅非是十年遭叔父憂遭鈔本作以以疾自免鈔本脫以字州郡交辟辟鈔本作情非是皆不就後以大將軍高弟拜侍御史遷諫議大夫以將軍事免官舉賢良方正不詣公車詣鈔本作諧非是

建寍元年召拜議郎納忠盡規匪懈于位議郎下鈔本有還字盡作藎規作矩校遜懈作解通于作子非是遷侍中虎賁中郎將是年遭疾鈔本脫是字屢上印綬詔書聽許聽活本誤作听以侍中養疾其年七月被尚書召不任應命詔使謁者劉悝齎印綬齎鈔本作賞是賫字之譌即拜陳留太守君閒使者至加朝服拖紳使者致詔君以手自繫繫張本作擊非是陳辭謝恩謝鈔本作職非是其明二十一日遣吏奉章報謝吏鈔本作生無報謝二字食後還與丞相荅意氣精了還字上鈔本有報字上句無報謝二字案報字屬下句似

也丞相作相丞丞恐是承之譌喬本及他本奉章報謝下即接意氣精朗句無會後還與丞相荅七字文似直率不逮徐本鈔本而兩本之丞字究甚可疑無可據校姑仍徐本而存鈔本于注擬丞爲承之譌亦未敢信也是日疾遂大漸刻漏未分奄忽而卒刻鈔本作略非是時年四十一天子憫悼鈔本無子字悼作憚竝非是詔使者王謙送葬鈔本無詔字非是謙字下空格空格下有且字開疑有闕文以中牢具祠賜錢五萬布百足足鈔本作宅之非是贈穀三千斛穀鈔本省作谷俗斛譌作解同位畢至赴弔雲集生榮未艾艾鈔本空格歿有餘哀哀鈔本譌作衰于是遐邇搢紳爰暨門人相與嘆述君德德鈔本作聽非

是追痛不永怛切情憭怛喬本及他本皆作恒無不永懷鈔本活本皆無不永二字作無寘懷幾不成句行由己作名自人成先民旣邁賴茲頌聲賴鈔本作類聲字空格嚶哉昞哲嚶字上鈔本空四格哉從鈔本徐本及他本皆作我校遜如何勿銘乃作辭曰猗歟懿德令聞有彰聞從鈔本徐本作問祗服其訓克構克堂構鈔本作称堂作當竝非是孝思維則維各本皆作唯案韻會六經惟維唯皆作語辭詩助辭多用維字此引詩辭作維爲允文藝丕光文鈔本譌作大丕作本尤謬敦厚忠恕厚鈔本作卒校遜活本作牽謬甚衆悅其良綏弱以仁綏從鈔本及他本徐本作緩非是不云我彊爰自登

一大一百八十七小三百十三

朝自鈔本作具進退以方見機而作如鴻之翔鴻鈔本省作鳲乃位常伯常活本譌作當恪處左右兼掌虎賁賁鈔本作楧不可解禁戎允理灉茲虐痾痾鈔本作疴帝用悼世俾守陳留庶篤其祉王人既詔景命不俟嗚呼旻天殲我英士如可贖也可鈔本及他本作何校遜敦不百己敦鈔本作悒己各本皆作已案此二句用詩如可贖兮人百其身之意已當作己廣韻訓己身也哀哉永傷萬年是紀

陳留太守胡公碑

君諱碩字季叡交阯都尉之孫太傅安樂鄉侯

之子也順帝時爲郎中桓帝時遭叔父憂以疾自免荆州將軍比辟輒辭疾比喬本及他本皆作每案禮疏比訓頻也與每字義同後以高等拜侍御史遷諫議大夫舉賢良方正病不詣公車建寧元年七月拜陳留太守病加不任應召任鈔本作仕非是詔使謁者劉悝即授印綬二十一日卒十鈔本作千謬詔出遣使者王謙以中牢具祠特賜錢五萬布一百疋賵穀三千斛儔類赴送遠近鱗集于是陳留主簿高吉蔡軫等鈔本軫字在蔡字上非是咸以郡選充備官屬來迎

者三十四人奔驚跋涉願承清化鈔本脫願字逢天
之慼慼鈔本譌作戚不獲延祚痛心絕望忉怛永慕忉從
張本徐本及他本皆作切校遜乃相與衰經衰經鈔本譌作哀經庭位號
咷咷從鈔本及他本徐本作跳非是靈柩將窆申軙脩儀煢煢
在疚輿服寮御部引各執其職鈔本作誕自中軙脩儀儀字下
空三格三格下作疚在疚在下空二格案徐本句亦未諧喬本及他本皆同姑仍之路人
慼愴觀者歎息蓋三綱之序與並育以舊奉新
新字下鈔本有篤字嚶我行人敢不自勗蓋三綱之序至敢不自勗二十
字喬本及他本皆無遂樹碑作銘銘鈔本作錦非是以表令德張本

蔡中郎集 二大一百九十 小一百九十一

有銘曰二字

於藐下國瞻仰俊乂欽見我君爰綏我惠式昭

績恩有勞其頹鈔本脫有字昊天不弔昊鈔本作炅非是景

命顛墜悠悠蒸黎惆悵喪氣政雖未宣古之遺

憂古鈔本作問非是祁祁我君習習冠蓋脩誠以迓誠鈔

本作然非是會不東邁會字下活本空一格非是靈魂裵寘靡所

瞻逮惟其傷矣其鈔本作具非是胷肝摧碎勒銘告哀

傳于萬代于鈔本作与校遜代作世非是

蔡中郎集卷第五終 大小字二百七十六字

# 蔡中郎集卷第六（此卷頌碑銘誄與第一至第五卷文體相類徐刻列第九卷錯在表論之間似非歐輯原編今移次第六篇則仍舊）

## 京兆樊惠渠頌

洪範八政一曰食周禮九職一曰農有生之本于是乎出貨殖財用于是乎在九土上沃爲大田（大鈔本作上）多稔然而地有墒瘠（墒活本譌作埇）川有墊下（墊鈔本作埶非是）溉灌之便（溉鈔本作既非是）行趨不至（行從喬本徐本作形校遜鈔本作別活本作刪非是）明哲君子刱業農事因高卑之宜驅自行之勢以盡水利而富國饒人

自古有焉若夫西門起鄴鄭國行秦李冰在蜀信臣治穰皆此道也鈔本作若夫起鄴鄭國行秦信臣般南陽鄧臣汝南皆此道也案起字至汝南字之間必有闕文陽陵縣東其地衍隩衍鈔本作行土氣辛螫嘉穀不植草萊焦枯焦鈔本作燋而涇水長流漑灌維首灌維鈔本作其惟編戶齊岷岷鈔本作萌顧千里曰萌最是案岷校勝庸力不供牧人之吏謀不暇給暇張本作假葢常興役猶不克成鈔本無役字非是光和五年京兆尹樊君諱陵字得雲得鈔本喬本皆作德勤恤人隱悉心政事苟有可以惠斯人者無間而不行

焉遂諮之郡吏諮徐本譌作諮申于政府政府鈔本作故左僉以爲因其所利之事者不可已者也乃命方略大吏麴遂令五瓊揣度計慮五鈔本作伍計作屯揆程經用以事上聞副在三府司農遂取財于豪富司農鈔本作農司司字下空格空格下有後字無遂財二字僭力于黎元力字下鈔本有力字非是樹柱累石委薪積土基趾功堅體勢強壯勢鈔本作力折湍流折鈔本作析款曠陂會之于新渠會鈔本作惠流水門通竇瀆洒之于畎畝洒鈔本作灑顧千里日灑是也清流浸潤泥潦浮游潦鈔本作塡非是昔日鹵田

答曰鈔本作曩之化爲甘壤粳黍稼穡之所入所鈔本作狀非是不可勝算算鈔本作景非是農民熙怡悅豫相與謳談壃畔鈔本無農民二字相與作與相斐然成章謂之樊惠渠云爾鈔本無之字非是其歌曰

我有長流莫或遏之我有溝澮莫或達之田疇斥鹵莫脩莫釐饑饉困悴困鈔本作閑非是莫恤莫思乃有樊君樊君鈔本作惠臣作人父母立我畎畝畎鈔本作東黃潦膏凝多稼茂止惠乃無疆如何勿喜我壤既營我疆斯成斯鈔本作既泯泯我人既富且盈

爲酒爲釀烝畀祖靈烝畀鈔本作蒸俾非是貽福惠君壽考且寍

郡掾吏張玄祠堂碑銘碑字下鈔本有記字非是

掾諱玄字伯雅河南偃師人也其先張仲者實以孝友爲名左右周室大漢初興張蒼爲丞相封北平侯封鈔本作對非是其後自河内遷于茲土世爲顯姓掾天姿恭恪宣慈惠和允恭博敏敏鈔本作敬惻隱仁恕正身履道以協閨庭損用節財以贍疏族鈔本無用節財以四字作損則贍遺遊疏於族非是動中規矩言

合典式不知名彰知鈔本作飾不飾行著可謂仁粹淑貞自然之素者已仁鈔本作統非是已作矣論者嘉之州郡禮招招鈔本作昭署致掾史沈靜寡欲不求榮祿是以豐于天爵薄于人位某月日遭疾而卒鈔本無某字非是掾孫翻以貞固之質掾孫二字從喬本張本鈔本空格貞鈔本作頑非是受過庭之訓獲執戟出宰相邑鈔本無執戟二字出字下有機字非是活本作獲執機出宰相邑亦遜遷太守得大夫之祿奉烝嘗之祠夫鈔本作夭非是尋原祚之所由而至于此先考積善之餘慶考鈔本作孝非是陰德之陽報

乃于是立祠堂假碑勒銘式昭令德以示乎後辭曰鈔本無辭字

於惟我考允迪懿德治信斯順其儀不忒儀鈔本作乂仁惠周洽行惟模則篤垂餘慶餘鈔本作余非是貽此燕翼遡矣遺孫用懷多福刊名金石流于罔極案此銘辭述掾孫語意與袁公夫人銘同是一例

## 袁滿來碑銘

茂德休行曰袁滿來太尉公之孫司徒公之子逸才淑姿實天所授鈔本無天字非是授從喬本張本徐本作受非是

聰遠通敏越齠齔在闕明習易學鈔本無習字喬本無齠字從誨如流百家眾氏百家眾氏鈔本作習家治易孟氏顧千里曰易孟氏者孟喜易也今本誤甚矣遇目能識目鈔本作自識作誠校遜事不再舉問一及三昊始知終情性周備夙有奇節奇鈔本作就非是孝智所生順而不驕篤友兄弟和而無忿氣洩泉達無所凝滯雖冠帶之中士士從鈔本作徐本譌作土校材考行材鈔本作才無以加焉允公族之殊異國家之輔佐國鈔本作里輔作富並非是案本文亦似有譌眾律其器士嘉其良雖則童穉令間芬芳間鈔本作眾鈔本作家非是

門非是降生不永（永鈔本作求非是）年十有五四月壬寅遭疾而卒既苗而不穗（不活本作石）凋頡蘂英嗚呼悲夫乃假碑旌于墓表（碑字下鈔本有石字）嗟其傷矣惟以告哀

## 童幼胡棍碑銘

故陳留太守胡君子曰棍字仲原生有嘉表幼而克才勇犀豐盈光潤玉顏聰朙敏惠好問早識言語所及智思所生雖成人之德無以加焉（加活本作嘉）稟命不長夙罹凶災年七歲建寧二年

遭疾夭逝慈母悼痛慈母鈔本作兹祖非是昆姊孔懷感
襁褓之親憂憐國城之乖離城之鈔本作之城非是乃權
空就封二祖墓側權鈔本作摧墓側作家生竝非是親屬李陶
等李鈔本作季相與追慕先君悲悼遺嗣樹碑刊辭
以慰哀思辭曰
於惟仲原應氣淑靈實有令儀而氣如瑩瑩從鈔本
徐本作瑩非是朙之之性朙字下之字鈔本作知與體俱生間言
斯識觀物知名觀鈔本作都非是傳者太勤受誨則成
柔和順美與人靡爭忿不怨懟喜不驕盈當受

永福（永福鈔本作福永）爲光爲榮如何昊天（鈔本無何字天字下有命字）降此短齡憯繄華之方曤兮望嚴霜而凋零嘤童孺之夭逝兮（夭鈔本作夫兮作矣非是）傷慈母之肝情（慈鈔本作子非是）從皇祖乎靈兆兮（祖鈔本作始）庶神魄之斯寍（庶神鈔本作傷祚）哀慘慼以流涕兮念污軫之不呈（之鈔本作兮呈張本作停）顧永襃于不朽兮乃託辭于斯銘

## 司徒袁公夫人馬氏碑銘

維光和七年司徒袁公夫人馬氏薨其十一月

葬哀子懿達仁達銜恤哀痛靡所寫褱乃撰錄母氏之德履（履字上鈔本有所字）示公之門人（鈔本無示字）覩文感義采石于南山諮之羣儒（諮鈔本作懿非是）假貞石以書焉夫人右扶風平陵人也（鈔本無平字非是）曾祖中水侯祖將作大匠考南郡太守中水侯弟伏波將軍女在淑媛（鈔本無女字）作合孝明誕生孝章婚姻帝室世爲名族夫人生應靈和（鈔本無生字非是）德精性妙角犀豐盈實有偉表溫慈惠婁（鈔本無婁字非是）愼而寡言幼從師氏四禮之教（幼鈔本作以）

早達窈窕德象之儀及笄求匹明哲笄字鈔本空格匹作疋供治婦業孝敬婉孌畢力中饋後生仰則以爲謀憲謀張本作模自公歷據王官至宰相夫人營克家道扶翼政事聰明達乎中外隱括及乎無方括從鈔本及他本徐本作活非是不出其機化導宣暢童子無驕逸之尤尤從鈔本及張本汪本徐本及喬本作猶婦妾無舍力之愆故能竆生人之光寵獲福祿之豐報朝春政于王室政鈔本作正于作之躬桑繭于蠶宮躬桑繭鈔本作竆霜肅春秋六十有三寢疾不永懿等追想定省尋

思髣髴髣髴鈔本作仿佛哀窮念極不知所裁乃申辭曰

於穆母氏其德孔休思齊先始百行聿脩宣慈惠和恩澤並周周鈔本作同義方之訓義鈔本作乂如川之流俾我小子蒙昧以彪不享遐年以永春秋往而不返潛淪大幽嗚呼哀哉几筵虛設幃帳空陳幃鈔本作幬品物猶在不見其人魂氣飄颻焉所安神兄弟何依姊妹何親姊鈔本作娣號咷切怛切似當作忉各本作切姑仍之曾不我聞吁嗟上天吁鈔本作于何

辜而然辜鈔本作辜非是傷逝不續逝鈔本作遊續作績近者不旋近喬本及他本皆作往

濟北相崔君夫人誄

維延熹四年四鈔本譌作囘故濟北相夫人卒嗚呼哀哉世喪母儀喪鈔本作表宗媜憲師哀哀孝子靡所瞻依凡百赴弔至止增悲投涕歔欷歔欷鈔本作歎殺其敍赫姿其鈔本作莫乃作誄曰

清和有鑠鑠鈔本作鑠時惟哲母令儀令色儀鈔本作乂爰以資始塞淵其心塞活本譌作寒淑慎其止于母斯

勤在子斯敏仰覽篇籍仰鈔本作中俯釐絲枲多才多藝于何不有休譽遐邈焉允女之英乃及崔君惟德是行其德伊何伊鈔本作惟實朙實粹實鈔本無實朙二字非是虔恭事機事鈔本作其契闊中饋敦此婉順疾彼攸遂思齊徽音音鈔本作意非是晨興夜寢穆穆其猷莫之與二與鈔本譌作與天祚朙德底之方穀於赫崔君膺茲祉祿膺鈔本作應非是夫人有脩脩鈔本譌作乱翼此清淑淑字鈔本空格仁風溫潤義惠優渥義鈔本作乂推恩中外推恩鈔本作敷思施浹疏族疏鈔本作流非是亶不兼

膳服不纖穀穀鈔本譌作穀以儉爲榮儉鈔本作榮爲榮作儉嗇以奢爲辱堂堂其肩肩鈔本作徹非是惟世之良于其令母受茲義方訓以柔和柔和鈔本作和柔董以嚴剛怒不傷憂喜不亂莊喜鈔本作善納之軌度終然允藏是用登隮隮鈔本作齊享其寵光雖則崇盛猶匪寍息同其婦子婦活本作歸茂師其職郡公□□綢繆祭□郡公二句從鈔本增空三格亦從鈔本徐本及他本皆無服賢無荒荒鈔本作充尊不舍力密勿不忩惟德之極咎在共姜共鈔本作恭陪臣之母勞謙紡績仲尼是紀矧茲夫

人（兹字鈔本空格）帝室命婦猶日孜孜復禮克己（禮鈔本作有非是）人亦有言仁者壽長亟登永年黃耇無疆昊天不弔降此殘殃寢疾彌留（彌鈔本作弥非是）粹爽悴傷（粹喬本作精）慘怛孝子（怛鈔本作萁非是）惴惴其惶靡神不舉無藥不將嗚呼哀哉于是孝子長叫（叫從鈔本及喬本徐本作號校遜）氣絶復蘇號呼告哀不知其辜昊天上帝忍弔遺孤尋想遊靈焉識所徂（徂鈔本作怛非是）嗚呼哀哉旣殯神柩薄言于歸宰家喪儀（宰家從鈔本顧千里曰宰家是也今本改誤徐本及他本皆作家宰）循禮無遺（循鈔

本作每切切喪主瘠羸哀哀哀哀從喬本徐本作衰哀非是鈔本未校正情兮長慕鈔本無情字涕兮無晞涕字下之兮字鈔本作无無晞字上之無字並非是行旅揮涕千里于咨乃謀卜筮鈔本無謀字非是言考其良逝彼兆域于時翳藏翳鈔本作醫非是冥冥窀穸無時有陽燈燭既滅滅鈔本作烕馬道納光馬鈔本作焉非是形影不見定省何望奠禮不虧奠禮不虧四字從鈔本增各本皆無嗟其哀矣矣鈔本作兮不可彌忘不鈔本作嘗非是日月代序日月二字鈔本空格古皆有喪皆有鈔本作有皆喬本作有如並非是由斯夫人榮烈有章烈鈔本作列配彼

蔡中郎集



哲彥鈔本無彼字彥字上有士字哲喬本作質旣隆且昌顧景赫奕饋供孔將饋鈔本空格將作惕疑是惕字惟以慰褱庶無永傷嗚呼哀哉

蔡中郎集卷第六終 大小三千六百七十一字

# 蔡中郎集卷第七

十卷本次第六而第九卷實碑頌之文與前五卷相類今移第九卷爲第六卷自此以次遞下

## 荅丞相可齋議

喬本及他本皆作荅齋議

月日徐本喬本汪本皆作日月案此是詔文紀時自宜先書月張本無此二字詔

召尚書問立春當齋迎氣東郊尚書左丞馮方毆殺指揮使于尚書西祠可齋不不喬本及他本作否案不否通得無不宜無字下鈔本有罪字句法校遜具對從張本視

標題高一格另行徐本及他本皆連議文直寫案此是詔文自宜與議分行爲允

議郎臣蔡邕博士任敏死罪對案禮上帝之祠

無所爲廢齋者所以致齊不敢渙摵其意鈔本無渙字句法校遜其作具非是宮室至大宮鈔本譌作官指使至微微鈔本譌作徵不在齋潔之處元和詔禮無免齋安以潔靜交神眀免鈔本作光非是安作足本無嫌閒本字上鈔本有既字祠室又寬祠室鈔本作曰非是可齋無疑齋字下鈔本空一格詩云惟此文王小心翼翼昭事上帝昭鈔本作詔非是聿懷多福夫齋以恭奉眀祀是句從喬本及他本徐本作夫齋恭以奉眀祀鈔本夫作文恭作忝竝非是文王所以懷福無有不安臣邕敏愚戇死罪邕從喬本及他本增徐本脫鈔本未校補戇從喬本及他本徐本作憨

幽冀二州刺史久𨦟疏疏鈔本作數非是

臣聞國家置官以職建名臣愚賤小才竊假階級官以議爲名職以郎爲貿智淺謀漏謀鈔本作誅非是無所獻替夙夜寤嘆憂悖怛惕臣邕頓首死罪伏見幽州突騎冀州强弩爲天下精兵國家贍仗贍鈔本譌作憺仗作杖四方有事軍帥奮攻帥從活本徐本及他本皆作師校遜未嘗不辦于二州也于字鈔本無頃者已來已鈔本作以連年饉荒穀價一斛至六七百故護烏桓校尉夏育護鈔本譌作獲烏譌作鳥出征鮮卑無功而

還士馬死傷者萬數（士字上鈔本有而字）弓兵械亾幾盡

生民之本守禦之備無一可恃（恃鈔本作阻校遜）百姓

元元流離溝壑寇賊輩起莫能禁討長吏寒心

朝不守夕卒有他方之急則役之不可驅使（役鈔

本作民校遜）自爲寇虜則誅之不可擒制豈非可憂

之難三府選幽冀二州刺史（冀二二字從喬本及他本增徐本無

非是鈔本未校補）踰月不定臣怪問其故云避三互十

一州有禁當取二州而已二州之中少素有威

名之士或拘限歲年不應選用狐疑遲淹（鈔本重遲）

字非是兩州空懸空懸鈔本作懸空萬里蕭條萬鈔本作万無

所管繫鈔本脫所字每冀州長史初除史喬本及他本皆作吏非是案司馬百官志凡州所監都爲京都置尹一人丞一人每郡置太守一人丞一人郡當邊戍者丞爲長史詔書治嚴不過五日今者刺史數旬不選數鈔本作如不作示選選空格校遜誠非其理愚以爲三互之禁鈔本無爲字禁之薄者以陛下威靈申明禁令申鈔本作神對相部主尚生畏懼生鈔本譌作主不敢營辦辦鈔本空格況乃三互何足爲嫌自對相部主至何足爲嫌五句喬本及他本作在任之人豈不戒懼而當坐設三互自生畱閡邪卻與列傳所載相符合案徐本句異而

義無甚眛既主徐本遂仍之孝景時梁人韓安國坐事被刑
被鈔本作簡非是起徒中爲內史武帝患東越數反鈔本
脫東字拜故待詔會稽朱買臣宣帝時患冀州有
盜賊故京兆尹張敞有罪逃命上使使就家召
張敞爲冀州刺史安國徒隸買臣郡民皆還治
其國隸鈔本作吏非是張敞亾命擢授劇州豈顧三互
拘官簿得赦時之便也便鈔本作使卒獲其用遺芳
不滅鈔本脫芳字滅作威非是此先帝不誤已然之事此鈔本謌
作比誤鈔本作悟三公明知二州之要鈔本脫之要二字尤宜

揀選當越境取能以救時弊而乃持畏避自遂
之嫌越境取能下鈔本作然而畏扞災自遂之喬本及他本皆作以救時弊而不顧爭臣
之義雖與列傳所載同究遜徐本不顧爭臣七人之賢不字據鈔本增
徐本脫七從鈔本一徐本作士非是喬本及他本幷上上句及此句爲一句案以救時弊下之二句
徐本校勝鈔本而脫卻不字七諤士徐本又校遜參繹擇從不泥主本苟避輕微
之科禁鈔本作苟避科禁喬本及他本作苟避輕微之科與列傳所載同亦遜徐本
竊見日月拘忌鈔本脫拘忌二字選旣稽滯又未必審
得其人則二部蠹蠹二鈔本作三蠹蠹從鈔本及他本徐本脫一蠹字
將爲憂念願陛下少蠲禁忌上則先帝用三臣

之法任職相口相字下鈔本亦空格故吏在家將爲憂念句下喬本及他本皆作願陛下上則先帝用三臣之法調除近禁案與傳所載多三臣之法四字今仍徐本若諸州刺史器用可換者若喬本及他本皆作其無拘時月三互以𢇁厥中𢇁鈔本作此中作十非是顧千里曰以𢇁厥中徐依本傳所載改也盇是臣慺慺發瞽言幹非義喬本及他本無發字又無幹非義三字惟陛下留神再省三省鈔本無神字案此疏與列傳所載字之多少懸殊句亦異同參半今依徐本而鈔本字之校勝及喬本汪本劉本之同傳載著析注于每句之下張本夾行坿刊傳之所載者于篇末茲己編列傳全文于卷末足資繙證不復坿刊

難夏育上言鮮卑仍犯諸郡張本作諫伐鮮卑議

熹平六年秋熹平從范書鮮卑傳徐本及他本皆作嘉平非是秋亦從范書傳徐本及他本皆作夏非是鈔本皆未校正護烏桓校尉桓從范書傳增喬本徐本脱育上言鮮卑仍犯諸郡范書傳作鮮卑寇邊自春已來已喬本作以三十餘發餘鈔本作余非是請徼幽州諸郡兵出塞擊之請鈔本作清無徼字無擊之二字並非是一冬春足以埽滅范書作一冬二春必能禽滅時故護羌校尉田晏范書傳必能禽滅句下作朝廷未許先是護羌校尉田晏據增羌字徐本脱鈔本未校補校作拔非是以他論刑被原鈔本脱被字私畱

京師用尚書行賄通謀中常侍王甫求爲將范書傳田宴句下作坐事論刑被原欲立功自效乃請中常侍王甫求得爲將甫建議當出師與育幷力范書傳作甫因此議遣兵與育幷力討賊詔書遂用爲破鮮卑中郎將范書傳作帝乃拜晏爲破鮮卑中郎將使匈奴中郎將南單于以下與育晏三道竝出匈鈔本作凶非是時朝廷大臣大鈔本作六非是多以爲不便范書傳破鮮卑中郎將句下作大臣多有不同不載使匈奴中郎將二句召公卿百官會議范書傳作乃召百官議朝堂議郎蔡邕以爲范書傳作議郎蔡邕議曰徐本喬本汪本作中郎蔡邕以爲案邕拜左中郎將

在初平元年則此議便書中郎各本皆誤又案此敍議之緣起非議之正文其與范書傳異者悉注于每句之下又有與張本少異者似張改竄校逐徐本不復贅注

書戒猾夏易伐鬼方易范書傳作湯注曰易既濟九三爻辭曰高宗伐鬼方三年而克之何焯曰此以高宗爲湯周宣王命南仲吉甫吉鈔本作言非是攘獫狁威蠻荊漢有衛霍闐顏瀚海竇憲燕然之事范書傳作周有獫狁蠻荊之師漢有闐顏瀚海之事征討之作之作范書傳作殊類由來尚矣然而時有同異異鈔本作𠲿非是勢有可否故謀有成敗不可一也范書傳勢有可否句下作故謀有得失事有成敗不可齊也自漢興以來以來鈔本作而匈奴常

爲邊害而未聞鮮卑之事咨謀臣竭精竭從喬本及他本徐本作所非是武夫戮力戮鈔本作藏非是而所見常異常鈔本譌作當其設不戰之計守禦之因者皆社稷之臣永久之策也范書傳不載自漢興以來至永久之策也八句孝武皇帝因文景之蓄蓄從鈔本及他本徐本作畜用度饒衍南伐越北伐胡西征大宛東并朝鮮兵出數十年數鈔本作如非是帑藏空竭官民俱匱乃興鹽鐵酤榷之利興鈔本作与酤作沽校遜設告緡重稅之令范書傳不可齊也句下作武帝情存遠略志闢四方南誅百越北討強胡西伐大宛東并朝鮮因文景之蓄藉天下之饒數十

年閒官民俱匱乃興鹽鐵酒榷之利設告緡重稅之令民不堪命乃盜賊羣起范書傳民不堪命句下作起爲盜賊本無羣起二字非是關東紛然然范書傳作擾道路不通繡衣直指之使直指鈔本作自非是奮鈇鉞而竝出鈇鈔本作鉞非是然後僅得寍息此句范書傳不載旣而覺悟乃封丞相爲富民矦范書既而覺悟句下作乃息兵罷役封丞相爲富人矦故主父偃曰夫務戰勝夫鈔本譌作大窮武事未有不悔者也夫世宗神武將卒良猛財賦充實賦鈔本譌作賊所拓廣遠拓鈔本作招招字上有征字無廣字下之遠字而猶有悔范書傳未有不悔者也句下作夫夫以將帥良猛財富充實所拓

廣遠猶有悔焉況無彼時地利人財之備鈔本脫利字而欲以動以喬本及他本作輕此其不可一也范書傳猶有悔焉句下作況今人財竝乏事劣昔時乎不載而欲以動至一也二句鮮卑種眾新盛自匈奴北遁以來遁鈔本作道以作已據其故地稱兵十萬鈔本作同護提兵十萬校遜彌地千里意智益生才力勁健范書傳事劣昔時乎句下作自匈奴遁逃鮮卑強盛據其故地稱兵十萬才力勁健意智益生加以禁網漏洩善金良鐵出者莫察漢民逋逃民喬本及他本皆作人爲其謀主范書傳意智益生句下作加以關塞不嚴禁網多漏精金良鐵皆爲賊有漢人逋逃爲之謀主兵利馬疾過于匈奴昔段

一大一百七十五小三百四十五

熲旣將習兵善戰經營西羌經營范書傳作有事猶十餘年昝段熲至十餘年四句鈔本移在下二句之下句法字數皆不同今育晏以三年之期鈔本脫育字專勝必克育晏策慮未能過熲范書傳猶十餘年句下作今育晏才策未必過熲熲鈔本專勝必克句下作以段熲兵經營西羌猶十餘年育晏策慮未能過熲熲案鈔本芟移段熲等句文法文義皆遜徐本鮮卑種衆又不弱于西羌范書傳鮮卑種衆句下作不弱于曩時鈔本作又不作弱于西羌也乃欲張設近期誘戲朝廷戲鈔本作活本作憙作喜三年不成必迫于害范書傳不弱于曩時句下作而虛計二載自許有成害鈔本作言禍結兵連不得中休范書傳兵字上有若字不作豈轉

運糧饟（范書傳豈得中休句下作當復徵發衆人轉運無已）不可勝給（可字下鈔本活本皆有以字）天無豐歲官見殫財（殫鈔本空格）民人流移于四方不能還其骸骨以此時興議橫發（議鈔本作設非是）一發不已必至再三諸夏之内弱者伏尸彊者作寇（范書傳不載天無豐歲至彊者作寇十句轉運無已句下作是爲耗竭諸夏并力蠻夷）邊垂之患（垂從鈔本徐本作郵非是）手足之蚧搔也（蚧搔從范書傳徐本及他本作疥癩）中國之困胷背之瘭疽也（困鈔本作用背作皆並非是瘭作熛疽活本作灼）其不可二也（范書傳邊字上有夫字搔字疽字下並無也字不載其不可二也句）奇曰自春以來（以鈔

一大一百六十五小三百廿七

本作已三十餘發范書傳不載育曰至餘發二句方今郡縣盜賊
劫摽人財財鈔本譌作則攻犯官民日月有之冠帶之
圻吏調政密猶不能絕況此醜虜羣類抵冒羣字
鈔本空格抵活本作坻非是心不受仁膽不畏威膽活本作瞻非是
而可使斷無盜竊范書傳方今郡縣盜賊句下作尚不能禁況此醜虜而可
伏乎不載劫摽至能絕六句及羣類至畏威三句而可句又異徐本亦未安也咎者高
祖乃忍平城之恥呂后甘棄慢書之咎范書傳無者字
乃字甘字咎作詬注詬恥也鈔本咎作意無甘字慢作謾張本作嫚活本忍字上有恥字是排
複于是何者爲甚范書傳作方之于今何者爲甚是其不可三

也范書傳不載此句天設山河秦築長城天鈔本作夫河作慕活本作幕竝非是漢起塞垣所以別內外異殊俗也別鈔本譌荆內外作外內他本同殊作列其外則介之夷狄介鈔本作合非是其內則任之良吏嗣後遵業慎奉所遺慎鈔本作懼非是脫遺字范書不載其外至所遺四句苟無蹙國內侮之患患鈔本作祈活本作折竝非是豈與蟲螘之虜螘鈔本作朋非是校往來之數哉范書傳作苟無蹙國內侮之患則可矣豈與蟲螘狡寇計爭往來哉狡從何校改正崇正本汲古本皆譌校數鈔本作傷乃欲越幕踰域度塞出攻得地不可耕農得民不可冠帶范書傳不載乃欲至冠帶四句鈔本脫得

十大一百七十六小三百五十二

字）破之不可殄盡而本朝必爲之旰食（之旰鈔本作旰之非是）四海必爲之焦枯（焦鈔本作燋）其不可四也（范書傳計爭往來哉句下作雖或破之豈可殄盡而方今本朝爲之旰食乎不載其不可四也句）夫煎盡府帑之蓄（蓄從張本徐本作畜校遜）以恣輕事之人（范書傳不載此二句夫大字屬下句）專勝者未必克挾疑者未必敢（勝字下之者字鈔本脱疑作擬非是未必皆作必未校遜敢從范書傳徐本及他本皆作敗校遜）衆所謂危聖人不任朝議有嫌明主不行是其不可五也（范書傳作明主不行也不載是其不可五五字）案育一戰所獲不如所失（范書傳不載此二句）昝淮南王安諫伐

越曰活本無安字諫字下有以字行天子之兵有征無戰言其莫敢校也校鈔本作搜非是使越人蒙死徼幸以逆執事范書傳作如使越人蒙死以逆執事廝輿之卒鈔本脫廝字輿作與非是有一不備而歸者鈔本而字脫雖得越王之首猶爲大漢之羞范書傳作而猶爲大漢羞之大字下鈔本有越字非是威化不行則欲伐之鈔本無化字無之字非是狐疑避難則守爲長鈔本脫爲字宜通乎時變宜鈔本作由且憂萬人饑餓且鈔本作則與蠻夷之不討何者爲大何者從喬本及他本徐本者字屬上句何爲大三字爲句校遯宗廟之祭凶年不備況避不遯之

辱哉遜鈔本作謙范書傳而猶爲大漢羞之句下作而欲以齊民易醜虜皇威辱外夷就如其言猶已危矣況乎得失不可量耶昝珠崖郡反孝元皇帝納賈捐之言而下詔曰珠崖背畔今議者或曰可討或曰棄之朕日夜惟思羞威不行則欲誅之通于時變復憂萬民夫萬民之饑與遠蠻之不討何者爲大宗廟之祭凶年猶有不備況避不嫌之辱哉案此段范書傳與各本迥異今仍徐本郤校傳載遜今關東大困困從范書傳及喬本他本徐本作國非是鈔本未校正無以相贍贍從范書傳及喬本他本徐本作贍非是鈔本未校正又議動兵議從喬本及張本汪本范書傳作當徐本作以校遜非但勞人凶年隨之其罷弊有不可勝言者鈔本作其罷之無弊有不可勝言者七字此先帝所以發德音也鈔本無發字作然之

二字活本空格范書傳動兵句下作非但勞民而已其罷諸崖郡此元帝所以發德音也案范書傳及鈔本罷讀如字徐本則應讀作疲夫卹民救急卹范書傳及鈔本作恤雖成郡列縣尚猶棄之況以障塞之外未嘗爲民居者乎范書傳無以字人作民障汪本作彰非是臣愚以爲宜止攻伐之計鈔本脫宜字令諸甲士循行塞垣甲士二字鈔本作申無行字並非是屯守衝要以堅牢不動爲務若乃范書傳不載臣愚至爲務四句並不載若乃二字守邊之術之字鈔本作守衍二字不可解李牧開其原開其原范書傳作善其略開字鈔本空格保塞之論此句據范書傳增徐本及他本皆無嚴尤申其要遺業猶在文章

具存循二子之策鈔本脫循之二字策譌作筞守先帝之規

臣曰可矣臣邕愚戇戇鈔本作憨議不足采臣邕邕字

下鈔本空五格頓首

荅詔問災異災異鈔本作異災非是災異下各本皆有八事二字活本八字下空一格案所荅止七條其弟八條是特詔所問其荅是彙論以前七事而次于八非是各本標題八字殊未協無本可據又未宜將荅特詔一條妄離其篇但芟去標題八事二字又案中郎集非原本大率後儒蒐采而成標題參差多乖體義其他姑仍其舊此太刺謬祇合芟之

光和元年七月十日詔書尺一尺鈔本作天非是召

光祿大夫楊賜諫議大夫馬日磾大活本作太非是議郎張華蔡邕太史令單颺詣金商門詣金商門從范書邕傳喬本及他本徐本詣字下有殿字是蔡文鈔本本末校芟引入崇德殿鈔本脫殿字署門內南辟幃中爲都座幃鈔本作帷漏未盡三刻中常侍育陽侯曹節曹鈔本作曺非是冠軍侯王甫從東省出就都座東面座字從鈔本增面作西非是十門劉寵龐訓北面賜南面賜從喬本及他本徐本作楊公非是鈔本本末校正日磾華邕颺西面受詔書各一通尺一木板草書兩常侍又諭旨又從鈔本

及喬本徐本作各校遜朝廷以灾異憂懼特旨密問政

事所變改施行特旨鈔本作百特百是旨之譌活本作旨特亦校遜問字下鈔本有及字務令分明賜等稱臣再拜受詔書起

就坐五人各一處給財用筆硯爲對此敍問之緣起非荅之正文與前篇難夏育上言鮮卑仍犯諸郡敍同一體格而各本皆列在正文殊未協今改列另行以歸一例范書傳所載與此迥別已見末卷

臣邕言今月十日詔召金商門問臣邕灾異之

意問字上鈔本有詔字衍臣學識淺薄鈔本脫識字心慮愚暗

不足以荅聖問綜衆變變字下鈔本有易字非是喬本及他本作情衷

變易案綜衆變意與荅聖問爲偶且涵下七條自勝他本**征營怖悸**征張本及喬本皆作怔案征通怔班書王莽傳人民正營又通正正也怖鈔本作師非是**謹別狀上**

**臣邕頓首頓首**邕字據喬本增徐本脫鈔本末校補自臣邕言至頓首是荅之敍各本皆與前敍問連行殊未協張本芟臣邕言今月至災異之意十四字非是

**詔問曰**活本問字在曰字下張本無曰字**去月二十九日**范書靈帝紀六月丁丑有黑氣隨墮所御溫德殿庭中案詔問在七月此云去月是也注引東觀記曰隨墮所御溫朙殿庭中朙殆德之譌**有黑氣墮溫德殿東庭中**墮鈔本作隨非是德從范書紀喬本及他本增徐本脫鈔本本末校補**黑如車蓋降氣奮勢五色有體長十餘丈**張本作五色有頭體長十餘丈似校徐本及他

本勝而下句有形狀字字意似複體字屬上句意始渾仍之餘文鈔本作文餘形狀似龍似虹蜺對對字上張本有邕字虹著于天而降施于庭以臣所聞則所謂天投虹者也不見尾足者不得勝龍勝張本作稱易曰蜺之比無德以色親也此句從喬本及他本徐本作虹之無比無德以己親也校遜潛潭巴曰巴鈔本作己非是虹出后妃陰脅主鈔本脫陰字又曰五色蜺出至昭于宮殿張本作五色蜺迭至照于宮殿蜺鈔本作矣出作夫非是有兵革之事演孔圖曰蜺者斗之精氣也精氣從喬本及他本徐本作氣精非是鈔本未校正失度投蜺見態主惑于毀譽此句從張

本徐本及他本失作天無態字亦難讀合讖圖曰讖鈔本作誠非是天子外苦兵威內奮臣無忠政政鈔本作故非是變不虛生占不虛言占從鈔本徐本譌古意者陛下關機之內衽席之上獨有以色見進陵尊踰制以招眾變眾似變張本作變象若羣臣有所毀譽聖意低回未知誰是兵戎不息鈔本脫不字威權浸移權鈔本作浸浸作推忠言不聞卽虹蜺所生也卽字從鈔本增喬本張本皆作則徐本脫抑內寵任忠言言鈔本喬本作政張本汪本作賢浸毀譽使貞雅各得其所貞字下鈔本空格脫其字嚴守衛整威權機不假人則其

所救也鈔本嚴字在衛字下整字上有備字救作投竝非是易傳曰陽感天不旋日書曰惟辟作威惟辟作福臣或爲之謂之凶害是以明主尤務焉鈔本脫主字

詔問曰張本無曰字五月三日五從鈔本范書紀作五月壬子有白衣人入德陽殿門徐本及他本作正非是有白衣入德陽殿門有鈔本作何門作問竝非是辭稱伯夏敎我上殿稱鈔本作我㫐非是范書紀注引東觀記曰白衣人言梁伯夏敎我上殿㫐或是梁同聲之誤我字複下謬極與中黃門桓賢晤言相往來與鈔本譌作興桓賢作袒言非是不得入遂亾去不字下活本有匕字非是不知姓名臣聞凡人爲怪皆

皇極道失皇從鈔本及他本徐本作黃非是下或謀上故其傳曰皇之不極活本重皇字非是是謂不建則有下謀上之病孝成綏和二年八月男子王褒衣小冠帶劒入北司馬殿東門冠鈔本作寇非是上殿入室鈔本重入室二字非是解帷組佩之招前殿署王業等曰天帝命我居此居鈔本作君非是業收縛考問褒故公車卒病狂不自知入宮乃下獄死乃鈔本作天非是是時王莽爲司馬遂爲篡亂亦卒誅臣竊思之思鈔本作論與綏和時相似而有異被服旣不同來入雲龍

門而稱伯夏教入殿裏而字下鈔本有爲字稱字下有賢稱二字教字下有緯於二字句法不可解恐多誤與桓賢言鈔本無與桓賢三字伯夏即故大將軍梁商商子冀冀子不疑等皆以罪受戮以字上鈔本有不字非是殘餘非天所祐以往況今將狂狡之人狡鈔本作狡不成字爲王氏之禍未至殿省而覺亾不伏誅各本皆作不久伏誅鈔本無久字顧千里曰無久字最是今從之夫誠仰見上帝之厚德也夫鈔本作大仰作俾並非是潛潭巴曰有人走入宮不知其名大水爲戒天子驚羣陰太隆太隆二字鈔本空格羣下並湊彊盛也建大中之

道舉賢良而寵祿之則其救也經曰皇建其有極（鈔本脫建字）斂時五福（五活本作有非是）用敷錫厥庶民（厥鈔本作其福非是）惟時厥庶民于汝極（鈔本脫時厥庶民四字）錫汝保極（鈔本脫此句）

詔問曰（張本無曰字）南宮侍中寺（寺從范書紀及鈔本張本徐本及他本皆作等非是）雌雞欲化爲雄（雌字上徐本喬本汪本皆有間字案上句寺誤等有間字尚可通而與上下語脈已甚窒礙依范書作寺間字亶枝贅矣張本作寺無間字是極張本勘正之字優于他本類此者皆從之而此爲尤勝）尾身毛已似雄（身從喬本及他本徐本作頭非是鈔本未校正）頭尚未變臣聞凡雞爲怪

一二大五百八十七小二百六十

皆貌之失也（之鈔本作政活本作正竝非是）其傳曰貌之不恭是謂不肅時卽有雞禍（雞禍鈔本作禍雞校遜）孝宣黃龍元年未央宮輅軨中雌雞化爲雄不鳴無距（不鳴無距四字據喬本及他本增徐本脫鈔本未校補）是時元帝初卽位將立妃王氏爲后至初元元年丞相史家雌雞化爲雄距而鳴（距而鳴三字據喬本及他本增徐本脫鈔本未校補）是歲封后父禁爲平陽侯而后正位王氏之寵始盛哀帝晏駕后攝政王莽以后兄子爲大司馬由是爲亂咎武王伐紂（紂活本譌作討）曰牝雞之晨惟家之

索易傳曰婦人專政國不靜牝雞雄鳴主不榮夫牝雞但雄鳴（但鈔本作怛非是）尚有索家不榮之名況乃陰陽易體名實變改（名鈔本活本作於非是）此誠大異臣竊以意推之頭爲元首人君之象今雞身已變未至于頭而聖主知之（鈔本脫主字）訪問其故是將有其事而遂不成之象也（鈔本脫將字）若應之不精誠無所及（及鈔本作政非是）頭冠或成卽爲患災敬慎威儀動作之容斷髮御改興政之原（髮從鈔本徐本及他本皆作髮）則其救也夫以匹夫顏氏之子有過

二大二百七十小一百十八

未嘗不知，知之未嘗復行。易曰：不遠復，无祇悔，元吉。

詔問曰張本無曰字卽祚以來以鈔本作已，來作未，非是災眚屢見，頻歲月蝕地動，風雨不時，雨從張本、徐本及他本皆作水，非是鈔本未校正疾癘流行，行鈔本作下，非是迅風折樹，河洛盛溢。臣聞陽微則地震，鈔本及他本皆脫地字陰勝則月蝕，鈔本無此句，喬本及他本皆作陰勝則食，竝非是恩亂則風，恩從活本、徐本及他本皆作思，非是貌失則雨，視闇則疾癘流行，鈔本脫流行二字簡宗廟則水不潤下，喬本、汪本脫簡宗廟三字，則水二字鈔本作上字，非

是河流滿溢鈔本脫河字明君正上下抑陰尊陽脩五事于聖躬脩鈔本作循五作立非是致纖旬于供御鈔本脫纖字則其救也

詔問是條問字下各本皆無曰字案無曰字是也有之亦不甚乖體義而七條詔問下之曰字或有或無徐本喬本汪本參差不一惟張本皆無曰字自勝他本茲雖仍徐本或有或無之舊而于每條下注張本無曰字蓋善之也不遽從芟疑以傳疑爾星辰錯謬臣竊見熒惑變色入太微西門太白正晝而見臣聞熒惑示變示變鈔本作以夏非是人主當精明其德則有休慶之色鈔本及他本皆脫人字德鈔本作角則作而校遜又以非

其月令尊宿法當君臣出端謀戒不臣鈔本作又以非其月入尊宿法戒臣謀出端謀戒不臣喬本及他皆無此十八字案徐本鈔本字不同而句皆難讀未辨孰愈太白當晝而見是陰陽爭明鈔本脫陰陽二字彊國弱弱國彊皆有失政失鈔本作女又失道而見是爲羸長羸鈔本譌作嬴矦王不榮熒惑主禮太白主兵謹禮事治兵政鈔本脫兵字審察中外之言申明門戶守禦之令鈔本作審察中外言之不及以申明門戶守禦之令案徐本句法整肅直捷鈔本似應作三句讀校遜以杜漸防萌則其救也鈔本脫救也二字昝宋景公小國諸矦三有德言有鈔本作省

而熒惑爲之退舍

詔問曰喬本張本汪本皆無曰字蝗蟲冬出蟲從張本徐本喬本皆作虫俗鈔本未校正臣聞見符致蝗以象其事喬本及他本無見符致蝗以象其事八字易傳曰大作不時大從喬本及他本徐本作天非是鈔本未校正天降灾厥咎蝗蟲來鈔本脫厥字來作表非是河圖祕徵篇曰帝貪則政暴帝字下鈔本有人字非是吏酷則誅深吏字上鈔本有而字非是而蝗蟲出而字上鈔本作二似深之重不可解息不急之作省賦役之費賦役鈔本作殿賦校遜進清仁仁從喬本及他本徐本作人校遜黜貪虐介損永安介喬本譌作分永從鈔本徐本及他

本皆作求顧千里曰永字是鉤省別藏鉤喬本及他本皆作屈省鈔本作盾喬本及他本皆作省案鉤可作屈解盾殆省之譌以贍國用贍鈔本譌作贍則其救也易曰得臣無家言天下何私家之有

詔問是條問字下各本皆無曰字鈔本無詔字非是平城門及武庫屋各損壞臣愚以爲平城門向陽之門郊祀法駕所從出門之正者也郊鈔本作祈之字在從字下非是張本作門之最尊者也武庫禁兵所藏國家之本兵也所鈔本作則兵作守竝非是變此二處異于凡屋凡從鈔本及他本徐本作氏非是易傳曰小人在位小鈔本作十非是上下咸悖其妖城門內

崩其張本作歐潛潭巴曰出宮瓦自墮諸侯彊陵主
陵從張本徐本及他本作凌非是鈔本末校正易傳曰咎一柱泥故法
棄咎鈔本作音非是喬本及他本無咎字案無咎字亦通其咎宮室傾圮
傾圮鈔本作輕簡非是小人在顯位者黜之以尊上整下
去暴悖之慾抑諸侯之彊抑從喬本張本增侯字下之之字從鈔本
增陵主之漸主鈔本譌作王正意請行率由舊章已變
柱泥棄法之咎自小人在顯位者至棄法之咎參從鈔本及喬本張本徐本作
小人在顯位諸侯彊陵主之漸正意請率由舊章黜小人以尊上整下去暴悖之慾以變杜泥
棄法之咎句法校遜則其救也洪範傳曰六沴作見沴鈔本作

二一大一百廿九小二百七十七

彰若時共禦帝用不羞神則不怒五福乃降降鈔本作隆用彰于下于鈔本作上亦通

又特詔問此四字從張本徐本喬本皆作詔問無曰字與以上七條并爲八而是條實彙論以前七事自以從張本爲允朝廷焦心閒災恐懼每訪羣公卿士皆各括囊迷國迷從喬本及他本徐本作述非是鈔本未校正莫肯建忠規闕以邕博學深奧退食在公故特密問宜披演所懷指陳政要所先後勿有依違顧忌鈔本脫顧字以經術分別皂囊封上勿漏所間間從鈔本及他本徐本作問校遜臣邕伏惟陛下聖德允明深

悼變異德音懇誠褒臣博學洽奧遏倉在公倉鈔本作誣臣不可解非臣螻蟻愚怯所能堪副非鈔本作匪張本脫活本重怯字非是亦臣輸寫肝膽出命之秋豈可以顧患避害復使陛下不聞至戒哉臣邕頓首死罪邕頓鈔本作頓邕非是伏思諸異各應皆亾國之怪也天于大漢殷勤不已鈔本脫大漢二字及不字非是殷作慇已誤作以赤帝之精輔或未衰未鈔本作來非是故屢見妖變以當責讓因以感覺感鈔本作威則危可爲安凶可作吉假使大運以移豈有遺告哉春秋魯定哀公之

時周德已絶故數十年無有日蝕數鈔本草書譌作如此爲天所棄故也棄字下鈔本有人字故作放非是喬本及他本此字下有人字校遜至于今者災眚之發不于他所鈔本無災眚之發句至于今者句下作異字異字下空格非是又脫于所二字遠則門垣則鈔本作見近在署寺近字下鈔本有者字紛降目前紛鈔本作公旦作因竝非是喬本脫此四字欲使陛下豁然大寤鈔本脫下字可謂至切矣鈔本脫至字奈陛下深問鈔本陛字上有可至二字奈字在深字上竝非是臣敢不盡情以對鈔本脫以對二字蜺及雞化皆婦人干政之所致也干活本譌作于所字據喬本及他本增徐本脫鈔本末校補

卽祚以來以從喬本徐本作已宮中無地逸竄宮中從喬本及他本鈔本作中宮可通徐本作中宮非是地疑他之譌而乳母趙嬈貴重赫赫生則貲富侔于帑藏貲鈔本作訾非是死則丘墓踰越園陵兩子受封兄弟典郡續以永樂門史霍玉續以句上徐本有過事既以四字喬本張本汪本劉本皆無案此四字繹上下文意皆不聯屬當是羨文鈔本未校芟史從范書傳及喬本徐本作吏非是鈔本未校正依阻城社大爲姦禍大鈔本作丈非是盜寵竊權鈔本竊字下有之字無權字非是藏晦惑之罪晚發露雖房獨治畏愼愼鈔本作懼疏賤妄乃得姿意姿鈔本作盜非是案姿亦非是當是恣之譌自晚發

至姿意十六字喬本及他本皆無十六字中譌闕直不能句姑仍之徐本之未可信而又未可遽芟者似此事必積浸必活本作心非是然後成形虹蜺集庭雌雞變化豈不謂是今者道路紛紛復云有程夫人者此二句從何校范書路字下徐本有所言二字衍夫范書及各本譌作大鈔本末校正察其風聲將爲國患宜高其隄防明其禁隄隄喬本作令察其風聲將爲國患八字鈔本脫高其隄防明其禁隄八字移在下句之下非是淡惟趙霍以爲至戒淡惟鈔本作宜以無霍字下之以字及至字校遜且侍御于百里之內而知外事誠當窮治治鈔本活本皆作浩非是何緣間之所以令安之也此句已不易解

蔡中郎集

以下至釋本問末多不能句又前詔書實核以主氣勢主鈔本作
王爲官者踰時不覺司隸校尉岑初考彥時哉
隸鈔本作穎非是取典計敎者一人綴之如玉渚渚鈔本作
者校勝所戒成不朝朝鈔本作朙可知而還移州釋本
問末末鈔本亦作本自且侍御于百里之內至釋本問末一段喬本張本汪本劉本皆無
其句皆似不可解故甚難讀繹上下段文意又似不甚相屬必有譌竄無本據正姑仍之
論者疑太尉張顥張字據范書傳及喬本張本增徐本脫鈔本未校補與
交貫爲玉所進與交貫三字范書傳及喬本張本汪本皆無貫鈔本作头不成
字交貫二字當是人名二字恐尚有譌姑仍之玉活本譌作王暗昧已成昧鈔本譌

作味非外臣所能審處如誠有之近者不治無以正遠正鈔本作政傾邪在官當有所懲懲鈔本作徵非是光祿勳偉璋所在尤貪濁偉字據范書傳及喬本張本增傳注偉姓也璋名也漢有偉姓徐本脫鈔本未校補尤活本作猶貪濁鈔本作清白合下文鈔本作有濁今若糾易似通而實則校遜九列之中列從喬本及他本徐本譌作刻鈔本未校正豈宜有此鈔本作有濁今若糾易牧守數十選代既不盡由本朝代鈔本作伐非是反有異輩無以示四方聖意勤勤欲清流蕩濁蕩鈔本作盪扶正黜邪不得但以州郡無課而已長水校尉趙玄玄鈔本作去顧千里曰去當作

玄本傳云趙玹注音玄蔡集玹作玄然則作去猶存形似今本竟似後漢書改之大誤案顧說是也喬本張本作玹猶據范書傳徐本作鉉叜謬妄矣屯騎校尉蓋升鈔本脫蓋字其賢已足已鈔本作以足字上有富字非是其富已優已鈔本作意非是當以見災之故當鈔本作富災作和竝非是爲陛下先羣臣早引退喬本及他本脫早字鈔本脫退字以解易傳所載小人在位之咎載鈔本作位非是伏見廷尉郭禧鈔本無伏見廷尉郭五字作庭字庭字下活本作樹字非是敦耄純厚耄喬本及他本作重國之老成光祿大夫橋玄鈔本脫橋字聰達方直范書聰鈔本譌不可辨有山甫之姿故太尉劉寵聞人襲

傳及喬本張本皆無間人龔三字案間人龔是人姓名雖未見范書不得不存俟別考寵喬本及他本無寵字鈔本亦脫案下句有龔字是分贊二人忠實守固龔悃愊剛直喬本及他本皆無龔字則二句皆以贊劉寵致下句竝字無著鈔本無竝字亦未善徐本之可貲似此固不多而已足證他本之謬竝宜爲謀主鈔本脫竝字宜作寫非是數見訪間數鈔本草書譌作如夫宰相大臣夫字據范書傳及喬本增徐本脫鈔本未校補君之四體優劣是委此句從鈔本徐本作優崇委重非是顧千里曰優劣是委最是本傳云優劣已分喬本及他本皆作委任責成優劣已分校遜任用責成此句喬本及他本屬在上句字法小異納其英慮優游訪求以盡其情三事者但道先帝策護三

公有僵仆者不道是時宰相自三事者至是時宰字二十字據鈔本增待以禮相引見論議當因其言居位十數年不鈔本脫當字當此之際尚儉約崇經藝浮輕之人不引在朝廷鈔本脫在字淺短之書不干于目鈔本作不千可目非是貿戚斂手中外悚慄莫敢犯禁敢鈔本作不非是不獨得之于迫沒之三公也自納其英慮至三公也一段喬本張本劉本皆無其字句恐尚有譌脫不止據鈔本校補二十字也春秋之義以貿治賤遠閒親閒親鈔本譌作開視小加大大鈔本譌作太引在六逆陛階增則堂高鈔本脫堂字輔位重則上尊上鈔本作

居不宜復聽納小吏（宜鈔本譌作宣喬本及他本脫復字）雕琢大臣（鈔本脫琢字喬本張本臣字下有也字）取圖寫讚（圖鈔本作啚俗）厲以顛沛羣臣慘慘憂懼自危非典衡之道（衡字鈔本空格）夫憂樂不竝喜慼異方（喜字上鈔本有恐字）畏灾責躬念當專一精意以思變（鈔本畏字上有有祇二字灾字下有異字躬字下有自之字無念字下之當字精字在一字上亦通取圖寫讚至以思變一段喬本及他本皆無）則上方巧技之作（則鈔本作復喬本及他本作又巧作工鈔本脫技字）洪都篇賦之文宜且息心（息心喬本及他本作消息校遜）以示憂懼詩云畏天之怒不敢戲豫（云從喬本及他本徐本作人校遜）

天戒誠不可戲也宰府孝廉士之高選士之二字鈔本作以字高張本作不非是不可求以虛名此句鈔本作自不來不受喬本及他本無即以士之高選句接下句但當察其眞僞以加黜陟近者每以辟召不愼鈔本脫近者二字辟譌作辟不張本作高非是切責三公切鈔本作功非是孝廉雜揉雜鈔本作集校遜試之以文而並以書疏小文喬本無孝廉雜揉試之以文八字而作乃校遜一介之技超取選舉取選鈔本作選取舉活本作取並非是衆心不厭莫之敢言羣公尚先意承旨以悅郞吏舍人郞鈔本作廊非是閒職長吏長吏疑應作長史便宜促行誰敢違旨

三丁大一百九十一小二百七十五

至于宰府孝廉顛倒下開託屬之門鈔本下字上有上字下字下有乂字活本作義殆誤上違明王舊典上違鈔本作下合非是無益于德矣喬本及他本超羣選舉句下作開請託之門違明王之典眾心不厭莫之敢言無羣公尚先意承旨至孝廉顛倒六句及無益于德矣句臣願陛下強納忠言強喬本及他本作聽校遜忍而絕之側身踊躍側鈔本作則非是思惟萬幾思鈔本譌作息幾從喬本及他本本徐本作機校遜以荅天望以導嘉應導鈔本作道聖朝旣自約厲聖字上鈔本有望字非是以身率人鈔本脫人字左右近臣亦宜戮力從化人自抑損天道虧滿鬼神福謙鈔本無福字謙字下有益字非

是久高不危常滿不溢（溢從鈔本及他本徐本作逸非是）羣公之福諸侯陵主之戒（陵各本皆作凌非是）不可不察也（鈔本脫也字）臣邕愚戇（戇鈔本作憨）感激忿身（忿鈔本作忌非是）敢觸忌諱手書具對夫君臣不密上有漏言之戒下有失身之禍（下鈔本作不非是）臣敢漏所問（敢字上鈔本及他本皆有安字）無使盡忠之吏受怨姦讐願寢臣表（願寢鈔本作唯寇寇字謬活本作覽校遜願寢臣表句下鈔本作御坐無所不及得求以紀陛下盡心之臣御坐下之無字從活本鈔本字漫漶不可辨案此篇與范書傳載詳略迥別載范書者必有芟節而喬本張本汪本劉本與此亦有不同其不同之甚或一段或數句每苦難讀恐多

脱譌姑仍其舊其一二或三數字顯然之誤有范書及喬本他本可證者悉據芟改無本可據亦祗存疑

## 被收時表

張本作尚書詰狀自陳表案張據范書傳標題固是玆特仍徐本之舊以無甚乖謬不必改也

議郎糞土臣邕頓首再拜上書皇帝陛下鈔本脫上字今月十三日臣被尚書召問臣以大鴻臚劉郃以從范書傳及喬本徐本作從非是鈔本未校正郃張本譌作部前爲濟陰太守臣屬吏張宛長休百日郃爲司隸又託河內郡吏李奇爲州書佐及營護故河南尹羊陟

侍御史胡母班胡從范書傳及喬本徐本作某非是鈔本未校正郃不爲用致怨之狀臣征營怖悸征營鈔本作政當非是肝膽塗地不知死命所在臣邕死罪臺所問臣三事其遠者六年近者三歲自臣邕至三歲四句喬本及他本皆無竊自尋案實屬宛奇不及陟班凡休假小吏皆非結恨之本自凡休至之本二句據鈔本及喬本增徐本脫恨從活本及喬本鈔本譌作限其婚嫁爲黨臣叔父衞尉質及邕不敢屬郃宜以臣對宜以鈔本作質及與郃參驗鈔本脫與字非是結恨之本句下喬本及他本作與陟姻家豈敢申助私黨如臣父子欲相傷陷當明言臺閣具陳恨狀所緣

內無寸事而謅書外發宜以臣對與郤參驗臣父子誠有怨恨故中傷郤郤勢所當因臺問具臣恨狀不能受臣爲覆蔽具鈔本作其其非是自臣父子至爲覆蔽二十九字與喬本及他本上一段意相似而句迴殊他本校易讀此疑有脫譌臣得以學問特蒙襃異襃鈔本譌作哀執事祕館文學所著館鈔本作觀學作肅著作著並非是列于目前執事祕館句下喬本及他本作操管御前姓名圖象簡乎聖心圖象喬本及他本作貌狀簡乎作微簡鈔本作繫乎脫心字今年七月召詣金商門問以變異詣鈔本譌作詔詔脫以字詔書襃諭喬本及他本作齎詔申旨責臣喻旨喬本及他本無此句誘臣使言臣愚戇

出命忩體（臣字下喬本及他本有實字體作軀忩鈔本作忌非是張本讜字下有惟識忠盡四字）不顧後患譏切公卿内及寵近區區欲荅上問拯救怪異（鈔本及他本脱拯字）爲陛下圖康寍之計而已（下鈔本作不非是）預知所言者當必怨臣陛下不念忠言密對（喬本及他本作陛下不念忠臣直言）多所指刺（喬本及他本作宜加掩蔽校遜）誹謗卒至便用疑怪（便鈔本作使怪作臣並非是）豈不負盡忠之吏哉每有灾異輒令百官上封事欲以除凶致吉改政息譴（鈔本無改政息譴四字）而言者不蒙延納之福（鈔本無不蒙延納之福六字）反陷破亾

二ナ大二百小二百五十八

之禍反鈔本及他本皆作旋喬本張本皆作旋被陷破之禍亾徐本作怹是亾之誤羣臣杜口以臣爲戒誰敢復爲陛下盡忠者乎忠字下鈔本有孝字無乎字臣季父質連見拔擢位在上列鈔本無臣季父三字又脫見字上字擢作摧拔字下活本有蒙字竝非是臣被蒙恩渥數見訪問言事者欲陷臣父子破臣門戶非復發糾姦伏補益國家者也位在上列句下鈔本作衆位二字位字下空二十一格作奸字奸字下又空二格無伏字及補益句皆非是反名仇怨奉公此句據鈔本增顧千里曰案本傳云劾以仇怨奉奉公議害大臣大不敬棄市據此是仇怨奉公乃人飛章所言邕罪名也今本因不解其義而刪去大誤矣喬本及他本皆無疑六字上

下尚有闕 臣年四十有六 有字據范書傳及喬本張本增徐本脱鈔本未校補喬本及他本脱以字 孤特一身 特鈔本譌作持 前無立男得以盡節王室 託名忠臣夙有餘榮 夙鈔本作無榮榮譌策 然恐陛下不復聞至言矣 恐鈔本作知校遜 臣愚以凡宂招致禍患 愚鈔本作豈非是 自臣職旦臣對問時質爲下邳相不聞臣謀 間鈔本作開非是 今者橫見逮及 逮鈔本作違非是 使質恨以衰老白首隨臣摧沒 摧鈔本作推非是 并內阬陷 阬鈔本作抗瀆非是 以恨言事厭副其言 喬本劉本無此二句恨鈔本作沒其字下之言字張本作心校勝 誠冤誠痛陛下仁

三一大一应七十七小三应九十五

篤之心必不忍此思之未至耳思鈔本作忍非是臣一入牢檻一入鈔本作賣人人非是當爲箠楚所迫趨以飲章當鈔本作尚書非是趨張本作趣以字從范書傳及裔本作增飲從鈔本及他本徐本作斂章鈔本作童並非是顧千里曰飲字最是案范書傳注飲猶隱卻告人姓名無可對問章者今之表也邕集曰光和元年都官從事張恕以辛卯詔書收邕送雒陽獄考吏張靜謂邕曰省君章云欲仇怨未有所施法令無以此詔書刊章家姓名不得對相指斥考事君學多所見古今如此豈一事乎荅曰曉是吏遂飲章爲文書臣賢案俗本有不解飲字或改爲報或改爲款並非也何焯曰注有脫誤情辭何緣復達臣死期垂至冒昧自陳乞身當辜戮免質并坐臣死之日則生之年

蔡中郎集

也則喬本作叟唯陛下加餐爲百姓自愛鈔本脫下字餐從張本徐本作飡校遜臣邕死罪

三一大八十九小二百廿七

蔡中郎集卷第七終　大小一萬四千一百十字

傳古樓景印

四部要籍選刊·集部
蔣鵬翔 主編

清海源閣本

# 蔡中郎集

二

〔東漢〕蔡邕 撰

浙江大學出版社

# 本册目録

## 卷八



## 卷九



## 卷十



## 外紀

**外集卷一**

## 外集卷二

外集卷三



外集卷四



卷末

# 蔡中郎集卷第八

## 和熹鄧后謚議（議字據喬本及他本增徐本脱鈔本未校補）

孝和鄧皇后崩羣臣謀謚（鈔本脱羣字）于是尚書陳忠上言以爲鄉黨敘孔子威儀俯仰無所遺彤管記君王纖微大小無不舉是以德著圖籍（籍鈔本譌作藉）名垂于後伏惟大行皇后（后鈔本作帝非是）規乾則坤兼包日月厥初作合允（允鈔本譌作兀）有休烈貫魚之次加于小膢中饋之敘（饋鈔本作匱非是）昭于帷幄（帷幄鈔本倒作幄帷）遭家不造三元之尼孝殤幼沖（殤鈔

本謌作傷國祚中絕海內紛然羣臣累息加以洪流爲災流鈔本作沉非是札荒爲害害鈔本作客非是西戎蠢動武威鈔本脱西字武作迪非是侵侮幷涼侵鈔本作武非是猾夏作寇作鈔本謌作祚振驚渤碣振鈔本作震渤從喬本徐本作勃家有采薇之思人懷殿屎之聲屎喬本作吚是屎本字今仍徐本從詩正文皇太后參圖考表求人之瘼度越平原建立聖主垂疇咨之問遵六事之求勞謙克躬菲薄爲務是以尚官損服衣不粲英粲鈔本作桀非是饔人徹羞饔鈔本作雍非是膳不過擇過鈔本作尊活本作遵竝非是黃門闕

樂魚龍不作織室絶伎纂組不經經鈔本作繼非是尚方抑巧巧鈔本作考非是雕鏤不爲離宮罕奇儲峙不施遐方斷箎侏離不貢侏鈔本作支非是貢從鈔本及他本徐本譌作貢罷出宮妾免遣宗室沒入者六百餘人餘鈔本作余非是以紓鬱滯紓鈔本作舒奉率舊禮交饗祖廟饗鈔本作戰謬極以展孝子承歡之敬子鈔本作致歡作難茲非是蠲正憲法六千餘事鈔本脫正字以順漢氏三百之期經藝乖舛恐史闕文命衆儒考校東觀閣學鈔本脫命字東觀下作閣學士不序五字博士一鈹廣選十人選從鈔本及他本海源閣

本徐本作推何有伐檀茅茹不拔屢舉方直直鈔本作苴非是顯擢孝子遵忠孝之紀啟大臣喪親之哀疾貪吏受取爲姦糾增舊科之罰惡長吏虛僞進退錮之十年退字下鈔本有傷流細三字喬本及他本作惡長吏虛僞錮之十年無進退二字案徐本校勝鈔本多三字不能句必有譌竄追崇世祖功臣崇字據張本增徐本脫鈔本本未校補國土或有斷絕土鈔本譌作士封植遺苗植鈔本作爵以奉其祀爵高蘭諸國胙子鈔本脫爵字以紹三王之後事不稽古不以爲政政不惠和不圖于策圖鈔本作啚俗于作爲猶不自專傳謀遠暨遠字

下鈔本增空格非是允求厥中刑之所加不阿近戚賞之所及及活本譌作反不遺側陋側鈔本作仄終朝反側鈔本重朝字無反側二字非是昢發不寢寢鈔本作廢非是徒以百姓爲憂不以天下爲樂聖誠著于禁闥誠鈔本作著著作誠非是而德教被于萬國故自昏墊以迄康乂迄鈔本譌作迅喬本及他本作迄于康乂糴入千石以至數十喬本及他本無此二句案此二句與上下文義皆不貫串恐是衍文姑仍之而未敢信也叛虜降集叛鈔本作畔降喬本及他本作蜂賊宼邊垂宼鈔本喬本及他本皆作害垂喬本作陲案作蜂作害是以宼犯邊言作降作宼是以宼破降言繹下文之意徐本爲允胡輩去塞胡鈔

本作葫去塞作云基竝非是喬本及他本無此四字永元之世以爲遺誅今畏服威靈稽顙卽斆徼外絶國徼鈔本作徹絶作擇竝非是慕義重譯來獻其琛來從喬本及他本徐本譌作求鈔本未校正史官咸賀賀鈔本作和非是請作主頌卻而不聽卻鈔本作割非是郡國咸上瑞應寢而不宣寢鈔本張本譌作寑允恭挹損密勿在勤遭疾不豫豫鈔本作務非是垂念臣子御輦在殿顧命羣司流恩布澤布鈔本作在非是大赦天下有始有卒同符先聖昝書契所載虞帝二妃夏后塗山高陽有莘姬氏任母姬鈔本譌作嫗徒以

正身率內（率鈔本作匪非是）思媚周京爲高未有如大行皇后勤精勞思篤繼國之祚（活本及喬本無篤字張本有黃丕烈曰活本無篤字以字數計之鈔本亦不當有案黃說誤也繹下文句法當有篤字況祚訓福義與祜同詩皇矣篇以篤周祜可引比證徐本張本有篤字校勝）正三元之衡康百六之會消無妄之運者也功德巍巍誠不可及漢世后氏無謚至于明帝始建光烈之稱是後轉因帝號加之以德高下優劣混而爲一違禮大行受大名小行受小名之制謚法有功安居曰熹（熹鈔本作喜非是范書后紀注蔡邕曰有功安人曰熹人字校居字勝）

帝后謚禮亦宜同謚鈔本作体謬極大行皇太后宜謚爲和熹皇后鈔本宜字上有謚字非是上稽典訓之正鈔本作上稽之于典訓校遜下協先帝之稱協鈔本作叶

## 爲陳留太守上孝子狀太守張本作縣非是狀字從張本增徐本及他本皆脫

臣前到官博問掾史孝行卓異者臣門下掾申屠夐稱孝子平巨程未巨鈔本作立非是年十四歲時祖父叔病歾未抱伏叔尸未鈔本作故非是號泣悲哀口乾氣少喘息纔屬纔鈔本作裁舅偃哀其羸劣羸從

鈔本徐本譌作羸嚼棗肉以哺之未見飡噓唏不能吞咽麥飯寒水閒用之閒鈔本作肯舅偃誘勸哽咽益甚鈔本脫誘字是後精美異味遂不過口常在柩旁耳聞叔名目應以淚前太守文穆召署孝義童云云鈔本作未以叔未葬不能至府舍至鈔本作止校遜臣輒核問掾史邑子殷盛宿彥等辭驗皆合盛鈔本作威臣卽召來見未年十四歲顏色瘦小應對甚詳臣問樂爲吏否垂泣求去自歸喪所歸鈔本作當非是臣爲設飡但用麥飯寒水不飡肥膩舅本以

田作爲事家無典學者無鈔本作舊非是其至行發于自然非耳目聞見所倣效也所鈔本作然倣作无並有譌雖成人之年知禮識義之士鈔本脫知字識作議脫士字幾不成句恐不能及鈔本脫恐不二字伏惟陛下體因心之德心鈔本作宗非是當中興之運躬秉萬幾萬鈔本作万幾從喬本徐本作機非是建用皇極神紀騁于無方騁從喬本及他本徐本譌作聘鈔本末校正淑暘洽于羣生洽鈔本譌作治故醇行感時而生鈔本脫行字美義因政以出清風奮揚揚鈔本作暘休徵誕漫漫鈔本作蔓非是太平之萌昭驗已著臣誠伏

見奔甚臣聞魯侯能孝命于夷官張仲孝友侯在左右周宣之興實始于此且烏以反哺託體太陽羔以跪乳爲贄國卿鈔本脫國卿二字禽鳥之微猶以孝寵況未稟純粹之精爽未鈔本譌作禾立百行之根原鈔本脫立字原喬本張本作源其人彪瘁彪喬本及他本皆作隱而德曜彌光德據喬本及他本增徐本脫鈔本未校補其族益章臣不勝願會使未美昭顯本朝謹陳狀狀鈔本譌作伏臣頓首臣字下喬本及他本有邕字題爲陳留太守狀末有邕字謬極

薦皇甫規表表字據鈔本增十卷本及他本脫

臣聞唐虞以師師咸熙（咸張本汪本作成，成非是）周文以濟濟爲寍。區區之楚猶用賢臣爲寶，衞多君子，季札知其不危。由此言之（由鈔本作猶，非是），忠臣賢士，國家之元龜，社稷之楨固也（楨固鈔本作固楨，活本作貞固。案本句接上句文意，以字法論，固楨昧謬，貞固亦嫌蹈空，楨固校勝，而尚疑固字有譌，或是榦字）。咎孝文慍匈奴之生事（匈鈔本省作凶，奴活本譌作姒，鈔本喬本皆無生字，非是），思李牧于前代；孝宣忿姦邪之不槭（忿鈔本譌作忽），舉張敞于亾命。況在于當時謙虛爲罪，而可遺棄。臣伏見護羌校尉皇甫規，少明經術，道爲儒宗脩身力行忠亮闓著出處抱義皦然不污藏器林藪之中以辭徵召之寵先帝嘉之羣公歸德盜發東嶽嶽鈔本及他本皆作岳莫能嬰討卽起家參拜爲泰山太守泰鈔本作太太作大屠斬桀黠綏撫煢弱青兗之郊迄用康乂乂鈔本譌作又自是以來方外有事戎狄猾華華鈔本作夏進簡前動進鈔本作追連見委任仗節舉麾仗從張本徐本及他本皆譌作伏鈔本未校正威靈神行演化凶悍鈔本脫化字使爲慤愿嗇財省穡穡鈔本作嗇案書洪範疏穡惜也左傳注穡儉也疏穡是嗇惜之義故爲儉僾禮郊特牲主先嗇而祭司嗇注先

嗇若神農司嗇后稷是也穡嗇通每有餘貲養士御衆悅以亾死論其武勞則漢室之干城干活本譌作于課其文德則皇家之腹心誠宜試用以廣振鷺西雝之美雝從喬本及他本徐本譌作雍鈔本未校正臣以頑愚忝污顯列忝鈔本作添活本作黍竝非是列從喬本及張本徐本譌作烈鈔本未校正輒流汗墨不堪之責不勝區區執心所見越職瞽言瞽從鈔本及他本徐本作督非是罪當死當字下張本有昧字惟陛下留神省察臣邕頓首頓首

薦邊文禮書張本作與何進薦邊讓書他本皆作薦邊文禮今據張本

增書字載繹文句是書非表徐本編在上孝子狀後薦皇甫規表前殊嫌乖體姑移列卷末而下卷仍是表議亦患雜綴究未甚安特因十卷本之舊就卷論卷而改其泰甚爾

明將軍以申甫之德當中興之隆建上將之任應秉國之權權鈔本活本皆作德非是妖寇作孽孽鈔本譌作蘖震驚京師運籌帷幄定策屈勝先擒馬元歸近之變擒鈔本作禽天兵致誅兗豫以清冀荊用次雲消席卷卷從鈔本及他本徐本作捲克厭衆心王室以寍以從鈔本徐本作已萬國兆民莫不賴祉祉鈔本作作伏惟幕府初

開開鈔本譌作間博選清英華髮舊德竝爲元龜成功立事莫不畢舉雖振鷺之集西雝濟濟之在周庭無以或加伏見陳留邊讓字文禮天授逸才授活本作受非是聰明賢智纂成伐柯不遠之則齔齠夙孤齔齠鈔本作齔齒喬本張本作齠齔齔各本作齔俗不墜家訓墜鈔本作盡非是始任學問便就大業閒不遊戲初覽諸經覽鈔本作覽非是見本知義尋端極緒受者不能荅其問章句不能遂其意遂從鈔本及他本徐本作篴遂非是詩書易禮先通三業以次大義略舉喬本及他本作詩書易禮先通大義

業以次舉句法條整似勝十卷本而三業二字似有指而未能析姑仍之衆傳篇章無術不綜心通性達剖纖入冥剖鈔本譌作割口辨辭長辨從鈔本徐本喬本皆作辯而節之以禮度度字據活本及他本增徐本脫鈔本未校補安詳審固詳鈔本作祥守持內定非禮勿動非法不言據狐疑之論據鈔本作處非是定嫌審之分經典交至檢括竝合衆夫嘉焉莫之能奪使讓生于先代鈔本脫生字代作業校遜在唐虞則元凱之比當仲尼則顏冉之亞豈徒世俗之凡偶兼渾是非講論而已哉渾鈔本及他本皆作混才藝言行卓逸不

羣階級名位亦宜超然不以常制爲限長幼爲拘爲拘之爲字從喬本及他本徐本作之非是鈔本未校正拘鈔本作居非是若復輩從此郡選舉非所以彰瓌瑋之高價瓌活本譌作環昭大知之絶足也知鈔本作智足作朙傳曰鼏牛之鼎鈔本原注一曰帝立之鼎徐本鼏牛之鼎句下作一旦立之一顧于里曰小注最是今本大誤喬本及他本無一曰帝立之鼎注亦無一旦立之四字轉勝徐本案此句惟鈔本有注顧以鈔本爲最佳此類是也以烹雞多汁則淡而不可食少汁則焦而不可熟大器之于小用固有所不宜也豈誠竊悁悒悒鈔本省作邑怪此寶鼎未受犧牛大羹之和

久佐煎熬鬱蔵之閒佐鈔本作在非是顧眀將軍回謀守慮守鈔本作移思垂采納采鈔本作未非是就讓疾病當親察之當鈔本作所察作守無之字校遜叓以屬鈹招延表貢行狀列于王府狀從鈔本及他本徐本作壯王張本作正竝非是躋之宗伯宗鈔本作常納之機密展其力用副其器量夫若以年齒爲嫌則顔淵不得冠德行之首首鈔本作科子奇不得紀治阿之功阿從徐本及他本鈔本譌作河苟能其事能字下鈔本有任字古今一也密疏特表及期而行邦國其昌苟能其事句下鈔本作士穀見史書著而行國其昌幾不能句恐有脫譌

邕寢疾羸匍匐拜寄匍匐活本作葡蔔不敢須通



蔡中郎集卷第八終　大小四千零三十六字

# 蔡中郎集卷第九

## 薦太尉董卓表（此題從張本汪本無表字徐本喬本作表太尉董公可相國稱公誅非是）

臣某等聞周有流彘之亂而宣王以興（興字鈔本空格）漢有昌邑之難而中宗以昭由此觀之天生神聖（鈔本脫天字）特以靖亂整戕（靖鈔本作靜校遜）丕誕洪業輔佐重臣國之楹棟生應期運稟氣山嶽是故申伯山甫列于大雅蕭曹邴魏（邴鈔本作丙）載于史籍國遭姦臣孽妾（鈔本脫國字）制弄主權（主鈔本作國）累

葉相繼六十餘載〔葉從鈔本及他本徐本作業非是鈔本無相字餘作余非是〕火熾流沸〔沸字上鈔本有沈字衍〕浸以不振威移臺下福在弄臣海内嗷嗷被其傷毒故大將軍愼侯何進盡忠出身圖議盪滌以清季朝羣凶遘難〔羣張本作執〕兵起亂作元舅上卿〔卿鈔本草書似者字船誤〕先寇受害禍至執辱〔執張本作羣非是〕社稷傾危太尉郿侯卓起自東土封畿之外〔郿從鈔本及他本徐本譌作郡土鈔本譌作工〕義勇憤發旋赴京師先陳便宜列表奸猾羣慝情狀辭意激切感物悟靈精兵虎臣承持卓勢



一大二百廿二小一百廿八

奮擊醜類奮從鈔本及張本徐本及他本皆譌作奪擊鈔本作學非是漏刻之間靡有孑遺卓間乘輿已趨河津已鈔本作化非是身率輕騎長驅芒阜芒喬本作邙上解國家播越之危下拯兆民塗炭之禍然後黜廢凶頑爰立聖哲天心聿得得鈔本作德萬國賴祜祜鈔本及他本皆作祉及至鑾功行賞辭多受少近臣奉臣一人之封鈔本脫之字戶至萬數今者受爵十有一人總合戶數千不當一千鈔本作十一字下喬本張本汪本有封字衍非所以褒功賞勳也活本重非字非是也字鈔本空格喬本及他本此句在瞻仰之望句下今

月七日卓又上書今字上鈔本有万戶二字衍無卓字非是辭疾讓位乞就國土上違聖主寵嘉之至鈔本脫主寵二字下乖羣生瞻仰之望生從喬本徐本作心鈔本作姓皆校遜上文非所以褒功賞勳也句喬本及他本皆列此句下案上違下乖二句是從卓一邉說接非所以褒賞意似不相屬自以接于不當一句爲允臣等謹案漢書高祖受命此句下疑有闕文鈔本命字下有吞字徐本接列流離藏竄十有二年一段是邕自述喬本張本汪本皆列在下篇讓尚書乞在閒冗表校勝而喬本汪本并移此句作下篇首句仍謹案漢書高祖受命八字殊非是案史記班書帝紀高祖在位十二年不得曰流離藏竄邕以光和元年年四十六歲徙朔方二年大赦宥還亾命江海中平六年年五十七歲應董卓辟舉高第首尾竝計卻

二大一百五十五小三百四十七

十二年則流離藏竄邕自謂也張本列于下篇不淵列謹案以下八字校勝他本而于此篇竟芟此句亦移非所以襃功賞動也句于瞻仰之望句下亦未協今依徐本仍此句蓋疑上澌高祖襃功賞動故實也如卓者陛下當諡隆委任數加訪問厚其爵賞責以相業之成臣等不勝大願謹陳狀臣邕等頓首頓首死罪死罪鈔本活本無如卓者至謹陳狀三十三字並無邕字下之等字非是喬本張本汪本無如卓者三字陛字上作惟字案臣等謹案漢書高祖受命句下疑有闕文者以上澌高祖之襃功賞動下接如卓者陛下當諡隆委任文意方洽徐本以下篇邕自述一段淵于其閒鈔本活本同其淵而芟去如卓者至陳狀三十三字此表文無收束不成篇矣喬本及他本又掇非所以襃功賞動也句于瞻仰之望句下芟

如卓者三字加一惟字皆由于率自竄改不肎闕疑之故又案此篇首句稱臣某等末句稱邕等可見此表非中郎一人專上聯名共薦不知幾何人卓赫赫之聲自多阿坿其時中郎文名甚盛遂不能不爲衆秉筆劉克莊後邨詩話已排詆此表與楊雄劇秦美新同稱則宋本實有是文劉本雖不載而他本皆未削祇合仍之

讓尚書乞在閒冗表 表字據張本增喬本汪本皆無徐本目亦無表字篇則無標題另行接上篇自臣閒世宗之時句起鈔本同竝非是案張本題校勝他本從之

臣流離藏竄十有二年 此首句從張本喬本及汪本臣字下皆有謹案漢書高祖受命八字非是 陛下應期中興龍飛踐祚姦臣嬖

二大七十九小四百四十八

孼一時殄盡憎疾臣者憎鈔本譌作增隨流埋沒太尉鄗矦卓收拾洗濯上臣高弟補侍御史轉治書御史陛下天地之大德聽納大臣扶飭文舉扶鈔本作誣非是遂用臣邕充備機密充鈔本譌作光三月之中充歷三臺光榮昭顯顯字下鈔本有著字昭顯喬本張本皆作顯著鈔本仍昭字則著字衍非臣愚蔽不才所當盜竊非臣碎首糜軀所能補報糜從張本徐本譌作麋鈔本未校正臣邕頓首頓首死罪死罪自首句至此從喬本及他本十卷本列在上篇薦董卓表之末非是臣閒世宗之時案表文中臣閒以上作臣某頓首頓首死罪死罪亦常式也

張本脫臣字田千秋有神明感動貞夢至言以寤聖聽貞夢二字據鈔本增無至字下之言字徐本作感動至一言喬本及他本皆作感動一言貞活本作眞竝校遜昭發上心故有一日九遷臣邕草萊小臣鈔本重萊字非是思謀愚淺生非千秋千秋喬本作工女鈔本作千女竝非是職不狎練加以新來入朝入從鈔本及他本徐本譌作人不叓郎署署鈔本作丞非是攝省文書文鈔本譌作久其猶面牆猶鈔本作由陛下統繼大業委政冢宰冢鈔本譌作家太傅隗以舊典入錄機密事傅從鈔本及他本徐本譌作傳隗鈔本譌作愧尚書令日磾先輩舊齒德叓上公僕射

允故司隸校尉河南尹某某字據張本增徐本及他本皆無鈔本未校補案司馬百官志司隸校尉一人比二千石河南尹一人秩中二千石注校尉職在典京師則兼河南尹自可一人爲之徐本無某字將連下尚書張熹爲句校遜張本尚書張熹熹喬本及他本皆作憙已歷九列侍中魯旭此句從張本徐本及他本皆倒作魯旭侍中鈔本未校正牧守宣藩剖符數郡唯臣官位微賤特單輕匹此六臣微鈔本譌作徵輕字從鈔本及他本增六鈔本譌作大臣當自知況于論者將謂臣何足以任足鈔本及他本作是無任字是以二字屬下句校徐本簡捷而徐本屬上句亦通仍之夙夜寤歎寐息屏營無顏以居無心以甯朙時階

蔡中郎集

級人所勸慕乞在他署抱關執籥籥喬本張本作鑰案鑰通籥以守刻漏則臣之心厭抱釋喬本及他本作則臣之心厭飫足矣校遜鈔本無釋字抱字下有必逆二字非是降榮于悴退顯于進不勝區區疑戒不敢肅飾

五大一頁七十九小二頁六字十一

巴郡太守謝版版張本作表

臣尚書邕邕字鈔本在尚字上非是案表式當作尚書臣邕被收時表宗廟迭毀議是其例各本皆倒姑仍之免冠頓首死罪臣猥以頑闇猥鈔本作得連值盛時超自羣吏入登機密未及輸力盡心日下五府舉臣任巴郡太守陛下不復參論

鈔本脫論字府舉入奏驚惶失守非所敢安征營累息不知所措臣邕頓首死罪知納言任重非臣所得久忝今月丁丑一章自聞乞閒宂抱關執籥不意錄符鉅青錄鈔本作籙授任千里求退得進後上先遷爲衆所怪不合事宜願乞還詔命詔鈔本譌作詔盡力他役死而後已臣猥以愚闇後鈔本作后猥作得盜竊明時周旋三臺充列機衡出入省闥登踏丹墀承隨同位與在行列以受酒禮嘉幣之賜禮疑醴各本作禮姑仍之幣字鈔本空格詔書前後賜石鏡匳禮

經素字尚書章句白虎奏議（鈔本脫白字）合成二百一十二卷及蓮香瓠子唾壺（蓮鈔本作董董字下空格無瓠子二字）彈碁石枰（枰從活本及他本徐本譌作枰鈔本譌作平）黎錫汁器圍盧諸物（錫鈔本譌作賜汁譌作汙器字下有及字）誠念及下惠錫周至（蓮香瓠子四字鈔本在誠念及下句下錫作賦非是喬本作及唾壺彈棊石枰蓮香瓠子并各器物張本作唾壺彈棋石枰蓮香瓠子黎錫汁器圍盧諸物汪本同惟諸字譌作誠字案此段鈔本最遜）毋敕勿謝前後重疊雖父母之于子孫無以加此未得因緣有事（未鈔本作味非是）荅稱所蒙（荅稱鈔本作口諫所蒙喬本及他本作萬一）不意卒遷荷受非任

一ノ大二百廿九小一百九十八

臨時自陳未蒙省許慘結屏營踧踖受拜命服銀青服鈔本作復光寵休顯上耀祖先下榮昆裔誠非所望臣邕頓首死罪巴土長遠臣邕頓首死罪六字喬本及他本列在篇末巴字上有且字巴土鈔本作己上非是江山修隔修鈔本作遙頃來未悉輯睦劉焉撫寧有方柔遠功著臣當以頑蒙喬本及他本無當字校勝不閑職政宣暢聖化導遵和風導鈔本作道非臣才力所能供給必以忝辱煩汚聖朝忝循舊職當竭肝膽從事汚字鈔本作有無聖朝忝循舊職當七字直不成句筋絕骨破以命繼之

宗廟祝嘏辭

嗣曾孫皇帝某（某鈔本作叶是協之俗）敢昭告于皇祖高皇帝各以后配咎受命京師都于長安國享十有一世（國享喬本及他本皆作享國）歷年二百一十載遭王莽之亂宗廟墮壞世祖復帝祚遷都洛陽以服中土（鈔本脫土字）享一十一世歷年一百六十五載予末小子（末從鈔本及他本徐本作昧非是）遭家不造早統洪業奉嗣無疆關東吏民（吏民從鈔本徐本倒作民吏）敢行稱亂總連州縣擁兵聚衆（鈔本脫擁字）以圖叛逆震驚

十大二百四十一小一百廿八

王師命將征服殷肱大臣推皇天之命以己行之事遷都舊京鈔本脫都舊京三字咎周德鈹而斯干作鈔本脫咎字應運變通自古有之于是乃以三月丁亥來自雒自鈔本譌作月越三月丁巳至于長安敕躳不慎寢疾旬日賴祖宗之靈以獲有瘳獲鈔本作護吉旦齋宿吉旦鈔本作体但謬極敢用潔牲牲鈔本作祀一元大武柔毛剛鬣商祭明眎眎鈔本及他本作視薌合嘉蔬薌萁薌從曲禮本文徐本作香喬本張本上作薌下作香尤參娶非是萁鈔本本作朔亦非是嘉薦普淖薦普淖三字據鈔本增徐本及他本皆無顧千里曰薦上當有嘉字

嘉薦普淖見儀禮今本刪去大誤案顧說是也但所引曲禮文實指品物儀禮文嘉薦二字是稱薦品之嘉普大淖和也總括語不當雜列曲禮文中應列下文醴酒句下今姑仍顧校不逞肵移特著所疑者以備參覈鹹鹺豐本明粢醴酒用告遷來尚享享鈔本作嚮非是

九祝辭

高皇帝使工祝承致多福無疆于爾嗣曾孫皇帝使爾受祿于天宜此舊都萬國和同兆民康乂眉壽萬年子子孫孫永守民庶庶鈔本作所非是勿替引之此篇及前篇是祝辭張本另編一類今仍十卷本之舊況是進御之文列于表

類以體義律之
亦不甚乖也

## 宗廟迭毀議

司馬祭祀志靈帝崩獻帝即位初平中相國董卓左中郎將蔡邕等以和帝以下功德無殊而有過差不應爲宗及餘非宗者追尊三后皆奏毀之案此即議之緣起而各本皆不載今注于題下不另行居中寫重不妥增也

左中郎將臣邕議以爲張本無此九字此等句在他議皆列于敘緣起之另行此議緣起既僅注于題下遂不迻掇姑仍徐本漢承亾秦滅學之後宗廟之制不用周禮每帝即位輒立一廟不止于七止活本譌作正不列昭穆鈔本脫不字不定迭毀孝

元皇帝皆以功德茂盛尊崇廟稱孝文曰太宗孝武曰世宗孝宣曰中宗時中正大臣夏侯勝時鈔本謌作持猶執議欲出世宗自孝元皇帝至欲出世宗一段司馬志注作元皇帝時丞相匡衡御史大夫貢禹始建大議請依典禮孝文孝武孝宣皆以功德茂盛爲宗不毀孝宣尊崇孝武歷稱世宗中正大臣夏侯勝等猶執異議不應爲宗至孝成帝議猶不定孝成下志注有皇字太僕王舜中壘校尉劉歆據經傳義謂不可毀志注作據不可毀謂鈔本作處非是上從其議古人考據慎重志注作古人據正重順慎重從喬本及張本徐本倒作重慎鈔本未校正又脫考字不敢私其君父志注無父字鈔本作文非是

乃大一百四十一卷三十四頁

若此其至也後遭王莽之亂（後鈔本作从）光武皇帝受命中興廟稱世祖孝明皇帝聖德聰明政參文宣廟稱顯宗（顯宗鈔本作皇帝非是）孝章皇帝至孝烝烝（至孝鈔本倒作孝至）仁恩溥大（溥志注作博）海內賴祉（志注無此四字）廟稱肅宗比方前事（比志注作皆事作世）得禮之宜自此以下政事多釁權移臣下嗣帝殷勤各欲褒崇至親而已臣下懦弱莫能執夏矦之直故遂衍溢（鈔本脫衍字溢從鈔本及他本徐本省作諡）無有方限（志注無故遂至方限八字）今聖遵古復禮（遵志注作尊）以求厥中（中鈔本作衷）

誠合事宜禮傳封儀自依家法不知國家舊有宗儀聖主賢臣所共刪定欲就六廟黜損所宗違先帝舊章（先鈔本作元）未可施行（未鈔本作不）臣謹案禮制七廟三昭三穆（七字上鈔本有天子二字）與太祖七（誠合事宜二句志注并作誠合禮議爲一句不載自依家法至太祖七一段）孝元皇帝世在弟八光武皇帝世在弟九（志注作元帝世在弟八光武世在弟九）故以元帝爲考廟尊而奉之孝明遵制亦不敢毀（遵制鈔本作通修非是制志注作述）元帝于今朝九世以七廟言之則親盡宜數以宗廟言之則非所宗

一　大二百四十六小一百四十八

則親至宗廟言之十字據鈔本增顧千里曰鈔本多十字爲是案並數之數字當是毀字之譌而未敢遽改八月酬報鈔本作報八月聽酹喬本張本作八月報酬可出元帝主比惠景昭成哀平帝五年一致祭致鈔本作毀勝校孝章皇帝孝桓皇帝親在三昭孝和皇帝孝順皇帝孝靈皇帝親在三穆廟親未盡廟字下之親字鈔本作號四時常陳志注不載自元帝于今朝至四時常陳一段孝明以下穆宗敬宗恭宗之號皆並省去以遵先典志注作孝和以下穆宗威宗之號皆省去五年而再殷祭祫食于太祖以遵先典議遂施行毀異祖宗不可參竝之義參鈔本譌作叅今又總就一

堂（鈔本脫堂字）崇約尚省不復改作惟主及几筵應改而已（改鈔本作敎）正數世之所闕（數鈔本作厥非是）爲無窮之常典稽制禮之舊則（制禮喬本張本作禮制）合神明之歡心臣愚戇議不足采（戇鈔本作憨）臣邕頓首頓首（頓首頓首從喬本及他本十卷本作云云）

上始加元服與羣臣上壽表（表字據張本增徐本無）

伏惟陛下應天淑靈丁期中興（期從鈔本及他本徐本作其非是）誕在幼齡聖姿碩義（碩鈔本譌作顧）威儀孔備俯仰龍光顏如日星（鈔本脫星字）言稽典謨（謨鈔本作謀非是）動

蹈規矩緝熙光明思齊周成早智夙就智鈔本作知、參美顯宗令月吉日令鈔本作今始加元服進御幘結幘從鈔本及他本徐本作憒以章天休臣妾萬國遐邇大小一心同歡喬本及他本無此四字案句意此四字應分屬上下若自爲句則複同喜逸豫式歌且舞臣等踊躍鳧藻謹奉生頭酒九鍾稽首再拜上千萬壽陛下享茲吉福永守皇極通遵太和太鈔本作大靖綏六合宐民宐人受祿于天書曰一人有慶兆民賴之其寍惟永永鈔本作休非是詩曰顒顒卬卬卬卬徐本譌作卭卭鈔本未校正喬本及

蔡中郎集

他本作昂昂如珪如璋令聞不忘萬壽無疆

表賀錄換誤上章謝罪賀鈔本作和非是

今月十八日臣以相國兵討逆賊兵討鈔本倒作討兵故河內太守王臣等屯陳破壞斬獲首級詣朝堂上賀臣邕奉賀錄故羽林郎將李參遷城門校尉而署名羽林左監右衛尉杜衍在朝堂而稱不在錄咎在臣不詳省尉杜衍三字及而字下之稱字據裔本及他本補徐本脫鈔本漏校不字上鈔本有在字衍省作察案使參以亾爲存衍以存爲亾鈔本脫下存字鐟奏謬錄不可行侍御史劾

臣不敬當賜刑書懲戒不恪恪活本譌作恪陛下天地之德不辱收戮丙辰詔書以一月俸贖罪臣邕怔營慙怖怔鈔本作征屏氣累息不知所自投處臣邕頓首死罪不惟石慶數馬之誤數鈔本草書似如字誤作慎簡忽校讎讎鈔本譌作儲不謹之愆雖見原宥仰愧先臣傷肌入骨不勝忪蒙流汗張本汗字下又有臣邕頓首死罪六字

## 讓高陽侯印綬符策表表字從張本增徐本及他本皆無

詔制左中郎將蔡邕鈔本脫將字今封邕陳留雍

臣高陽鄉侯下印綬符策假限倉五百戶歲五十萬穀各米喬本及他本無各米二字案此是詔文從徐本另行依荅可齋議難夏育言鮮卑仍犯諸郡敘緣起例視題高一格喬本張本汪本皆連表文直寫未協

臣稽首受詔怔營喜懼精魄播超魄鈔本作魂怳惚如夢怳惚鈔本作惚忽非是不敢自信臣伏惟糠粃小生鈔本脫臣字學術虛淺學鈔本作高非是少竊方正長歷宰府備數典城著作東觀無狀取罪捐棄朔野蒙恩從還遝伏畎畝遝伏鈔本作恩過非是復階朝謁朝謁鈔本

作宰朝非是進察憲臺察鈔本作發非是遂充機密令守巴郡還備侍中車駕西還執鞭跨馬及看輪轂升輿下軫扶接聖躬鈔本脫躬字旣至舊京至鈔本作主出備郎將中外所疑對越省闥羣臣之中特見褒異詭無雞犬鳴吠之用常以汗墨愧負恩寵鈔本脫汗字愧譌作塊誠不意寤不鈔本作下寤喬本張本皆作悟校遜猥與公卿以下以活本作已錄功受賞命服金紫爵至通侯非臣草萊功勞微薄所當被蒙萊字下鈔本有特字衍臣邕頓首死罪喬本及他本無臣邕句臣十四世祖肥如

侯佐命高祖以受爵賞統嗣曠絶除在匹庶臣子遺苗裔徐本匹作疋子作不以二字非是復蒙顯封前功輕重不侔侔從鈔本及他本徐本作眸非是慙惶累息無心怡甯唐虞之朝猶美三讓臣者何人受而不讓臣不勝戰悼怵惕詣闕拜章上所假高陽侯印綬符策陽從喬本及他本徐本作鄉校遜綬從喬本及他本補徐本脫鈔本漏校伏受罪誅臣得微勞被受爵邑光寵榮華燿熠祖禰熠徐本作熠誤非臣小族陋宗器量褊狹所能堪勝所鈔本作不非是非臣力用勤勞有所當受受字上鈔本有符字衍誠

無安甯甘悅之情（鈔本脫情字）拘迫（迫字下疑有闕文）國憲上行下不敢逆（上行二字據鈔本增喬本及他本無拘迫二字亦通鈔本行字下尚有一字字逆字下有侯字案句法句意衍）苟順恩旨還省金龜紫紱之飾（紱鈔本譌作綬）非臣容體所當服佩中讀符策誥戒之詔非臣才量所能祗奉（所活本作不非是）歷日彌久震懼益甚臣聞高祖受命元功翼德者（翼張本作翊）與共天下爵土故曰使黃河若帶太山若礪國之永存（之喬本及他本皆作以）爰及苗裔夫山河至大猶謂之小重功輕賞如此其至也是以戰攻

之事攻從喬本及他本徐本作功非是鈔本未校正大有陷堅破敵斬將搴旗之功搴旗活本倒作旗搴小有馘截首級履傷涉血之難勤苦軍旅連年累歲首如蓬葆體如漆榦榦各本皆作幹非是鈔本漏校勞瘁辛苦如此其重也瘁鈔本作時非是以受爵土誰曰不宜今者聖朝遷都應順天人奔走之役臣僕職分宜然宜然鈔本作其前非是臣事輕葭莩功薄蟬翼恐史官錄書臣等在功臣之列陷恩澤之科垂名後葉作戒末嗣末從鈔本惟徐本譌作未非本朝之德政御臣之長策政鈔本作榮非是御從張

本徐本喬本皆作遇校遜臣是以宵寢晨興叩膺增歎心煩慮亂喘呼息吸喘鈔本作拼呼字拄息字下非是且鷦鷯巢林不過一枝鷦鈔本作鵬非是偃鼠飲河偃從莊子玉篇有鼴字正字通同鼴徐本作鼴是也究非本字喬本及他本作鼴非是鈔本空格案玉篇鼴大鼠也廣韻似鼠形大如牛偃河而飲故亦作偃上三句及下句是引消搖遊原文不過滿腹小人之情求足而已不勝大願鈔本脫求字活本無大字乞如前章云云乞字上鈔本有願字喬本及他本本無此句

## 再讓高陽矦印綬符策表

表字從張本增喬本汪本無徐本接上篇另行不標題亦不列目非是鈔本未校補

臣忝自參省資非哲人藩屏之用鈔本無哲字非字下空二格非是器非殿邦佐君之才鈔本無殿字佐字之才二字作執幾不成句憂心灼烜亘目昏冒忪蒙蔽囧累息屏氣臣間櫻契之儔儔從喬本及張本徐本譸作疇鈔本未校正以德受命功德靡堪鈔本喬本無功德二字靡作不校遜讓所不如咎之范正不亾禮讓其下化之春秋采焉焉鈔本譌作爲臣雖小醜雖字據鈔本及他本增徐本脫不足勗勵以躡高蹤躡鈔本作庶蹤作縱竝非是以詩人斯亾之戒觀見符策君國之誨兩印雙紱竝枉鞶帶至德元功器量宏大猶

且踧蹈（且活本作可）無心寍止況臣螻蟻無功德而椒怠萓闟何以居之（萓闟鈔本作洎嘆無何字竝非是）且晏嬰辭邶殿之邑（邶從左傳各本譌作邯鈔本未校正）張亘辭三萬之戶（鈔本脫辭字）書籍紀之以爲美談（美談喬本及他本作異美校遜）憲法有誣枉夫人君無弄戲之言（弄戲喬本及他本皆作戲弄書籍紀之句下鈔本作以是奉葉將所後生去就君無戲弄之言句意皆難通必有譌竄）之劾（枉鈔本作罔校遜劾從鈔本及他本徐本作劾非是）臣不敢違戾飾虛以距上旨（鈔本無戾字違字下虛字上作飾飾虛喬本及他本皆作飭虛徐本作飭虛案飭虛難解鈔本無戾字飾字可從喬本及他本飭字校遜）疑礙之誠與

神明通謹奉章詣闕頓首敢固以請息伏惟留

漏刻一省（喬本及他本無漏刻一三字）僵沒之日壽同松喬

（喬本及他本無此二句）

蔡中郎集卷第九終　大小七千一百九十八字

# 蔡中郎集卷第十

## 明堂月令論

明堂者天子太廟所以宗祀其祖以配上帝者也（宗祀喬本及他本皆作崇禮祀鈔本作嗣非是）夏后氏曰世室殷人曰重屋周人曰明堂東曰青陽南曰明堂西曰總章北曰玄堂中央曰太室易曰離也者明也南方之卦也聖人南面而聽天下鄉明而治（鄉鈔本作向）人君之位莫正于此焉故雖有五名而主以明堂也（鈔本脫也字）其正中皆曰太廟謹承天順

時之令（時字下鈔本有人字句法校遜）昭令德宗祀之禮（祀從喬本及他本徐本作廟校遜鈔本未校正）明前功百辟之勞起養老敬長之義顯教幼誨穉之學朝諸侯選造士于其中以明制度生者乘其能而至（鈔本脫至字）死者論其功而祭故爲大教之宮而四學具焉（具鈔本作者者字下有興字非是）官司備焉譬如北辰（北鈔本作此非是）居其所而衆星拱之萬象翼之政教之所由生（生字下鈔本有焉字非是）變化之所由來明一統也故言明堂事之大義之深也（鈔本脫事字活本脫下之字）取其宗祀之貌

則曰清廟鈔本貌字上有清字廟作貌竝非是取其正室之貌正鈔本作政非是則曰太廟取其尊崇則曰太室尊崇蔡雲校本注曰亦作室崇字下鈔本有矣字非是取其鄉明則曰明堂鄉明鈔本及喬本皆作堂蔡本本注亦作堂取其四門之學則曰太學取其四面周水圜如璧則曰辟廱面字下徐本有之字非是鈔本及他本皆無圜從蔡本徐本及他本皆作圓辟鈔本作碎謬極廱徐本作雍校遜異名而同事名從鈔本及他本徐本作明非是其實一也春秋因魯取宋之姦賂則顯之太廟顯鈔本作显省謬極以明聖王建清廟明堂之義王鈔本作主非是經曰取郜大鼎于宋

戊申納于太廟傳曰非禮也君人者君人從左傳及喬本徐本作人君非是鈔本未校正將昭德塞違故昭令德以示子孫是以清廟茅屋鈔本脫以字昭其儉也夫德儉而有度升降有數降字下鈔本有而字非是文物以紀之聲明以發之以臨照百官百官于是乎戒懼而不敢易紀律所以明大教也以周清廟論之之鈔本作曰非是

魯太廟皆明堂也魯禘祀周公于太廟明堂猶周宗祀文王于清廟明堂也禮記檀弓曰王齊禘于清廟明堂也蔡本引惠棟曰今檀弓無此文當在逸禮孝經

曰宗祀文王于明堂禮記明堂位曰太廟天子曰明堂（子字下之曰字各本同而明堂位篇是句無曰字）又曰成王幼弱周公踐天子位以治天下朝諸侯于明堂制禮作樂頒度量而天下大服成王以周公爲有勳勞于天下（爲字從明堂位篇及鈔本增徐本及他本皆作有大勳勞）命魯公世世禘祀周公于太廟以天子禮樂升歌清廟下管象舞所以廣魯于天下也（廣從鈔本徐本及他本皆作異）取周清廟之歌歌于魯太廟明魯之太廟猶周之清廟也皆所以昭文王周公之德以示子

孫也易傳太初篇曰天子旦入東學（天子惠棟曰一作太子下同）晝入南學晡入西學莫入北學（此二句據蔡本從惠增改各本皆祇莫入西學四字蔡雲曰集本作莫入西學脫下句惠氏據柳子厚四門助教壁記引夕入西學莫入北學之文以爲夕當作晡）太學在中央天子之所自學也禮記保傳篇曰（保傳鈔本倒作傳保）帝入東學尚親而貴仁入西學尚賢而貴德入南學尚齒而貴信入北學尚貴而尊爵（四尚字鈔本皆作上北譌作比）入太學承師而問道與易傳同魏文侯孝經傳曰太學者中學明堂之位也禮記古大明堂之禮曰

日出居東門日出居東門句據蔡本增徐本及他本皆脫鈔本未校補蔡雲引顧于里說曰脫日出居東門之文今據補案此條可知顧但據鈔本活本校徐本外尚有別校本也膳夫是相此句從鈔本及他本徐本夫字下有于字日中出南門蔡本據下文改闈為門顧亦同鈔本中字在出字下南字下作閭字尤謬見九侯及門子及門子三字據蔡本從惠校正徐本張本汪本劉本皆作反問于相鈔本于作子無相字蔡雲曰此句惠校正亦或兼存反問于相之譌文集本譌同而無相字猶存及門子之形似相則俗本妄增成句目案蔡猶存形似之說則鈔本尚校勝蔡所見之本日側出西闈出從喬本及他本竝惠本徐本作居非是鈔本未校正視五國之事日入出北闈視帝猷蔡雲曰各本猷字上有節字文選紹清和于帝猷注

引無之今刪鈔本節作郎夏非是爾雅曰雅鈔本作覲曰作日竝非是宮中之門謂之闈王居明堂之禮又別陰陽門東南稱門西北稱闈故周官有門闈之學師氏教以三德守王門保氏教以六藝守王闈然則師氏居東門南門保氏居西門北門也知掌教國子知或作督與易傳保傅王居明堂之禮參相發明爲學四焉文王世子篇曰凡大合樂樂鈔本作染非是則遂養老天子至乃命有司行事乃鈔本作力非是興秩節祭先師先聖焉始之養也適東序釋奠于先

老遂設三老五叜之席位叜從蔡本徐本及他本皆作叟蔡雲曰文王世子釋文叟蔡作叜今從之案問荅末條予獨曰五叜句卽釋文所據也蔡本及裔本無席字言教學始于養老鈔本脫老字由東方歲始也又春夏學干戈秋冬學羽籥籥徐本作旌非是鈔本未校正皆習于東序凡祭養老乞言合語之禮合語從裔本及他本增徐本脫鈔本衹增語字仍脫合字皆小樂正詔之于東序樂鈔本作學東裔本汪本作冬竝非是又曰大司成論說在東序司鈔本作因非是然則詔學皆在東序東序東之堂也詔字及東序下之東序東三字據裔本及他本增徐本脫鈔本但校補一詔字仍脫東序東三字學者

詔焉故稱太學蔡雲曰二句從續漢志注引集本詔作聚太學作詔非案蔡說以徵徐本及他本詔作聚同太學上有詔字似以故稱詔太學爲句則視蔡所見之本更謬今從蔡本令曰仲夏之月令曰二字從蔡本據惠本增十卷本及他本皆無非是令祀百辟卿士之有德于民者士鈔本譌作土禮記太學志曰禮士大夫學于聖人善人祭于明堂其無位者活本脫者字祭于太學禮記昭穆篇曰祀先賢于西學所以教諸侯之德也卽所以顯行國禮之處也太學明堂之東序也皆在明堂辟廱之內在活本作以非是月令記曰明堂者所以明天

氣（氣從喬本及他本蔡本同徐本作地非是鈔本未校正）統萬物明堂上通于天象日辰（日鈔本譌作曰）故下十二宮象日辰也（宮鈔本譌作官日字空格）水環四周言王者動作法天地德廣及四海方此水也禮記盛德篇曰明堂九室以茅蓋屋上圜下方外水名曰辟廱（外從蔡本據惠本改徐本及他本皆作此非是鈔本水字下有也字尤謬）王制曰天子出征執有罪釋奠于學以訊馘告（馘鈔本作䤋非是）樂記曰武王伐殷薦俘馘于京太室（俘鈔本譌作浮）詩魯頌云矯矯虎臣（矯矯鈔本作憍憍虎虎徐本作乎謬）在泮獻馘京鎬京也

太室辟廱之中明堂太室（鈔本室字下有也字是蔡文）與諸侯泮宮俱獻馘焉即王制所謂以訊馘告者也禮記曰祀乎明堂所以敎諸侯之孝也孝經曰孝悌之道通于神明光于四海無所不通詩云自西自東自南自北無思不服言行孝者則曰明堂行悌者則曰太學故孝經合以爲一義而稱鎬京之詩以明之凡此皆明堂太室辟廱太學事通文合之義也（合鈔本作荅非是）其制度之數各有所依堂方百四十四尺（百鈔本作伯）坤之策也屋

圜屋徑二百一十六尺，乾之策也。太廟明堂方三十六丈，方從鈔本及他本徐本譌作万通天屋徑九丈，丈鈔本作尺非是陰陽九六之變也。也鈔本作且非是圜蓋方載，載蔡本作戴校遜六九之道也。六從鈔本及他本徐本作十非是八闥以象八卦，九室以象九州，十二宮以應十二辰，宮從喬本及他本徐本作室非是鈔本未校正又及他本脫辰字上之十二二字三十六戶七十二牖，以四戶八牖，牖從活本及他本徐本作牗非是鈔本未校正乘九室之數也。戶皆外設而不閉，閉鈔本作閑示天下不藏也。通天屋高八十一尺，黃鍾九九之實也二十八柱列于四方亦七宿之象也堂高三丈（丈喬本蔡本皆作尺非是）以應三統四鄉五色者象其行（鄉從喬本及他本徐本譌作鄉鈔本未校正）外廣二十四丈應一歲二十四氣也（鈔本脫丈應一歲二十四七字也字據鈔本增徐本脫）四周以水象四海王者之大禮也月令篇名曰因天時制人事天子發號施令祀神受職（祀鈔本作命非是）每月異禮故謂之月令所以順陰陽奉四時效氣物行王政也（行鈔本作以非是）成法具備（鈔本脫具字）各從時月藏之明堂所以示承祖考神明（鈔本神字

下有而字非是明不敢泄瀆之義故以明堂冠月令以名其篇以名二字鈔本移在月字上非是喬本及他本無以名其篇四字自天地定位有其象聖帝明君世有紹襲君字下鈔本有也字非是紹鈔本作詔蔡本作沿藎以裁成大業鈔本脫裁字非一代之事也易正月之卦曰益益從蔡據惠改其經曰王用享于帝吉享從鈔本及他本徐本譌作亨孟春令曰乃擇元日祈穀于上帝顓頊曆衡曰衡鈔本譌作衞天元正月己巳朔旦立春旦從鈔本及蔡本徐本及他本皆作日日月俱起于天廟營室五度天廟鈔本作太廟徐本喬本張本作泰建汪本作泰逮營室五

度各本皆作宮室制度惟鈔本制作五蔡雲曰此句惠氏所校正續志注引蔡氏命論正同命論卽月令論之譌脫也案各本可疑姑從蔡本月令孟春之月月令鈔本倒作令月下月字譌作日日在營室日鈔本譌作月堯典曰堯字上鈔本有建字非是乃命羲和欽若昊天曆象日月星辰敬授人時授鈔本省作受非是令曰乃命太史守典奉法鈔本脫奉法二字司天日月星辰之行活本脫日月二字易曰不利爲寇利用禦寇令曰兵戎不起戎鈔本作伐非是不可從我始書曰歲二月同律度量衡同鈔本譌作閒仲春令曰鈔本脫曰字日夜分則同度量鈞衡石凡此皆合

于大暦唐政鈔本脱合字其類不可盡稱鈔本脱盡字戴禮夏小正戴鈔本譌作載脱夏字傳曰陰陽生物之候候據蔡本從顧校徐本及他本皆作後非是鈔本未校正是顧之别校本王事之次則夏之月令也殷人無文及周而備文義所說博衍深遠博從蔡本徐本及他本皆譌作傳鈔本未校正衍譌作愆宜周公之所著也官號職司與周官合周書七十一篇周書之周鈔本譌作用一據蔡本從惠校徐本及他本皆譌作二鈔本未校正而月令弟五十三古者諸侯朝正于天子鈔本脱于字受月令以歸而藏諸廟中天子藏之于明堂堂字下鈔本有也字

非是每月告朔朝廟出而行之告鈔本譌作吉周室旣衰諸侯怠于禮魯文公廢告朔而朝仲尼譏之譏字上鈔本有一瀋涴不可辨之字案句法有之似亦非羨經曰閏月不告朔閏鈔本譌作闕猶朝于廟剌舍大禮而徇小儀也鈔本脫徇字也字據喬本及他本補徐本脫鈔本漏校自是告朔遂闕而徒用其羊子貢非廢其令而請去之仲尼曰賜也爾愛其羊我愛其禮庶明王復興君人者昭而明之興字下鈔本有之字非是昭從鈔本及他本徐本譌作召稽而用之亘無逆聽令無逆政所以臻乎大順陰陽和年穀豐

大二百卅一　小二百六十七

太平洽符瑞由此而至矣（年活本作平穀鈔本作殿洽作給至字在瑞字下由字上竝非是）秦相呂不韋著書取月令爲紀號淮南王安亦取以爲第四篇（鈔本取字在以字下非是蔡雲曰今淮南王書在第五篇）改名曰時則故偏見之徒或云月令呂不韋作或云淮南皆非也（此篇于集本外又據吳蔡雲立青所纂蔡氏月令本互勘其采顧校有勝于集本者悉著錄于每句之下）

## 月令問答

問者曰（鈔本脫曰字）子何爲著月令說也（子鈔本譌作予也字下蔡本注曰省曰字）予幼讀記以爲月令體大經同（記鈔本譌

蔡中郎集

作托同從喬本及他本竝蔡本徐本作問非是鈔本本未校正不宜與記書雜錄竝行而記家記之又畧及前儒特爲章句者皆用意傳非其本旨皆用意傳非其本旨二句從蔡本徐本意字上有其字傳作傳鈔本作皆用意傳非其意傳非其本旨他本同徐本而喬本傳作傳案蔡本最勝喬本次之徐本張本汪本又次之鈔本眛覺宂沓恐有譌竄又不知月令徵驗布在諸經鈔本徵字上有議字經作給竝非是周官左傳皆實與禮記通等而不爲徵驗周官至徵驗三句從蔡本皆字仍徐本各本皆脫蔡雲曰各本通下脫五字顧校本有之而等誤作第今據弟十條通等連文顧改正徵下尚脫驗字則據上文增案蔡據顧校通下補四字與鈔本同而鈔本官作公皆實作曰親謬之甚者

一 大一百四十九 小三百廿

蔡舍之特取其長耳横生他議此句亦從蔡本徐本及他本作他議横生鈔本他作夏皆通特以上句從蔡本兹以類相承耳紛紛久矣紛紛鈔本作綽綽校遜光和元年余被于章于從鈔本及蔡本徐本及他本皆作誦非是蔡雲曰集本作被于章冣是上十志疏一曰被章可證也陶氏說郛本改被誦章非罹重罪罹鈔本作離徙朔方徙鈔本譌作從内有獫狁敵衝之釁獫鈔本譌作儉外有寇虜鋒鏑之艱危險懔懔欬亾無日日鈔本譌作月過被學者聞家就而考之就鈔本作蓋考作志並非是亦自有所覺悟悟從蔡本及他本徐本作寤校遜鈔本未校正庶幾頗得事情而訖未有注記著于文字也得鈔本作將訖作記

非是懼顛蹶隕墜無以示後同于朽腐蔡本作無以示後來聰直君子而懷之朽腐鈔本作所以示及事總眞君子而懷之朽腐案徐本句甚簡捷自勝蔡本況喬本及他本與徐本同鈔本句不可解必有竄譌竊誠思之鈔本作思議之九非是書有陰陽升降天文曆數事物制度可假以爲本敦辭託說審求曆象審求曆鈔本作以辰之校遜其要者莫大于月令鈔本無其字活本重象字無于月令三字作臣今二字非是蔡本作莫大于是故遂于憂怖之中晝夜密勿昧死成之鈔本脫死字旁貫五經經從蔡本徐本及他本皆作註鈔本校作駐竝非是參以羣書參鈔本作驂非是以作已通書譌作晝喬本及他本以作互至及

國家律令制度遂定曆數定鈔本作之非是盡天地三光之情鈔本脫天地二字辭繁多而曼衍辭字下鈔本有文字脫多字非所謂理約而達也道長日短日鈔本譌作曰與危殆競此句從鈔本及蔡本喬本張本汪本皆作危殆兢惕徐本作危殆競惕活本作與危殆兢義皆遜蔡雲曰說郛本作危殆兢惕非取其心盡而已故不能復加刪省能字據鈔本及他本增徐本脫省鈔本作有非是蓋所以擌賾辨物庶幾多識前言往行之流擌賾鈔本作顊擌識從鈔本徐本作講庶幾二字徐本脫流字下有也字衍苟便學者以爲可覽便從鈔本及他本徐本譌作使覽字下鈔本有之字則余死而不朽也

問者曰子說月令多類以周官左氏說鈔本作旣非是以字從鈔本及蔡本增徐本及他本皆脫氏蔡本及他本皆作傳亦通假無周官左氏傳蔡本及他本皆無氏字月令爲無說乎曰夫根柢同同從鈔本及蔡本徐本及他本皆作植似亦通蔡雲曰說郛本譌植則枝葉必相從也月令與周官竝爲時王政令之記王鈔本作任非是異文而同體官名百職皆周官解蔡雲曰解字疑當作也月令甲子沈子所謂似春秋也若夫太昊蓐收句芒祝融之屬左傳脩其世系其官人皆有明文不與世章句傳文造義彊說生名者同左傳

下十八字據鈔本增他本皆脱顧千里曰鈔本有十八字最是傳文鈔本作文傳蔡雲曰顧本文傳二字必傳文之譌倒當屬下讀今改正葢卽首條所云前儒特爲章句皆用意傳者也彊蔡本作立是以用之

問者曰旣用古文于曆數不用三統用四分何也曰月令所用參諸曆象非一家之事傳之于世世鈔本作事非是求曉學者求從蔡本徐本及他本皆作不非是鈔本未校正蔡雲曰各本求譌不今從顧校案顧于是本竝未改正是字是亦顧之别校本也宜以當時所施行度度從蔡本徐本及他本皆作夫屬下讀非是蔡雲曰行下各本作夫譌字也據曆元議有四分行度密于太初云云定爲度字密近者三統以

疏闊廢弛（蔡本無弛字）故不用也（故從蔡本及他本徐本作固非是鈔本未校正）問者曰既不用三統以驚蟄爲孟春中（孟春蔡本作正月注曰從日知錄所引）雨水爲二月節（二月從鈔本及他本徐本作三非是）皆三統法也（法鈔本作設非是）獨用之何曰孟春月令曰蟄蟲始震在正月也中春始雨水則雨水二月也（鈔本始雨水下空一格）以其合故用之

問者曰曆云（云鈔本譌作去）小暑季夏節也（鈔本脫小暑二字僅一空格）而令文見于五月何也曰令不以曆節言

據時始暑而記也兩令字從蔡本各本譌作今曆于大雪小雪大寒小寒皆去十五日然則小暑當去大暑十五日不得及四十五日不以節言據時暑也

問者曰中春令不用犧牲以圭璧更皮幣令曰祈不用犧牲以圭璧至犧牲二句從蔡本徐本無令曰祈三字鈔本皮幣作日祈脫用字喬本及他本亦脫用字皆非是蔡雲曰祈不用犧牲章句文也說郛本幣下脫存不犧牲三字惟集本多曰祈二字故得據章句補正何也曰是月獻羔以太牢祀高禖以字從喬本張本及蔡本徐本作與非是鈔本未校正宗廟之祭以中月安得不用犧牲不字據蔡本補蔡雲曰句脫不字從顧校

增是又顧之別校本祈者求之祭也著月令者豫設水旱疫癘當禱祈也月字據鈔本蔡本增徐本及他本皆脫也字據蔡本增徐本及他本脫鈔本未校補用犧牲者是用之助生養禱祈以幣代牲也禱從蔡本徐本及他本皆作傳非是幣徐本謁作弊脫也字從鈔本改補牲鈔本謁作生蔡雲曰禱謁傳蓋校者疑引左傳祈以幣更之文而妄改臣顧云傳當作禱與章句祈禱小祀不用犧牲正合從之案此句蔡據顧校亦是別本今章句因于高禖之事今章句三字從蔡本徐本無今字句字章字下有亦字喬本張本卻無亦字而仍無今字句字皆非是乃造說曰戛者刻木代牲如廟有桃梗廟鈔本作何非是桃梗二字從蔡本各本皆作祧戛蔡雲曰遷廟爲祧亦訓超無戛

代義即云廟代以祧究與代牲之說不倫必桃梗二文之誤桃梗見國策刻桃枝爲人之名廟有桃梗指叢祠木偶與木牲事例相近且風俗通釋桃梗云梗者更也則梗或相傳有更義造說者遂破此經更爲梗并據以解祀高禖之太牢亦刻木所爲矣蔡氏舉而力辨之者見祈禱爲祀其害義至于若是之甚也以此信章句本祠高禖必作祀而此經祀字必改祈也曷爲于更字無辨有乖典禮者詳之止累文句者畧之然末以三豕渡河爲比安知非謂更亦禱文歟

此說自欺極矣（欺鈔本作欲非是）經典傳記無刻木代牲之說（記鈔本作說說作理）此故以爲問甚正其祀之宗伯（此二句據鈔本增蔡本及他本皆無）似書有轉誤（似從鈔本蔡本徐本及他本皆作蓋）三豕渡河之類也

問者曰中冬令曰閹尹閹從蔡本徐本及他本皆作奄蔡雲曰閹作奄淺人校從記也據荅辭及呂紀改申宮令令鈔本譌作今徐本重申宮令三字申活本譌作中謹門閭活本重謹字閭鈔本作閭又多一也字竝非是今曰謹門闈何也謹字據蔡本增徐本及他本皆脫鈔本直無此七字非是曰閹尹者内官也鈔本宮字在者字上且空一格非是主宮室宮鈔本譌作官出入宮中宮中之門曰闈之字上宮中二字據蔡本及他本補徐本脫鈔本漏校闈鈔本譌作間閹尹之職也鈔本職字下空格閭里門非閹尹所主知當爲闈也爲從鈔本及蔡本徐本及他本皆作作問者曰令曰曰鈔本譌作日七騶咸駕今曰六騶何也

曰本官職者莫正于周官周官天子馬六種六種別有騶故知六騶鈔本作天子馬六六騶騶一騶故六騶活本一字下空一格蔡本作天子馬六種種一騶故六騶喬本張本汪本同徐本特少六種下之六字案徐本本雖似遜蔡本之簡而校爲曲當仍之左氏傳晉程鄭爲乘馬御六騶屬焉無言七者知當爲六也

問者曰令以中秋築城郭于經傳爲非其時□鈔本非字在時字下又有空格不可解蔡本空格有說姑仍之詩曰定之方中作于楚宮定營室也九月十月之交西南方中故傳曰水昏正而栽水卽營室也水昏之水字從蔡本十卷

本及他本皆譌作小栽字下之水字從鈔本徐本及他本皆作築非是昏從蔡本他本皆作昏

昏正者昏中也栽設板設板二字從蔡本徐本作築者喬本及他本同鈔本作殺板蔡雲曰顧本設作殺雲據左傳定元年注栽設板築哀元年注栽設板築爲圍壘知設殺以形近而譌今改他本并無殺板字妄改顯然栽木而始築也鈔本蔡本皆無木字今文在前一月張本脫一字注本空格不合于經傳也蔡雲曰校此條者疑問不詳荅闕故上空一格實曰字也而非荅以不合經傳己也蓋有闕文焉

問者曰子說三難皆以日行爲本古論周官禮記說以爲但逐惡而已逐鈔本作遂獨安所取之取之

一二六百七十八二百七十九

鈔本倒譌作之取曰取之于月令而已曰鈔本譌作日四時通等而夏無難文由日行也由鈔本作曰非是春行少陰秋行少陽冬行太陰陰陽皆使不干其類皆從鈔本及蔡本徐本及他本皆作背干從蔡本徐本及他本皆作於非是鈔本未校正蔡雲曰干字從顧校蓋始譌于後改成於矣案改此字亦顧之別校本若仍作於之舊則皆使當作背使故冬春難以助陽秋難以達陰至夏節太陽行太陽自得其類行太陽之陽字從蔡本徐本及他本皆作陰繹上文似校遜無所扶助獨不難取之于是也是鈔本作楚非是問者曰反令每行一時轉三句句從顧校徐本及他本作旬鈔

本作匀並非是顧千里曰匀當作句下文勾卽句也改爲句大誤以應行三月政也月鈔本譌作日孟春行夏令則風雨不時風雨從蔡本徐本及他本皆作雨水蔡雲曰據孔正義改作雨水者沿石經之譌謂孟夏也孟鈔本作行非是草木旱枯中夏也旱從鈔本及蔡本徐本譌作早國乃有恐季夏也季鈔本作孟非是今總合爲一事不分別施之于三月何也合鈔本譌作令于字下鈔本多一空格曰說者見其三句句從蔡本鈔本作勾徐本及他本作句並非是不得傳注而爲之說鈔本脫得字傳字下有之字非是有所滯礙不得通矣鈔本此句作所通有所滯礙不得矣校遜孟夏反令行冬令夏從蔡本徐本

及他本皆作秋則草木枯蔡雲曰此句下有脫字後乃大水敗其城郭鈔本此句下有以故別也四字活本別作則竝非是卽分爲三事後乃大水枉誰後也卽鈔本作則誰後作後誰竝非是城郭爲獨自壞非水所爲也季冬反令行春令反令二字從蔡本徐本及他本皆作曰是刻家襲妄改之譌則胎夭多傷民多蠱疾命之曰逆卽分爲三事行季春令春從蔡本徐本及他本皆作冬案上文蔡本是也爲不致災異致從蔡本徐本喬本張本皆作感鈔本作敢竝非是蔡雲曰顧本譌敢校作致案蔡說謚見顧有別校之本但命之曰逆也知不得斬絕斬蔡本作斷毋應一月也毋從蔡本徐本及他本皆

作分鈔本作似草書毎字蔡雲曰毎字譌分從顧校或亦顧之別校本其類皆如此今之所述畧舉其尤者也鈔本蔡本脫尤字上之其字問春食麥羊夏食菽雞秋食麻犬冬食黍豕之屬鈔本無秋食至黍豕八字雞字下有魚字蔡本幷無魚字蔡雲曰說郛本衍秋食麻犬冬食黍豕八字集本無御覽引亦無今刪案蔡說集本無而今集本惟舊鈔本無餘皆有姑仍之但以爲時味之宜不合之于五行喬本張本脫之合字下之之字月令服食器械之制皆順五行者也說所食獨不以五行不已畧乎曰蓋亦思之矣蓋亦鈔本作盡所謬極凡十二辰之禽五時所食者必家人所畜

丑牛未羊戌犬酉雞亥豕而已其餘虎以下非食也虎字上各本有龍字蔡雲曰御覽困學引皆無之今刪案蔡說有所據亶是從之春木王木勝土土王四季鈔本無勝字上之木字勝字下有故字無下土字句法校遜四季之禽牛屬季夏犬屬季秋鈔本蔡本無季字活本并無秋字空二格故未羊可以爲春食也故字下徐本有曰字喬本及他本皆無案下文句法及文義無曰字是今從刪鈔本無爲字非是夏火王火勝金故酉雞可以爲夏食也故字從喬本及他本補徐本脫鈔本漏校季夏土王土勝水鈔本夏字下有食也二字又有季夏二字竄複謬甚當食豕而食牛土五行之尊者牛五畜之

大者四行之牲行字從鈔本蔡本及他本牲字各本皆同惟徐本作四時之性鈔本漏校沿性之譌無足以配土德者故以牛爲季夏食也鈔本脫也字秋金王金勝木寅虎非可食者犬牙而無角犬活本譌作丈牙各本皆作豕蔡雲曰豕必譌文疑當作牙今以意改案下文冬食豕蔡以豕爲譌文誠是牙雖意改無所本姑從之虎屬也故以犬爲秋食也冬水王水勝火當食馬而禮不以馬爲牲故以其類而食豕也鈔本脫其字然則麥爲木麥鈔本作變非是木字空格菽爲金金蔡本作火麻爲火火鈔本作木蔡本作金黍爲水蔡雲曰稷爲土蓋省各配其牲爲食也雖有此

說而米鹽煩碎（煩碎從蔡本各本皆作精粹惟鈔本作精碎皆非是蔡雲曰米鹽煩碎蓋用班書黃霸傳語各本作精粹惟顧本作精碎精必煩之譌今改正案蔡所從顧校之碎字卽是鈔本）不合于易卦所爲之禽及洪範傳五事之畜（五鈔本作其非是）近似卜筮之術（似鈔本作自非是）故予畧之（予鈔本作余活本作餘非是）不以爲章句聊以應問（問鈔本蔡本作閒校遯）亦有說而已（亦從鈔本及蔡本徐本及他本作見校遯）

問記曰養三老五叜（鈔本脫養字）子獨曰五叜（子蔡本譌作予）周禮曰八十一御妻又曰御妾何也（又從鈔本及蔡本徐本及他本作今非是）曰字誤也叜長老之稱也其字與

亙相似書者轉誤書字上鈔本有字字非是書字下之者字從鈔本及他本徐本作曰非是遂以爲亙嫂字女旁㚅㚅從鈔本及蔡本補徐本及他本脱蔡雲曰各本㚅字脱據魏書裴注增瘦字中從㚅鈔本無從字有中字徐本及他本有從字無中字蔡雲曰說郛無中集本無從皆當有也今兩存之案蔡說是今仍之今皆以爲亙矣立字法者不以形聲鈔本作立字法不形背非是活本字作學亦非是蔡本作字法不立形聲注曰從顧校是又爲顧之別校本案蔡本校徐本似簡當而徐本亦無竄易之病仍之何得以爲字以嫂瘦推之推鈔本作矜校遜知亙爲㚅也㚅鈔本作嫂非是妻者齊也惟一適人稱妻其餘皆妾御妾位最下也妾字下之

御妾二字據蔡本引顧說是以不得言妻云也
增是皆采自顧之别校本
此篇亦以蔡本互勘而閒有一二仍徐本及他
本不盡從蔡者悉著録于每句之下不泥一本
不敢輕改
其舊也

蔡中郎集卷第十終　大小九千一百九十九字



二二一大廿三小六十八

# 蔡中郎集外紀此十卷後原編另卷鈔本作外紀徐本作外傳案紀傳二字皆未甚協而說文訓紀絲別也玉篇訓緒也繹二訓義作紀紀校勝姑從之

## 胡廣黃瓊頌

巖巖山岳，配天作輔。降神有周，生申及甫。允茲漢室，誕育二后。曰胡曰黃，方軌齊武。惟道之淵，惟德之藪。股肱元首，代作心膂。天之烝人，烝鈔本作貞喬本及他本皆作蒸有則有類。則鈔本作作我胡我黃，鍾厥純懿。巍巍特進，仍踐其位。位從鈔本及他本范書廣傳注同徐本作衛非是赫赫三事，七佩其紱。奕奕四牡，沃若六轡。

衮職龍章其文有蔚參曜乾台窮寵極貴功加八荒羣生以遂超哉邈乎莫與爲二

上漢書十志疏志汲古本范書避作意崇正本作志何校改從汲古本而集本皆不避作意則作志亦可仍之

朔方髠鉗徙臣邕徙鈔本張本汪本作徒校遜稽首再拜上書皇帝陛下臣邕被受陛下寵異大恩寵鈔本作尤非是初由宰府備數典城以親父故依叔父衛尉質鈔本無依叔父三字非是時以尚書召拜郎中以鈔本作時案作時則上時字卽當屬上爲句郎中從鈔本徐本作中郎非是受詔詣東觀著作

遂與羣儒竝拜議郎拜字從鈔本及他本增徐本脫沐浴恩澤承荅聖問前後六年質奉機密趨走陛下走陛鈔本作徒自非是遂由端右由鈔本作竟非是出相外藩外鈔本作好非是還尹輦轂旬日之中登躡上列父子一門父鈔本作文無子字非是兼受恩寵不能輸寫心力以效絲髮之功一旦被章陷沒辜戮被鈔本作披無章字非是陛下天地之德不忍刀鋸截臣首領臣從鈔本增徐本及他本皆脫得就平罷父子家屬徙充邊方徙鈔本作从完全軀命完鈔本作寃非是喘息相隨非臣無狀所敢復望非臣

罪惡所當復蒙非臣辭筆所能復陳臣初涉罪洛陽詔獄生出牢戶顧念元初中故尚書郎張俊坐漏泄事當服重刑（服從喬本及他本徐本作復非是鈔本未校正）已出轂門（轂鈔本譌作穀）復聽續鞫（續鈔本作讀鞫字下有徵字並非是）詔書馳救一等輸作左校（校鈔本作梭非是）俊上書謝恩（俊鈔本亦作梭非是）遂以轉徙（鈔本無徙字）郡縣促遣（郡縣上喬本及他本有邕爲二字）迫于吏手（迫鈔本作偪手作乎非是）不得頃息（頃鈔本作傾非是）含辭抱悲無由上達既到徙所（徙鈔本作徒校遜）乘塞守烽職在候望憂怖焦灼（焦從鈔本及他本徐

本作憔非是無心復能操筆成草草鈔本作章致章闕庭章鈔本空格誠知聖朝不責臣過過鈔本喬本皆作謝但愚心有所不竟但字下喬本及他本有懷字臣自在布衣常以爲漢書十志下盡王莽而止鈔本無止字非是世祖以來祖鈔本作粗來作采非是雖有紀傳雖鈔本作唯無續志者臣所師事故太傅胡廣知臣頗識其門戶識鈔本作議略以所有舊事與臣事字鈔本空格無與臣二字非是雖未備悉粗見首尾積累思惟二十餘年餘鈔本作余非是不在其位非外吏庶人所得擅述擅鈔本譌作檀天誘其衷

誘鈔本作佑得備著作郎著鈔本作者非是建言十志皆當撰錄遂與議郎張蕐等分受之其難者其鈔本無其字難字上有所使元順四字皆以付臣先治律曆以籌算爲本天文爲驗請太師田注田鈔本作舊考校連年往往頗有差舛頗鈔本譌作顚當有增損乃可施行爲無窮法法鈔本作汴非是道至深微微鈔本譌作徵不可獨議可字下鈔本有造字非是郎中劉洪密于用算故臣表上洪與其參思圖牒尋繹度數數鈔本脫度數二字適有頭緒會臣被罪逐放邉野逐鈔本作遂校遜臣竊自痛一爲不善

使史籀所闕史鈔本譌作吏胡廣所校二十年之思中
道廢絕不得究竟慺慺之情猶以結心不能自
達自達鈔本作違望臣初欲須刑竟乃因縣道具以狀
聞具鈔本作其今年七月九日匈奴攻郡鹽池縣奴字
下鈔本有始字郡作羣非是奇本及他本脫郡字其時鮮卑連犯雲中
五原犯鈔本譌作祀雲作漢非是一月之中烽火不絕不意
西夷意鈔本作言西活本作四校遜相與合謀所圖廣遠圖鈔本作
啚俗恐遂爲變不知所濟濟鈔本作齊非是郡縣咸悄悄
不知所守悄悄鈔本作懼脫知所二字且臣所在孤危且字上鈔

本有朝字非是懸命鋒鏑湮滅土灰呼吸無期誠恐所懷所懷二字從喬本及他本徐本作遂爲校遯隨軀腐朽抱恨黃泉遂不設施輒先顛踣輒鈔本作謹非是謹條諸志謹鈔本作科臣欲刪定者一欲字下活本有制字所當接續者四前志所無臣欲著者三三喬本及他本作五及經典羣書所宜捃摭本奏詔書所當依據分別首目目鈔本譌作自并書章左臣初考逮妻子迸竄亾失文書無所案請加以惶怖愁恐思念荒槭十分不得識一所識者又恐謬誤觸冒死罪披瀝愚情瀝鈔本作散非

是願下東觀推求諸奏參以璽書參鈔本作恭以補綴遺闕補字上之以字喬本及他本皆無昭明國體章聞之後雖肝腦流離白骨剖破無所復恨惟陛下省察省字上喬本及他本有畱神二字謹因臨戎長霍圉封上臣頓首死罪稽首再拜以聞

## 述行賦

延熹二年秋霖雨逾月霖鈔本作霜非是是時梁冀新誅而徐璜左悺等五矦擅貿于其處等字據鈔本增徐本及他本皆脫又起顯明苑于城西苑鈔本作葬非是人徒凍

餓不得其命者甚衆白馬令李雲以直言死鴻臚陳君以救雲抵罪璜以余能鼓琴白朝廷白鈔本及他本皆譌作自敕陳留太守遣余到偃師病不前得歸心憤此事遂託所過述而成賦

余有行于京洛兮于鈔本作兮非是遘淫雨之經時塗屯邅其蹇連兮潦污滯而爲灾乘馬蟠而不進兮乘馬從鈔本徐本及他本皆作馬乘非是乘各本皆作桀顧千里曰桀當作乘如後文云後桀驅而競入亦乘之誤今本改爲馬桀當何解乎案說文乘本作椉列桀部是誤桀之由也心鬱伊而憤思聊弘慮以存古兮宣幽情而屬

詞久余宿于大梁兮[久鈔本作夕]誚無忌之稱神[鈔本脱稱字]哀晉鄙之無辜兮忽朱亥之篡軍[亥鈔本譌作炭]歷中年之舊城兮[牟從鈔本及他本徐本作年非是]憎佛肸之不臣[憎鈔本譌作增脱肸字]問甯越之裔胄兮藐髣髴而無聞經圃田而瞰北境兮[瞰鈔本作看北張本譌作比]晤衛康之封疆[晤鈔本作悟]迄管邑而增歎兮愠叔氏之啟商[氏鈔本作民]過漢祖之所隘兮弔紀信于滎陽降虎牢之曲陰兮路丘墟以盤縈[縈從鈔本及他本徐本譌作榮]勤諸侯之遠戍兮侈申子之美城[城鈔本作誠]稔

濤塗之愎惡兮稔鈔本作甚非是愎鈔本及他本譌作復陷夫人以大名陷鈔本譌作蹈脫人字登長阪以淩高兮陟蔥山之嶢崝建撫體而立洪高兮經萬世而不傾迴峭峻以降阻兮小阜寥其異形崗岑紆以連屬兮谿壑敻其杳冥迫巉巇以乖邪兮迫鈔本作魄非是廓巖壑以崝嶸巖鈔本作寥脫嶸字攢棫樸而雜榛楛兮被浣濯而羅布濯鈔本作蘽殆幕之譌布字亦疑譌無本據校姑仍之蘴蓂與臺菌兮蘴從鈔本及張本徐本喬本皆作置非是蓂從喬本及他本徐本譌作奧鈔本未校正菌喬本汪本作菌非是緣增崖而結莖行遊目以

南望兮望鈔本作遊校遜覽太室之威靈顧大河于北垠兮于字鈔本空格瞰洛汭之始并追劉定之攸儀兮美伯禹之所營悼太康之失位兮愍五子之歌聲尋脩軌以增舉兮軌從鈔本及他本徐本作執非是邈悠悠之未央山風泊以飈涌兮氣慄慄而厲涼鈔本脫氣慄慄三字雲鬱術而四塞兮雨濛濛而漸唐僕夫疲而劬瘁兮我馬虺隤以玄黃格莽丘而稅駕兮陰曀曀而不陽哀衰周之多故兮眺瀕隈而增感瀕鈔本譌作頻忿子帶之淫逸兮唁襄王于壇坎襄鈔

本譌作衰悲寵嬖之爲榎兮嬖從喬本及他本鈔本空格徐本作妾非是榎鈔本譌作緌心惻愴而懷懆操方舟而濟湍流兮操喬本及他本作乘方從鈔本徐本及他本皆作舫非是流鈔本譌作浴浮清波以橫厲想宓妃之靈光兮神幽隱以潛翳實熊耳之泉液兮總伊瀍與澗瀨通渠源于京城兮引職貢乎荒裔操吳榜其萬艘兮操鈔本作連校勝充王府而納最充鈔本作光非是濟西谿而容與兮息鞏都而後逝鬩簡公之失師兮疾子朝之爲害玄雲黯以凝結兮雲黯鈔本作雪點非是黯活本作黤集零雨之溱溱集字

鈔本在雨字下零從喬本徐本作霖校遜鈔本脫下溱字路阻敗而無軌兮路從喬本及他本徐本譌作潞鈔本未校正塗溢溺而難遵率陵阿以登降兮赴偃師而釋勤壯田横之奉首兮義二士之俠墳俠鈔本譌作陜墳從鈔本徐本及他本皆作憤佇淹留以倏霽兮感憂心之殷殷弁日夜而遙思兮宵不寐以極晨宵從鈔本及他本徐本作霄寐鈔本作懆竝非是倏風雲之體勢兮雲鈔本作雨非是天牢湍而無文湍鈔本作漫彌信宿而後闋兮思逶迤以東運思鈔本作絲逶迤作威遺見陽光之顥顥兮鈔本見字在光字下非是懷少弭而有欣命僕

夫其就駕兮吾將往乎京邑皇家赫而天居兮兮鈔本作矣非是萬方徂而竝集貴寵扇以彌熾兮僉守利而不戢鈔本脫不字前車覆而未遠兮後乘驅而競入乘從喬本及他本徐本作椉是椉之譌競從喬本徐本作競非是鈔本未校正窮變巧于臺榭兮民露處而寢溼清嘉穀于禽獸兮下糠粃而無粒弘寬裕于便辟兮于鈔本作以校遜糾忠諫其侵急糾鈔本通作糺懷伊呂而黜逐兮道無因而獲入唐虞眇其旣遠兮常俗生于積習周道鞠爲茂草兮爲據喬本及他本增徐本脫鈔本未校補哀正路

之日憁觀風化之得失兮猶紛掌其多違無亮采以匡世兮亦何爲乎此畿甘衡門以寍神兮詠都人而思歸爰結蹤而迴軌兮復邦族以自綏（邦鈔本作郣非是）亂曰（亂活本作辭非是）跋涉遐路艱以阻兮終其永懷窘陰雨兮歷觀羣都尋前緒兮考之舊聞厥事舉兮登高斯賦義有取兮則善戒惡（戒鈔本作或非是）豈云苟兮翩翩獨征無儔與兮（儔鈔本作疇兮作之非是）言旋言復（言旋鈔本作放言無下言字並非是）我心否兮

短人賦

侏儒短人僬僥之後僬從活本及他本徐本譌作僬鈔本未校正出自外域域鈔本作城非是戎狄別種去俗歸義慕化企踵遂在中國形貌有部名之侏儒名鈔本譌作各生則象父鈔本脫父字唯有晏子在齊辨勇辨鈔本作辯匡景拒崔加刃不恐加字鈔本空格恐從喬本及他本徐本作忍校遜其餘尫幺餘鈔本作余非是劣厥僂寠嚧嘖怒語怒鈔本作忞與人相距矇昧嗜酒喜索罰舉醉則揚聲矇昧至醉九字鈔本空格罵詈忞口忞張本譌作咨眾人患忌忌鈔本譌作忩難與

竝侶是以陳賦引譬比偶皆得形象誠如所語其詞曰

雄荆雞兮鶖鸞鵯（荆雞鈔本作則雞非是）鶻鳩鶵兮鶉鷃鴜（鴜活本喬本作鳴非是）冠戴勝兮啄木兒觀短人兮形若斯熱地蝗兮蘆卽且（熱鈔本作勢非是）繭中蛹兮蠶蠕須（繭各本作蠒俗須鈔本作頓非是張本脫）視短人兮形若斯木門闔兮梁上柱敝鑿頭兮斷柯斧鞞鞨鼓兮補履樸脫椎枘兮擣衣杵（自斷柯斧至椎枘兮十四字鈔本脫枘活本作柄）視短人兮形如許

飲馬長城窟行

青青河邊草綿綿思遠道遠道不可思宿昔夢見之夢見在我旁忽覺在他鄉他鄉各異縣展轉不相見枯桑知天風海水知天寒入門各自媚誰肎相爲言（爲鈔本作與）客從遠方來遺我雙鯉魚呼兒烹鯉魚中有尺素書長跪讀素書書上竟何如（竟或作意）上有加餐食下有長相憶（憶鈔本作億校遜）

篆勢

字畫之始（此句鈔本脫）因于鳥跡（于鈔本作爲校遜）蒼頡循聖（蒼鈔本作皇）作則制文體有六篆巧妙入神或象龜文或比龍鱗紓體放尾長翅短身（翅從活本徐本及他本作翅校遜）頡若黍稷之垂穎（穎張本作頽）蘊若蟲蛇之棼縕揚波振擊龍躍鳥震延頸脅翼勢以淩雲或輕舉内投微本濃末若絶若連（絶鈔本作紀非是）似冰露緣絲（張本無冰字）凝垂下端（絲鈔本作鯨凝作疑竝非是）從者如懸衡者如編杪者邪趣不方不圓（方鈔本作圖活本作圓圓鈔本作方竝非是）若行若飛岐岐翾翾遠而望之

若鴻鵠羣遊絡繹遷延絡繹鈔本作駱驛迫而視之湍際不可得見際字下鈔本有而字而字非是指揮不可勝原研桑不能數其詰屈研鈔本作奸能作可詰作誥竝非是離婁不能覩其隙間般倕揖讓而辭巧倕鈔本作陲辭字下有其字竝非是籀誦拱手而韜翰拱鈔本作栱韜作謟竝非是處篇籍之首目目鈔本譌作日粲粲彬彬其可觀觀鈔本作而謬極摛華豔于紈素摛從喬本徐本譌作襦鈔本未校正豔鈔本作体謬極爲學藝之範閑嘉文德之弘懿蘊作者之莫刊思字體之俯仰俯鈔本作頫舉大略而論旃起八句古文苑作十句句法字法校遜

## 隸勢

鳥跡之變乃惟佐隸蠲彼繁文崇此簡易厥用既行體象有度奐若星陳鬱若雲布其大徑尋細不容髮隨事從宜靡有常制或穹窿恢廓穹窿鈔本作雩隆非是或櫛比鍼列櫛鈔本譌作節或砥繩平直或蜿蜒繆戾或長邪角趣或規旋矩折脩短相副異體同勢奮蕐輕舉離而不絶纖波濃點錯落其間若鐘簴設張庭燎飛煙嶄嵒崔嵯高下屬連似崇臺重宇層雲冠山層從喬本及他本徐本作增非是遠

而望之若飛龍在天近而察之心亂目眩奇姿譎誕不可勝原勝二字鈔本脫可研桑所不能計宰賜所不能言何草篆之足算而斯文之未宣豈體大之難覩將祕奥之不傳聊佇思而詳觀舉大略而論旃略鈔本作敎論作倫竝非是

釋誨

閒居翫古不交當世感東方客難及揚雄班固崔駰之徒崔駰二字據范書傳及鈔本增徐本脫設疑以自通乃斟酌羣言韙其是而矯其非作釋誨以

戒厲云爾此敘釋誨緣起是范書傳文應低一格十卷本及喬本汪本皆列入釋誨正文非是張本直未采及校是他本所采皆從閒居歠古句起脫卻前半數句殊欠詳晰姑仍之列傳全文載末卷可繙證也

有務世公子誨于華顛胡老曰蓋聞聖人之大寶曰位故以仁守位以財聚人然則有位斯貴有財斯富行義達道士之司也故伊摯有負鼎之衒仲尼設執鞭之言甯子有清商之歌百里有豢牛之事夫如是則聖哲之通趣古人之明志也夫子生清穆之世稟醇和之靈覃思典籍

韞櫝六經（韞鈔本作藴）安貧樂賤與世無營沈精重淵抗志高冥包括無外綜析無形（析鈔本譌作折）其已久矣曾不能拔萃出羣揚芳飛文登天庭（庭鈔本作序遂重下句序字非是）序彝倫埽六合之穢慝清宇宙之埃塵連光苂于白日屬炎氣于景雲時逝歲暮（暮鈔本作移）默而無間小子戢焉（予從喬本及他本徐本譌作予鈔本未校正）是以有云方今聖上寬明輔弼賢知崇英逸偉不墜于地德弘者建宰相而裂土才羨者荷榮祿而蒙賜（羨鈔本作美校遜脫榮字）盇亦回塗要至俛

仰取容輯當世之利定不拔之功榮家宗于此時遺不滅之令蹤（滅鈔本作威非是）夫獨未之思邪何爲守彼而不通此胡老慠然而笑曰若公子所謂覼瞜昧之利（子鈔本譌作于脫之字）而忩昭晳之害（昭晳從喬本及他本徐本作[illegible]哲校遜）專必成之功（成鈔本作盛非是）而忽躩跌之敗者已公子謏爾斂袨而興曰（謏鈔本作肅）胡爲其然也胡老曰居吾將釋汝（釋汝鈔本作什世非是）徻自太極君臣始基有羲皇之淇寍（羲鈔本作希非是）唐虞之至時三代之隆亦有緝熙五伯扶微（微鈔

本譌作徵勤而撫之于斯已降天綱縱綱鈔本譌作網鈔本筆誤似此冣遜人紘弛紘從鈔本及他本徐本作絃校遜王塗壞太極陁君臣土崩上下瓦解于是智者騁詐騁鈔本譌作聘辯者馳說武夫奮勇鈔本脫勇字戰士講銳電駭風馳霧㪔雲披變詐乖詭以合時宜或畫一策而綰萬金或談崇朝而錫瑞珪連衡者六印磊落合縱者駢組陸離陸從喬本鈔本及張本作流非是徐本省作六亦非是隆貴翕習積富無崖據巧蹈機以忘其危夫華離蒂而萎條去榦而枯榦從鈔本徐本作幹非是女冶容而淫

士背道而辜人毀其滿其鈔本作箕非是神疾其卵利端始萌害漸亦芽芽鈔本作牙非是速速方穀穀喬本張本作轂繹上下文義作穀爲允夭夭是加欲豐其屋乃蔀其家是故天地否閉聖哲潛形石門守晨晨鈔本作長非是沮溺耦耕顏歎抱璞璞鈔本作朴蘧瑗保生齊人歸樂孔子斯征雍渠驂乘雍徐本作壅非是鈔本未校正逝而遺輕夫豈傲主而背國乎道不可以傾也且我間之日南至日鈔本譌作曰南字下有風字非是則黃鍾應融風動而魚上冰蕤賓統則微陰萌微鈔本譌作徵蒹葭蒼而白

露凝寒暑相推〔推從鈔本及他本徐本作催非是〕陰陽代興運極則化理亂相承今大漢紹陶唐之洪烈〔陶唐鈔本作唐虞〕盪四海之戕災隆隱天之高拆絚地之基〔絚各本皆作絙非是案范書傳注絚與亙同〕皇道惟融〔惟從活本及喬本徐本作推非是〕帝猷顯丕〔顯丕從范書傳及鈔本徐本作丕顯非是〕泜泜庶類〔泜泜從范書傳及活本喬本徐本作泯泯非是鈔本未校正〕含甘吮滋檢六合之羣品躋之乎雍熙〔躋鈔本作濟〕羣僚恭己于職司聖主垂拱乎兩楹君臣穆穆守之以平濟濟多士〔士鈔本作壯非是〕端委縉綎鴻漸盈階振鷺充庭

譬猶鍾山之玉泗濱之石累珪璧不爲之盈采浮磬不爲之索曩者洪源辟而四隩集武功定而干戈戢鈔本脫定字玁狁攘而吉甫宴攘從范書傳及活本徐本作襄鈔本作攘竝非是城濮捷而晉凱入故當其有事也則蕣笠竝載擐甲揚鋒不給于務當其無事也則舒紳緩佩鳴玉以步綽有餘裕夫世臣閥子暬御之族閥范書傳及鈔本作門暬活本作執非是族鈔本譌作旋天隆其祐主豐其祿抱膺從容爵位自從攝須理髯髯鈔本譌作髥餘官委贄餘官鈔本作余冠贄作責竝非是其進取也

進取從鈔本徐本作取進校遜順傾轉圓不足以喻其便逡巡放屣屣鈔本作履不足以況其易夫夫有逸羣之才人人鈔本脫上夫字下夫字譌作大有優贍之智贍鈔本譌作瞻童子不問疑于老成瞳矇不稽謀于先生生鈔本譌作王心恬澹于守高意無爲于持盈粲乎煌煌鈔本重粲字莫非華榮明哲泊焉不失所寍狂淫振蕩蕩鈔本作盪乃亂其情貪夫徇財夸者死權瞻仰此事瞻鈔本作詹體躁心煩闇謙盈之效迷損益之數騁駑駘于脩路慕騏驥而增驅卑俯乎外戚之門乞

助乎近賢之譽（乞活本作氣）榮顯未副從而顛踣下獲熏胥之辜高受滅家之誅（鈔本脫此句）前車已覆襲軌而鶩（鶩鈔本譌作騖）曾不鑒禍以知畏懼予誰悼哉害其若是天高地厚跼而蹐之怨豈在明患生不思戰戰兢兢必慎厥尤且用之則行聖訓也（訓鈔本作順非是）舍之則藏至順也夫九河盈溢非一凷所防（凷從范書傳及喬本張本徐本作曲非是鈔本未校正）帶甲百萬非一勇所抗今子責匹夫以清宇宙庸可以水旱而累堯湯乎懼煙炎之毀熸何光芒之敢

揚哉何鈔本作可非是且夫地將震而樞星直井無景則日陰會元首寬則望舒眺矣王肅則月側匿是以君子推微達著微鈔本譌作徽尋端見緒履霜知冰踐露知暑時行則行時止則止消息盈沖取諸天紀利用遭泰泰鈔本譌作秦可與處否處鈔本作取非是樂天知命持神任己羣車方奔乎險路安能與之齊軌思危難而自豫自從范書及鈔本徐本作目非是故在賤而不恥方將騁馳乎典籍之崇塗鈔本脫之字休息乎仁義之淵藪盤旋乎周孔之庭宇盤鈔本作槃

一一大二頁七十九八九十八

揖儒墨而與爲友與鈔本作以爲字下有與字非是舒之足以光四表收之則莫能知其所有若乃丁千載之運丁鈔本作一非是應神靈之符闓閶闔乘天衢擁華蓋奉皇樞奉鈔本作捧納玄策于聖德宣太平于中區計合謀從己之圖也勳績不立予之辜也黿鳳山翳霧露不除踊躍草萊祇見其愚不知我者鈔本脫我字將謂之迂脩業思眞眞鈔本作其非是弃此焉如靜以俟命不斁不渝百歲之後歸乎其居奔其獲稱天所誘也罕漫而已非己咎也昝伯

翳綜聲于鳥語，葛盧辨音于鳴牛，董父受氏于豢龍，奚仲供德于衡輈，倕氏興政于巧工，造父登御于騂驪，非子享土于善圉，狠瞫取右于禽囚，弓父畢精于筋角，畢筋二字從范書傳及鈔本，徐本作必作筋，非是。佽非明勇于赴流，佽從范書傳及喬本、徐本，作似，鈔本作欣，竝非是。壽王創基于格五，東方要奇于談優，方從鈔本，徐本譌作万。上官效力于執蓋，弘羊據相于運籌。僕不能參迹于若人，故抱璞而優遊。于是公子仰首降階，忸怩而避。胡老乃揚衡含笑，援琴而歌：琴鈔本作瑟，非

是歌曰

練予心兮浸太清滌穢濁兮存正靈和液暘兮
神氣寍情志泊兮心亭亭嗜欲息兮無由生欲鈔本作慾
踔宇宙而遺俗兮眇翩翩而獨征

蔡中郎集

蔡中郎集外紀終　大小七千零七十四字

一十大小字八千六十一

均儒幼讀文選郭林宗陳仲弓二碑卽篤耆中郎之文少長獲見集本所載碑銘諸作幾過集之半竊謂先秦西京碑傳實罕是允爲唐宋作者之宗卽郭陳二碑校之集本選本已有互異其他篇章閒直難讀甚或句意至有不可解者善本莫覯歷久蓄疑往歲八月楊至堂侍郎出示所藏黄蕘圃顧澗蘋所校十卷本屬爲重校受讀欣然洵有足據以釋前此之疑者而亦有因所校增音脫羨之字疑轉滋甚旁證諸喬氏

張氏汪氏劉氏各刻本正譌錯出姑就度擇以句意曉暢者列于正文餘悉注于句下并舉重校之例若干條以復侍郎侍郎許爲不背與商之指遂命工付版凡十閱月刊畢復校尋繹略識其文之緒眞所謂韞櫝六經多識漢事者鄉但推崇其碑銘一隅之見昧堪自哂叓觀其斥言金商南徂北徙夫豈甘以辭綺自衒者乎而不能繼成漢史終以懷董貽譏載誦其文益悲其遇矣至此本校多舛漏心良闕如留盧陵校

舊本韓文以蜀刻脫繆凡三十年閒人有善本必求而改正之以廬陵之詒媲昌黎相距僅二百年校定其集猶如此審愼中郎集沿譌襲謬于二千餘年之後均儒憎無知識僅據所見之本鹵莽從事而謂列其同異定其是非一一確當足存中郎之文之眞均儒雖至愚亦斷斷不敢自欺若是惟博學篤志之君子讀而教之

咸豐三年五月高均儒跋

# 蔡中郎外集目

卷一

蔡中郎集

卷三

協和昏賦
檢逸賦
協初賦
青衣賦
瞽師賦
又
筆賦
琴賦
又

荅卜元嗣詩

卷四

獨斷

金陵柏士達刊

# 蔡中郎外集卷第一

## 伯夷叔齊碑 他本皆無張本有

熹平五年天下大旱禱請名山求獲荅應時處士平陽蘇騰字玄成夢陟首陽有神馬之使在道明覺而思之以其夢陟狀上聞天子開三府請雨使者與郡縣戶曹掾吏登山升祠手書要曰君況我聖主以洪澤之福天尋興雲即降甘雨因樹碑為銘曰

惟君之質體清良兮昔佐殷姬忠孝彰兮委國

捐爵諫國亾兮譏武伐紂欲喻匡兮時不可救曆運蒼兮追念先侯受命皇兮憂褱慼兮雖劬不朽名字芳兮

司空房楨碑 他本皆無張本有

公言非法度不出于口行非至公不萌于心治身則伯夷之潔也儉嗇則季文之約也盡忠則史魚之直也剛平則山甫之勵也總茲四德式是百辟夙夜匪懈以事一人枉絲髮樹私恩不爲也討無禮當彊禦弗避也是以功隆名顯在

世孤特不獲愷悌寬厚之譽享年垂老至于積
世門無立車堂無宴客衣不變裁食不兼味雖
易之貞厲詩之羔羊無以加也
朙朙在公寔惟皇后誕應正德式作漢輔邪慝
是仇直亭是與剛則不吐柔則不茹媚茲天子
以靖土宇

荆州刺史庾侯碑 他本皆無 張本有

君資天地之正氣含太極之純精朙潔鮮于白
珪貞操厲乎寒松視鑒出于自然英風發乎天

受事親以孝則行侔于曾閔結交以信則契明于黄石溫溫然弘裕虛引落落然高風起世信荊山之良寶靈川之明珠也爰在弱冠英風固以揚于四海矣拜爲荊州刺史仗沖靜以臨民施仁義以接物恩惠著于萬里誠信暘于殊俗由是撫亂以治綏擾以靜帝嘉其功錫以車服方將埽除寇逆清一宇宙廓天步之艱難寍陵夷之屯否案以下疑有闕文

司空袁逢碑他本皆無張本有

凡所臨君明而先覺（案是句以前疑有闕文）故能敎不肅而化成政不嚴而事治其惠和也晏晏然其博大也洋洋焉信可謂兼三才而該剛柔無射于人斯矣銘曰

天鑒有漢賜兹世輔顯允厥德昭胥休序峩峩雍宮禮樂備舉穆穆天子孝敬允敍降拜屏著奉饋西序威儀聿脩化溢區宇乃尹京邑總齊禁旅

翟先生碑（他本皆無張本有）

世以仁義爲質學問爲業爰暨先生固天縱德應運立言繼期五百實行形于州里明哲與聖合契該通五經兼洞墳籍爲萬里之場圃九隩之林澤挹之若江湖仰之若峯岳玄玄焉測之則無源汪汪焉酌之則不竭可謂生民之英者已國失元傅學失表式凡百搢紳哀矣泣血人百其身匪云來復于是鄉黨乃相與登山伐石而勒銘曰

邈矣先生厥德孔貞腹心弘道淡高入神王錫

三命觀國之賓其視富貴忽若浮雲旣不降志亦不辱身案以下尚疑有闕文

眞定直父碑他本皆無張本有案此碑文但舉一端耳疑上下尚多闕文

其接友也審辨眞僞明于知人度終始而後交情不疏而貌親

桓彬論他本皆無張本有原注彬麟之子少與蔡邕齊名仕尚書郎厲志操以忤宦黨免官卒邕等共論序其志乃樹碑而頌焉案文似頌體移列碑類

彬有過人者四夙智早成岐嶷也學優文麗至

通也仕不苟祿絶高也辭隆從窳絜操也

九疑山碑十卷本無他本皆有張本作碑喬本及汪劉本皆作銘

巖巖九疑峻極于天觸石膚合興播連雲時風嘉雨浸潤下民芒芒南土實賴厥勛逮于虞舜聖德光明克諧頑傲以孝烝烝烝各本皆作蒸應從尚書作烝師錫帝世堯乃授徵受終文祖璇璣是承泰階以平人以有終遂葬九疑解體而升登此崔嵬託靈神僊

京兆尹樊德雲銘徐本無他本皆有案司馬彪郡國志注蔡邕作

樊陵頌云前漢戶五萬口有十七萬王莽後十不存一永初元年羌戎作虐至光和領戶不盈四千園陵蕃衞粢盛之供百役出焉民用匱乏不堪其事銘當作頌各本作銘姑仍之

於顯哲尹誕德孔彰膺帝休命謂篤不忘爰納忠式規悟聖皇欽崇園邑大孝允光九命車服昭示采章軒輅四牡承祀烝嘗多士時貢徭役永息道路孔夷民清險棘同體諸舊兆岷蒙福惠垂無疆守以罔極

## 東巡頌有序

十卷本無他本皆有張本原注案藝文古文苑俱稱班固作

而舊刻中郎集亦載是篇姑兩存之

竊見巡狩岱宗柴望山川宗祀明堂上稽帝堯中述世宗遵奉光武禮儀備具動自聖心是以神明屢應休徵乃降不勝狂簡之情謹上岱宗頌一篇

曰若稽古在漢迪哲聿修厥德憲章丕烈謝六龍較五輅齊百僚陶質素命南重以司曆厥中月之六辰備天官之列衛盛輿服而東巡

南巡頌 他本皆無張本有原注舊集不載此篇而藝文云蔡邕作姑并存之

後半多有闕文

惟漢再受命系葉十一協景和則天經郊高宗光六幽通神明旣禘祖于西都又將祫于南庭是時聖上運天官之法駕建日月之旃旌

## 祖德頌有序十卷本無他本皆有

昔文王始受命武王定禍亂至于成王太平乃洽祥瑞畢降夫豈后德熙隆漸浸之所通也是以易嘉積善有餘慶詩稱子孫保之非特王道然也賢人君子修仁履德者亦其有焉昔我烈

祖曁于予考世載孝友重以明德率禮莫違是以靈祇降之休瑞兔擾馴以昭其仁木連理以象其義斯乃祖禰之遺靈盛德之所貺也豈我童蒙孤稚所克任哉乃爲頌曰

穆穆我祖世篤其仁其德克明惟懿惟醇宣慈惠和無競伊人巖巖我考溢之以莊增崇丕顯克構其堂是用祚之休徵惟光厥徵伊何於昭于今園有甘棠別榦同心壙有擾兔宅我柏林神不可誣僞不可加析薪之業畏不克荷矧貪

靈貺以爲己華惟予小子豈不是欲干有先功匪榮伊辱

陳留太守行小黃縣頌他本皆無張本有

大顥爲政建時春陽我君勤止戾兹小黃濟濟羣吏攝齊升堂乃訓乃厲示之憲方原罪以心察獄以情欽于刑濫惟務求輕有辜小罪放死從生玄化洽矣黔首用寍惟以作頌式昭德聲

考城縣頌他本皆無張本有

瞜瞜玄路北至考城勸兹穡民東作是營農桑

之業爲國之經我君勤心德音邈成率爾苗民慎不敬聽女執伊筐男執其耕申戒羣僚務在寬平罪人赦宥囹圄用清

麟頌（他本皆無張本有）

皇矣大角降生靈獸視明禮脩麒麟來孚春秋旣書爾來告就庶士予鉏獲諸西狩

五靈頌（他本皆無張本有）

大梁乘精白虎用生思叡信立繞于垣坰

太尉陳公贊（他本皆無張本有）

公在百里有西產之惠賜命方伯分陝餘慶餘慶伊何兆民其觀少者是懷老者是安綱紀文王文王用平東督京輦京輦用清乃登三事三事攸宼契稷之佐具干堯庭今則由古於穆誕成

焦君贊十卷本無他本皆有

猗歟焦君常比玄墨衡門之下栖遲偃息泌之洋洋樂以忘飡鶴鳴九皋音亮帝側迺徵迺用將受袞職昊天不弔賢人遘慝不遺一老屏此

四國如何穹蒼不照斯域憯哉朝廷喪茲舊德悒茲學士將何法則

琴贊 他本皆無 張本有

惟彼雅器載璞靈山體其德眞清和自然澡以春雪澹若洞泉溫乎其仁玉潤外鮮

樽銘 十卷本無 他本皆有

酒以成禮弗愆以淫德將無醉過則荒沈盈而不冲古人所箴尚鑒茲器懋勗厥心

盤銘 他本皆無 張本有

華蓋就用以享嘉賓内納其實外若玄真

警枕銘十卷本無他本皆有

應龍蟠蟄潛德保靈制器象物示有其形哲人降鑒居安閒傾

衣箴他本皆無張本有

今人務在奢嚴志好美飾帛必薄細衣必輕煖或一朝之晏再三易衣私居移坐不因故服

廣連珠他本皆無張本有

臣聞目瞤耳鳴近夫小戒也狐鳴犬嗥家人小

妖也猶忌愼動作封鎮書符以防其禍是故天地示異災變横起則人主恆恐懼而修政道爲知者設馬爲御者良賢爲聖者用辨爲知者通

祝社文他本皆無張本有

元正令午時惟嘉良乾坤交泰太蔟運陽乃祀社靈以祈福祥

祖餞祝文他本皆無張本有

今歲淑月日吉時良爽應孔加君當遷行神龜

吉兆林氣煌煌著卦利貞天見三光鸞鳴雍雍
四牡彭彭君旣升輿道路開張風伯雨師洒道
中央陽遂求福蚩尤辟兵倉龍夾轂白虎扶行
朱雀道引玄武作侶句陳居中厭伏四方往臨
邦國長樂無疆

禊文（他本皆無 張本有）

洋洋暮春厥日除巳尊卑煙鶩惟女與士自求
百福在洛之涘

弔屈原文（他本皆無 張本有）

鵾鵊軒翥鸞鳳挫翮啄碎琬琰寶其瓴甋皇車犇而失轄執轡忽而不顧卒壞覆而不振顧衰石其何補

九惟文他本皆無張本有

八惟困乏憂心殷殷天之生我星宿值貧六極之戹獨遭斯勤居處浮漂無以自存冬日栗栗上下同雲無衣無褐何以自溫六月徂暑炎赫來臻無絺無綌何以蔽身無食不飽永離歡欣

蔡中郎外集卷第一終 大小三千零四十七字

# 蔡中郎外集卷第二

## 陳政要七事疏十卷本無他本皆有喬本劉本無疏字

臣伏讀聖旨雖周成遇風訊諸執事宣王遭旱密勿祇畏無以或加臣聞天降災異緣象而至辟歷數發辟歷張本作霹靂殆刑誅繁多之所生也風者天之號令所以教人也夫昭事上帝則自褱多福宗廟致敬則鬼神以著國之大事實先祀典天子聖躬所當恭事臣自在宰府及備朱衣迎氣五郊而車駕稀出四時致敬屢委有司雖

有解除猶爲疏廢故皇天不悅顯此諸異洪範傳曰政悖德隱厥風發屋折木坤爲地道易稱安貞陰氣憤盛則當靜反動法爲下叛夫權不在上則雹傷物政有苛暴則虎狼食人貪利傷民則蝗蟲損稼去六月二十八日太白與月相迫兵事惡之鮮卑犯塞所從來遠今之出師未見其利上違天文下逆人事誠當博覽衆議從其安者臣不勝憤懣謹條宜所施行七事表左

一事明堂月令天子以四立及季夏之節迎五

帝于郊所以導致神氣祈福豐年清廟祭祀追
往孝敬養老辟廱示人禮化皆帝者之大業祖
宗所祗奉也而有司數以蕃國疏喪宫内產生
及吏卒小污屢生忌故竊見南郊齋戒未嘗有
廢至于它祀輒興異議豈南郊卑而它祀尊哉
孝元皇帝策書曰禮之至敬莫重于祭所以竭
心親奉以致肅祗者也又元和故事復申先典
前後制書推心懇惻而近者以來更任太史忌
禮敬之大任禁忌之書拘信小故以虧大典禮

妻妾產者齋則不入側室之門無廢祭之文也所謂宮中有卒三月不祭者謂士庶人數堵之室共處其中耳豈謂皇居之曠臣妾之衆哉自今齋制宜如故典庶荅風霆災妖之異

二事臣聞國之將興至言數聞內知己政外見民情是故先帝雖有聖明之資而猶廣求得失又因災異援引幽隱重賢良方正敦樸有道之選危言極諫不絕于朝陛下親政以來頻年災異而未聞特舉博選之旨誠當思省述修舊事

使寘忠之臣展其狂直以解易傳政悖德隱之言

三事夫求賢之道未必一塗或以德顯或以言揚頃者立朝之士曾不以忠信見賞恆被謗訕之誅遂使羣下結口莫圖正辭郎中張文前獨盡狂言聖聽納受以責三司臣子曠然衆庶解悅臣愚以爲宜擢文右職以勸忠謇宣聲海內博開政路

四事夫司隸校尉諸州刺史所以督察姦枉分

別白黑者也伏見幽州刺史楊憙益州刺史龐芝涼州刺史劉虔各有奉公疾姦之心憙等所糾其效尤多餘皆枉撓不能稱職或有袌罪褱瑕與下同疾綱網弛縱莫相舉察公府臺閣亦復默然五年制書議遣八使又令三公謠言奏事是時奉公者欣然得志邪枉者憂悸失色未詳斯議所因寢息昔劉向奏曰夫執狐疑之計者開羣枉之門養不斷之慮者來讒邪之口今始聞善政旋復變易足令海內測度朝政宜追

定八使糾舉非法覈選忠清平章賞罰三公歲
盡黜其殿最使吏知奉公之福營私之禍則衆
災之原庶可塞矣
五事臣聞古者取士必使諸侯歲貢孝武之世
郡舉孝廉又有賢良文學之選于是名臣輩出
文武並興漢之得人數路而已夫書畫辭賦才
之小者匡國理政未有其能陛下卽位之初先
涉經術聽政餘日觀省篇章聊以游意當代博
弈非以爲教化取士之本范書無爲字而諸生競利

作者鼎沸其高者頗引經訓風喻之言下則連偶俗語有類俳優或竊成文虛冒名氏臣每受詔于盛化門差次錄第其未及者亦復隨輩皆見拜擢既加之恩難復收改但守奉祿于義已弘不可復使理人及仕州郡昔孝宣會諸儒于石渠章帝集學士于白虎通經釋義其事優大文武之道所宜從之若乃小能小善雖有可觀孔子以爲致遠則泥君子固當志其大者固范書作故

六事墨綬長吏職典理人皆當以惠利爲績日月爲勞褒責之科所宜分明而今在任無復能省及其還者多召拜議郎郎中若器用優美不宜處之冗𦒿如有釁故自當極其刑誅豈有伏罪懼考反求遷轉更相做效臧否無章先帝舊典未嘗有此可皆斷絕以覈眞僞

七事伏見前一切以宣陵孝子爲太子舍人臣聞孝文皇帝制喪服三十六日雖繼體之君父子至親公卿列臣受恩之重皆屈情從制不敢

踰越今虛僞小人本非骨肉既無姦私之恩又無祿仕之實惻隱思慕情何緣生而羣聚山陵假名稱孝行不掩心掩范書作隱義無所依至有姦軌之人通容其中桓思皇后祖載之時東郡有盜人妻者亡在孝中本縣追捕乃伏其辜虛僞雜穢難以勝言又前至得拜後輩被遺或經年陵次以暫歸見漏或以人自代亦蒙寵榮爭訟怨恨洶洶道路洶洶范書作凶凶太子官屬宜揀選令德豈有但取丘墓凶醜之人其爲不祥莫與大

焉竝遣歸田里以明詐僞

曆數議他本無張本劉本有數劉本作元不引司馬志律曆文

熹平四年五官郎中馮光沛相上計掾陳晃言曆元不正故妖民叛寇益州盜賊相續爲曆用甲寅爲元而用庚申圖緯無以庚爲元者近秦所用代周之元太史治曆郎中郭香劉固意造妄說乞與本庚申元經緯有明受虛欺重誅乙卯詔書下三府與儒林明道者詳議務得道眞以羣臣會司徒府議議郎蔡

邕議以爲此司馬彪志律曆文張本雙行刻列題左節去議郎蔡邕議以爲七字而刪掇志文末太尉眈等以邕議劾光晃不敬正鬼薪法詔勿治罪二十字綴于會司徒府議句下非是

曆數精微去聖久遠得失更迭術術無常是以承秦曆用顓頊元用乙卯百有二歲孝武皇帝始改正朔曆用太初元用丁丑行之百八十九歲孝章皇帝改從四分元用庚申今光晃各以庚申爲非甲寅爲是案曆法黃帝顓頊夏殷周魯凡六家各自有元光晃所據則殷曆元也他

元雖不明于圖讖各家術皆當有效于其當時黄帝始用太初丁丑之元有六家紛錯爭訟是非太史令張壽王挾甲寅元以非漢曆雜候清臺課在下弟卒以疏闊連見劾奏太初效驗無所漏失是則雖非圖讖之元而有效于前者也及用四分以來考之行度密于太初是又新元效于今者也延光元年中謁者亶誦亦非四分庚申上言當用命曆序甲寅元公卿百寮參議正處竟不施行且三光之行遲速進退不必若

一術家以算追而求之取合于當時而已故有古今之術今之不能上通于古亦猶古術之不能下通于今也元命苞乾鑿度皆以爲開闢至獲麟二百七十六萬歲及命曆序積獲麟至漢起庚子蔀之二十三歲竟己酉戊子及丁卯蔀六十九歲合爲二百七十五歲漢元年歲在乙未上至獲麟則歲在庚申推此以上上極開闢則不在庚申讖雖無文其數見存而光晃以爲開闢至獲麟二百七十五萬九千八百八十六

歲獲麟至漢百六十二歲轉差少一百一十四
歲云當滿足則上違乾鑿度元命苞中使獲麟
不得在哀公十四年下不及命曆序獲麟漢相
去四蔀年數與奏記譜注不相應當今曆正月
癸亥朔光晃以爲乙丑朔乙丑之與癸亥無題
勒款識可與衆其別者須以弦望晦朔光魄虧
滿可得而見者考其符驗而光晃曆以考靈曜
二十八宿度數及冬至日所在與今史官甘石
舊文錯異不可考校以今渾天圖儀檢天文亦

不合于考靈曜光晃誠能自依其術更造望儀以追天度遠有驗于圖書近有效于三光可以易奪甘石窮服諸術者實宜用之難問光晃但言圖讖所言不服元和二年二月甲寅制書曰朕聞古先聖王先天而天不違後天而奉天時史官用太初鄧平術冬至之日日在斗二十二度而曆以爲牽牛中星先立春一日則四分數之立春也而以折獄斷大刑于氣已迕用望平和蓋亦遠矣今改行四分以遵于堯以順孔聖

奉天之文是始用四分曆庚申元之詔也洨引河洛圖讖以爲符驗非史官私意獨所興搆而光晃以爲固意造妄說違反經文謬之甚者昝堯命羲和曆象日月星辰舜叶時月正日湯武革命治曆明時可謂正矣且猶遇水遭旱戒以蠻夷猾夏寇賊姦宄而光晃以爲陰陽不和姦臣盜賊皆元之咎誠非其理元和二年乃用庚申至今九十二歲而光晃言秦所用代周之元不知從秦來漢三易元不常庚申光晃區區信

用所學亦妄虛無造欺語之愆至于改朔易元往者壽王之術已課不效亶誦之議不用元和詔書文備義著非羣臣議者所能變易志注臣昭曰不有君子其能國乎觀夫蔡邕之議可以言天機矣賢明在朝弘益遠哉公卿結正足懲淺妄之徒詔書勿治亦深盍各之致

## 正交論

十卷本無他本皆有案此論體甚近歐輯不載十卷本故差勝也

聞之前訓曰君子以朋友講習而正人無有淫朋是以古之交者其義敦以正其誓信以固逮夫周德既衰頌聲既寢伐木有鳥鳴之刺谷風

有棄予之怨自此以降彌以陵遲陵各本作凌非是或闕其始終或彊其比周是以搢紳患其然而論者諄諄如也疾淺薄而褻攜貳者有之惡朋黨而絕交游者有之其論交也曰富貴則人爭趨之貧賤則人爭去之是以君子慎人所以交己審己所以交人富貴則無暴集之客貧賤則無棄舊之賓矣原其所以來則知其所以去見其所以始則觀其所以終彼貞士者貧賤不待夫富貴富貴不驕乎貧賤故可貴也蓋朋友之道

有義則合無義則離善則久要不忘平生之言惡則忠告善誨之否則止無自辱焉故君子不爲可棄之行不患人之遺己也信有可歸之德不病人之遠己也不奔或然則躬自厚而薄責于人怨其遠矣求諸己而不求諸人咎其稀矣夫遠怨稀咎之機咸在乎躬莫之致也子夏之門人問交于子張而二子各有間乎夫子然則以交誨也商也寬故告之以拒人師也褊故訓之以容衆各從其行而矯之至于仲尼之正教

一大二百廿八小十七

則汎愛衆而親仁故非善不喜非仁不親交游以方會友以文可無貶也穀梁赤曰心志旣通名譽不聞友之罪也今將患其流而塞其源病其末而刈其本無乃未若擇其正而黜其邪與與其彼農皆黍而獨稷焉夫黍亦神農之嘉穀與稷並爲粢盛也使交可廢則黍其從矣括二論而言之則刺薄者博而洽斷交者貞而孤孤有羔羊之節與其不獲已而矯時也走將從夫孤焉

銘論 他本皆無張本有

春秋之論銘也曰天子令德諸侯言時計功大夫稱伐昔肅慎納貢銘之楛矢所謂天子令德者也若黄帝有巾几之法孔甲有盤盂之誡殷湯有甘誓之勒 案夏書書序云甘誓啟作墨子明鬼篇作禹誓 冕鼎有丕顯之銘武王踐阼咨于太師作席几楹杖之銘十有八章周廟金人緘口以慎 緘張本作鍼非是 亦所以勸導人主勖于令德者也呂尚作周太師封于齊其功銘于昆吾之冶獲寶鼎于美陽仲

山甫有補袞闕誠百辟之功周禮司勳凡有大功者銘之太常所謂諸侯言時計功者也有宋大夫正考父三命滋益恭而莫侮衛孔悝之祖莊叔隨難漢陽左右獻公衛國賴之皆銘乎鼎晉魏顆獲杜回于輔氏銘功于景鐘所謂大夫稱伐者也鐘鼎禮樂之器昭德紀功以示子孫物不朽者莫不朽于金石故也近世以來咸銘之于碑

## 徙朔方報楊復書

他本皆無張本有

督此從者故城門校尉梁伯喜南郡太守馬季長或至三歲近者歲餘多得旋返自甘罪戾不敢慕此

徙朔方報羊月書（他本皆無張本有）

奄得無恙遂至徙所自城以西惟青紫鹽也

辭郡辟讓申屠蟠書（他本無張本有劉本列補遺題作讓辟申屠蟠張本注蟠家貧傭爲漆工邕深重蟠及被州辟乃辭讓之）

申屠蟠稟氣玄妙（劉本無氣字非是）性敏心通喪親盡禮幾于毀滅至行美誼人所鮮能安貧樂潛味

道守眞不爲燥溼輕重不爲窮達易節（張本無不爲窮達易節句從劉本增）方之于邕以齒則長以德則賢

## 與袁公書（他本皆無張本有）

朝夕游談從學宴飲酌麥醴燔乾魚欣欣焉樂在其中矣

## 與人書（他本皆無張本有）

家祖居常言客有三當夕夜半蠶時至人室家也今者一行而犯其兩

## 與人書（他本皆無張本有）

邕薄祜早喪二親年踰三十鬢髮二色叔父親之猶若幼童陸則對坐食則比豆

## 女訓

他本皆無 劉本補遺

心猶首面也是以甚致飾焉面一日不修則塵垢穢之心一朝不思善則邪惡入之咸知飾其面不修其心惑矣夫面之不飾愚者謂之醜心之不修賢者謂之惡愚者謂之醜猶可賢者謂之惡將何容焉故覽照拭面則思其心之潔也傅脂則思其心之和也加粉則思其心之鮮也

澤髮則思其心之潤也用櫛則思其心之理也立髻則思其心之正也攝鬢則思其心之整也

蔡中郎外集卷第二終　大小四千三百九十七字

蔡中郎外集

一四六兩半之小[illegible]

# 蔡中郎外集卷第三

## 漢津賦 十卷本無他本皆有

夫何大川之浩浩兮洪流淼以玄清配名位乎天漢披厚土而載形登源自乎嶓冢引漾澧而東征納陽谷之所吐兮兼漢沔之殊名總畎澮之羣液兮演西土之陰精遇萬山以左迴兮旋襄陽而南縈切大別之東山兮與江湘乎通靈嘉清源之體勢兮澹澶湲以安流鱗甲育其萬類兮蛟龍集以嬉遊朙珠胎于靈蚌兮夜光潛

乎玄洲雜神寶其充盈兮豈魚龜之足收于是遊目騁觀南援三州北集京都上控隴坻下接江湖導財運貨懋遷有無既乃風飈蕭瑟勃焉並興陽侯沛以奔騖洪濤涌而沸騰顧乘流以上下窮滄浪乎三澨覷朝宗之形兆瞰洞庭之交會

協和婚賦 十卷本無他本皆有

惟情性之至好歡莫偉乎夫婦受精靈之造化固神明之所使事深微以玄妙實人倫之肇始

考邃初之原本覽陰陽之綱紀乾坤和其剛柔艮兑感其脢腓葛覃恐其失時摽梅求其庶士唯休和之盛代男女得乎年齒婚姻協而莫違播欣欣之繁祉良辰既至婚禮已舉二族崇飾威儀有序嘉賓僚黨祁祁雲聚車服照路驂騑如舉既臻門屏結軌下車阿傅御豎雁行蹉跎麗女盛飾曄如春華

檢逸賦 他本皆無張本有

夫何姝妖之媛女顏煒燁而含榮普天壤其無

儷曠千載而特生余心悅于淑麗愛獨結而未并情罔寫而無主意徙倚而左傾晝騁情以舒愛夜託夢以交靈

協初賦 他本皆無張本有疑有闕文

其在近也若神龍采鱗翼將舉其既遠也若披雲緣漢見織女立若碧山亭亭豎動若翡翠奮其羽衆色燎照眎之無主面若明月輝似朝日色若蓮葩肌如凝蜜

青衣賦 他本皆無張本有

金生砂礫珠出蚌泥歎茲窈窕產于卑微盼倩淑麗皓齒蛾眉皓本作暗暗字書所無當是皓字玄髮光潤頷如蝤蠐縱橫接髮葉如低葵脩長冉冉碩人其頎綺袖丹裳躡蹈絲扉盤跚蹴蹀坐起低昂和暘善笑動揚朱脣都冶嫵媚卓躒多姿精慧小心趨事如飛中饋裁割莫能雙追關雎之潔不蹈邪非察其所履世之鮮希宜作夫人爲衆女師伊何爾命在此賤微代無樊姬楚莊晉妃感答鄭季平陽是私故因錫國歷爾邦畿雖得嬿

婉舒寫情褱寒雪繽紛充庭盈階兼裳累鎮展轉倒頹晚昕將曙雞鳴相催飭駕趣嚴將舍爾乖矇冒矇冒思不可排停停溝側嗷嗷青衣我思遠逝爾思來追眀月昭昭當我戶扉條風狎躐吹予牀帷河上消搖徙倚庭階南瞻井桺仰察斗機非彼牛女隔于河維思爾念爾惄焉且饑

瞽師賦 他本皆無張本有疑有闕文

夫何矇眛之瞽兮心窮忽以鬱伊目冥冥而無

睹兮嘵求煩以愁悲撫長笛以攄憤兮氣轟鍠而橫飛

## 又

他本皆無張本有疑與前合爲一首且有闕文

何此聲之悲痛愴然淚以隱惻類離鵾之孤鳴起嫠婦之哀泣詠新詩之悲歌舒滯積而宣鬱

## 筆賦

十卷本無他本皆有

惟其翰之所生于季冬之狡兔性精亟以慓悍體遄迅以騁步削文竹以爲管加漆絲之纏束形調博以直端染玄墨以定色畫乾坤之陰陽

讚虙皇之洪勳敘五帝之休德揚蕩蕩之明文紀三王之功伐兮表八百之肆覲博六經而綴百氏兮建皇極而序彝倫綜人事于晻昧兮贊幽冥于朙神象類多喻靡施不協上剛下柔乾坤位也新故代謝四時次也圓和正直規矩極也玄首黃管天地色也案藝文類聚此篇傅毅作

## 琴賦 十卷本及張本無喬本汪本有

歷松岑而將降睹鴻梧于幽阻高百仞而不枉對修條而特處蹈通崖而往遊圖茲梧之所宜

信雅琴之麗樸乃弁伐其孫枝命離婁使布繩施公輸之剞劂遂雕琢而成器揆神農之初制盡聲變之奧妙抒心志之鬱滯（案藝文類聚此篇傅毅作）

又（他本皆無張本有）

閑關九絃出入律呂屈伸低昂十指如雨

又（他本皆無張本有案此及前首似皆是斷句張本亦未注明采自何籍今且過而存之）

于是歌人恍惚以失曲舞者亂節而忘形哀人寒耳以惆悵轅馬蹀足以哀鳴

彈琴賦十卷本無喬本原注一本作頌注本劉本同張本無彈字賦文多前一段

爾乃言求茂木周流四垂觀彼椅桐層山之陂丹華煒煒綠葉參差甘露潤其末涼風扇其枝鸞鳳翔其顛玄鶴巢其岐考之詩人琴瑟是宜爰制雅器協之鍾律通理治性恬淡清溢以上從張本他本皆無爾乃清聲發兮五音舉韻宮商兮動徵羽曲引興兮繁絲撫然後哀聲既發祕弄乃開左手抑揚右手徘徊抵掌反覆抑按藏摧于是

繁絃既抑雅韻乃揚仲尼思歸鹿鳴三章梁甫悲吟周公越裳青雀西飛别鶴東翔飲馬長城楚曲明光走獸率舞飛鳥下翔感激絃歌一低一昂

## 彈碁賦

十卷本無他本皆有

榮華灼爍蕚不韡韡于是列象雕華逞麗豐腹斂邊中隱四企輕利調博易使馳騁然後我製兵綦夸驚或風飄波動若飛若浮不遲不疾如行如留放一敝六功無與儔

又（他本皆無張本有案文意似與前首合爲一而尚有闕文無本可據姑從張本分列）

夫張局陳碁取法武備因嬉戲以肆業託歡娛以講事設兹矢石其夷如破采若錦績平若停水肌理光澤滑不可屢乘色行巧據險用智

團扇賦（他本皆無張本有）

裁帛制扇陳象應矩輕徹妙好其輶如羽動角揚徵清風逐暑春夏用事秋冬潛處

胡栗賦（十卷本無他本皆有張本另行敘人有折蔡氏祠前栗者故作斯賦）

樹遐方之嘉木兮于靈宇之前庭通二門以征行兮夾階除而列生彌霜雪而不彫兮當春夏而滋榮因本心以誕節兮凝育蘂之綠英彤猗猗以豔茂兮似翠玉之清明何棍莖之豐美兮將蕃熾以悠長適禍賊之災人兮嗟夭折以摧傷

蟬賦 他本皆無張本有

白露淒其夜降秋風肅以晨興聲嘶噎以沮敗體枯燥以冰凝雖朞運之固然獨潛類乎大陰

要明年之中夏復長鳴而揚音

荅元式詩十卷本無他本皆有張本荅字下有對字非是

伊余有行爰戾玆邦先進博學同類率從濟濟羣彥如雲如龍君子博文貽我德音辭之輯矣穆如清風

翠鳥詩十卷本無他本皆有

庭陬有若榴綠葉含丹榮翠鳥時來集振翼修形容迴顧生碧色動搖揚縹青㚔脫虞人機得親君子庭馴心托君素雌雄保百齡

# 答卜元嗣詩他本皆無張本有

斌斌碩人貽我以文辱此休辭非余所希敢不酬荅賦誦以歸

蔡中郎外集三 大四千四小十八

蔡中郎外集卷第三終 大小二千二百廿八字

# 蔡中郎外集卷第四

## 獨斷

漢天子正號曰皇帝自稱曰朕臣民稱之曰陛下其言曰制詔史官記事曰上車馬衣服器械百物曰乘輿所在曰行在所所居曰禁中後曰省中印曰璽所至曰幸所進曰御其命令一曰策書二曰制書三曰詔書四曰戒書

皇帝皇王后帝皆君也上古天子庖犧氏神農氏稱皇堯舜稱帝夏殷周稱王秦承周末爲漢

驅除自以德兼三皇功包五帝故并以爲號漢高祖受命功德宜之因而不改也

王者至尊四號之別名

王畿内之所稱王有天下故稱王

天王諸夏之所稱天下之所歸往故稱天王

天子夷狄之所稱父天母地故稱天子

天家百官小吏之所稱天子無外以天下爲家故稱天家

天子正號之別名

皇帝至尊之稱皇者煌也盛德煌煌無所不照帝者諦也能行天道事天審諦故稱皇帝

朕我也古者尊卑共之貴賤不嫌則可同號之義也堯曰朕在位七十載皋陶與帝舜言曰朕言惠可底行屈原曰朕皇考此其義也至秦天子獨以爲稱漢因而不改也

陛下者陛階也所由升堂也天子必有近臣執兵陳于陛側以戒不虞謂之陛下者羣臣與天子言不敢指斥天子故呼在陛下者而告之因

卑達尊之意也上書亦如之及羣臣士庶相與言曰殿下閤下執事之屬皆此類也

上者尊位所在也太史令司馬遷記事當言帝則依違但言上不敢渫瀆言尊號尊王之義也

乘輿出于律律曰敢盜乘輿服御物謂天子所服食者也天子至尊不敢渫瀆言之故託之于乘輿乘猶載也輿猶車也天子以天下爲家不以京師宮室爲常處則當乘車輿以行天下故羣臣託乘輿以言之或謂之車駕

天子自謂曰行在所猶言今雖在京師行所至耳巡狩天下所奏事處皆爲宮在京師曰奏長安宮在泰山則曰奏奉高宮唯當時所在或曰朝廷亦依違尊者所都連舉朝廷以言之也親近侍從官稱曰大家百官小吏稱曰天家

禁中者門戶有禁非侍御者不得入故曰禁中孝元皇后父大司馬陽平侯名禁當時避之故曰省中今宜改後遂無言之者

璽者印也印者信也天子璽以玉螭虎紐古者

尊卑共之月令曰固封璽春秋左氏傳曰魯襄公在楚季武子使公冶問璽書追而與之此諸侯大夫印稱璽者也衛宏曰秦以前民皆以金玉爲印龍虎紐唯其所好然則秦以來天子獨以印稱璽又獨以玉羣臣莫敢用也

幸者宜幸也世俗謂幸爲僥倖車駕所至臣民被其德澤以僥倖故曰幸也先帝故事所至見長吏三老官屬親臨軒作樂賜食皁帛越巾刀珮帶民爵有級數或賜田租之半是故謂之幸

皆非其所當得而得之王仲任曰君子無幸而有不幸小人有幸而無不幸春秋傳曰民之多幸國之不幸也言民之得所不當得故謂之幸肰則人主必愼所幸也御者進也凡衣服加于身飲食入于口妃妾接于寢皆曰御親愛者皆曰幸

策書策者簡也禮曰不滿百丈不書于策其制長二尺短者半之其次一長一短兩編下坿篆書起年月日稱皇帝曰以命諸侯王三公其諸

矦王三公之薨于位者亦以策書誄謚其行而賜之如諸矦之策三公以罪免亦賜策文體如上策而隸書以尺一木兩行唯此爲異者也

制書帝者制度之命也其文曰制詔三公赦令贖令之屬是也刺史太守相劾奏申下上遷書文亦如之其徵爲九卿若遷京師近臣則言官具言姓名其免若得罪無姓凡制書有印使符下遠近皆璽封尚書令印重封唯赦令贖令召三公詣朝堂受制書司徒印封露布下州郡

詔書者詔誥也有三品其文曰告某官官如故事是爲詔書羣臣有所奏請尚書令奏之下有制曰天子荅之曰可若下某官云云亦曰詔書羣臣有所奏請無尚書令奏制字則荅曰已奏如書本官下所當至亦曰詔

戒書戒敕刺史太守及三邊營官被敕文曰有詔敕某官是爲戒敕也世皆名此爲策書失之遠矣

凡羣臣上書于天子者有四名一曰章二曰奏

三曰表四曰駮議

章者需頭稱稽首上書謝恩陳事詣闕通者也

奏者亦需頭其京師官但言稽首下言稽首以

聞其中有所請若罪法劾案公府送御史臺公

卿校尉送謁者臺也

表者不需頭上言臣某言下言臣某誠惶誠恐

頓首頓首死罪死罪左方下坿曰某官臣某甲

上文多用編兩行文少以五行詣尚書通者也

公卿校尉諸將不言姓大夫以下有同姓官別

者言姓章曰報聞公卿使謁者將大夫以下至吏民尚書左丞奏聞報可表文報已奏如書凡章表皆啟封其言密事得皁囊盛

其有疑事公卿百官會議若臺閣有所正處而獨執異意者曰駮議駮議曰某官某甲議以爲如是下言臣愚戇議異其非駮議不言議異其合于上意者文報曰某官某甲議可

漢承秦法羣臣上書皆言昧死言王莽盜位慕古法去昧死曰稽首光武因而不改朝臣曰稽

首頓首非朝臣曰稽首再拜公卿侍中尚書衣帛而朝曰朝臣諸營校尉將大夫以下亦爲朝臣

王者臨撫之別名天子曰兆民諸侯曰萬民今之令長古之諸侯百乘之家曰百姓百乘之家子男之國也

天子所都曰京師京水也地下之衆者莫過于水地上之衆者莫過于人京大師衆也故曰京師也

京師天子之畿內千里象日月日月躔次千里

天子命令之別名一曰命（出君下臣名曰命）二曰令（奉而行之名曰令）三曰政（著之竹帛名曰政）

天子父事天母事地兄事日姊事月常以春分朝日于東門之外示有所尊訓人民事君之道也秋夕朝月于西門之外別陰陽之義也

天子父事三老者適成于天地人也兄事五叜者訓于五品也叜者長也叜相代至五也能以善道改叜己也又三老老謂久也舊也壽也皆取首妻男女完具者古者天子親袒割牲執醬

而饋三公設几九卿正履使者安車輭輪送迎而至其家天子獨拜于屏其明旦三老詣闕謝以其禮過厚故也又五叟或爲叜叜老稱與三老同義也

三代建正之别名夏以十三月爲正十寸爲尺律中大蔟言萬物始蔟而生故以爲正也殷以十二月爲正九寸爲尺律中大吕言陰氣大勝助黄鍾宣氣而萬物生故以爲正也周以十一月爲正八寸爲尺律中黄鍾言陽氣踵黄泉而

出故以爲正也
三代年歲之别名唐虞曰載載歲也言一歲莫
不覆載故曰載也夏曰歲一曰稔也商曰祀周
曰年
閏月者所以補小月之減日以正歲數故三年
一閏五年再閏
天子諸侯后妃夫人之别名天子之妃曰后后
之言後也諸侯之妃曰夫人夫之言扶也大夫
曰孺人孺之言屬也士曰婦人婦之言服也庶

人曰妻妻之言齊也公侯有夫人有世婦有妻有妾皇后赤綬玉璽貴人緺綟金印緺綟色似綠

天子后立六宮之別名三夫人帝嚳有四妃以象后妃四星其一明者爲正妃三者爲次妃也九嬪夏后氏增以三三而九合十二人春秋天子一取十二夏制也二十七世婦殷人又增三九二十七合三十九人八十一御女周人上法帝嚳正妃又九九爲八十一增之合百二十人

也天子一取十二女象十二月三夫人九嬪諸矦一取九女象九州一妻八妾卿大夫一妻二妾士一妻一妾

王者子女封邑之差帝之女曰公主儀比諸矦帝之姊妹曰長公主儀比諸矦王異姓婦女以恩澤封者曰君比長公主

天子諸矦宗廟之别名左宗廟東曰左帝牲牢三月在外牢一月在中牢一月在明牢一月謂近明堂也三月一時已足肥矣徙之三月示其

潔也右社稷西曰右宗廟社稷皆在庫門之内雉門之外天子三昭三穆與太祖之廟七七廟一壇一墠曰考廟皇考廟顯考廟祖考廟皆月祭之諸侯二昭二穆與太祖之廟五五廟一壇一墠曰考廟王考廟皇考廟皆月祭之大夫以下廟之别名大夫一昭一穆與太祖之廟三三廟一壇考廟王考廟四時祭之也士一廟降大夫二也上士二廟一壇考廟王考廟亦四時祭之而已自立二祀曰門曰行下士一廟

曰考廟王考無廟而祭之所謂祖禰曰廟者也亦立二祀與上士同府史以下未有爵命號爲庶人及庶人皆無廟四時祭于寢也

周祧文武爲祧四時祭之而已去祧爲壇去壇爲墠有禱焉祭之無禱乃止去墠曰鬼壇謂築土起堂墠謂築土而無屋者也

薦考妣于適寢之所祭春薦韭卵夏薦麥魚秋薦黍豚冬薦稻雁制無常牲取與新物相宜而已

天子之宗社曰泰社天子所爲羣姓立社也天子之社曰王社一曰帝社古者有命將行師必于此社授以政尚書曰用命賞于祖不用命戮于社

諸矦爲百姓立社曰國社諸矦之社曰矦社

亾國之社古者天子亦取亾國之社以分諸矦使爲社以自儆戒屋之掩其上使不通天柴其下使不通地自與天地絶也面北向陰示滅亾也

大夫以下成羣立社曰置社大夫不得特立社與民族居百姓以上則共一社今之里社是也

天子社稷土壇方廣五丈諸侯半之

天子社稷皆太牢諸侯社稷皆少牢

天子爲羣姓立七祀之别名曰司命曰中霤曰國行曰國門曰泰厲曰戶曰竈

諸侯爲國立五祀之别名曰司命曰中霤曰國門曰國行曰公厲

大夫以下自立三祀之别名曰族厲曰門曰行

五祀之別名門秋爲少陰其氣收成祀之于門祀門之禮北面設主于門左樞戶春爲少陽其氣始出生養祀之于戶祀戶之禮南面設主于門內之西行冬爲太陰盛寒爲水祀之于行在廟門外之西拔壤厚二尺廣五尺輪四尺北面設主于拔上（一作軷壤）竈夏爲太陽其氣長養祀之于竈祀竈之禮在廟門外之東先席于門奧西東設主于竈陘也中霤季夏之月土氣始盛其祀中霤霤神在室祀中霤設主于牖下也

五方正神之别名東方之神其帝太昊其神句芒南方之神其帝神農其神祝融西方之神其帝少昊其神蓐收北方之神其帝顓頊其神玄冥中央之神其帝黄帝其神后土

六神之别名風伯神箕星也其象在天能興風雨師神畢星也其象在天能興雨明星神一曰靈星其象在天舊說曰靈星火星也一曰龍星火爲天田厲山氏之子柱及后稷能殖百穀以利天下故祠此三神以報其功也漢書稱高帝

五年初置靈官祠后土祠位在王地社社神蓋共工氏之子句龍也能平水土帝顓頊之世舉以爲土正天下賴其功堯祠以爲社凡樹社者欲令萬民加肅敬也各以其野所宜之木以名其社及其野位在未地稷神蓋厲山氏之子柱也柱能殖百穀帝顓頊之世舉以爲田正天下賴其功周棄亦播殖百穀以稷五穀之長也因以稷名其神也社稷二神功同故同堂別壇俱在未位土地廣博不可徧覆故封社稷露之者必

受霜露以達天地之氣樹之者尊而表之使人望見則加畏敬也先農神先農者蓋神農之神神農作耒耜教民耕農至少昊之世置九農之官如左

春扈氏扈止也農正趣民耕種鳻鶞夏扈氏農正趣民芸除切玄秋扈氏農正趣民收斂切藍冬扈氏農正趣民蓋藏切黃棘扈氏農正常謂茅氏一曰掌人百果切丹行扈氏農正晝爲民驅鳥唶唶宵扈氏農正夜爲民驅獸嘖嘖桑扈氏農正趣民養蠶切脂

老扈氏農正趣民收麥鶡鶡
疫神帝顓頊有三子生而亾去爲鬼其一者居
江水是爲瘟鬼其一者居若水是爲魍魎其一
者居人宮室樞隅處善驚小兒于是命方相氏
黃金四目蒙以熊皮玄衣朱裳執戈揚楯常以
歲竟十二月從百隸及童兒而時儺以索宮中
敺疫鬼也桃弧棘矢土鼓鼓且射之以赤丸五
穀播灑之以除疾殃已而立桃人葦索儋牙虎
神荼鬱壘以執之儋牙虎神荼鬱壘二神海中

有度朔之山上有桃木蟠屈三千里卑枝東北有鬼門萬鬼所出入也神荼與鬱壘二神居其門主閱領諸鬼其惡害之鬼執以葦索食虎故十二月歲竟常以先臘之夜逐除之也乃畫荼壘幷懸葦索于門戶以禦凶也

四代稱臘之別名夏曰嘉平殷曰清祀周曰大蜡漢曰臘

五帝臘祖之別名青帝以未臘卯祖（青帝太昊木行）赤帝以戌臘午祖（赤帝炎帝火行）白帝以丑臘卯祖（白帝少昊

 一四 大三百廿八 小五十一

金行 黑帝以辰臘子祖 黑帝顓頊水行 黃帝以辰臘未祖 黃帝軒轅后土土行

天子大蜡八神之別名蜡之言索也祭日索此八神而祭之也大同小異爲位相對向祝曰土反其宅水歸其壑昆蟲毋作豐年若上歲取千百

先嗇　司嗇　農

郵表畷　貓虎 貓食田鼠虎食田豕迎其神而祭之

坊　水庸　昆蟲

五祀之別名祀臣五義法施于民則祀以死勤事則祀以勞定國則祀能禦大災則祀能扞大患則祀

六號之別名神號尊其名更爲美稱若曰皇天上帝也鬼號若曰皇祖伯某祇號若曰后土地祇也牲號牛曰一元大武羊曰柔毛之屬也齊號黍曰薌合粱曰香萁之屬也幣號玉曰嘉玉幣曰量幣之屬也

凡祭宗廟禮牲之別名牛曰一元大武豕曰剛

鼸豚曰腯肥羊曰柔毛雞曰翰音犬曰羹獻雉
曰疏趾兔曰明視
凡祭號牲物異于人者所以尊鬼神也脯曰尹
祭槀魚曰商祭鮮魚曰脡祭水曰清滌酒曰清
酌黍曰薌合粱曰香萁稻曰嘉疏鹽曰鹹鹺玉
曰嘉玉幣曰量幣
太祝掌六祝之辭順祝願豐年也年祝求永貞
也告祝祈福祥也化祝弭災兵也瑞祝逆時雨
寍風旱也策祝遠罪病也

宗廟所歌詩之別名清廟一章八句洛邑旣成諸侯朝見宗祀文王之所歌也維天之命一章八句告太平于文王之所歌也維清一章五句奏象武之所歌也烈文一章十三句成王卽政諸侯助祭之所歌也天作一章七句祀先王公之所歌也昊天有成命一章七句郊祀天地之所歌也我將一章十句祀文王于明堂之所歌也時邁一章十五句巡守告祭柴望之所歌也執競一章十四句祀武王之所歌也思文一章

八句祀后稷配天之所歌也臣工一章十句諸侯助祭遣之于廟之所歌也噫嘻一章八句春夏祈穀于上帝之所歌也振鷺一章八句二王之後來助祭之所歌也豐年一章七句烝嘗秋冬之所歌也有瞽一章十三句始作樂合諸樂而奏之所歌也潛一章六句季冬薦魚春獻鮪之所歌也雝一章十六句禘太祖之所歌也載見一章十四句諸侯始見于武王廟之所歌也有客一章十三句微子來見祖廟之所歌也武

一章七句奏大武周武所定一代之樂之所歌也閔予小子一章十一句成王除武王之喪將始卽政朝于廟之所歌也訪落一章十二句成王謀政于廟之所歌也敬之一章十二句羣臣進戒嗣王之所歌也小毖一章八句嗣王求忠臣助己之所歌也載芟一章三十一句春耤田祈社稷之所歌也良耜一章二十三句秋報社稷之所歌也絲衣一章九句繹賓尸之所歌也酌一章九句告成大武言能酌先祖之道以養

天下之所歌也桓一章九句師祭講武類禡之所歌也賚一章六句大封于廟賜有德之所歌也般一章七句巡狩祀四嶽河海之所歌也右詩三十一章皆天子之禮樂也

五等爵之別名三公者天子之相相助也助理天下其地方百里矦者候也候逆順也其地方百里伯者白也朙白于德其地方七十里子者滋也奉天王之恩德其地方五十里男者任也立功業以化民其地方五十里一云周制也

守者秦置也秦兼天下置三川守伊河洛也漢改曰河南守武帝會曰太守世祖都河陽改曰正

諸矦大小之差諸矦王皇子封爲王者稱曰諸矦王徹矦羣臣異姓有功封者稱曰徹矦避武帝諱改曰通矦或曰列矦也朝矦諸矦有功德者天子特命爲朝矦位次諸卿

王者耕耤田之別名天子三推三公五推卿諸矦九推

三代學校之別名夏曰校殷曰序周曰庠天子曰辟雍謂流水四面如壁以節觀者諸侯曰頖宮頖言半也義亦如上

五帝三代樂之別名黃帝曰雲門顓頊曰六莖帝嚳曰五英堯曰咸池舜曰大韶一曰大招夏曰大夏殷曰大濩周曰大武天子八佾八八六十四人八者象八風所以風化天下也公之樂六佾象六律也侯之樂四佾象四時也

朝士卿朝之法左九棘孤卿大夫位也羣臣在

其後右九棘公矦伯子男位也羣吏在其後三槐三公之位也州長衆庶在其後

四代獄之别名唐虞曰士官史記曰皋陶爲理尚書曰皋陶作士夏曰均臺周曰圄圄漢曰獄

四夷樂之别名王者必作四夷之樂以定天下之歡心祭神明和而歌之以管樂爲之聲東方曰韎南方曰任西方曰侏離一作禁北方曰禁一作昧以管樂爲之聲劉本作以管爲樂之聲

易曰帝出乎震震者木也言虙犧氏始以木德

王天下也木生火故虙犧氏歾神農氏以火德繼之火生土故神農氏歾黃帝以土德繼之土生金故黃帝歾少昊氏以金德繼之金生水故少昊氏歾顓頊氏以水德繼之水生木故顓頊氏歾帝嚳氏以木德繼之木生火故帝嚳氏歾帝堯氏以火德繼之火生土故帝舜氏以土德繼之土生金故夏禹氏以金德繼之金生水故殷湯氏以水德繼之水生木故周武以木德繼之木生火故高祖以火德繼之

虙犧爲太昊氏炎帝爲神農氏黃帝爲軒轅氏

少昊爲金天氏顓頊爲高陽氏帝嚳爲高辛氏

帝堯爲陶唐氏帝舜爲有虞氏夏禹爲夏后氏

湯爲殷商氏

武王爲周

高祖爲漢

高帝在位十二年生惠帝

惠帝七年無後

呂后攝政八年立惠帝弟代王爲文帝

文帝二十三年生景帝

景帝十六年生武帝

武帝五十四年生昭帝

昭帝十三年無後立先衞太子孫爲宣帝

宣帝二十五年生元帝

元帝十六年生成帝

成帝二十六年無後立弟定陶王子爲哀帝

哀帝五年無後立弟中山王子爲平帝

平帝五年王莽篡

王莽十六年劉聖公殺之

聖公二年光武殺之

光武三十三年生明帝

明帝十八年生章帝

章帝十三年生和帝

和帝十七年生殤帝

殤帝一年無後取清河王子爲安帝

安帝十九年生順帝

順帝十九年生沖帝

沖帝一年無後取和帝孫安樂王子是爲質帝

質帝一年無後取河閒敬王孫蠡吾侯子爲桓帝

桓帝二十一年無後取解犢侯子立爲靈帝

靈帝二十二年生史侯董卓殺之立史侯弟陳畱王爲帝

從高帝至桓帝三百八十六年除王莽劉聖公三百六十六年從高祖乙未至今壬子歲四百一十年呂后王莽不入數高帝以甲午歲卽位以乙未爲元

帝嫡妃曰皇后帝母曰皇太后帝祖母曰太皇

太后其衆號皆如帝之稱秦漢以來少帝卽位
后代而攝政稱皇太后詔不言制漢興惠帝崩
少帝弘立太后攝政哀帝崩平帝幼孝元王皇
后以太皇太后攝政和帝崩殤帝崩安帝幼和
憙鄧皇后攝政孝順崩沖帝質帝桓帝皆幼順
烈梁后攝政桓帝崩今上卽位桓思竇后攝政
后攝政則后臨前殿朝羣臣后東面少帝西面
羣臣奏事上書皆爲兩通一詣太后一詣少帝
一世二世三世四世五世六世七世八世九世十世十一世十二世十三世十四世十五世十六世

中山孝王 平帝

定陶共王 哀帝

戾太子 史皇孫 宣帝 元帝 成帝

高祖 惠帝 文帝 景帝 武帝 昭帝

長沙定王 舂陵節侯 鬱林太守 鉅鹿都尉 南頓令 光武帝 明帝 章帝 和帝 殤帝

清和孝王 安帝 順帝 沖帝

千乘貞王 樂安夷王 勃海孝王 質帝

河閒孝王 蠡吾侯翼 桓帝

解犢亭侯淑 解犢亭侯長 靈帝 獻帝

二二三大三百九十三小一百十七

文帝弟雖在三禮兄弟不相爲後文帝卽高祖子于惠帝兄弟也故不爲惠帝後而爲第二宣帝弟次昭帝史皇孫之子于昭帝爲兄孫以係祖不得上與父齊故爲七世（右表宣帝列第八世誤淳熙閒呂宗孟刻本列弟七爲允）光武雖在十二于父子之次于成帝爲兄弟于哀帝爲諸父于平帝爲父祖皆不可爲之後上至元帝于光武爲父故上繼元帝而爲九世故河圖曰赤九世會昌謂光武也十世以光謂孝明也十一以興謂孝章也成雖在九

哀雖在十平雖在十一不稱次

宗廟之制古學以爲人君之居前有朝後有寢終則前制廟以象朝後制寢以象寢廟以藏主列昭穆寢有衣冠几杖象生之具總謂之宮月令曰先薦寢廟詩云公侯之宮頌曰寢廟奕奕言相連也是皆其文也古不墓祭至秦始皇出寢起居于墓側漢因而不改故今陵上稱寢殿有起居衣冠象生之備皆古寢之意也居西都時高帝以下每帝各别立廟月備法駕遊衣冠

又未定迭毁之禮元帝時丞相匡衡御史大夫貢禹乃以經義處正罷遊衣冠毁先帝親盡之廟高帝爲太祖孝文爲太宗孝武爲世宗孝宣爲中宗祖宗廟皆世世奉祠其餘惠景以下皆毁五年而稱殷祭猶古之禘祫也殷祭則及諸毁廟非殷祭則祖宗而已光武中興都洛陽乃合高祖以下至平帝爲一廟藏十一帝主于其中元帝于光武爲禰故雖非宗而不毁也後嗣遵承遂常奉祀光武舉天下以再受命復漢祚

更起廟稱世世祖孝明臨崩遺詔遵儉毋起寢廟藏主于世祖廟孝章不敢違是後遵承藏主于世祖廟皆如孝明之禮而園陵皆自起寢廟孝明曰顯宗孝章曰肅宗是後踵前孝和曰穆宗孝安曰恭宗孝順曰敬宗孝桓曰威宗唯殤沖質三少帝皆以未踰年而崩不列于宗廟四時就陵上祭寢而已今洛陽諸陵皆以晦望二十四氣伏社臘及四時日上飯大官送用園令食監典省其親陵所宮人隨鼓漏理被枕具盥水

陳嚴具天子以正月五日畢供後上原陵以次周徧公卿百官皆從四姓小侯諸侯家婦凡與先帝先后有瓜葛者及諸侯王大夫郡國計吏匈奴朝者西國侍子皆會尚書官屬陛西除下先帝神座後大夫計吏皆當軒下占其郡穀價四方災異欲皆使先帝魂神具聞之遂于親陵各賜計吏而遣之正月上丁祠南郊禮畢次北郊明堂高祖廟世祖廟謂之五供五供畢以次上陵也四時宗廟用牲十八太牢皆有副倅西

廟五主高帝文帝武帝宣帝元帝也高帝爲高祖文帝爲太宗武帝爲世宗宣帝爲中宗其廟皆不毁孝元功薄當毁光武復天下屬弟于元帝爲子以元帝爲禰廟故列于祖宗後嗣因承遂不毁也

東廟七主光武明帝章帝和帝安帝順帝桓帝也光武爲世祖明帝爲顯宗章帝爲肅宗和帝爲穆宗安帝爲恭宗順帝爲敬宗桓帝爲威宗廟皆不毁少帝未踰年而崩皆不入廟以陵寢

爲廟者三殤帝康陵沖帝懷陵質帝靜陵是也追號爲后者三章帝宋貴人曰敬隱后葬北陵安帝祖母也清河孝德皇后安帝母也章帝梁貴人曰恭懷后葬西陵和帝母也安帝張貴人曰恭敏后葬北陵順帝母也

兩廟十二主三少帝三后故用十八太牢也

漢家不言禘祫五年而再殷祭則西廟惠帝景昭皆別祠成哀平三帝以非光武所後藏主長安故高廟四時祠于東廟京兆尹侍祠衣冠車

服如太常祠行陵廟之禮順帝母故云姓李或姓張高祖得天下而父在上尊號曰太上皇不言帝非天子也孝宣繼孝昭帝其父曰史皇孫祖父曰衛太子太子以罪廢及皇孫皆歿宣帝但起園陵長承奉守不敢加尊號于祖父也光武繼孝元亦不敢加尊號于父祖也世祖父南頓君曰皇考祖鉅鹿都尉曰皇祖曾祖鬱林太守曰皇曾祖高祖舂陵節侯曰皇高祖起陵廟置章陵以奉祠之而已至殤帝崩無子弟安帝

三丁大三百廿四小字

以和帝兄子從清河王子卽尊號依高帝尊父爲太上皇之義追號父清河王曰孝德皇順帝崩沖帝無子弟立樂安王子是爲質帝帝偪于順烈梁后父大將軍梁冀未得尊其父而崩桓帝以蠡吾侯子卽尊位追尊父蠡吾先侯曰孝崇皇母匡太夫人曰孝崇后祖父河閒孝王曰孝穆皇祖母妃曰孝穆后桓帝崩無子今上卽位追尊父解犢侯曰孝仁皇母董夫人曰孝仁后祖父河閒敬王曰孝元皇祖母夏妃曰孝元

后

天子大社以五色土爲壇皇子封爲王者受天子之社土以所封之方色東方受青南方受赤他如其方色苴以白茅授之各以其所封方之色歸國以立社故謂之受茅土漢興以皇子封爲王者得茅土其地功臣及鄉亭他姓公侯各以其戶數租入爲限不受茅土亦不立社也

漢制皇子封爲王者其實古諸侯也周末諸侯或稱王而漢天子自以皇帝爲稱故以王號加

之總名諸侯王子弟封爲侯者謂之諸侯羣臣異姓有功封者謂之徹侯後避武帝諱改曰通侯法律家皆曰列侯功德優盛朝廷所異者賜位特進位在三公下其次朝侯位次九卿下皆平冕文衣侍祠郊廟稱侍祠侯其次下士但侍祠無朝位次小國侯以肺腑宿衛親公主子孫奉墳墓在京者亦隨時見會謂之猥朝侯也

巡狩校獵還公卿以下陳洛陽都亭前街上乘輿到公卿下拜天子下車公卿親識顏色然後

還宮古語曰在車則下惟此時施行

正月朝賀三公奉璧上殿向御座北面太常贊曰皇帝爲君與三公伏皇帝坐乃進璧古語曰御坐則起此之謂也舊儀三公以下月朝後省常以六月朔十月朔旦朝後又以盛暑省六月朝故今獨以爲正月十月朔朝也冬至陽氣始起麋鹿解角故寢兵皷身欲寍志欲靜不聽事送迎五日臘者歲終大祭縱吏民宴飲非迎氣故但送不迎正月歲首亦如臘儀冬至陽氣起

君道長故賀夏至陰氣起君道衰故不賀鼓以動衆鐘以止衆夜漏盡鼓鳴則起晝漏盡鐘鳴則息也

天子出車駕次第謂之鹵簿有大駕有小駕有法駕大駕則公卿奉引大將軍參乘太僕御屬車八十一乘備千乘萬騎在長安時出祠天于甘泉備之百官有其儀注名曰甘泉鹵簿中興以來希用之先帝時時備大駕上原陵他不常用唯遭大喪乃施之法駕公卿不在鹵簿中唯

河南尹執金吾洛陽令奉引侍中參乘奉車郎御屬車三十六乘北郊明堂則省諸副車小駕祠宗廟用之每出太僕奉駕上鹵簿于尚書侍中中常侍侍御史主者郎令史皆執注以督整諸軍車騎春秋上陵令又省于小駕直事尚書一人從令以下皆先行

法駕上所乘曰金根車駕六馬有五色安車五色立車各一皆駕四馬是爲五時副車俗人名之曰五帝車非也又有戎立車以征伐三蓋車

名耕根車一名芝車親耕耤田乘之又有蹋豬車慢輪有畫田獵乘之緑車名曰皇孫車天子孫乘之以從

凡乘輿車皆羽蓋金華瓜黃屋左纛金鍐方釳繁纓重轂副牽

黃屋者蓋以黃爲裏也

左纛者以氂牛尾爲之大如斗在最後左騑馬騣上金鍐者馬冠也高廣各四寸如玉華形在馬騣前方釳者鐵廣數寸在騣後有三孔插翟

尾其中繫纓在馬膺前如索帬者是也
重轂者轂外復有一轂施舝其外乃復設舝施
銅金鑁形如緹亞飛軨以緹油廣八寸長注地
左畫蒼龍右白虎繫軸頭今二千石亦然但無
畫耳
前驅有九斿雲罕闟戟皮軒鑾旗車皆大夫載
鑾旗者編羽毛引繫橦旁俗人名之曰雞翹車
非也後有金鉦黃鉞黃門鼓車古者諸侯貳車
九乘秦滅九國兼其車服故大駕屬車八十一

乘也尚書御史乘之㝡後一車懸豹尾以前皆
皮軒虎皮爲之也
永安七年建金根耕根諸御車皆一轅或四馬
或六馬金根箱輪皆以金鎛正黄兩臂前後刻
金以作龍虎鳥龜形上但以青縑爲蓋羽毛無
後戸
冕冠周曰爵弁殷曰冔夏曰收皆以三十升漆
布爲殻廣八寸長尺二寸加爵冕其上周黑而
赤如爵頭之色前小後大殷黑而微白前大後

小夏純黑而赤前小後大皆有收以持笄詩曰常服黼冔禮朱于玉戚冕而舞大武戚漢書作鏚冕喬本作冔非是周書曰王與大夫盡弁古皆以布中古以絲孔子曰麻冕禮也今也純儉漢雲翹冠樂祠天地五郊舞者服之冕冠垂旒周禮天子冕前後垂延朱綠藻有十二旒公侯大夫各有等別漢興至孝明帝永平二年詔有司采尚書皋陶篇及周官禮記定而制焉皆廣七寸長尺二寸前圓後方朱綠裏而玄上前垂四寸後垂三寸

三二一六二百九十九八十七

繫白玉珠于其端是爲十二旒組纓如其綬之色三公及諸侯之祠者朱綠九旒青玉珠卿大夫七旒黑玉珠皆有前無後組纓各視其綬之色旁垂黈纊當耳郊天地祠宗廟祀明堂則冠之衣黼衣佩玉佩履絇履孔子曰服周之冕鄙人不識謂之平天冠

天子冠通天冠諸侯王冠遠遊冠公侯冠進賢冠公王三梁卿大夫尚書二千石博士冠兩梁千石六百石以下至小吏冠一梁天子公卿特

進朝矦祀天地明堂皆冠平冕
天子十二旒三公九諸矦卿七其纓與組各如
其綬之色衣玄上纁下日月星辰山龍華蟲祠
宗廟則長冠袀玄袀玄喬本作楊玄劉本作禓玄皆非是案司馬輿服志曰長冠祀宗廟諸祀則冠之皆服袀玄注曰獨斷曰袀紺繒也吳都賦曰袀阜服其武官
太尉以下及侍中常侍皆冠惠文冠侍中常侍
加貂蟬御史冠法冠謁者冠高山冠其鄉射行
禮公卿冠委貌衣玄端執事者皮弁服宮門僕
射冠卻非大樂郊社祝舞者冠建華其狀如婦

人縷簏迎氣五郊舞者所冠亦爲冕車駕出後有巧士冠似高山冠而小
幘者古之卑賤執事不冠者之所服也孝武帝奔館陶公主家召見董偃偃傅青韝綠幘主贊曰主家庖人臣偃昧死再拜謁上爲之起乃賜衣冠引上殿董仲舒武帝時人其上兩書曰執事者皆赤幘知皆不冠者之所服也元帝額有壯髮不欲使人見始進幘服之羣臣皆隨焉然尚無巾如今半幘而已王莽無髮乃施巾故語

曰王莽秃幘施屋冠進賢者宜長耳冠惠文者宜短耳各隨所宜

通天冠天子常服漢服受之秦禮無文遠遊冠諸侯王所服展筩無山禮無文高山冠齊冠也一曰側注高九寸鐵爲卷梁不展筩無山秦制行人使官所冠今謁者服之禮無文太傅胡公說曰高山冠蓋齊王冠也秦滅齊以其君冠賜謁者

進賢冠文官服之前高七寸後三寸長八寸公

矦三梁卿大夫尚書博士兩梁千石六百石以下一梁漢制禮無文

法冠楚冠也一曰柱後惠文冠高五寸以纚裏鐵柱卷秦制執法服之今御史廷尉監平服之謂之獬豸冠獬豸獸名蓋一角今冠兩角以獬豸爲名非也太傅胡公説曰左氏傳有南冠而縶者國語曰南冠以如夏姬是知南冠蓋楚之冠秦滅楚以其君冠賜御史武冠或曰繁冠今謂之大冠武官服之侍中中常侍加黄金坿貂

蟬鼠尾飾之太傅胡公說曰趙武靈王效胡服始施貂蟬之飾秦滅趙以其君冠賜侍中齊冠或曰長冠竹裏以纚高七寸廣三寸形如板高祖冠以竹皮爲之謂之劉氏冠楚制禮無文鄙人不識謂之鵲尾冠

建華冠以鐵爲柱卷貫大珠九枚今以銅爲珠形制似縷簏記曰知天文者服之左傳曰鄭子臧好聚鷸冠前圖以爲此制是也天地五郊明堂月令舞者服之

方山冠以五采縠爲之漢祀宗廟大享八佾樂五行舞人服之衣冠各從其行之色如其方色而舞焉

術士冠前圓吳制邐迤四重趙武靈王好服之今者不用其說未聞

巧士冠高五寸要後相通埽除從官服之禮無文

卻非冠宮門僕射者服之禮無文

樊噲冠漢將軍樊噲造次所冠以入項籍營廣

七寸前出四寸司馬殿門大護衛士服之
卻敵冠前高四寸通長四寸後高三寸監門衛
士服之禮無文

珠冕（珠冕劉本作珠弁）爵弁收通天冠進賢冠長冠緇
布冠委貌冠皮弁惠文冠古者天子冠所加者
其次在漢禮

帝謚

違拂不成曰隱　靖民則法曰黃
翼善傳聖曰堯　仁聖盛明曰舜

殘人多壘曰桀　殘義損善曰紂
慈惠愛親曰孝　愛民好與曰惠
聖善同文曰宣　聲聞宣遠曰昭
克定禍亂曰武　聰明睿智曰獻
溫柔聖善曰懿　布德執義曰穆
仁義說民曰元　安仁立政曰神
布綱治紀曰平　亂而不損曰靈
保民耆艾曰明　辟土有德曰襄
貞心大度曰匡　大慮慈民曰定

知過能改曰恭　不生其國曰聲

一德不懈曰簡　夙興夜寐曰敬

清白自守曰貞　柔德好衆曰靖

安樂治民曰康　小心畏忌曰僖

中身早折曰悼　慈仁和民曰順

好勇致力曰莊　恭人短折曰哀

在國逢難曰愍　名實過爽曰繆立穆切

壅遏不通曰幽　暴虐無親曰厲

致志大圖曰景　辟土兼國曰桓

經緯天地曰文　執義揚善曰懷
短折不成曰殤　去禮遠衆曰煬
怠政外交曰攜　治典不敷曰祈（一曰震）

蔡中郎外集卷第四終　大小一萬九百百廿七字

右蔡中郎外集四卷皆徐刻歐序十卷本所不載從喬本汪本張本劉本參覈輯錄者十卷本首碑銘次疏表議書論問荅又外紀頌疏賦詩編例視他本爲善茲摭錄不載十卷本者爲外集以碑頌贊銘二十二篇爲第一卷坿箴連珠各一篇祝弔文五篇疏議論書十篇爲第二卷坿女訓一篇賦詩二十篇爲第三卷依十卷本例也獨斷記炎漢掌故爲文外之專述別爲第四卷編于集末依朱崇沐刻韓文考異次順宗

蔡中郎集　一大二百廿九小四

實錄例也所錄據某本皆于每篇題下注明其注十卷本無以鈔本活本皆十卷同徐本也其文體校近有似非中郎作及寥寥數語上下似有闕文悉照錄存俟識者訂正焉高均儒識

# 蔡中郎集卷之末

## 後漢書列傳

蔡邕字伯喈陳留圉人也六世祖勳好黃老平帝時爲郿令王莽初授以厭戎連率勳對印綬仰天歎曰吾策名漢室死歸其正昔曾子不受季孫之賜況可事二姓哉遂攜將家屬逃入深山與鮑宣卓茂等同不仕新室父棱亦有清白行謚曰貞定公邕性篤孝母常滯病三年邕自非寒暑節變未嘗解襟帶不寢寐者七旬母卒

廬于冢側動靜以禮有兔馴擾其室傍又木生連理遠近奇之多往觀焉與叔父從弟同居三世不分財鄉黨高其義少博學師事太傅胡廣好辭章數術天文妙操音律桓帝時中常侍徐璜左悺等五侯擅恣聞邕善鼓琴遂白天子敕陳留太守督促發遣邕不得已行到偃師稱疾而歸閑居翫古不交當世感東方朔客難及揚雄班固崔駰之徒設疑以自通乃斟酌羣言韙其是而矯其非作釋誨以戒厲云爾有務世公

子誨于華顛胡老曰蓋聞聖人之大寶曰位故㠯仁守位㠯財聚人然則有位斯貴有財斯富行義達道士之司也故伊摯有負鼎之衒仲尼設執鞭之言甯子有清商之歌百里有豢牛之事夫如是則聖哲之通趣古人之明志也夫子生清穆之世稟醇和之靈覃思典籍韞櫝六經安貧樂賤與世無營沈精重淵抗志高冥包括無外綜析無形其已久矣曾不能拔萃出羣揚芳飛文登天庭序彝倫埽六合之穢慝清宇宙

之埃塵連光芒于白日屬炎氣于景雲時逝歲暮默而無聞小子惑焉是以有云方今聖上寛明輔弼賢知崇英逸偉不墜于地德弘者建宰相而裂土才羨者荷榮祿而蒙賜盍亦回塗要至俛仰取容輯當世之利定不拔之功榮家宗于此時遺不滅之令蹤夫獨未之思邪何為守彼而不通此胡老傲然而笑曰若公子所謂覩曖昧之利而忘昭晢之害專必成之功而忽躓跌之敗者已公子謖爾斂袂而興曰胡為其然

也胡老曰居吾將釋汝咨自太極君臣始基有羲皇之洪寍唐虞之至時三代之隆亦有緝熙五伯扶微勤而撫之于斯已降天綱縱人紘弛王塗壞太極陁君臣土崩上下瓦解于是智者騁詐辯者馳說武夫奮略戰士講銳電駭風馳霧穢雲披變詐乖詭已合時宜或畫一策而綰萬金或談崇朝而錫瑞珪連衡者六印磊落合從者駢組流離隆賢翕習積富無崖據巧蹈機已忽其危夫華離蒂而萎條去榦而枯女冶容

而淫士背道而辜人毀其滿神疾其邪利端始萌害漸亦牙速速方轂夭夭是加欲豐其屋乃蔀其家是故天地否閉聖哲潛形石門守晨沮溺耦耕顏歜抱璞蘧瑗保生齊人歸樂孔子斯征雍渠驂乘逝而遺輕夫豈傲主而背國乎道不可已傾也且我聞之日南至則黃鍾應融風動而魚上冰豺賓統則微陰萌蒹葭蒼而白露凝寒暑相推陰陽代興運極則化理亂相承今大漢紹陶唐之洪烈盪四海之殘災隆隱天之

高折紘地之基皇道惟融帝猷顯丕泜泜庶類含甘吮滋檢六合之羣品濟之乎雍熙羣僚恭己于職司聖主垂拱乎兩楹君臣穆穆守之已平濟濟多士端委縉綖鴻漸盈階振鷺充庭譬猶鍾山之玉泗濱之石累珪璧不爲之盈采浮磬不爲之索曩者洪源辟而四隩集武功定而干戈戢獫狁攘而吉甫宴城濮捷而晉凱入故當其有事也則蓑笠竝載擐甲揚鋒不給于務當其無事也則舒紳緩佩鳴玉㠯步綽有餘裕

夫世臣門子暬御之族天隆其祜主豐其祿裒膺從容爵位自從攝須理髥餘官委貿其取進也順傾轉圓不足呂喻其便逡巡放屣不足呂況其易夫有逸羣之才人人有優贍之智童子不問疑于老成瞳矇不稽謀于先生心恬澹于守高意無爲于持盈粲乎煌煌莫非華榮明哲泊焉不失所寍狂淫振蕩乃亂其情貪夫徇財夸者死權瞻仰此事體躁心煩闇謙盈之效迷損益之數騁駑駘于修路慕騏驥而增驅卑俯

乎外戚之門乞助乎近貴之譽榮顯未副從而
顛踣下獲熏胥之辜高受滅家之誅前車已覆
襲軌而騖曾不鑒禍以知畏懼予惟悼哉害其
若是天高地厚跼而蹐之怨豈在明患生不思
戰戰兢兢必慎厥尤且用之則行聖訓也舍之
則藏至順也夫九河盈溢非一凷所防帶甲百
萬非一勇所抗今子責匹夫以淸宇宙庸可以
水旱而累堯湯乎懼煙炎之毀熸何光芒之敢
揚哉且夫地將震而樞星直井無景則日陰食

元首寬則望舒朓矦王肅則月側匿是以君子推微達著尋端見緒履霜知冰踐露知暑時行則行時止則止消息盈沖取諸天紀利用遭泰可與處否樂天知命持神任己羣車方奔乎險路安能與之齊軌思危難而自豫故在賤而不恥方將騁馳乎典籍之崇塗休息乎仁義之淵藪盤旋乎周孔之庭宇揖儒墨而與爲友舒之足以光四表收之則莫能知其所有若乃丁千載之運應神靈之符闓閶闔乘天衢擁華蓋而

奉皇樞納玄策于聖德宣太平于中區計合謀
從己之圖也勳績不立予之辜也龜鳳山翳霧
露不除踴躍草萊祗見其愚不我知者將謂之
迂修業思眞棄此焉如靜己俟命不斁不渝百
歲之久歸乎其居幸其獲稱天所誘也罕漫而
已非己咎也昔伯翳綜聲于鳥語葛盧辯音二
鳴牛董父受氏于豢龍奚仲供德于衡輈倕氏
興政于巧工造父登御于驊騮非子享土于善
圉狼瞫取右于禽因弓父畢精于筋角佽飛明

勇于赴流壽王創基于格五東方要幸于談優上官效力于執蓋弘羊據相于運籌僕不能參迹于若人故褱璞而優游于是公子仰首降階忸怩而避胡老乃揚衡含笑援琴而歌歌曰練余心兮浸太清滌穢濁兮存正靈和液暢兮神氣寍情志泊兮心亭亭嗜欲息兮無由生踔宇宙而遺俗兮眇翩翩而獨征建寍三年辟司徒橋玄府玄甚敬待之出補河平長召拜郎中校書東觀遷議郎邕以經籍去聖久遠文學多謬

俗儒穿鑿疑誤後學熹平四年乃與五官中郎將堂谿典光祿大夫楊賜諫議大夫馬日磾議郎張馴韓說太史令單颺等奏求正定六經文字靈帝許之邕乃自書冊于碑使工鐫刻立于太學門外于是後儒晚學咸取正焉及碑始立其觀視及摹寫者車乘日千餘兩塡塞街陌初朝議以州郡相黨人情比周乃制婚姻之家及兩州人士不得對相監臨至是復有三互法禁忌轉密選用艱難幽冀二州久缺不補邕上疏

曰伏見幽冀舊壤鎧馬所出比年兵饑漸至空耗今者百姓虛縣萬里蕭條闕職經時吏人延屬而三府選舉踰月不定臣經怪其事而論者云避三互十一州有禁當取二州而已又二州之士或復限以歲月狐疑遲淹以失事會愚以爲三互之禁禁之薄者今但申以威靈明其憲令在任之人豈不戒懼而當坐設三互自生留閡邪昔韓安國起自徒中朱買臣出于幽賤竝以才宜還守本邦又張敞亾命擢授劇州豈復

顧循三互繼㠯末制乎三公明知二州之要所宜速定當越禁取能㠯救時敝而不顧爭臣之義苟避輕微之科選用稽滯㠯失其人臣願陛下上則先帝蠲除近禁其諸州刺史器用可換者無拘日月三互㠯差厥中書奏不省初帝好學自造皇羲篇五十章因引諸生能爲文賦者本頗㠯經學相招後諸爲尺牘及工書鳥篆者皆加引召遂至數十人侍中祭酒樂松賈護多引無行趣埶之徒竝待制鴻都門下憙陳方俗

閭里小事帝甚悅之待㠯不次之位又市賈小民爲宣陵孝子者復數十人悉除爲郞中太子舍人時頻有靁霆疾風傷樹拔木地震隕雹蝗蟲之害又鮮卑犯境役賦及民六年七月制書引咎誥羣臣各陳政要所當施行邕上封事曰臣伏讀聖旨雖周成遇風訊諸執事宣王遭旱密勿祗畏無㠯或加臣聞天降災異緣象而至辟歷數發殆刑誅繁多之所生也風者天之號令所㠯敎人也夫昭事上帝則自懷多福宗廟

致敬則鬼神以著國之大事實先祀典天子聖躳所當恭事臣自在宰府及備朱衣迎氣五郊而車駕稀出四時至敬屢委有司雖有解除猶爲疏廢故皇天不悅顯此諸異洪範傳曰政悖德隱厥風發屋折木坤爲地道易稱安貞陰氣憤盛則當靜反動法爲下叛夫權不在上則雹傷物政有苛暴則狼虎食人貪利傷民則蝗蟲損稼去六月二十八日太白與月相迫兵事惡之鮮卑犯塞所從來遠今之出師未見其利上

違天文下逆人事誠當博覽衆議從其安者臣不勝憤懣謹條宜所施行七事表左

一事明堂月令天子以四立及季夏之節迎五帝于郊所以導致神氣祈福豐年清廟祭祀追往孝敬養老辟雍示人禮化皆帝者之大業祖宗所祗奉也而有司數以蕃國疏喪宮內產生及吏卒小汚屢生忌故竊見南郊齊戒未嘗有廢至于它祀輒興異議豈南郊卑而它祀尊哉孝元皇帝策書曰禮之至敬莫重于祭所以竭

心親奉㠯致肅祗者也又元和故事復申先典前後制書推心懇惻而近者㠯來更任太史忘禮敬之大任禁忌之書拘信小故㠯虧大典禮妻妾產者齋則不入側室之門無廢祭之文也所謂宮中有卒三月不祭者謂士庶人數堵之室共處其中耳豈謂皇居之曠臣妾之衆哉自今齋制宜如故典庶荅風霆災妖之異

二事臣聞國之將興至言數聞內知己政外見民情是故先帝雖有聖明之姿而猶廣求得失

又因災異援引幽隱重賢良方正敦朴有道之選危言極諫不絕于朝陛下親政以來頻年災異而未聞特舉博選之旨誠當思省述修舊事使褱忠之臣展其狂直以解易傳政悖德隱之言

三事夫求賢之道未必一塗或以德顯或以言揚頃者立朝之士曾不以忠信見賞恆被謗訕之誅遂使羣下結口莫圖正辭郎中張文前獨盡狂言聖聽納受以責三司臣子曠然衆庶解

悅臣愚以爲宜擢文右職以勸忠謇宣聲海內
博開政路
四事夫司隸校尉諸州刺史所以督察姦枉分
別白黑者也伏見幽州刺史楊憙益州刺史龐
芝涼州刺史劉虔各有奉公疾姦之心憙等所
糾其效尤多餘皆枉橈不能稱職或有抱罪褱
瑕與下同疾綱網弛縱莫相舉察公府臺閣亦
復默然五年制書議遣八使又令三公謠言奏
事是時奉公者欣然得志邪枉者憂悸失色未

詳斯議所因寢息昔劉向奏曰夫執狐疑之計者開羣枉之門養不斷之慮者來讒邪之口今始聞善政旋復變易足令海內測度朝政宜追定八使糾舉非法更選忠清平章賞罰三公歲盡差其殿最使吏知奉公之福營私之禍則衆災之原庶可塞矣

五事臣聞古者取士必使諸侯歲貢孝武之世郡舉孝廉又有賢良文學之選于是名臣輩出文武竝興漢之得人數路而已夫書畫辭賦才

之小者匡國理政未有其能陛下卽位之初先涉經術聽政餘日觀省篇章聊㠯游意當代博弈非㠯教化取士之本而諸生競利作者鼎沸其高者頗引經訓風喩之言下則連偶俗語有類俳優或竊成文虛冒名氏臣每受詔于盛化門差次錄第其未及者亦復隨輩皆見拜擢既加之恩難復收改但守奉祿于義已弘不可復使理人及仕州郡昔孝宣會諸儒于石渠章帝集學士于白虎通經釋義其事優大文武之道

蔡中郎集



所宜從之若乃小能小善雖有可觀孔子以爲致遠則泥君子故當志其大者

六事墨綬長吏職典理人皆當以惠利爲績日月爲勞褒責之科所宜分明而今在任無復能省及其還者多召拜議郎郎中若器用優美不宜處之冗散如有釁故自當極其刑誅豈有伏罪懼考反求遷轉更相放效臧否無章先帝舊典未嘗有此可皆斷絕以覈真僞

七事伏見前一切以宣陵孝子者爲太子舍人

臣聞孝文皇帝制喪服三十六日雖繼體之君父子至親公卿列臣受恩之重皆屈情從制不敢踰越今虛僞小人本非骨肉既無奔私之恩又無祿仕之實惻隱思慕情何緣生而羣聚山陵假名稱孝行不隱心義無所依至有姦軌之人通容其中恆思皇后祖載之時東郡有盜人妻者亾在孝中本縣追捕乃伏其辜虛僞雜穢難得勝言又前至得拜後輩被遺或經年陵次以暫歸見漏或以人自代亦蒙寵榮爭訟怨恨

凶凶道路太子官屬宜搜選令德豈有但取丘墓凶醜之人其爲不祥莫與大焉宜遣歸田里吕明詐譌書奏帝乃親迎氣北郊及行辟雍之禮又詔宣陵孝子爲舍人者悉改爲丞尉焉光和元年遂置鴻都門學畫孔子及七十二弟子像其諸生皆敕州郡三公舉用辟召或出爲刺史太守入爲尚書侍中乃有封侯賜爵者士君子皆恥與爲列焉時妖異數見人相驚擾其年七月詔召邕與光祿大夫楊賜諫議大夫馬日

磾議郎張華太史令單颺詣金商門引入崇德殿使中常侍曹節王甫就問災異及消改變故所宜施行邕悉心以對事在五行天文志又特詔問曰比災變互生未知厥咎朝廷焦心載懷恐懼每訪羣公卿士庶聞忠言而各存括囊莫肯盡心以邕經學深奧故密特稽問宜披露失得指陳政要勿有依違自生疑諱具對經術以皁囊封上邕對曰臣伏惟陛下聖德允明深悼災咎褒臣末學特垂訪及非臣螻蟻所能堪副

斯誠輸寫肝膽出命之秋豈可以顧患避害使陛下不聞至戒哉臣伏思諸異皆亡國之怪也天于大漢殷勤不已故屢出祅變以當譴責欲令人君感悟改危即安今災眚之發不于它所遠則門垣近在寺署其為監戒可謂至切蜺墯雞化皆婦人干政之所致也前者乳母趙嬈貴重天下生則貲藏侔于天府死則丘墓踰于園陵兩子受封兄弟典郡續以永樂門史霍玉依阻城社又為姦邪今者道路紛紛復云有程大



一口大三百廿小五

人者察其風聲將爲國患宜高爲隄防明設禁
令浚惟趙霍已爲至戒今聖意勤勤思明邪正
而間太尉張顥爲玉所進光祿勳偉璋有名貪
濁又長水校尉趙玹屯騎校尉蓋升並叨時幸
榮富優足宜念小人在位之咎退思引身避賢
之福伏見廷尉郭禧純厚老成光祿大夫橋玄
聰達方直故太尉劉寵忠實守正並宜爲謀主
數見訪問夫宰相大臣君之四體委任責成優
劣已分不宜聽納小吏雕琢大臣也又尚方工

技之作鴻都篇賦之文可且消息㠯示惟憂詩云畏天之怒不敢戲豫天戒誠不可戲也宰府孝廉士之高選近者以辟召不愼切責三公而今竝㠯小文超取選舉開請託之門違朙王之典衆心不猒莫之敢言臣願陛下忍而絕之思惟萬機以荅天望聖朝旣自約厲左右近臣亦宜從化人自抑損㠯塞咎戒則天道虧滿鬼神福謙矣臣㠯愚贛感激忘身敢觸忌諱手書具對夫君臣不密上有漏言之戒下有失身之禍

願寢臣表無使盡忠之吏受怨姦仇章奏帝覽而歎息因起更衣曹節于後竊視之悉宣語左右事遂漏露其爲邕所裁黜者皆側目思報初邕與司徒劉郃素不相平叔父衞尉質又與將作大匠楊球有隙球卽中常侍程璜女夫也璜遂使人飛章言邕質數以私事請託于郃郃不聽邕含隱切志欲相中于是詔下尚書召邕詰狀邕上書自陳曰臣被召問以大鴻臚劉郃前爲濟陰太守臣屬吏張宛長休百日郃爲司隸

又託河內郡吏李奇爲州書佐及營護故河南尹羊陟侍御史胡母班郃不爲用致怨之狀臣征營怖悸肝膽塗地不知死命所在竊自尋案實屬宛奇不及陟班凡休假小吏非結恨之本與陟姻家豈敢申助私黨如臣父子欲相傷陷當明言臺閣具陳恨狀所緣內無寸事而謗書外發宜㠯臣對與郃參驗臣得㠯學問特蒙褒異執事祕館操管御前姓名貌狀微簡聖心今年七月召詣金商門問㠯災異齋詔申旨誘使臣

言臣實愚贛唯識忠盡出命忘軀不顧後害遂譏刺公卿内及寵臣實欲㠯上對聖問救消災異規爲陛下建康寍之計陛下不念忠臣直言宐加掩蔽誹謗卒至僨用疑怪盡心之吏豈得容哉詔書每下百官各上封事欲㠯改政思譴除凶致吉而言者不蒙延納之福旋被陷破之禍今皆杜口結舌㠯臣爲戒誰敢爲陛下盡忠孝乎臣季父質連見拔擢位在上列臣被蒙恩渥數見訪逮言事者因此欲陷臣父子破臣門

戶非復發糾姦伏補益國家者也臣年四十有
六孤特一身得託名忠臣死有餘榮恐陛下于
此不復聞至言矣臣之愚宂職當咎患但前者
所對質不及聞而衰老白首橫見引逮隨臣摧
沒并入阬陷誠寃誠痛臣一入牢獄當爲楚毒
所迫趣吕飲章辭情何緣復聞死期垂至冒昧
自陳願身當辜戮匄質不并坐則身死之日更
生之年也惟陛下加餐爲百姓自愛于是下邕
質于洛陽獄劾吕仇怨奉公議害大臣大不敬

棄市事奏中常侍呂彊愍邕無罪請之帝亦更
思其章有詔減死一等與家屬髡鉗徙朔方不
得㠯赦令除楊球使客追路刺邕客感其義皆
莫爲用球又賂其部主使加毒害所賂者反㠯
其情戒邕故每得免焉居五原安陽縣邕前在
東觀與盧植韓說等撰補後漢記會遭事流離
不及得成因上書自陳奏其所著十意分別首
目連置章左帝嘉其才高會朙年大赦乃宥邕
還本郡邕自徙及歸凡九月焉將就還路五原

太守王智餞之酒酣智起舞屬邕邕不爲報智者中常侍王甫弟也素貴驕慙于賓客詬邕曰徒敢輕我邕拂衣而去智銜之密告邕怨于囚放謗訕朝廷内寵惡之邕慮卒不免乃亾命江海遠迹吳會往來依太山羊氏積十二年在吳吳人有燒桐㠯爨者邕聞火烈之聲知其良木因請而裁爲琴果有美音而其尾猶焦故時人名曰焦尾琴焉初邕在陳留也其鄰人有㠯酒食召邕者比往而酒㠯酣焉客有彈琴于屏邕

至門試潛聽之曰憘吕樂召我而有殺心何也遂反將命者告主人曰蔡君向來至門而去邕素爲邦鄉所宗主人遽自追而問其故邕具吕告莫不憮然彈琴者曰我向鼓琴見螳蜋方向鳴蟬蟬將去而未飛螳蜋爲之一前一郤吾心聳然惟恐螳蜋之失之也此豈爲殺心而形于聲者乎邕莞然而笑曰此足吕當之矣中平六年靈帝崩董卓爲司空聞邕名高辟之稱疾不就卓大怒詈曰我力能族人蔡邕遂偃蹇者不

旋踵矣又切敕州郡舉邕詣府邕不得已到署祭酒甚見敬重舉高弟補侍御史又轉持書御史遷尚書三日之閒周歷三臺遷巴郡太守復畱爲侍中初平元年拜左中郎將從獻帝遷都長安封高陽鄉矦董卓賓客部曲議欲尊卓比太公稱尚父卓謀之于邕邕曰太公輔周受命翦商故特爲其號今眀公威德誠爲巍巍肰比之尚父愚意㠯爲未可宐須關東平定車駕還反舊京肰後議之卓從其言初平二年六月地

震卓㠯問邕邕對曰地動者陰盛侵陽臣下踰
制之所致也前春郊天公奉引車駕乘金華青
蓋爪畫兩轓遠近㠯爲非宜卓于是改乘皁蓋
車卓重邕才學厚相遇待每集讌輒令邕鼓琴
贊事邕亦每存匡諫然卓多自佷用邕恨其言
少從謂從弟谷曰董公性剛而遂非終難濟也
吾欲東奔兖州若道遠難達且遯逃山東㠯待
之何如谷曰君狀異恆人每行觀者盈集㠯此
自匿不亦難乎邕乃止及卓被誅邕在司徒王

允坐誅不意言之而歎有動于色允勃然叱之曰董卓國之大賊幾傾漢室君爲王臣所宜同忿而懷其私遇以大節今天誅有罪而反相傷痛豈不共爲逆哉卽收付廷尉治罪邕陳辭謝乞黥首刖足繼成漢史士大夫多矜救之不能得太尉馬日磾馳往謂允曰伯喈曠世逸才多識漢事當續成後史爲一代大典且忠孝素著而所坐無名誅之無乃失人望乎允曰昔武帝不殺司馬遷使作謗書流于後世方今國祚

中衰神器不固不可令佞臣執筆在幼主左右旣無益聖德復使吾黨蒙其訕議日磾退而告人曰王公其不長世乎善人國之紀也制作國之典也滅紀廢典其能久乎邕遂死獄中允悔欲止而不及時年六十一搢紳諸儒莫不流涕北海鄭玄聞而歎曰漢世之事誰與正之兗州陳畱閒皆畫像而頌焉其撰集漢事未見錄㠯繼後史適作靈紀及十意又補諸列傳四十二篇因李傕之亂湮沒多不存所著詩賦碑誄銘

讚連珠箴弔論議獨斷勸學釋誨敘樂女訓篆埶祝文章表書記凡百四篇傳于世

論曰意氣之感士所不能忘也流極之運有生所共湥悲也當伯喈裒鉗扭徙幽裔仰日月而不見照燭臨風塵而不得經過其意豈及語平日倖全人哉及解刑衣竄甌越潛舟江壑不知其遠捷步湥林尚苦不密但願北首舊丘歸骸先壟又可得乎董卓一旦入朝辟書先下分明枉結信宿三遷匡導既申狂僭屢革資同人之

先號得北宮之後福屬其慶者夫豈無懷君子斷刑尚或爲之不舉況國憲倉卒慮不先圖矜情變容而罰同邪黨執政乃追怨子長謗書流後放此爲戮未或聞之典刑

贊曰季長戚氏才通情侈苑囿典文流悅音伎邕實慕靜心精辭綺席言金商南徂北徙籍梁懷董名澆身毀

右傳據汲古本錄刊尋假得何氏焯所校明嘉靖閒廣東崇正書院重脩本復對勘之崇

正本是汲古本非者悉照刊正其崇正本亦非經何氏校正者如夫夫有逸羣之才脫下夫字何據本集補邕乃書丹于碑丹譌冊何據水經注改云有程夫人者夫譌大何據崔烈傳改乘金華青蓋爪畫兩轓爪譌瓜何云輿服志作蚤案蚤通爪皆未改刊以版既成不能分注于每句之下但改其字則是襲取爰仍兩本譌脫而著何校于篇後以襮鹵莽沿謬無可自揜之愆云

# 年表

| | |
|---|---|
| 順帝陽嘉二年 | 邕生<br>邕字伯喈陳畱圉人 |
| 三 | |
| 四 | |
| 永和元年 | |
| 二 | |

三 四 五 六 熹平 二 建寧

| 三 | 四 | 五 | 六 | 熹平 | 二 | 建寧 |
|---|---|---|---|---|---|---|
| | | | | | | |

二二三六三十丙小寄

| 沖帝永嘉元年 | 質帝本初元年 | 桓帝建和元年 |
| --- | --- | --- |
| | | |

年表

海源閣

二

三

和平

元年

元嘉

元年

二

永興

元年

二十一歲

瑯邪王傅蔡朗碑

| 紀年 | 年歲 | 事蹟 | 著述 |
| --- | --- | --- | --- |
| | 二十二歲 | | |
| 熹平元年 | 二十三歲 | | |
| 二 | 二十四歲 | | 元文先生李休碑 |
| 三 | 二十五歲 | 初以小黃門爲守宮令置宂從右僕射官 | |
| 延熹元年 | 二十六歲 | | |
| 二 | 二十 | 梁冀伏誅封中常侍單超徐璜具瑗左悺唐衡五人爲縣侯尚書令尹勳等七人爲亭侯中常侍侯覽上縑五千匹賜爵 | 中常侍徐璜等以邕善鼓琴白帝敕陳留太守督促發遣邕不得已行至 |

| | | | |
|---|---|---|---|
| | 七歲 | 關內侯又托與議誅梁冀進封高鄉侯又封小黃門趙普趙忠等八人爲鄉侯自是權勢專歸宦官五侯尤貪縱傾動內外 | 偃師穪疾歸作述行賦 汝南周勰碑 陳留索昏庫上里社碑 |
| 三 | 二十八歲 | 宗正劉寵爲大鴻臚 | |
| 四 | 二十九歲 | 省宂爲右僕射官 大鴻臚劉寵爲司空 | 濟北相崔君夫人誄 |
| 五 | 三十歲 | | |
| 六 | 三十一歲 | 司空劉寵免 | 朱穆謚議 朱穆墳前石碑 朱穆鼎銘 |
| 七 | 三十二歲 | | |
| 八 | 三十三歲 | 太尉楊秉薨 | 太尉楊公碑 王子喬碑 |
| 九 | 三十四歲 | | |

二三大七十七小二百廿四

| | | | |
|---|---|---|---|
| 永康元年 | 三十五歲 | 董卓以破羌功拜郎中將作大匠橋元爲度遼將軍 | |
| 靈帝建寧元年 | 三十六歲 | 太后臨朝帝乳母趙嬈與中常侍曹節等諂事太后數有封拜曹節等奉帝殺太傅陳蕃大將軍竇武節等十八人皆封矦度遼將軍橋元爲河南尹八月宗正劉寵爲司空九月遷司徒 | 交阯都尉胡夫人黃氏神誥<br>陳畱太守胡碩二碑 |
| 二 | 三十七歲 | 河南尹橋元爲少府尋爲大鴻臚　六月司徒劉寵爲太尉十一月免　太僕郭禧爲太尉 | 郭泰碑<br>處士圉典碑<br>童幼胡根碑 |
| 三 | 三十八歲 | 太尉郭禧罷<br>大鴻臚橋元爲司空 | 辭郡辟讓申屠蟠書　辟司空橋元府出補河平長　召拜郎中校書東觀遷議郎　東鼎銘<br>黃鉞銘　太傅胡公夫人靈表 |

| | | | |
|---|---|---|---|
| 四 | 三十九歲 | 帝始加元服大赦天下<br>三月司空橋元爲司徒七月免<br>越騎校尉楊賜爲少府 | 上始加元服與羣臣上壽表 |
| 熹平元年 | 四十歲 | 車駕上原陵<br>太傅胡廣薨<br>少府楊賜爲光祿勳 | 論上陵禮<br>太傅胡公三碑 |
| 二 | 四十一歲 | 大疫<br>二月光祿勳楊賜爲司空<br>七月免復拜光祿大夫<br>北海地震 | 彭城姜肱碑 |
| 三 | 四十二歲 | | |
| | 四十 | 五官郎中馮光沛相上計掾陳晃言曆元不正太史治曆郎中郭香劉固意造妄說詔下三府與儒林明道者詳議太尉陳耽等以邕議劾光晃不敬正鬼薪法詔勿治罪 | 會司徒府議曆數與五官中郎將堂谿典光祿大夫楊賜諫議大夫馬日磾議郎張馴韓說太史令單颺等奏 |

二丁大五十九小四百苟

| 四 | 五 | |
|---|---|---|
| 三歲 | 四十四歲 | 四 |
| 博士盧植爲九江太守尋以疾去官<br>詔諸儒正定五經文字刻石立于太學門外<br>盧植奏上尚書章句三禮解詁請考定得失刊正碑文<br>使宦者爲令列于內署自是諸署悉以閹人爲丞令<br>宏農三輔螟<br>太尉李咸薨 | 御殿後槐樹自拔倒豎<br>光祿大夫楊賜爲司徒<br>以盧植爲廬江太守 | 市賈小民相聚爲宣陵孝子者<br>詔皆除太子舍人<br>南宮平城門內屋武庫屋及外東垣屋前後自壞<br>大旱七州蝗<br>京師地震 |
| 求正定五經文字<br>按傳稱正定六經文字靈帝紀及儒林宦者傳皆作五經今從之<br>上書請除三互法<br>中鼎銘<br>太尉李公碑 | 伯夷叔齊碑 | 諫伐鮮卑不從 |

六

十五歲

鮮卑寇三邊先是鮮卑三十餘犯塞護烏桓校尉夏育上言請徵幽州諸郡兵擊之乃遣育與破鮮卑中郎將田晏匈奴中郎將臧旻將南單于以下三道出討鮮卑大司農經用不足殷斂郡國以給軍糧三將無功還者少半

詔羣臣各陳政要所當施行

徵拜盧江太守盧植爲議郎與諫議大夫馬日磾議郎蔡邕楊彪韓說等竝在東觀校五經記傳補續漢記尋轉侍中遷尚書

司徒楊賜免

帝從邕言是歲親迎氣北郊及行辟雍禮

詔宣陵孝子爲舍人者悉改爲丞尉

上封事七條

| 光和元 |
|---|
| 四十六 |

置鴻都門學敕州郡三公舉召
能爲尺牘辭賦及工書鳥篆者
爲諸生有至封爵者
二月己未地震
四月丙辰地震
流星犯軒轅第二星東北行入
北斗魁中
南宮侍中寺雌雞化爲雄
五月有白衣人入德陽殿門口
稱梁伯夏敎我上殿與桓賢語
言訖不見
六月有黑氣墮帝所御溫德殿
中
七月青虹見御坐玉堂後堂庭
中
八月彗星出亢北入天市中
尚書盧植上書爲蔡邕訟冤
詔中尚方爲鴻都文學樂松江

詔召邕與光祿大夫楊賜諫
議大夫馬日磾議郎張華太
史令單颺詣金商門引入崇
德殿使中常侍曹節王甫就
問災異及消改變故所宜施
行邕悉心以對凡七事
於特詔密問災異所由令以
皁囊封上書奏帝覽而歎息
會曹節宣講左右事遂漏露
其中被邕裁黜者皆側目思
報中常侍程璜乃使人飛章
言邕過失詔下尚書召邕詰
狀上書自陳遂下邕洛陽獄
劾以大不敬棄市書奏中常
侍呂强愍邕無罪請之有詔
減死一等與家屬髡鉗徙朔
方不得以赦令除
楊球使客刺邕又賂部主使

年 歲

覽等三十二人圖像立贊尚書
令陽球上書諫止不聽
光祿大夫楊賜爲少府
光祿大夫橋元爲太尉

加毒害皆不果
上漢書十意疏
報揚復書　報芊月書
西鼎銘

二 四十七歲

大鴻臚劉郃爲司徒
太尉橋元罷
少府楊賜爲光祿勳
司隸楊球奏收中常侍王甫太
尉段熲殺之磔甫屍中常侍呂
強上疏辭封都鄉侯爲蔡邕段熲訟冤
司徒劉郃永樂少府陳球衞尉
陽球步兵校尉劉納謀誅宦者
事泄皆下獄死
光祿楊賜爲司徒

帝覽邕所著十意
嘉其才高會大赦
宥還本郡自徙及
歸凡九閱月將就
還路五原太守王
智甫弟也邕慢智
遂銜之慮卒不免
乃亾命江海遠迹
吳會往來依太山
羊氏積十二年

三 四十八歲

司徒楊賜罷尋爲太

四 四十九歲

常

| | | | |
|---|---|---|---|
| 五 | 五十歲 | 太常楊賜爲太尉 | 京兆樊惠渠頌 |
| 六 | 五十一歲 | 石經刻成立太學講堂前 | 與何進薦邊讓書 |
| 中平元年 | 五十二歲 | 黄巾賊張角叛拜盧植爲北中郎將討之<br>太尉楊賜免<br>中常侍趙忠夏惲等譖呂强殺之<br>太尉橋元薨<br>盧植連破張角圍角等于廣宗小黄門左豐譖之植坐減死<br>尚書張馴爲大司農 | 太尉橋公廟碑<br>太尉橋公碑<br>司徒袁公夫人馬氏靈表 |
| 二 | 五十三歲 | 九月特進楊賜爲司空十月薨 | 貞節先生范丹碑<br>司空文烈侯楊公三碑 |
| 三 | 五十四歲 | 前太邱長陳寔卒<br>按通鑑寔卒系于四年之冬集中兩碑皆作三年八月卒今從之 | 陳太邱二碑 |

四

五十五歲

議郎胡公夫人哀讚

五

五十六歲

射聲校尉馬日磾爲太尉
光祿勳劉宏爲司空
光祿少府楊彪爲太僕尋遷衛尉

陳太邱廟碑

五　十

太尉馬日磾免
四月帝崩王子辯即位大赦天
下改元光熹封帝協爲渤海王
尋徙封陳畱上軍校尉蹇碩謀
殺大將軍何進進先殺之司隸
校尉袁紹勸進盡誅宦官
侍御史鄭泰尚書盧植諫何進
召董卓不從卓聞召即如雒陽
以誅宦官爲名
中常侍張讓段珪等殺何進于
是虎賁中郎將袁術與袁紹等
燒南北宮誅宦者二千餘人讓珪
等劫帝奔小平津尚書盧植河

董卓聞邕名敕州
郡辟之稱疾不赴
卓怒詈曰我能族
人邕懼應命到署
祭酒舉高第補侍
御史又轉治書御
史遷尚書三日之
閒周歷三臺遷巳
郡太守復畱爲侍
中
薦太尉董卓表
讓尚書乞在閒宂
表

六　七歲

獻　五

南中郎掾閔貢追讓珪等斬數
人餘皆投河死
帝還宮赦天下改元昭寧
董卓諷朝廷以久雨策免司空
劉宏而代之
董卓欲廢帝盧植不從卓議卓
怒欲殺植侍中蔡邕議郎彭伯
請之乃止九月卓遂廢帝爲宏農
王酖殺何太后
陳留王協即位大赦改元永漢
董卓自爲太尉封郿侯十一月以
卓爲相國衛尉楊彪爲司空十二
月還司徒
詔除光熹昭寧永漢三號還復中
平六年
關東州郡悉起兵討董卓以渤
海太守袁紹爲盟主
董卓使人酖殺宏農王

巴郡太守謝表

拜左中郎將從帝遷都長安
封高陽鄉侯
讓高陽鄉侯印綬符策二

帝初平元年　十八歲

二　五十九歲

六

二月車駕西遷董卓留屯畢圭苑中悉燒宮廟官府居家二百里内室屋蕩盡

司徒楊彪免尋拜光祿大夫數遷大鴻臚少府太常以病免復爲京兆尹

三月車駕入長安

詔和安順桓四帝及恭懷敬隱恭愍三皇后並除尊號

二月董卓自爲太師位在諸侯王上後將軍袁術將孫堅攻董卓戰于同谷卓敗走洛陽遂發掘諸帝陵

四月董卓還長安

地震

太常馬日磾爲太尉

四月司徒王允與中郎將呂布誅殺董卓

表

諫止董卓自稱尚父

按通鑑初平二年卓黨欲尊卓比太公稱尚父以邕諫止今從本傳

宗廟祝嘏辭

宗廟迭毀議

諫董卓乘車輿制

卓剛愎自用邕憾其言少從欲遯之山東不果

董卓既誅邕在司徒王允坐閒之驚歎允怒收付廷

三十歲

夷三族以允錄尚書事總朝政太尉馬日磾爲太傅錄尚書事京兆尹楊彪爲光祿勳九月遷司空錄尚書事尚書盧植卒

尉治罪士大夫多矜救不能得太尉馬日磾馳往謂允邕忠孝素著所坐無名誅之恐失人望可令其續成漢史允執不聽邕遂死獄中允悔欲止而不及遠近搢紳皆爲歎泣兗州陳留聞皆畫像頌焉

右表參採紀傳及律歷祭祀天文五行諸志繫年多據後漢紀資治通鑑二書五經立石次于光和六年則從水經注也按邕本傳董卓旣誅邕在王允坐爲允所收死于獄中時年六十一然卓誅在初平三年

壬申使是時邕年果已六十一歲當生于陽嘉元年壬申而光和元年尚書詰狀自陳書有臣年四十有六之語計至亥年止六十歲則邕生實于陽嘉癸酉本傳誤矣蔡中郎集六卷本之陳畱所刻其中頗有足據今以年月可繫之文次入表中俾好古者一廣見聞也王昶識

王氏篹中郎年表但次年月可繫之文其無年月可繫者皆不載而表載熹平元年

論上陵禮集本佚其篇案司馬禮儀志上
陵注引謝承書曰建寍五年歲次壬子五月改元熹平表以紀年祇合書元也正月車駕上原陵蔡邕爲司
徒掾從上行到陵見其儀愾然謂同坐者
曰聞古不墓祭朝廷有上陵之禮始爲可
損今見威儀察其本意乃知孝明皇帝至
孝惻隱不可易舊或曰本意云何昝京師
在長安時其禮不可盡得聞也光武卽世
始葬于此明帝嗣位踰年羣臣朝正感先

帝不復聞見此禮乃帥公卿百僚就園陵
而創焉尚書陛西陛爲神坐天子事亾如
事存之意苟先帝有瓜葛之屬男女畢會
王侯大夫郡國計吏各向神坐而言庶幾
先帝神魂聞之今者日月久遠後生非時
人但見其禮不知其哀以明帝聖孝之心
親服三年久在園陵初興此儀仰察几筵
下顧羣臣悲切之心必不可堪邕見太傅
胡廣曰國家禮有煩而不可省者不知先

帝用心周密之至于此也廣曰然子亟載之以示學者邕退而記焉魚豢曰孝明以正月旦百官及四方來朝者上原陵朝禮是謂甚違古不墓祭之義臣昭以爲邕之言然王氏次此論之目于表岾據昭注今具錄如右集本既皆未載不復增入表又載熹平四年與堂谿典等奏求正定五經文字當有所奏之篇集本亦佚更俟別考

三十三 大一百卅句 小句

通部大小廿十三萬四千一百六十字

蔡中郎集卷末終 大小一萬一千五百廿六字

傳古樓景印

四部要籍選刊·集部
蔣鵬翔 主編

# 蔡中郎集

三

蔡中郎集舉正

浙江大學出版社

# 本册目録

## 蔡中郎集舉正

蔡中郎集六卷　羅以智撰　蔡中郎集舉正二卷　未刊，有鈔本，極精博

漢蔡邕撰。邕集久佚，今因輯而成者凡二本，一爲張溥漢魏百三家集本，一爲陳留令徐子器翻刊本。又正德乙亥錫山華氏活字版本，萬曆癸酉東陽王乾章刊本，即徐子器本，均十卷，佳。明萬曆中刊本十卷，不及華、王二本。華本每葉十四行，行二十三字；王本每葉十八行，行二十一字。汪士賢本八卷，張溥二卷。順治間劉潤美刊明徐子器本，即王乾章本。又有雍正、咸豐中刊本。二年壬子聊城楊氏海源閣刊本十卷，附外集四卷。

羅以智字鏡泉，錢塘人，道光五年乙酉科拔貢，西安縣學訓導，慈溪學教諭。

孫詒讓曰：羅以智蔡中郎集舉正，余家有手鈔本，極精博。　右條見邵氏四庫簡明目錄標注蔡集下附錄

武林葉氏

去歲本館創辦之第一年，為謀傳布先哲之精神，印有叢書之編印，擇文舉羅鏡泉先生恬養齋文鈔為第一種，並搜得遺文若干首，數月書成，又以持贈豐華堂主人楊見心先生，承出示鏡泉蔡中郎集舉正鈔本，未刊稿也，自序一首亦為文鈔所未及，噫見聞之難周如此。去歲命胥傳鈔一本付館庋藏，余自粗校一過。卷首有田印，為東書三冊，印眉有校語數則，不知出誰手，今以朱筆度于上方。前後豐華主人所書提要及節錄遺事亦以朱筆錄之。間有豐華所校一條，之刻雙有署名，刻之。廿九年九月廿三日顧廷龍記東漢人文集傳於今者惟蔡中郎集爲著然原本久佚輯自宋時今僅存明刊本宋本已不可復見矣余友高伯平爲楊至堂河帥新刊中郎集以顧千里所校爲主參之各本擇善而從徵其同異而兼存之折其是非而嚴辨之二千餘年沿譌襲謬一但俾有定本中郎有知當無遺憾刊既成示余屬復加校勘前輩盧抱經嚴鐵橋兩家有校本余並得見之盧氏以宋本校所改字多與鈔本同嚴氏別爲編次仍多譌謬不足稱定本勞季言爲言吴中吴厚齋名時中者曾有校本余求之不可得季言自有校本又藏有袁壽階過錄千里校本余又曾見陳仲魚過錄千里校本兩本亦有異同新刊本中有未之采列者伯平所謂顧校尚有別本是也竊謂宋本惜不得見據廣川書跋圈點容齋隨筆餘糧觀之宋

武林葉氏

本獨不誤又據后村詩話觀之宋本必勝今本各本自以鈔本爲最善雖行草書易致誤細繹其疑似處尚可會悟宋本之彷彿活字本次之他本亦各有較勝處但各本皆不免以今人文義相臆改兼之鈔刻傳譌第就集本互勘猶不足以得廬山面目余因取兩漢書而下所見諸書中有與中郎文相關者博證旁通求其確據不僅斷斷於字句間臆測而擬議之庶免師心自用之誚凡得若干條錄爲兩卷命曰蔡中郎集舉正仿宋方崧卿校輯韓集例也外集采自張本各篇見諸何書悉爲尋注遺文如文選注所引陳球碑劉寬碑按其文在隸釋後碑中陳球前碑通志略亦以爲中郎文劉寬前碑藝文類聚繫之桓麟又文選注所引度侯碑按其文在外集荊州刺史庾侯碑中庾爲度字之誤明矣隸釋

度尚碑别是一碑兩碑文故不載入又斷篇如朔方上
論渾天書筆論女訓諸篇又斷句如顔氏家訓文選注
藝文類聚北堂書鈔初學記太平御覽諸書所引俱采
綴焉質之伯平未審於校勘之旨爲有當否咸豐四年
甲寅仲冬之月羅以智識

武林葉氏

# 蔡中郎集舉正

錢唐羅以智鏡泉甫撰

## 蔡中郎集目

**故太尉橋公廟碑** 惠氏棟云橋或作喬見陳球碑古文通○案通志略廣韻喬爲廣姓橋以地爲姓北周文帝命橋氏去木從喬在漢時自當從橋然漢時橋僑字並通用喬則諸書於亡之姓或作橋或作喬皆不得以爲非也

**王子喬碑** 水經汳水注杜預曰梁國蒙縣北有薄代城城中有成湯冢其西有箕子冢今城內有故冢方墳疑即杜元凱之所謂湯冢者也而世謂之王喬冢冢測有碑題云仙人王子喬碑案酈注所載碑文即中郎文題首仙人二字或集本所有或碑本所增莫可攷也

**郭有道林宗碑** 文選作郭有道碑初學記十八同

**處士圂叔則銘** 藝文類聚三十七引作處士圂典碑案四皓之東園公顏師古作圂公匡謬正俗引圂稱陳留風俗傳自序圂公之後三國魏志衛臻傳注引郭林宗傳有圂文生元和姓纂誤作圂文臻與文生同郡則圂爲陳留著姓是文當依類聚作圂典必爲陳留郡人無疑廣川書跋亦謂蔡邕集載有作圂典則

宋本尚不譌而後村詩話亦作圂者疑爲後人誤改

司空文烈侯楊公碑 藝文類聚四十六初學記十引是文皆作楊太尉碑

議郎胡公夫人哀讚 韻補二引作趙夫人哀讚

陳留索昏庫上里社銘 顧氏廣圻云索當作東虞延傳陳留東昏人也少爲戶牖亭長勞氏格云北堂書鈔禮儀部八太平御覽禮儀部十一引作陳留東昏庫上里社碑○案水經注濟水又東逕東昏縣故城北陽武縣之戶牖鄉矣漢丞相陳平家焉平少爲社宰以善均肉稱今民祠其社左傳哀十三年杜注戶牖陳留外黃縣西北東昏城是史記索隱秦時戶牖鄉屬陽武漢以戶牖爲東昏縣屬陳留也考晉時縣廢其故城今在開封府蘭儀東北二十里大名府之東明縣亦東昏地也陳留風俗傳作東緡司馬貞曰屬陳留者音昏屬山陽者音旻續郡國志東昏東緡爲兩縣通典東昏俗曰東緡者誤索隱陳丞相系家里中社平爲宰其里名庫上里知者據蔡邕陳留東昏庫上里社碑云又案文中云作頌銘字當依索隱書鈔御覽作碑

郡掾吏張玄祠堂碑銘 案文中有署致掾史之語題中掾吏當是掾史續百官志凡郡國皆置諸曹掾史掾爲掾屬史爲令史掾史皆吏也稱吏不得兼稱掾史

荅詔問災異各本題爲荅詔問災異八事然所荅止七事未條爲荅特詔問不在八事之數是也當別爲一篇揚賜傳光和元年有虹晝降於嘉德殿前帝惡之引賜及議郎蔡邕等入金商門崇德署使中常侍曹節王甫問以祥異禍福所在靈帝紀光和元年秋七月壬子青虹見御坐玉堂後殿中續五行志五注引袁山松書曰是年七月虹晝見御坐玉堂後殿前庭中色青赤也是詔問因虹晝見而連及屢見之災異亦是一事案初學記二因張璠漢紀曰靈帝時虹晝見中引議郎蔡邕詣金商門問對曰虹蜺小人女子之祥也並載東觀漢紀今中郎集無其文佚去故止存七事荅問由近及遠投蜺在六月爲第二事人化在五月爲第三事雞禍在四月爲第四事日食地震在二月四月爲第五事星變無考當在是時爲第六事蝗在上年冬爲第七事屋自壞在上年二月爲第八事

爲陳留太守上孝子狀太平御覽八百二十一引蔡邕進表梅氏鼎祚東漢文紀狀作表

薦皇甫規表顧氏廣圻云薦當作訟本傳論輸左校諸公及太學生張鳳等三百人詣闕訟之即其事也○上書爲人雪冤曰訟范書中不勝枚舉但是文並非訟冤實是薦用案文中有忝污顯列之句中郎於建寧三年甫拜議郎相去八九年當規泰山徵還論輸左校在桓帝延熹中猶未入仕文中稱先帝則是文

武林葉氏

作於靈帝時無疑顧説非也疑在規徵爲尚書之後遷宏農太守之前藝文類聚五十三引作薦皇甫規表

薦邊文禮書 與薦皇甫規表前後移易既未具安當仍依十卷本之舊第九卷移次第六亦非歐輯原次不得輕爲移易

讓高陽侯印綬符策表

再讓高陽侯印綬符策表 按本傳中郎於初平元年從獻帝遷都長安封高陽鄉侯題中脱鄉字

明堂月令論 續漢志八引作明堂論詩正義十六之五文選注四十六引作月令論太平御覽一百八十四又引作明堂月令記

外紀

周氏香巖書屋舊鈔本首一行有蔡邕行實傳之目後仍無此文顧氏廣圻云蓋當有也如陳政要七事不見必在此内否則既在後漢書本傳似不應不采

上漢書十志疏 顧氏廣圻云志當作意○案桓帝諱志本紀注志之字曰意中郎集本作志者必爲後人所改

述行賦水經注濟水一引作述征賦文選陸士衡前緩聲歌鮑明遠代君子有所思詩注亦引作述征賦然魏都賦雪賦舞鶴賦注引作述行賦

飲馬長城窟行文選二十七藝文類聚四十一皆作樂府古詩文選注云言古詩不知作者姓名太平御覽五百九十五亦引作古詩惟玉臺新詠題蔡邕作郭茂倩樂府三十八作古辭引樂府解題或云蔡邕之辭

篆勢晉書衛恆傳古文苑十七太平御覽七百四十九並作篆勢藝文類聚七十四引作篆書勢初學記二十一引作篆書體書斷引作贊而分為大篆小篆隸勢仍引作隸勢

外集目

司空房楨碑案司空拜罷皆書於本紀中桓帝紀永興元年冬十月光祿勳房植為司空黨錮傳初桓帝為蠡吾侯受學於甘陵周福及即帝位擢福為尚書時同郡河南尹房植有名當朝鄉人為之語曰天下規矩房伯武疑房楨即房植之誤與下篇度侯之作庾侯相似耳

荊州刺史庾侯碑藝文類聚五十引作荊州刺史庾侯碑案文選顏延年祭屈原文表彥伯三國名臣序贊兩注並引是碑中文一稱度尚碑一稱度侯碑則庾字為類聚之譌隸釋有漢故荊州刺史度

武林葉氏

侯蔭之碑與是文異改別是一碑

京兆尹樊德雲銘藝文類聚六引作京兆尹樊陵碑文選魏都賦注亦引作樊陵碑

南巡頌藝文類聚三十九太平御覽五百三十七並引爲班固作古文苑以爲中郎文

五靈頌案緯書禮稽命徵曰古者以五靈配五方龍木也鳳火也麟土也白虎金也神龜水也據此則五靈頌有五首是文頌白虎爲五靈之一上首麟頌亦爲五靈之一今存二首當佚龍鳳神龜三頌

祝社文北堂書鈔一百五十五引作祝祖文

禊文文選閒居賦注引作祓禊文石闕銘注又引作祝禊文北堂書鈔一百五十四引作修禊說

女訓文選張茂先女史箴注北堂書鈔一百三十五又一百三十六太平御覽四百五十九又七百十四又七百十九並引作女誡御覽三百六十五誡又引作戒又北堂書鈔一百九太平御覽五百七十七所引女訓並非是文

檢逸賦案陶淵明集中閑情賦序云初張衡作定情賦蔡邕作靜情賦檢逸辭而宗澹泊則是題當作靜情賦

彈琴賦文選文賦注藝文類聚四十四北堂書鈔一百九初學記十六古文苑並無彈字又文選陸士

衡擬今日良宴會詩注引作琴頌

胡粟賦 藝文類聚八十七太平御覽九百六十四並引作傷故粟賦案古文苑作胡粟賦初學記二十八作傷胡粟賦胡疑故字之誤當依類聚御覽為是

荅元式詩 藝文類聚三十一荅下引有對字

# 蔡中郎集卷第一

故太尉橋公廟碑 水經睢水注睢陽故城北五六里橋元墓冢東有廟本傳敘官敘事並不詳是碑可以補正後碑敘官次序與是碑相符而不敘事

克明克哲二句 文選景福殿賦注引之

時亮天功 二卷陳太邱碑惟亮天工亦作工范書列傳第六十四贊曰既云天工亦資人亮注引尚書惟時亮天工前書敘傳述紀惟亮天工文選陸士衡於承明作與士龍詩漢高祖功臣頌注並引之

少辟孝廉 案孝廉當言舉言察不當言辟

為侍御史 為字上鈔本有再字不當脫去

牧一州典五郡 文選沈休文齊故安陸昭王碑注引曰牧一州典五郡也案選注援引往往增也字

享年七十五光和七年 案西鼎銘中光和元年稱米馬舊七十則享年七十五當卒於光和六年本傳不誤若以光和七年卒則享年當為七十

武林葉氏

六鼎銘對若不之辭不當以成數渾言之

夏五月甲寅

九月乙卯　案通鑑目錄光和六年五月辛亥朔甲寅爲四日若在七年五月乙巳朔甲寅爲十日若在六年九月己酉朔乙卯爲七日若在七年九月癸酉朔不得有乙卯據此甲寅乙卯兩日推之范書本傳作六年益信而有徵矣

三孤故

臣門人云云　案三孤爲句不貫下文猶之今人文書子若干人也盧氏文弨誤連下讀其說未然但可依水經注改俗本耳水經睢水注引故臣門人至以昭光懿止無官簿次第事之實錄八字禮則作體則其引是文作鼎銘文誤也

文德銘于三鼎二句　據此二語盧氏文弨云鼎鉞銘舊在此篇之後是也

公糾發贓罪　即本傳豫州刺史周景遣部陳從事考陳相羊昌臧罪事贓說文未有此字漢書作臧

洛陽左尉　水經洛水注引魏略曰漢火行忌水故去其水而加佳魏爲土德土水之牡也水得土而流土得水而柔除佳加水顏師古曰如魚氏說案說文雒字但訓鵋鵙水部洛字訓洛水魚氏說非也雒不見於詩洛不見於左傳周禮豫州其川熒雒雍州其浸渭洛古時二字各別自魏人書雒爲洛而雒洛錯出互改古書竄亂莫辨矣

辟司徒　案司徒下脫府字上文有府字考漢時四府屬官稱曰辟某某府或官名下加姓名范書皆然

廷尉郭貞　范書郭鎮傳長子賀賀弟禎亦以能法律至廷尉貞即禎也

鬼薪公　本傳坐事爲城旦刑即是事而不書

除侯部候　鈔本上侯字作假蓋後字

曾氏箋云舜耕歷山山在縣
圖記謂府之南山爲歷山舜
所耕處誌其城爲歷城此云
故城待攷 豐華

草書之譌下作候徐本皆作侯據范書侯部候當爲後部侯三字是官名不識句讀以致疑有譌竄之字西
域之事顧氏廣圻云與後漢書西域傳不合未詳○案是文與西域後王傳互有詳略並無不合傳中所書戊校尉閻詳疑與稱其事之人即是事也牛臨淄令賂之惠氏棟云謝承後漢書臨淄令路芝○案御覽人事部百二十二引謝承書贓多遂正其罪顧氏廣圻云臧多遂正四字爲一句
蕃縣有帝舜廟勞氏格云蕃縣當依郡國志作潘縣○案蕃縣屬魯國潘縣屬上谷郡隸幽州潘顏師古音普半翻故城在今直隸宣化府保安州東南水經注灅水又北逕潘縣故城城西北三里有歷山山上有虞舜廟與是文合蕃爲潘之誤審矣又案水經注河水四又南過蒲坂縣西引皇甫謐曰舜所都也或言蒲坂或言平陽及漢者也通鑑胡注據水經注潘當作漢蓋漢縣之誤潘縣猶之潘水之轉誤漢水耳或謂河水篇漢字正傳寫之誤今殿本水經注據永樂大典改漢爲潘循王悝黜封
癭陶王拜鉅鹿太守范書桓帝紀延熹八年勃海王悝謀反降爲癭陶王注癭陶縣屬鉅鹿郡其事詳史弼曹節兩傳中風俗通七月二日拜鉅鹿太守案其年揚秉薨正爲延熹八年司徒
司空本傳遷司空轉司徒靈帝本紀建甯三年八月大鴻臚橋元爲司空四年三月爲司徒七月免以災異也○案後碑遂涉司空司徒是文誤倒會放狼籍會盧氏文弨校作貪徒拜光祿大

夫復拜太尉如前遜位靈帝本紀光和元年十二月爲太尉故是年七月答特詔問中稱光祿大夫二年三月罷故本傳稱元年遷太尉數月復以疾罷凡所獲祿鈔本祿下增位字

乃以丕貺丕鈔本作不顧氏廣圻云不貺者令文尚書之不台也

東鼎銘水經注作古鼎

八月丁丑本紀不書日以通鑑目錄推之是月乙丑朔丁丑爲十有三日乃詔曰中西二鼎銘皆稱制詔曰是文單稱詔案後漢書光武帝紀劉氏敓刊誤云案史無有書制詔曰者唯下三公及它官詔有云制詔某官史亦不著曰字明此多一制字也說者云武后諱詔曾改此詔作制後人因誤重之也據是說則是文無制字爲是

二月丁丑二中鼎文刻作三案本紀在三月是月辛酉朔丁丑爲十有七日二月無丁丑本紀亦不書日

中鼎銘北堂書鈔五十二設官部四引首句至然後受命止作鍾鼎銘序無丁丑二字延公作進公無以讓帝曰俞往哉七字案鍾字疑爲中字之譌藝文類聚四十七職官部三太平御覽二百八職官部六所引同又案中郎文集闕譌者多黃鉞稱銘有銘三鼎稱銘無銘據歐虞所引稱爲銘序則存者序文而銘辭佚去公叔鼎銘當亦有序有辭梁代已失流傳致啟彥和之譏耳

回乃不敢不弼（顧氏廣圻云隸續司空殘碑予違爾輔與此皆用尚書予違汝弼也）越十月庚午（以通鑑目錄推之十月戊子朔不得有庚午）十二月丁巳（以通鑑目錄推之是月丙午朔丁巳爲十有二日）于時侍從陛階（陛盧氏文弨校作楯）

黃鉞銘（文心雕龍有撟公之鉞吐納典謨之語）

孝桓之季年（本傳亦但云桓帝末棠鮮卑寇鈔據本紀及烏桓鮮卑傳在延熹九年之夏東夷句驪傳中言建寧二年元菟太守耿臨討之斬首數百級伯固降服即是事也本傳言督諸將守討擊胡虜及伯固等守即耿臨也本傳言在職三年是文亦云旡事三年則徵入爲河南尹當在建寧二年伯固降服之時其徵拜度遼將軍當在熹九年永康元年間）延百固冰散于東鄰（百亦當作伯）鮮卑收迹（北堂書鈔一百十五武功部三鮮卑收迹注引蔡邕度遼將軍始受黃鉞銘又一百十九注云鮮卑入塞河朔虔劉度遼將軍始受旌旃鉦鼓之任鮮卑斂迹視事三年烽燧爰息弓不受彄馬不帶纓是用鏤石文武之勳語句錯亂又引作撟元鼎銘疑誤）又是用鏤石假象四句（水經注引是用四語陳之下有于字以上有亦字公下有之字）秉茲黃鉞齊斧罔設人士斯休

藝文類聚六十八儀飾部載蔡邕黃鉞銘秉作執斧作聲人作介

太尉橋公碑藝文類聚四十六職官部二載是碑節錄其文水經睢水注載橋元墓有三碑一碑引故吏司徒博陵崔烈至昭明芳烈止即是碑一碑是漢朝羣儒英才哲士感橋氏德行之美乃共刊石立碑以示後世一碑是隴西枹罕北次陌碭守長隲爲左尉漢陽獂道趙馮孝高以橋公嘗牧涼州感三綱之義慕將順之節以爲公之勳美宜宣舊邦乃樹碑頌以昭令德光和元年主記掾李友字仲僚作碑文蓋是碑在橋公生前李友頌德之文不兼上二碑而言顧氏藹吉隸辨謂橋元薨于七年水經注誤稱碑作于元年而邕集誤入他人之文者皆囈語耳

至於初紳類聚引至于作至矣乎其性疾華尚樸類聚引其性下有莊字辟司徒辟大將軍司徒與大將軍下皆當有府字領州郡鈔本領作在其拔賢如旋流類聚引旋作逝廷尉河南吳整等惠氏棟云整字公修見劉寬碑苟不皦述夫何考焉類聚引作苟不矯迹夫何舍焉水經注舊本皦述作矯述考亦作舍

朱公叔謚議

忠文子顧氏廣圻云案本傳云謚爲文忠先生誤倒當依此正之○案太平御覽五百六十二禮儀部

四十一引張璠漢書曰蔡邕嘗至朱穆家寫其書及穆卒邕及門人共謚穆曰忠文加陳留府君

以益州之謚益州當是貞宣案本傳初穆父卒穆與諸儒考依古義謚曰貞宣先生及穆卒蔡邕

復興門人共述其體行謚爲文忠先生注袁山松書曰蔡邕議曰魯季文子君子以爲忠而謚曰文子又傳曰

忠文之實也忠以爲實文以彰之遂共謚穆荀爽聞而非之故張璠論曰夫謚者上之所贈非下之所造故顏

閔至德不聞有謚朱蔡各以哀世臧否不立故私議之令子亶或疑子亶是其孤野之字案本傳注

野字子遼荀爽薦子文見匡救善導善導鈔本作謚梁顧氏廣圻云此指本傳奏記梁冀事也謚梁

最是誅鷙貪暴本傳有舉劾權貴或乃死獄中之語發墓盜柩顧氏廣圻云案此指本傳

遂發墓剖棺陳尸出之之事也盜字似有誤重權食祿六句本傳有祿仕數十年蔬食布衣

家無餘財之語忠以爲實文以彰之顧氏廣圻云本傳注引猶復宗事趙

宴顧氏廣圻云趙康叔盛見本傳魯之季文子劉后村詩話續集引無子字衛之孫

文子公叔文子后村詩話引亦皆無子字則宋本無子字其尊與諸侯竝后村

詩話引竝作同而一如同盟勞氏格云古而一如同字此尚存左氏吉文徐本非脫○后村詩話引作葬

如同盟此皆天子大夫得稱后村詩話引稱下有公字敵體故也后村詩話

武林葉氏

引作敵之文明也皆然、后村詩話引皆作亦優老之稱也后村詩話引作吉父賢老之稱也亡之稱也后村詩話引亡上有異字父雖非爵號與天子諸侯后村詩話引與下有公同禮三字案鈔本亦有同禮二字蓋脱公字咸用優賢禮同后村詩話引禮同作異亡與鈔本同蓋上文脱去異字遂覺是句異亡二字不可解鼎銘文心雕龍有朱穆之鼎全成碑文之語

有殷之胄其孫氏焉後自沛遷于南陽之苑范書朱暉傳南陽苑人注引東觀漢記其先宋微子之後也以國氏姓周衰諸侯滅宋奔碭易姓爲朱後徙於宛也與是文合考曰先生顧氏廣圻云考上當脱貞宣二字實爲陳留太守謚議中亦稱陳留府君朱暉傳子頡修儒術安帝時至陳相頡子穆案陳國屬豫州部是文云陳留太守陳留郡屬兗州部與傳不合除郎中尚書侍郎侍郎下鈔本有豐令二字不當脱去案本傳注中有昔我爲豐令之語公叔所歷郎中尚書侍郎豐令苑陵令博士議郎諸官本傳未詳復辟大將軍大將軍下當有府字四月乙巳以通鑑目錄推之是月丁未朔不得有乙巳墳前碑作丁巳爲十有一日是也是文乙字誤權謁者中郎顧氏廣圻云權當作灌○案續百官志其灌謁者郎中比三百石初

（爲灌謁者滿歲爲給事謁者雷義傳注漢官儀曰謁者三十五人以郎中秩滿歲稱給事未滿歲稱灌謁者胡廣云明章二帝服勤園陵謁者灌桓後遂稱云馬融以爲灌者習所職也應奉云如胡公之言則吉凶異制馬云灌習也字義非也高祖承秦灌嬰服事七年號大謁者後人掌之以姓灌章豈其然乎是文權爲灌字之譌無疑中郎誤倒當作郎中前書主父偃傳遷謁者中郎中大夫謁者一官中郎一官四字非連文）

墳前石墳

文忠公（文忠當作忠文）益州太守（案益州有部有郡刺史太守皆有之然據文選五十五廣絶交論注引范書作刺史今本作太守本集謚議鼎銘文中俱云刺史則朱君贈官必是刺史疑淺人因范書誤本而改是文刺史爲太守幸未改盡猶有可考耳）其五月丙申（以通鑑目録推之是月丙子朔丙申爲二十有一日）遘難受侮（鈔本難作政顧氏廣圻云案難當作政）

王子喬碑（太平御覽三十一時序部十八節引是碑數語作王喬録水經注不載頌文）

王孫子喬者蓋上世之真人也聞其僊舊矣不知興于何代（水經注引無孫字也字舊矣字于字四句之末有也字案孫字當依盧氏文弨校本乙去）或言彥蒙（彥水經注引作産當依盧氏文弨校本改從之）初建斯域（斯域盧氏文弨校作此城）則

武林葉氏

具斯丘具水經注引作具有當改從之傳承先人人水經注引作民紹胥不繼四句水經注引無此十六字洎于永和元年十有二月水經注引永和下有之字年下有冬字無有字當臘之夜水經注引夜下有時字往聞而怪之明則登其墓察焉水經注引往聞而作王伯其墓作而一本登作祭御覽引作王伯聞旦往視之案鈔本往作王猶存宋本彷彿洪雪下無人蹤見一大鳥迹有祭祀之處水經注引洪雪上有時天二字蹤作經見一作有有作在無之字案時天二字當依補有爲在字之譌當改從之鈔本洪上有時字猶存宋本彷彿又案漢書郊祀志注應劭引列仙傳曰崔文子學仙於王子喬化爲白蜺文子驚引戈擊之俯而見之王子喬之尸也須臾則爲大鳥飛去亦見楚詞天問章句則王子喬之化大鳥已屢見矣左右或以爲神或盧氏文弨校作咸著絳冠大衣水經注引作大冠絳單杖竹策水經注引無策字當依刪呼樵孺子尹兖謂曰水經注引作呼採薪孺子伊永昌曰爾勿復取吾先人墓前樹也水經注引作爾勿得取吾墳上樹也須臾水經注引無此二字稽古老之言古水經注引作故當改從之咨訪其驗信而有徵水經注引無此八字自遠來集或絃歌以詠太一水經注引

来作方歌作琴詠作歌或談思以歷丹田談水經注引作譚業范書如陳元鄭元何休諸傳及本集釋誨皆用覃思字前書班固答賓戲文選作譚汲古閣本亦作談詩大雅鄭箋覃通譚以譚通覃又作因譚作談轉輾相通非是前書揚雄傳又作潭其疾病尪瘵者靜躬祈福即獲祚若不虔恪輒顛踣故水經注引無此二十一字真人之先祖也水經注引句首有實字先祖作祖先句末無也字以致祀祀水經注引作禮祗懼之敬祇水經注引懼作祠灌相國誤倒水經注引作國相當政從之業史記孝景本紀中五年更命諸侯丞相曰相續百官志皇子封王其郡為國每置傳一人相一人皆二千石相如太守范書中都稱國相王章字伯義水經注引作王璋字伯儀案范書黨錮傳王璋字伯儀前八廚目中亦作王章惠氏棟云三君八俊錄字伯義語云海內賢智王伯義則作儀者非昭示後世三句水經注引無此二十字乃會長史會水經注引作與訪及士隸水經注引無此四字遂樹元石紀遺烈水經注引樹下有之字紀下有頌字俾志道者有所覽焉水經注引無此八字

## 蔡中郎集卷第二

郭有道林宗碑文選作郭有道碑初學記十八人部中同節載序文　本傳同志者乃共刻石

武林葉氏

立碑蔡邕爲文既而謂涿郡盧植曰吾爲碑銘多矣皆有慙德唯郭有道無愧色耳水經汾水注故蔡伯喈謂盧子幹馬日磾吾爲天下碑銘多矣皆有慙容唯郭有道無愧於色矣范書九十一左周黃列傳論曰漢初詔舉賢良方正州郡察孝廉秀才斯亦貢士之方也中興以後復增敦朴有道賢能直言獨行高節質直清白敦厚之屬

界休人也碑本界作介有號叔者建國命氏或謂之郭戰國策高誘注號即古之郭字也誕膺天衷文選作應膺仁篤柔惠文選柔作慈碑本同若乃砥節礪行碑本礪作厲隱括足以矯時碑作隱作殷探綜羣緯文選羣作圖初學記碑本俱同緯碑本作瑋游集帝學初學記游亦作隨收文武之將墜收盧氏文弨校作採墜碑本作隊紳佩之士文選劉孝標廣絕交論注引于時紳佩之士五句形表而景埘業句首脫望字文選皇甫士安三都賦序引蔡邕郭有道碑曰望形表而景埘爾乃潛德衡門文選德作隱初學記同碑本作殷州郡闇德二句文選顏延年陶徵士誄注引之又舉有道皆以疾辭太平御覽六百十三學部七引郭林宗別傳泰以有道君子徵同邑宋子俊勸使往泰遂辭以疾闔門教授將蹈洪崖之遐迹

水經注載是碑自是句起紹巢由之絶軌文選由作許海錄碑事本俱同水經注引絶作逸翔區外以舒翼文選顏延年陶徵士誄注引之超天衢而高峙水經注引而作以文選碑本俱同享年四十有三文選三作二與本傳碑本同當改從之水經注舊本亦作三今四庫本政作二以建寧二年正月乙亥卒水經注引作建寧四年正月丁亥卒趙氏一清云案漢隸字原載此碑作乙亥文選同後漢書靈帝紀建寧四年正月甲子是有乙亥無丁亥注文誤翁氏方綱云年四十二史不誤惟是年正月甲辰朔二月癸酉朔乙亥丁亥二日則正月皆無之○以通鑑目錄推之建寧四年正月壬戌朔乙亥爲十有四日丁亥爲二十有六日趙説非也翁所推者二年故云然案本傳建寧元年太傅陳蕃大將軍竇武爲閹人所害林宗哭之慟明年春卒於家考陳竇被害在元年九月章懷注引謝承書亦言建寧二年正月卒若據卒之月日則四年爲是或恐乙亥丁亥皆爲誤文他無可證凡我四方同好之人永懷哀悼水經注引悼作痛又載陳留蔡伯喈范陽盧子幹扶風馬日磾等遠來奔喪持朋友服心喪期年者如韓子助宋子浚等二十四人其餘門人著錫衰者千數本傳注引謝承書自宏農函谷以西河內湯陰以北二千里負笈荷擔彌路柴車葦裝塞途有萬數來赴云云乃相與推先生之德文選推作惟與碑本同案推爲惟字之諱當改從之以圖不

朽之事文選圖作謀與碑本同僉以爲先民既殁文選王仲寶褚淵碑文注引蔡
邕郭林宗碑先生既没而德音猶存者亦賴之于見述也文選潘安仁楊
荊州誄注引無而字者字于字于是建碑表墓水經注引于是建作乃樹文選建亦作樹海錄
荊州誄注引景行水經注載是碑至是句止芳烈奮乎百世令問顯
乎無窮文選而乎字作于碑本同文選六臣本問作閒崇壯幽濬文選濬作浚與碑本同
棲遲泌丘碑本棲遲作徲徲
文範先生陳仲弓銘文選任彥升爲范始興作求立太宰碑表注引陳寔別傳曰寔立蔡
邕爲立碑刻銘
故言斯可象靜斯可效初學記十八人部中引作言斯可法行斯可樂動斯可象靜斯
可效四句當依補案初學記節載夫其仁愛溫柔至潛導之速一段寬裕作寬容世心作士心有四德者作有
此四德嚴咸作嚴君厐狼斯和斯盧氏文弨校作思嚴威猛政咸鈔本作石校政作君
郡政有錯爭之不從即解綬去本傳司空黃瓊辟選理劇補聞喜長旬月以朞
喪去官與是文異辟大將軍府竇武傳靈帝拜武爲大將軍辟潁川陳寔爲屬時爲建寧元年

則太邱年六十有五大將軍司徒並辟君曰七十有懸車之禮況我過諸據本傳及後碑大將軍何進司徒袁隗也案何進以中平元年三月爲大將軍袁隗初爲司徒本紀在熹平元年袁紀在四年復爲司徒本紀在光和五年袁紀在四年中平元年太邱年八十有一光和五年太邱年七十有九熹平元年太邱年六十有九八月丙子詳後碑大將軍三公使御屬往弔祠會葬誄行告謚本傳及三國魏志陳羣傳注並引先賢行狀曰將軍何進遣屬弔祠爲謚官存獲重稱鈔本獲作享顧氏廣圻云洪氏隸釋十八引此有享字是也宜有銘銘下盧氏文弨校增辭字誕鋪模憲顧氏廣圻云誕鋪即誕敷示世作教鈔本示作亦顧氏廣圻云案亦世即奕世後有作奕者或改之耳亦如是讀樊安碑郭仲奇碑能君碑武榮碑皆云亦世載德韋昭國語注奕奕前人也讀奕爲亦○案大戴禮小辨篇夫亦固十棋之變由不可既也亦即奕字

## 陳太邱碑

字仲弓隸續弓作躬膺期運之數文選顏延年北使洛詩注引是句作陳寔命碑命字疑衍蕆資九德總修百行古文苑所載邯鄲淳陳元方碑亦有內包九德外蕆百行之文

武林葉氏

弑弑焉文選五臣本作弑弑良注可證不遷怒以臨下文選怒作貳五臣本作遷怒翰注可證禁錮二十年文選六臣本亦作錮澹然自逸文選潘安仁為賈謐作贈陸機詩引是句但作陳太邱碑不著姓名愛不濆下文選六臣本濆作贖時年已七十案太邱兩遭黨錮本傳具載之黨錮傳遂收執膺等其辭連及陳寔之徒二百餘人時在桓帝延熹二年袁紀靈帝建寧元年於是公卿以下嘗為蕃武所舉皆免官禁錮靈帝紀中平元年三月壬子大赦天下黨人大將軍之辟太邱意在中平二年故前碑稱十有八年紀其實耳是文稱禁錮二十年者舉成數而言之然則時年已七十當作八十也已便可踐入常伯文選作入踐佩紆金紫文選作紆佩又陸士衡辨亡論王僧達祭顏光祿文注俱同飾巾待期而已本傳飾巾待終而已蕭氏曇云續漢書飾作師說文師佩巾也廣雅巾也案趙咨傳亦有飾巾出入之文注以幘巾為首飾不加冠冕馮衍傳幘巾降於河內注不加冠幅但以一幅巾飾首而已弘農楊公東海陳公據本傳楊公太尉楊賜陳公司徒陳耽也命世絕倫文選作絕命中平三年八月丙子顧氏廣圻云本傳中平四年誤文選亦作三年隸續已辨後書之誤矣丙子文選作丙午通鑑目錄中平三年八月壬辰朔有丙午無丙子文選是○以通鑑目錄推之三年八月壬辰朔無丙子丙午為十有五日四年八月丙辰朔

無丙午丙子爲二十有一日三年爲是當作丙午

巖藪知名二句文選潘安仁夏侯常侍誄註引作陳仲弓碑

大將軍弔祠文選六臣本無大字

天不憖遺一老文選無一字

文爲德表範爲士則三國魏志鄧艾傳年十二隨母至潁川讀故太邱長陳寔碑文言文爲世範行爲士則艾遂自名範字士則後宗族有與同者故改焉八字文異何氏焯云非是

赫矣

陳君文選陸佐公石闕銘沈休文齊故安陸昭王碑注並引是句

守中有令文選中作終注引史記祭公謀父曰犬戎率舊德而守終純固當改從之

遺官屬掾史何氏焯云吏當作史各本皆誤○案續百官志掾爲掾屬史爲令史

韓元長等元長名融附見韓韶傳

河南尹种府君文選注引謝承後漢書种府君即拂也宋熊氏方後漢書年表錢氏大昕後漢書補表萬氏斯大歷代史表並闕范書本傳亦不著爲河南尹

重部大掾重盧氏文弨校作董

死而不朽者也文選也作已

陳太邱碑

春三月癸未以通鑑目錄推之是月壬午朔癸未爲二日

宰三城案聞喜太邱僅二城三字疑誤

季方元方皆命世希有總期特立文選劉孝標辨命論注引作元

武林葉氏

方季方皆命世挺生膺期特授○勞氏格云季方元方今本誤倒○案元方有同姓字者太平御覽五百十七引晉書陳統字元方弟紘字偉方姓字既相同名亦相類元方在喪毀瘁消形嘔血于時嘉異畫像郡國太平御覽二百三十二職官部三十引謝承後漢書陳紀字元方遭父太邱長陳寔憂嘔血絕氣豫州嘉其至行表上尚書圖畫百城以勵風俗又見四百十四引海內先賢傳本傳及古文苑鴻臚陳君碑亦載其事碑云年七十有一建安四年卒則在喪之年已五十有八矣卒禮不越顧氏廣圻云案率禮不越禮三家詩也說苑復恩漢書宣帝紀蕭望之傳皆與此同王氏詩考引韓詩外傳正作禮今本作履誤

汝南周巨勝碑是文多與本傳合

陳留太守之孫光祿勳之子也范書周舉傳陳留太守防之子子勰君應坤乾之淯靈鈔本淯作純嘉德足以合禮顧氏廣圻云德字未詳世之雄材優逸之途優盧氏文弨校作俊司空三辟顧氏廣圻云案司空當有本傳不載舉孝廉劉后村詩話續集作舉茂才勞氏格云鈔本作舉才襄貴令才上脫秀字襄貴縣名屬徐州東海郡然則識幾知命顧氏廣圻云案本傳蔡邕以爲知命指此不登期考顧氏廣圻

云案考當作龐有龐有臨鈔本龐作尾

彭城姜伯淮碑是文與本傳互有詳畧

高祖祖父皆豫章太守潁陰令本傳注引謝承書曰祖父豫章太守父任城相

也至操動信邑中化之文選任彥升天監三年策秀才文弗能動俗注引蔡邕姜肱碑曰至德動俗邑中化之當政從之蓋千餘人本傳三千餘人凡十辟公府九舉

賢良方正公車特徵高士傳一舉孝廉十辟公府九舉有道至孝賢良公車三徵皆不就范書向栩傳又與彭城姜肱京兆韋著並徵並見風俗通義又家拜犍爲太守袁紀及風俗通義建寧元年拜姜肱爲犍爲太守案其時已七十有二歲矣高士傳作建寧二年顧氏廣圻云本傳乃白徵肱爲太守當脫犍字四月辛巳以通鑑目錄推之是月己卯朔辛巳爲三日于是從

游弟子陳留申屠蟠等顧氏廣圻云案本傳弟子陳留劉標追慕肱德共刊石頌之申屠蟠與肱同傳不云弟子疑亦有誤委策避國策盧氏文弨校作榮

貞節先生陳留范史雲碑是文與本傳互有詳畧太平御覽二百六十七引袁山松後漢書范丹爲萊蕪長去官常使賣卜以自給步行無車被囊自隨五百十二又引袁山松後漢書范丹爲萊

武林葉氏

蕪長去官於市賣卜妻紡績以自給丹弟子愷見丹藩不完載柴將客藩之時丹適行還怒敎子拔柴載以完
之又一百九十七引陳留耆舊傳范丹學通三經常自任灌園又四百十六引會稽先賢傳范丹清高亮直讓
財十萬與三弟又五百十六引海內先賢傳范丹讓財千萬與三弟數事是碑與本傳皆所不載
諱丹本傳注引袁山松書作冉藝文類聚六又二十九初學記二十太平御覽四百二十五又七百二十
五七百五十七並引謝承後漢書作丹御覽惟五百十七引謝承書作冉又御覽二百六十七五百十二八百
三十八引袁山松後漢書又五百六十二引張璠漢書又一百九十七引陳留耆舊傳又四百十六引會稽先
賢傳又五百十六引海內先賢傳東觀漢紀皆作丹家于成安案成安西漢縣屬陳留郡東漢并省
水經注汳水逕外黃縣南又逕利望亭南陳留風俗傳曰利望亭故成安也其有備禮招延
虛己迓之者范書符融傳太守馮岱有名稱到官請融相見融一往薦達郡士范冉韓卓孔伷等
三人注引謝承後漢書范冉爲功曹韓卓爲主簿孔伷爲上計吏乃鬻卦梁宋之域本傳
及太平御覽七百二十五引謝承後漢書朝議欲以爲侍御史因遁身逃命於梁沛之間徒行敝服賣卜於市
案續志梁國國並隸豫州沛太尉張公司徒崔公靈帝紀中平二年三月廷尉崔烈爲
司徒五月太僕河南張延爲太尉案延爲太尉在范君卒後下文太尉張公是也此太尉張公疑是張顥本紀

先和元年太常山張顥爲太尉常亦其所以後時失途也鈔本後時作後門顧氏廣圻云案後門見荀子大畧篇呂氏春秋長利韓非外儲說左下傳六。案呂子韓子之後門與荀子異解

作誄著謚曰貞節先生顧氏廣圻云作誄疑是誄行本傳云誄行論謚。太平御覽五百六十二引張璠漢書范丹卒三府各遣令史奔弔誄行論謚宜爲貞節先生

玄文先生李子材銘

考翼佐世祖匡復郊廟錫封茅土范書李通傳南陽宛人建武二年封固始侯休盡剖判剥械幽暗靡不昭爛·劉後村詩話續集引是二句暗作闇亦無二字靡不司空胡公顯以儒譽特進大鴻臚案司空胡公郎太傅廣范書蔡碑俱不言爲大鴻臚後配未字顧氏廣圻云案此即女子貞不字也字孕字夏五月乙未以通鑑目錄推之是月丁亥朔乙未爲九日即定而後罷焉顧氏廣圻云案定當作窆

于是因好友因盧氏文弨校作同

處士國叔則銘藝文類聚三十七人部二十一引是文節錄數語

伊漢二十有一世案二十有一世者西漢十一帝不數孺子嬰東漢自光武迄桓帝凡十傳

武林葉氏

深總歷部纖入藝文劉後村詩話續集採總歷數剖纖入冥盧氏文弨校本同據此則宋本字句皆未譌謬鈔本稍誤猶存宋本彷彿空格當在歷字下蓋脫數字深爲探字部爲剖字窴爲冥字之誤文耳且是文亦用韻童蒙來求彪之用文案易童蒙求我釋文一本作来求我呂氏春秋勤學篇注亦引有来字王弼注亦有来字證以中郎是文則漢時經文自有来字也易苞蒙鄭注苞當作彪彪文也鄭說本於京房中郎司徒袁公夫人馬氏墓銘又曰蒙昧以彪中郎說經蓋與鄭同藝文類聚引胡廣徵士法高卿碑亦曰彪童蒙作世師有諷誦于先生之德類聚作永有諷誦以知先生之

# 蔡中郎集卷第三

太尉楊公碑顏氏家訓文章篇引蔡邕楊秉碑云統大麓之重今是碑無其文或太尉亦尚有後碑歟顏氏並云今爲此言則朝廷之罪人也

字叔節案本傳同初辟司空司空下當有府字用嬰肙靡起家肙靡已見第一卷朱公叔謚議案于祿字書肙通胥正廣韻胥俗作肙雖漢韓勅碑桐柏廟碑胥皆作肙並非古文字書如正字通不足取證遂陟三司三盧氏文弨校作上抽援表達與之同蘭芳任鼎重從駕南巡爲朝碩德顧氏廣圻云案是處脫誤未詳五月丙戌

以通鑑目錄推之是月乙丑朔丙戌爲二十有二日風俗通義六月九日未明太尉楊東暴薨案是說與范書袁紀月日俱同恐應說傳疑不得據以糾正史也

翼至神氣絪緼　應台階

道不惑藝文類聚四十六職官部二載楊太尉碑銘至神作赤精氣作神階作任惑作惑

司空

臨晉侯楊公碑文心雕龍自　後漢以來碑碣雲起才鋒所斷莫高蔡　觀楊賜之碑骨鯁訓典陳郭二文詞無擇言周胡眾碑莫非精允其序事也該而要其綴辭雅而澤清辭轉而不窮巧義出而卓立察其爲才自然至矣

皇帝遣中謁者衛宏漢舊儀中書謁者令一人成帝建始四年罷中書官以中書爲中謁者令則官名本有令字不稱者省文也

三年九月甲申小祥　四年九月戊申大祥本紀及本傳中平二年十月庚寅薨錢氏大昕云以四分術推是月丙申朔無庚寅庚寅乃九月二十四日也月日必有一誤○案中郎臨晉四碑皆不書薨是文小祥大祥皆書九月以通鑑目錄推之中平三年九月辛酉朔四年九月乙酉朔則甲申戊申皆爲月之二十四日足證范書紀月之誤

會如小祥之禮本傳僅載及小祥又會焉是文可以補闕

遠涉道里鈔本遠作定顧氏廣圻云案定當足

作無競伊人顧氏廣圻云無競伊人郎無競維人而也伊維也又見後陳留太守胡公碑

武林葉氏

公脱然以爲行首脱盧氏文弨校作悦造膝危辭危盧氏文弨校作詭蓋密之也案本傳密下本無君字其惟高密元侯乎案鄧禹於建武十三年定封高密侯永平元年薨謚曰元包羅五典本道根貞韻補一引是二句道根倒轉作根道頻歷鄉校五登鼎鉉韻補一引是二句鼎作鼐蟊蠈不臻蟊蠈盧氏文弨校作蝥賊

漢太尉楊公碑

字伯獻初學記十二太平御覽二百二十九引謝承後漢書字伯欽袁紀字子獻辟司空司空下亦當有府字閶闔推清推盧氏文弨校作惟允執丕貞丕盧氏文弨校作忠

文烈侯楊公碑

是以三葉相承顧氏廣圻云葉三葉震秉賜座已北面顧氏廣圻云北面字又見學記注所引即頌所云正席傳道也詔策之文之文鈔本作諫諍顧氏廣圻云諫諍當作誄謚引作楊太尉碑文選注引作楊公誄胥及聿勤、顧氏廣圻云即書盤庚胥及逸勤今文尚書逸作肆茫茫大運運盧氏文弨校作津功成化洽景命有傾文選潘安仁楊荊州誄景命其卒注引是二句有傾作有順又王仲寶褚淵碑文景命不永注引是二句依作有傾則揚荊州誄注順字必爲傾字之誤天鑒有漢十句藝文類聚引是十句澤漫綿字漫綿作霑區初學記引是十句世作三事世作代避諱乃及伊公伊作尹澤漫綿字漫綿作浹區案綿字皆作區字當改從之

瑯邪王傳蔡君碑據文蔡君亦爲陳留圉人

蓋倉頡之精肴顧氏廣圻云案頡當作顥倉顥者蒼帝靈威仰也春秋元命苞曰周蒼帝之子見禮記大傳正義蒼倉同字顥昊亦同字尚書中候稷起曰蒼耀稷生感迹昌見詩生民正義鄭箋帝上帝也正義此上帝即蒼帝靈威仰也與此此碑皆本緯候以建于茲劉本建作逮討三五之術討盧氏文弨校作詠以魯詩教授生徒經義考承師中治魯詩未列蔡朗又陳留太守胡公碑治孟氏易歐陽尚書韓氏詩袁滿來碑習家治易孟氏則朱氏所闕漏者恐不少矣帝曰予聞顧氏廣圻云案今文尚書予作余聖朝以藩國貴胄先帝遺體或以繼絶襲位案光武十王傳瑯邪王京爲光武子建武十七年進爵爲王永平五年乃就國章帝紀建初六年王薨子宇嗣距元和元年祇三載宇立二十年薨蔡君爲傳當在章和二帝時永興六年顧氏廣圻云案永興盡二年六字誤文中前稱元和元年未詳□案章帝元和元年下距桓帝永興元年七十年以

武林葉氏

元和計之未爲六字之誤疑是興字之誤非永元即永初耳

劉鎮南碑

慕唐叔之野棠思王尊之驅策 顧氏廣圻云案當云慕召伯之舍野棠思王尊之驅卬策 備要塞之處 劉本脫處字盧氏文弨校作路 即遷州牧 州牧盧氏文弨校作拜牧伯 俾揚武威 揚武威鈔本作疾成武顧氏廣圻云案疾當作侯疾與侯形似之譌本傳作以表爲鎮南將軍荊州牧封成武侯假節則作成武爲是 遠本離質 鈔本質作直顧氏廣圻云案直當作真 必集州閭 必集盧顧氏文弨校作充滿 留墳州土 顧氏廣圻云案墳當作竇 轉移歸葬 徐本葬字下有立墓二字顧氏廣圻云案立當作丘 以爲申伯甫侯之翼周室 鈔本甫作朝顧氏廣圻云案朝當作韓 受輅車 案輅當作路 牧二州歷二紀 顧氏廣圻云當作牧州二紀牧下二字衍

蔡中郎集卷第四

太傅安樂鄉文恭侯胡公碑 太平御覽三百六十一人事部二引世說胡廣本姓黃五月生父母惡之乃置之甕投於江胡翁見甕流下聞有小兒啼聲往取因長養之以爲子登三司中庸

之號廣後不治其本親服云我於本親已爲死人也世以此爲深識焉又三百八十八人事部二十九四百八十八人事部一百二十九並引語林以本傳及中郎文證之其言無足詰辨流俗傳聞往往謬戾多不可信百行必備鈔本必作畢顧氏廣圻云案必畢同字不誤年二十七察孝廉本傳注引謝承書亦言年二十七舉孝廉案其年當安帝元初四年袁紀稱年二十六舉孝廉恐誤遂作司徒各本司徒作司農非案本傳漢安元年遷司徒順帝紀十一月大司農胡廣爲司徒錄尚書事質帝紀本初元年閏月司徒胡廣爲太尉參錄尚書事稱疾屢辭策賜就第復拜司空桓帝紀建和元年六月太尉胡廣功成身退桓帝罷冬十月前太尉胡廣爲司空紀元嘉元年冬十月司空胡廣罷又拜太尉復以特進致命休神桓帝紀永興元年冬十月太常胡廣爲太尉二年九月太尉胡廣免又拜太尉遜位歸爵桓帝紀延熹元年秋七月太常胡廣爲太尉八月免是文云遜位歸爵旋于舊土後碑亦云蓋中郎飾辭耳案本傳梁冀誅坐不衞宮免爲庶人黃瓊傳則書與韓演孫朗皆坐阿附梁氏免廢太僕太常顧氏廣圻云本傳有太常無太僕當兩有司徒本傳延熹九年復拜司徒桓帝紀五月太常胡廣爲司徒永康之初以定策元功復封前邑錄尚書事疾病就第又授太傅案永康當作建

武林葉氏

寧靈帝以建寧元年正月即位改元且永康止半年不得言初靈帝紀建寧元年正月參錄尚書事九月司徒胡廣為太傅錄尚書事藝文類聚四十八職官部四引應劭漢官儀靈帝策書曰故太尉陳蕃忠亮謇諤有不吐茹之節司徒胡廣[illegible]德允元五世從政今以蕃為大傅與廣參錄尚書事太平御覽二百十職官部八亦引之則是文永康為建寧之誤無疑

入參機衡顧氏廣圻云案入當作五八盧氏文弨校作八

蹈九列至未有若公者焉藝文類聚四十六職官部二載是篇文是段于次篇興福

祿于終始之下和人事于宗伯人事作神人理水土于下台理作治無諒闇之際二句亦無耆耋老成三句

春秋八十二本傳同注引盛宏之荊州記並同太平御覽五百四十七禮儀部二十六引後漢書年八十三疑誤

建寧五年即熹平元年案太傅薨于三月葬于四月撰文樹碑尚在未改元之前安得不書建寧五年

賜絲帛含殮之備絲盧氏文弨校作采

四月丁卯以通鑑目錄推之是月乙酉朔丁酉為月之十三日丙無丁卯後胡公碑書四月辛卯辛卯為月之七日丙無辛酉是文疑誤

毳服艾輔毳盧氏文弨校作袞

胡公碑

餘種樓于畎畝種盧氏文弨校作穜○文選左太沖魏都賦干令升晉紀總論注並引作穜于

論注于作乎案淮南子本經訓昔容成氏之時道路雁行列處託嬰兒於巢上置餘糧於畮首繆稱訓餘糧宿諸畮首初學記九帝王部引子思子曰東户季子之時道上鴈行而不拾遺耕耨餘糧宿諸畝首他如沈約羊元保傳論及陶詩凡用餘糧字者甚多則種爲糧字之譌無疑王氏野客叢書引中糧是文餘糧樓於畎畂宋時本並不譌也

延和末年聖主革正幸臣誅甕顧氏廣圻云延和當作延熹口案宦者單超傳司隸校尉韓演奏左悺罪惡及其兄太僕南鄉侯稱悺稱皆自殺楊秉傳時中常侍侯覽弟參爲益州刺史累有臧罪暴虐一州明年秉劾奏參檻車徵詣廷尉參惶恐道自殺秉因奏覽及中常侍具瑗竟免覽官而削瑗國宦者傳中亦載之是文稱聖主革正幸臣誅甕蓋即指是事耳本紀但書大僕左稱有罪自殺其事皆在延熹八年中

復拜太傅錄尚書事于時春秋高矣靈帝紀建寧元年九月司徒胡廣爲太傅錄尚書事本傳及東觀漢紀稱時年已八十案其時年七十有八據胡府君夫人神誥則明年居繼親喪

夫烝烝至孝烝烝用尚書堯典文用能七登三事八

句藝文類聚載蔡邕太傅胡廣碑銘是篇文是段下接上篇一段又接下篇文一段三事作九命亮皇極于六世極作聖嘉丕續于九月丕作庶窮生人之光寵人作民緇明德以保身德作哲興福祿乎終始乎作于

如傳前之儀顧氏廣圻云前傳者前太傅也故吏司徒許詡等靈帝紀建寧四

武林葉氏

秋七月前司空許栩爲司徒注字季闕偃人則詡爲栩字之譌思心瘁容鈔本瘁作卒顧氏廣圻云案卒當作卒用今文尚書思心曰容也○案尚書大傳心維思思之不容是謂不聖春秋繁露思曰容容者言無不容漢書引洪範傳思心之不容今本作睿蓋淺人所改說文思容也

胡公碑

八日壬戌以通鑑目錄推之是月乙卯朔壬戌爲八日雁門畢整勞氏格云廣韻五支引蔡邕胡太傅碑有太傅掾雁門畢整後漢書后紀有議郎畢整張氏澍姓氏辨誤云畢字風俗通鄭大夫畢諶之後漢有北平太守畢躬議郎畢整案蔡邕胡太傅掾雁門畢整即應劭所言之議郎畢整袁宏紀作畢整林寶作畢蘆胡三省作畢登皆譌○案廣韻本於唐韻是自唐至宋時中郎集本俱不譌作畢也覽生

民之上操覽盧氏文弨校作攬睹皐陶之闈闥探九子之房奧藝文類聚載是文二句接首篇末有若公者焉之下探作究子作氏唯帝命工以二郡顧氏廣圻命當作念帥物以己鈔本帥物作師不顧氏廣圻云案師不當作帥下徵墨綮而靡係徵盧氏文弨校作纏通水泉于潤下八句藝文類聚載是段文接本篇睹皋陶二句之下參人物于區域參作理物作倫協大中于皇極大中作太和于作乎率旦顛于舊職于作之中山

祝括 括盧氏文弨校作恬○祝恬范書無傳桓帝紀延熹二年八月光祿大夫中山祝恬爲司徒注恬字伯休盧奴人續志盧奴隸冀州中山國今隸直定州黃瓊傳桓帝欲褒崇大將軍梁冀使中朝二千石以上會議其禮特進胡廣太常羊溥司隸校尉祝恬太中大夫邊韶等咸稱冀之勳德其制度賫賞以宜比周公錫之山川土田附庸三國蜀志劉焉傳後以師祝公表去官注祝公司徒祝恬也風俗通厯稱司徒祝恬拜侍中尚書僕射令豫章太守大將軍從事中郎司隸則括爲恬字之譌無疑

其餘登堂閣 案堂閣當作臺閣臺閣屢見范書中郎陳政要七事疏有公府臺閣之稱

几筵靈設 靈盧氏文弨校作空

伊朝侯 案朝當作胡各本俱譌作生

垂不矩 顧氏廣圻云案不當作丕

## 太傅祠前銘

伯揆時敘 案漢書食貨志仟伯之得注云仟謂千錢伯謂百錢後書曹節傳五百妻注云五百字本作伍伯然韋昭釋伍伯事伍當也伯道也不取數名爲義仟陌字班書亦作仟陌陳勝項籍贊中而免起仟陌之中史記秦始皇本紀作什伯集解引漢書音義首屈十長百長之中如淳曰時皆辟屈在十百之中疑班書及如注本作什伯陳涉世家索隱亦作什伯注云謂十人百人之長也今本誤作仟伯則百字似可借用伯字但他處十字皆用什字百字並無有作伯者古字柏伯相通百伯義異此百揆字當從尚書作百

遺家

武林葉氏

不造四句韻補三引是四句國作家保公之謨保作伊與鈔本同

漢交阯都尉胡府君夫人黃氏神誥

生太傅安樂鄉侯廣及卷令康而卒案太傅生年夫人年十三惠氏棟云據神誥則康為廣同母弟者舊傳誤也韜因母之仁顧氏廣圻云案韜當作謟朝皇后顧氏廣圻云案朝當下有脫字疑是春下篇朝春路寢其證也又九卷司徒袁公夫人馬氏碑銘朝春正於里室亦可證建寍二年薨于太傅府是月辛卯案陳留太守胡公二碑作建寍元年靈帝紀元年九月廣為太傅則二年非誤以通鑑目錄推之二年七月辛丑朔陳留太守碑中書卒於七月二十一日其日為辛酉卜葬嬴博鈔本卜作不顧氏廣圻云案不當作乃龜筮悉從悉盧氏文弨校作襲十月既望粤翼日己卯此十月為建寍二年以通鑑目錄推之是月己巳朔則己卯為十一日與既望之翼日不合若在元年亦不合疑己卯為乙酉之譌于時濟陽故吏舊民中常侍句陽于肅等鈔本陽作陰惠氏棟云于肅誤當是丁肅胡伯始興婚姻者伯始嘗為濟陰太守故稱舊民千億斯年千盧氏文弨校作於

太傅安樂鄉侯胡公夫人靈表

率禮無遺遺盧氏文弨校作違永初二年年十有五案其年太傅年十有八本傳不書其子是文可以補闕夫人生五男胡委我以夙喪顏氏家訓文章篇引一往超胡作然以作而嗟母氏之憂患鈔本母氏作予姚顧氏廣圻云案姚當作妣以未及未盧氏文弨校作末

議郎胡公夫人哀讚顧氏廣圻云案此胡廣第四子寗雅威之妻也

罔不習熟熟盧氏文弨校作闕用免咎悔悔盧氏文弨校作吝方有滎陽寇賊靈帝紀中平四年二月滎陽賊殺中牟令不得顧親顧盧氏文弨校作隱雖不毀以隨殁隨盧氏文弨校作墮迎棺舊土鈔本棺作格顧氏廣圻云案格當作柩疾用歎瘁疾盧氏文弨校作瘵悼孤衷之不遂兮思情憭以傷肝幽情淪于后坤兮精哀達乎昊乾韻補二引衷作子情作悄坤作神乎昊作于昊

武林葉氏

# 蔡中郎集卷第五

## 光武濟陽宮碑

惟漢再受命 至 因爲尊諱藝文類聚十三帝王部載是文無是段初爲濟陽令 至 長于凡禾東觀漢記與是文同濟陽有武帝行過宮東觀漢記無濟陽二字考以令舍下溼光武帝紀論注引蔡邕碑文云光武將生考以令舍不顯開宮後殿居之而生案不顯疑爲下溼形似之譌十二月甲子以通鑑目錄推之是月己未朔甲子爲六日室中皆明東觀漢記皆明作晝明晝下有皇考異之一句如歲有嘉禾 至 長于凡禾水經濟水注一引東觀漢記是文凡禾句下俱有縣界大熟一句歲下俱有是字當依補宋書符瑞志所載略同一莖九穗東觀漢記句首有生字長于凡禾東觀漢記長下有大字水經注有大字無長字罪成惡熟藝文類聚成作盈淵躍昆滍藝文類聚引同弥二公之師盧氏文弨云弥郎矜牧兵略地牧盧氏文弨校作收戮力戎功四句藝文類聚無是四句六月乙未藝文類聚無乙未二字案范書光武帝紀六月己未即皇帝位以通鑑目錄推之是月戊戌朔己未爲二十有二日不得有乙未當改從之即位鄗縣之

武林葉氏

陽〔藝文類聚下有于字〕位不失舊物〔藝文類聚不作周〕享國三十有六年〔藝文類聚六作三當從之案光武於乙酉年即位丁巳年崩〕先民有言〔藝文類聚言下有曰字〕厥迹邈哉〔藝文類聚迹作路〕河南尹鞏瑋〔藝文類聚無鞏字〕先祖銀艾封侯至為太官丞〔藝文類聚無是二十八字案大官當作太官〕用敢作頌〔藝文類聚是句下有其辭曰三字〕赫矣炎光〔藝文類聚矣亦作赫光作天〕稽度乾則〔藝文類聚乾作虔〕

太尉汝南李公碑

字元卓〔范書陳球傳咸字元貞胡廣傳注引謝承書字元卓靈帝紀注同〕夙夜嚴慄〔鈔本慄作考顧氏廣圻云案嚴考者孝經之嚴父耳〕蕉動與神合〔文選陸士衡漢高祖功臣頌注引作明晷蕉動與神合契〕契抗流行〔抗流盧氏文弨校作叶乾案據文選注上文脫字當依補是句契字屬上為句尚脫一字〕遷衛國公相〔衛國公相當作衛公國相案續志東郡衛公國本觀故國姚姓光武更名第五種傳換為衛相注周後衛公也〕授高密令〔高密案續志本為侯國故第五種傳書拜高密侯相惟光武帝紀以前高密令卓茂為太傅注高密縣屬高密國前書志高密國本有高密縣東漢但有〕

侯國考卓茂本傳遷密令注密令洛州密縣也與本紀岐異水經二十二洧水注藝文類聚五十職官部六諸書皆作密令則本紀行高字章懷誤注也然三國魏志王修傳初平中北海孔融召以爲主簿守高密令與是文同范書如陸康傳之高城桓鸞傳之膠東周盤傳之重合亦侯國也皆稱爲令**徵河南尹**熹平元年六月竇太后崩議別葬酏食事李咸執藥上事陳球傳書太尉李咸袁紀書河南尹李咸**孝和皇帝**案孝和字誤疑是孝桓**大僕射**案大僕射當作太僕射字衍惠氏棟云靈帝紀亦云自太僕拜太尉謝承書有大鴻臚拜太尉誤也**及還台司**還台盧氏文弨挍作建上**雖元凱翼虞**鈔本虞作堂顧氏廣圻云案堂當作唐**告老致仕**鈔本告老作先孝顧氏廣圻云案先孝當作乞老見胡廣傳注**熹平四年薨**袁紀熹平五年五月太尉李咸久病罷光祿勳劉寬爲太尉與范書大異據是文則袁紀疑有誤**潁川太守張温**張温范書無傳靈帝紀中平元年夏四月大司農張温爲司空二年八月以司空張温爲車騎將軍三年二月爲太尉董卓傳遣使持節就長安拜爲太尉三公在外始之於温其冬徵還京師御覽二百九十六引謝承後漢書張温以司空加車騎將軍征韓遂丙辰引温見于崇德殿温以禮長揖不拜竇武傳注引漢官儀曰温字伯慎穰人也封互鄉侯太史奏言有大臣誅死董卓取温笞殺於市而厭之獻帝紀初平二年冬十月壬戌董卓殺衛尉張温案其事詳范書及三國魏志

武林葉氏

董卓傳中天垂三台十句藝文類聚四十六職官部二載太尉李咸碑節引十句
陳留索昏庫上里社銘徐本目中庫字不脫脫社字
惟斯庫里里上盧氏文弨校補上字〇案索隱本亦脫上字中郎是文疑爲淺人依索隱誤本所刪
春秋時有子華爲秦相盧氏文弨校作秦時有池子華爲丞相〇案盧氏依書鈔御覽
所引勞氏格校本同書鈔八十七禮儀部八引云惟斯庫上里曰東昏縣者衛地古陽武之戶牖鄉也秦時有
池子爲丞相漢興陳平由此爲社下宰隨相高祖剋定天下爲右丞相孝平之世虞延爲太尉延熹中平曾孫
放爲尚書令宰相繼踵咸出斯里延雖有積德修身之政亦斯社所相乃樹碑作頌云御覽五百三十二禮儀
部十一引云惟斯庫上里古陽武之戶牖鄉也秦時有池子華爲丞相漢興陳平由此社宰遂相高祖剋定天
下爲右丞相孝平之世虞延爲太尉延熹中平曾孫放爲尚書令以宰相繼踵咸出斯里雖有積德修身之政
亦斯社所相乃樹碑頌云二書引中郎是文刪節相同書鈔池子下蓋脫華字鈔本有字下有也字也爲池字
脫文則春當作秦春當作丞秋字衍永平之世盧氏文弨亦依書鈔御覽所引校作孝平非也虞
延爲太尉案虞延字子大下文放兼舉其字延亦兼舉其字故徐本延字下有子字疑脫大字
至延熹盧氏文弨校作熹平非也案范書本紀虞放爲司空正在延熹三年以鉤黨下獄在建寧二年

安得及熹平耶延弟案書鈔御覽引作中平中當為弟字之譌平疑為延弟之名各本延熹作嘉平因而譌致誤詔封都亭侯各本都上有召字召都蓋為呂都之譌案漢書地理志濟陰郡有呂都縣續郡國志不載東漢時已省入寃句矣御覽一百七十八引郡國志寃句縣昌都城昌亦呂字之譌孫灝亦封呂都亭侯見魏志注引魏書徐本作都亭侯依本傳脫呂字耳然漢制侯封有亭侯鄉侯都亭侯都鄉侯之分具見范書不勝枚舉太僕太常司空案范書本紀延熹三年太常虞放為司空與中郎是文合錢氏大昕後漢書補表政從本傳稱以尚書為司空非也本傳略而不書雖有積善餘慶終身之致終身之致當依書鈔御覽作修身之政餘慶二字疑衍乃與樹碑作頌與上虞氏文弨校增相字

陳畱太守胡公碑

太傅安樂侯之子也盧氏文弨依徐劉二本侯上校補鄉字蒸蒸雍雍中郎集中凡三用蒸蒸字此獨不改王氏引之經義述聞誤引作朱公叔墳前石碑文王氏昶金石萃編仍其誤必以經綸綸盧氏文弨校作論後以大將軍以將軍事免官案大將軍梁冀也延熹元年八月冀自殺冀本傳云故吏賓客免黜者三百餘人朝廷為空建寧元年

據胡府君夫人神誥建寧二年與祖母黃氏同月卒是碑作元年與後碑同以前文考之元年當作二年爲是

刻漏未分刻鈔本作略顧氏廣圻云案略當作暑詔使者顧氏廣圻云案當云詔使謁者

王謙送葬謙下盧氏文弨校增口且字令聞有彰聞盧氏文弨校作問兼掌虎

賁賁鈔本作族顧氏廣圻云案族當作旅敦不百己敦盧氏文弨校作恨劉本作命至自己

陳留太守胡公碑

後以高等等盧氏文弨校作第病加加盧氏文弨校作劇詔出遣使者顧氏廣圻云案出當作書

祁祁我君二句文選魏都賦注引作胡億碑

# 蔡中郎集卷第六

京兆樊惠渠頌藝文類聚九水部下刪節引之文心雕龍有崔瑗文學蔡邕樊渠並致美於序而簡約乎篇之語

有生之本有生類聚引作生民行趨不至行盧氏文弨校作形若夫西門起

鄴鄭國行秦李冰在蜀信臣治穰鈔本作若夫起鄴鄭國行秦信臣殷南陽鄧臣汝南勞氏格云若夫起鄴夫起當是史起信臣殷南陽見漢書循吏傳鄧臣汝南臣當作晨後書鄧晨傳

晨爲汝南太守興鴻卻陂數千頃田汝土以殷魚稻之饒流衍它郡○案鄭國說秦鑿涇水爲渠事見史記河渠書李水爲蜀郡太守發卒鑿平溷崖河見水經沫水注召信臣遷南陽太守爲民作均水約束號之曰召父荆州刺史奏信臣爲百姓興利郡以殷富見本傳又案魏文侯時西門豹爲鄴令發民鑿十二渠引河水灌民田見史記滑稽列傳及河渠書並見范書安帝紀水經濁漳水注魏襄王時史起爲鄴令呂覽樂成篇並見水經注二事皆可引用雖呂覽有漳水在其旁西門豹不知用之說似以引漳溉鄴始於史起與西門豹無與班氏溝洫志乘其說呂覽所紀恐是誤傳他無所證未足爲據勞校政字以就之則齊楚得失未能定也

字得雲

案中郎外集中得作德范書靈帝紀李膺傳注並作德古字德得亦通

勤䘏人隱

人類聚引作民

昔日鹵田

昔日類聚引作曩之北堂書鈔三十九政術部十二引同

相與謳談壇畔

書鈔引蔡邕京兆樊君頌云曩之鹵田化爲甘壤熙怡悅豫相與謳歌盧氏文弨依校談作歌類聚引同

當政從之

作人父母

顧氏廣圻云案是句下當脫去一句

郡掾吏張玄祠堂碑銘

可謂仁粹淑貞自然之素者已

盧氏文弨校仁作純已作矣

袁滿來碑銘

顧氏廣圻云案此袁隗之子

武林葉氏

在闕明顧氏廣圻云案闕當作開堯典開明尚書作啟史記作開百家衆氏鈔本作習家治易孟氏案袁安傳祖父良習孟氏易安少傳良學安子京習孟氏易子彭少傳父業彭弟湯少傳家學湯長子成次子逢逢弟隗少歷顯官孟氏易固爲袁氏世學但中郎是文上已言習易學不得複稱習家治易孟氏

問一及三及盧氏文弨校作反乃假碑碑下盧氏文弨校增石字

童幼胡根碑銘後村詩話邕集十卷大半爲人作碑板如橋玄楊秉楊賜皆名臣如朱公叔陳仲弓郭林宗范史雲姜肱皆名士至于劉表胡廣之碑豈得無媿辭乎又有袁滿來胡根二碑滿來太尉之孫司徒之子年十五死根陳留太守之子七歲死二銘甚美幾于諛墓矣

明之之性上之字盧氏文弨校作知傳者太勤顧氏廣圻云案疑是在傳不勤盧氏文弨校作傳者不勤○案晉語文王在病不憂在傳勿勤處師勿煩事王不怨盧氏所校爲是當改從念汚軫之不足顧氏廣圻云案汚當作紆盧氏文弨校呈作停○案楚辭惜誦背膺胖合以交痛兮心鬱結而紆軫顧氏盧氏所校並是當改從之

司徒袁公夫人馬氏碑銘顧氏廣圻云案此袁隗之妻

哀子溫公書儀謂母亡稱哀子唐以後始有之或據中郎是稱及三國魏志注哀子皇帝叡疑在漢魏時

已然考士虞禮及禮雜記凡虞以前之祭稱哀子本非對母而言懿達仁達錢氏馥云懿達仁達

並二名更爲兄弟排行之始曾祖中水侯祖將作太(大)匠考南郡太守

馬援傳援三兄況余負余子嚴附援傳嚴七子注謂固伉款續融留續則余即夫人之曾祖嚴即夫人之祖融

即夫人之考夫人名倫見列女本傳中水侯封范書失載可以補闕義方之訓二句文選寡婦

賦注顔延年宋元皇帝哀策文注並引之

濟北相崔君夫人誄顧氏廣圻云案此崔瑗之妻

晨興夜寢寢盧氏文弨校作寐○案是句應協韻盧校爲是當改從之茂師其職顧氏

廣圻云案師當作帥盧氏文弨校作帥昔在共姜四句韻補三引之共作敬宰家喪

儀顧氏廣圻云案宰家見公羊循禮無遺遺盧氏文弨校作違奠禮不虧鈔本是句

下有嘗字非下文不可獨忘之不字作嘗字也顧氏廣圻云案嘗上當脫三字○案是句下應有一句以協韻

蔡中郎集卷第七

荅丞相可齋議

本無嫌閒祠室又寬盧氏文弨校作既本無嫌焦祠日又寬

武林葉氏

幽冀二州久缺疏顧氏廣圻云案此篇與本傳所載大異職以郎爲貴郎徐本作身顧氏廣圻云案身爲貴當作言爲貴伏見幽州突騎冀州強弩爲天下精兵國家瞻仗四方有事軍帥奮攻未嘗不辨于二州也顧氏廣圻云案突當作突○北堂書鈔一百二十五武功部十三引云幽州突騎冀州強弩爲天下精兵四方有事未嘗不取辨于二州藝文類聚六十軍器部引幽州至二州也止無軍帥奮攻一句奕亦作突不下亦有取字辨作辯案前書鼂錯傳輕車突騎顏注突騎言其驍銳可用衝突敵人也東觀漢記吳漢傳亦言幽州突騎唐書猶有太子建成從燕王李藝發幽州突騎三百置宮東諸坊之稱則是文奕騎爲突騎之譏無疑當依書鈔類聚改從之數句不選徐本與鈔本同盧氏文弨校選作遴

難夏育言上鮮卑仍犯諸郡何氏焯云伯喈文此篇最善然鋪陳前代事少翦裁又虛計二載自許有成處亦未能確以事勢成敗相質才識爲不逮班氏也○案袁紀載中郎是文又大異附錄之議郎蔡邕議曰周有獫狁之獄漢有獘海之事征伐四夷所由來尚矣然而時有同異勢有可否不可一也天設山河秦築長城漢起塞垣所以分别内外異殊俗也其外則分之夷狄其内則任之良吏後嗣遵業順

奉所守苟無戚國之幾豈興蟲蝗之虜枝往來之所傷哉乃欲度塞出攻雖破之不可靡盡而本朝必爲之旰食昔淮南王安諫伐越曰天子之兵有征無戰言其莫敢校也如使蒙死徼倖以逆執事之廝養之卒有不備而歸者雖得越王之首獨爲大漢羞之而育欲以齊民易醜虜射乾沒以要之功就如其言猶已危矣況其得失不可知也昔朱提郡反孝元皇帝納賈捐之言割而棄之夫恤民救急雖成郡列縣猶尚棄之況郭塞之外未嘗爲民居者乎臣愚以爲宜止出攻之計令諸郡修垣屯守衞要以堅牢不動爲務若乃守邊之術李牧發其策嚴尤申其要遺業猶在文章具存循二子之策守先帝之規臣曰可矣

一冬春足以掃滅顧氏廣圻云傳一冬二春是也後文所謂二年之期即此以他論

刑顧氏廣圻云案他下當有事字○案本傳作坐事袁紀正作以他事將卒良猛顧氏廣圻云案

卒當作率率帥同字傳作帥誘戲朝廷戲盧氏文弨校作喜三年鈔本三作二顧氏廣圻云二字是也傳作二載

劫標人財標盧氏文弨校作掠吏調政寇顧氏廣圻云案調當作稠

春築長城四句文選鮑明遠東武吟詩注引蔡邕上疏曰云云長下有安字句末無也字案明袁氏刊本六臣注長下亦無安字

天子之兵八句案數言爲淮南王安書中語見前書嚴助傳稍有增減之字之羞亦作羞之

則守爲長宜通乎時變鈔本無爲字宜作由勞氏

武林葉氏

格云長由當依前書作乇田原本元係行草乇字與草書長字相似因以致誤臣曰可矣范書袁紀並可矣止

## 答詔問災異

詣金商門徐本詣下有殿字勞氏格云殿上疑脫太極二字邕傳注洛陽記曰南宮有崇德殿太極殿西有金商門也楊賜傳注戴延之西征記曰太極殿西有金商門十門顧氏廣圻云案上當作中給財用筆硯爲對盧氏文弨校財用二字乙去硯作札謹別狀上劉本別作列詔問曰顧氏廣圻云案凡詔問每不合志蓋志據詔本文集爲邕對述詔語也去月二十九日案靈帝紀光和元年六月丁丑以通鑑目錄推之是月己酉朔丁丑爲二十有九日有黑氣墮溫德殿東庭中靈帝紀作溫德殿注引東觀記作溫明殿今本東觀漢紀及袁紀亦作溫明殿降氣奮勢續五行志作起奮迅紀注引東觀記作隆起奮迅今本東觀漢紀初學記二引漢名臣蔡邕奏皆作騰起奮迅五色有體長十餘丈紀注引東觀記今本東觀漢紀初學記有字下皆有頭字興張本同則所謂天投虹者也初學記亦作虹東觀漢紀虹作蜺案續五行志五其目有投虹東觀漢紀楊賜答詔問災異引春秋讖曰天投虹天下怨袁紀蜺上衍虹字春秋演孔圖又云

臣無忠則天投蜺開元占經九十八亦引續漢書蔡氏對曰所謂天投虹者也易曰蜺之比無
德以色親也續志易下有傳字楊賜傳於中孚經曰蜺之比無德以色親也注易稽覽圖中孚經
之也文斗之精氣也續志注引無氣字又案開元占經九十八引春秋緯曰虹蜺者斗之亂精
也合讖圖續志注引作合誠圖案文選注藝文類聚初學記開元占經太平御覽諸書皆引春秋合
誠圖與潛潭巴演孔圖俱爲春秋緯書孫氏瑴謂明夫天人之合皆有誠通而其象已先著于圖云內奮
臣無忠政續志奮作奪當政從之關機之內續志注關作樞以招衆變續志
注衆變象盧氏文弨校從之威權浸移浸續志注作漸盧氏文弨校作推使貞雅續志
注作分直邪盧氏文弨亦校雅作邪嚴守衛續志注嚴作勤整威權機不假人則
其所救也續志注作整武備威推之機不以假人則其救也盧氏文弨校從之案所爲衍字疑已下
五事中皆有是句並無所字可證五月案靈帝紀光和元年五月壬子續志及袁紀作五月壬午以通
鑑目錄推之是月庚辰朔則三日爲壬午續志是也本紀子字誤續志注引風俗通光和四年四月劭所述與
志或有不同年月舛異故俱載爲孝成綏和二年一段續志載云成帝時男子王褒絳衣入
宮上前殿非常室曰天帝令我居此後王莽篡位今此與成帝時相似而有異被服不同又未入雲龍門而覺

稱梁伯夏皆輕於言以往況今將有狂狡之入欲為王氏之謀其事不成袁紀載云成帝時男子王褒衣絳衣
入宮上殿曰天帝令我居此後王莽篡位今與此成帝相似而被服不同又令未入雲龍門以往才令將有王氏
之謀其事不成來入雲龍門來劉本作未盧氏文弨校作來盧據宋本恐是字誤應依范書袁紀
作來而稱伯夏教顧氏廣圻云案以傳訂之當作而為賢覺稱伯夏教輕於曩言謂王褒稱天帝
令為重也商子冀冀子不疑等案梁商傳字伯夏傳中云以小黃門曹節等用事子中遂
遣子冀不疑與為交友冀傳云弟侍中不疑為河南尹冀子胤袁紀永和四年二月以商少子虎賁中郎將不
疑為步兵校尉則不疑亦商子故文中用等字冀子二字衍為平陽侯宋劉氏敞云當作平陽侯
非平陽也顧氏廣圻云案當依前志作平陽未至于頭而聖主知之訪問其
故顧氏廣圻云傳注無聖主八字蓋刪此二句而下有止字為是○案袁紀亦有止字是將有其
事而遂不成之象也案袁紀作是將有事而不遂之象與范書同遂不當乙轉頻歲
月蝕續志注作頃歲日蝕案是文引在光和元年日蝕下月作日為是當改從之陽微則地
震陰勝則月蝕續志注作陽微則日蝕陰盛則地震案月亦當改從日又案中郎本傳有地動
者陰盛侵陽之語此二句當從續志注為是恩亂則風恩徐本及他本皆作思為是案五行傳思

心不容是謂不聖
厥咎霜厥罰恒風
貌失則雨視闇則疾癘流行
貌失則
雨視闇
則疾皆用五行傳勞氏格云鈔本因
上文誤行癘字流行非脫今本誤加
簡宗廟則水不潤
下
亦用五
行傳
致識句于供御
識句續志注作精
盧氏文弨校從之
慮詔問星
辰錯謬
是條續志不載案續天文志下延熹九年九月
熒惑入太微西門永康元年七月太白晝見經
天相去光和元年十餘
年是時星變志蓋失書
熒惑示變人主當精明其德則
有休慶之色
鈔本作熒惑以夏主當精明其角而有休
慶之色勞氏格云開元占經三十卷引甘
氏曰熒惑之王也從立夏以至夏之盡其色如赤則當
比心大星而精明仲夏之時有芒角又曰熒惑之休也
從仲夏以至夏之盡及四季王時其色則出無精明黑
黃又曰當其王也有休色政令不行又引荊州占曰熒
惑出而有角此疑當云熒惑以夏王當精明
有角而有休色王誤主有誤其慶之二字衍
出端謀戒
不臣
勞氏格云占經三十六引帝覽嬉曰熒惑入太微
而出端門者臣不臣又引石氏曰熒惑入太微中
華東西門若左右掖門而南出端門者爲臣有反心又
引鄴萌曰熒惑入太微西門犯天庭出端門爲臣戕主
則出端下
當脫門字
太白當晝而見八句
顧氏廣圻云案皆天官
書文○案史記天官書
太白光見景戰勝晝見而經天是謂爭明彊國弱小國
彊女主昌又云日方南金居其南日方北方北金居其

武林葉氏

北曰嬴侯王不盜是陰陽爭明案據天官書則鈔本陰陽二字非脫皆有失政案據天官書則鈔本失作女爲是審察中外之言、顧氏廣圻云案言當作官盧氏文弨校作審察中外言之不然鈎省別藏省盧氏文弨校作盾平城門向陽之門郊祀法駕所從出門之正者也水經穀水注引作平城門正陽之門與宮連屬郊祀法駕所由從門出之最尊者與續志同志無屬字昔一柱泥故法棄顧氏廣圻云案昔一當作王者柱泥未詳小人在顯位者一段盧氏文弨校從徐本正意請行正盧氏文弨校作臣顧氏廣圻云案請當作清若時共禦帝用不差神則不怒五福乃降用彰于下案尚書大傳時作是羞作差彰作章續志注引尹敏上疏作與大傳同共作供不怒作大喜又引五行傳亦與大傳同又特詔問是文與中郎本傳詳畧迴別袁紀載是文亦有刪節與是文又不同春秋魯定哀公之時盧氏文弨校乙去公字宮中無地逸顧氏廣圻云案地當作他續以永樂門史史盧氏文弨校作吏○桓帝紀注和平元年有司奏太后所居皆以永樂爲稱雖房顧氏廣圻云案雖當作帷有程夫人者何校據崔烈傳政程大人爲程夫人非也劉翊傳袁紀及文選別賦注引謝承後漢書亦作程夫人並是大人之譌蔡邕陳球兩傳中作程大人爲是蘇章傳祖父純字桓公三輔號爲大人注云大人長老之稱言尊事之也鄧禹傳時宮人出入多能有所毀譽其中中者宿皆稱中大人並見和熹鄧皇后紀張讓傳亦有中大人尚但之稱晉書劉聰載記謹奉大人之教爲中郎王皮衛軍司馬劉悺對中官僕射郭猗而言程瓊以中常侍用事宮中尊稱之故曰大人與陳蕃竇武傳中趙嬈之稱趙夫人自不同耳

考彥時哉

顧氏廣圻云案哉當作

太尉張顥

三國魏志董卓傳注引續漢書張顥中常侍張奉弟靈帝紀光和元年三月爲太尉九月罷

光祿勳偉璋

偉盧氏文弨校作姓○案中郎本傳各本多誤作偉璋惟汲古閣本作姓璋注云姓姓也璋名也漢有姓偉

但以州郡無課而已

顧氏廣圻云案無當作充

伏見

廷尉郭禧

范書郭鎮傳鎮弟子禧少明習家業兼好儒學有名譽延熹中亦爲廷尉靈帝紀建寧二年太僕郭禧爲太尉注云字公房扶溝人禧音僖傳中亦言建寧二年代劉寵爲太尉光和元年去建寧二年已八年何以稱廷尉或禧以三公左還諸卿歟金石錄隸續載有郭禧碑強半剥落又有後碑殘缺尤甚尚存光和二年夏五月甲寅太中大夫故太尉郭公甍云

聞人襲

靈帝紀建寧元年十一月太尉劉矩免太僕沛國聞人襲爲太尉二年五月太尉聞人襲罷三年夏四月太尉郭禧罷太尉中大夫聞人襲爲太尉四年三月辛酉朔日有食之太尉聞人襲免太僕李咸爲太尉案北堂書鈔七十七引謝承後漢書聞人統御覽二百

武林葉氏

五十三作聞人襲續禮儀志注引蔡質所記立宋皇后儀有太尉襲持節奉璽綬之文數見訪聞聞當從范書袁紀作問劉后村詩話續集亦引作問則宋本不誤策護三公顧氏廣圻云案護當作讓當因其言顧氏廣圻云案因當作固不干于日鈔本于作可顧氏廣圻云案可當作耳不獨得之子迫沒之三公也顧氏廣圻云案沒當作促詩云畏天之怒云盧氏文弨校作人側身踴躍顧氏廣圻云案踴躍當作悚懼無使盡忠之吏吏盧氏文弨校作臣被收時表

胡母班中郎本傳注邕集其奏曰邕屬張宛長休百日部假宛五日復屬河南李奇爲書部不爲召太山黨魁羊陟與邕季父衛尉質對門九族質爲尚書營護阿擁令文書不覺部被詔書考胡母班等辭與陟爲黨質及邕頻詣部問班所及部不應遂懷怨恨必欲中傷部制曰下司隸校尉正處上邕集作綦毋班也臣

叔父衛尉質中郎本傳注質字子文著漢職儀晉書蔡豹傳高祖質漢衛尉左中郎將邕之叔父也祖睦魏尚書蔡謨傳曾祖睦魏尚書而豹爲陳留圉城人謨爲陳留考城人世說新語注引蔡充別傳又云充祖睦蔡邕孫又引晉諸公贊云充陳留雍邱人文選王仲宣贈蔡子篤詩注又引蔡氏譜曰睦濟陽人考續

郡國志圉考城雍邱反名仇怨奉公顧氏廣圻云又案濟陽皆屬陳留郡奉公謂劉郃仇怨者質邕仇怨郃也言反以仇怨奉公爲名而陷邕父子

## 蔡中郎集卷第八

和熹鄧后謚議和帝之后安帝永寧二年三月崩後書皇后紀論初平中蔡邕始追正和熹之謚

三元之戹顧氏廣圻云案楊厚傳注春秋命歷序曰四百年之門閉四門聽外難羣異並賊官有孽臣州有兵亂五七弱暴漸之效也宋均注云五七三百五十歲當順帝漸微四方多逆賊也三元當是五七又案後云正三元之衡亦當誤本紀詔曰延平之際海内無主元元戹運危如累卵元元亦當是五七與上文劉毅上書中語不同○案顧校五七其說良是漢自時有此語如前書谷永傳涉三七之節紀孟康曰至平帝乃三七二百一十歲之戹亦明證也

是以尚官損服至六百餘人本紀減大官導官尚方内者服御珍膳靡麗難成之物又御府尚方織室錦繡冰紈綺縠金銀珠玉犀象瑇瑁雕鏤翫弄之物皆絶不作離宮別館儲峙米糒薪炭悉令省之又詔諸園貴人其宫人有宗室同族若羸老不任使者令圍監實覈上名自御北宫增喜觀閱問之咨其去留即日免遣者五六百人

衣不粲英顧氏廣圻云案

粲英當作萃蔡膳不過擇過活字本作遵顧氏廣圻云案遵當作導本紀自非供陵廟稻粱米不得導擇盧氏文弨校過作導交饗祖廟顧氏廣圻云案饗當作獻本紀與皇帝交獻親薦命衆儒考校東觀閣學鈔本東觀下作閱學士不序五字顧氏廣圻云案不當作丕盧氏文弨校作閱學士不序○本紀乃博選諸儒劉珍等及博士議郎四府掾史五十餘人諸東觀讎校傳紀傳謀遠暨顧氏廣圻云案傳當作博遭疾不豫六句本紀永寧二年二月寢病漸篤乃乘輦于前殿見侍中尚書因北至太子新所繕宮還大赦天下有功安居曰熹顧氏廣圻云案居當作民○案居爲民字之譌懷諱民字故引作人章帝后謚鈔本謚作體顧氏廣圻云案后謚下當脫一字○北堂書鈔九十四禮儀部十五引云漢世母氏無謚至于明帝始建光烈之稱謚法有功安民曰烈帝后一體禮亦宜同皇太后宜謚爲和熹烈皇后案先烈先爲先之譌曰烈烈爲熹之譌烈皇后烈字衍

爲陳留太守上孝子狀

平邱程未惠氏棟云未當作末○太平御覽五百二十一宗親部十一引蔡邕進表曰平邱程未年十四時父没抱屍號泣悲哀舅哀其羸劣嚼棗肉以哺之未見食戲敘都不能吞咽未與未形似之譌當改從之家無典學者無鈔本作舊顧氏廣圻云案舊字下典當作無命于吏官各本宮誤作官

顧氏廣圻云見國語

薦皇甫規表藝文類聚五十三政治部下載蔡邕薦皇甫規表節錄八語

昔孝文慍匈奴之生事類聚無生字威靈神行演化凶悍本傳先零諸種羌慕規威信相勸降者十餘萬又云羌人聞之翕然反善沈氏大豪滇昌饑恬等十餘萬口復詣規降是二句所稱是也愛則省襦每有餘貲規目訟疏中有所省之費一億以上之語

其武勞武盧氏文弨校作勇

薦邊文禮書讓與虞放延固張溫張奐堂谿典等皆海內名人為曹騰所進達見宦者傳太平御覽二百十三職官部十一引典畧曰邊讓字文禮陳留人將軍何進聞其名欲以禮辟恐不肯來乃託以軍禮召之到署令史進以禮見之讓占對閑敞聲氣如流其時生席賓客有百數皆高慕之案與本傳大同小異

字文禮野客叢書云古之薦人皆言幾歲及稱其字案是文雖不稱其年亦稱其字甯牛之鼎鈔本原注一曰帝立之鼎顧氏廣圻云帝立當依本傳注作市丌引呂氏春秋曰顧白圭對魏王曰市丌之鼎以烹雞多泊之則淡不可食少泊之則焦而不熟也躋之宗伯宗鈔本作常顧氏廣圻云常字爲是續漢志引漢舊儀曰侍中常伯苟能其事是句士鈔本作士穀見史書著而行國其昌勞氏格

云士穀見史是引左氏書士穀堪其事也釋文士穀本又作穀書著而行國其昌當引洪範使羞其行而國其昌文

# 蔡中郎集卷第九

## 薦太尉董卓表

臣等謹案漢書高祖受命野客叢書八所引有云卓功參周霍而止于三事無異於衆宜以爲相國位在太傅上帶劍履上殿入朝不趨後村詩話引云謹案漢書蕭何以相國金印綬位在公卿之上卓功績口口參倂伊霍宜以爲相國位在太傅上帶劍履上殿入朝不趨案後村刪節引之蕭何上當有高祖受命四字而各本失此一段以致疑莫能明耳

## 讓尚書乞在閒冗表

顧氏廣圻云案本傳中平六年遷尚書

轉治書御史治本傳作持續百官志治書侍御史二人注蔡質漢儀曰選御史高第補之北堂書鈔設官部引漢官儀曰治書侍御史宣帝嘗幸宣室齋居而決獄事令侍御史二人治書後置秩比六百石隗囂傳申屠剛杜林爲持書注持書即持書侍御史來歷傳持書侍御史龔調則官名本有侍字不稱者省文也錢氏大昕云范史本是治書章懷避諱改治爲持也案通典云國諱改爲後歷代皆同三月之中

顧氏廣圻云案傳云三日似以此爲是。袁紀北堂書鈔六十初學記十一御覽二百十二引謝承後漢書俱作三月之閒周歷三臺范書句同惟月字作日論中云信宿三遷則日字非爲傳寫之誤三國魏志董卓傳注引張璠漢紀曰卓爲太尉辟爲掾以高第爲侍御史治書三日中遂至尚書興范書同案獻帝以九月甲戌即帝位己酉董卓自爲太尉封郿侯十一月癸酉自爲相國相距僅六十日表中稱太尉而未稱相國則上表時尚未及三月也同時荀爽亦三日之閒自平原相入爲光祿勳遷司空證以表中用田千秋一日九遷事三日爲是至三郎無足異耳

故有一日九遷

事見前書車千秋傳本傳云特以一言寤意旬月取宰相封侯世未嘗有也案易林有一日九遷之語疑用是事文選任彥升爲范尚書讓吏部封侯第一表雖千秋之一日九遷注云東觀漢紀馬援與楊廣書曰車丞相高祖園寢郎一月九遷爲丞相者知武帝恨誅衛太子上書訟之然日當爲月字之誤今東觀漢紀有此文據班書稱旬月則善注言月誤爲日說亦不然宋王氏楙云考漢書高寢郎田千秋訟太子寃武帝立拜爲大鴻臚師古注立見而即拜之言不移時也謂千秋因此一言頃刻之閒自高寢郎超遷九秩至大鴻臚非謂一日之閒九次遷除也

委政冢宰太傅隗　尚書令日磾　僕射允故司隸校尉河南尹某尚書張熹

冢宰董卓也太傅隗袁隗也獻帝即位仍以前將軍爲太傅初平元年三月爲董卓所殺尚書

令日碑馬日碑也尋遷太常僕射爲太僕之誤允王允也獻帝即位以河南尹拜太僕尋遷尚書令案其時司隸校尉爲袁紹獻帝即位出奔宣璠爲司隸校尉疑在是時璠楊彪傳誤作播董卓傳注云璠音煩又音甫袁反獻帝紀注云獻帝春秋播作璠也璠尋遷光祿勳是文稱故疑是紹耳河南尹是時疑是朱儁司隸校尉河南尹無董爲之者河南尹連下尚書則可朱儁之前或張熹以尚書拜河南尹莫可證也據大臣之文當是故司隸校尉下脫姓名張本增某字於河南尹下非是張熹范書無傳獻帝紀初平四年十二月衛尉張喜爲司空注獻帝春秋曰喜作嘉董卓傳亦作喜

侍中魯旭魯恭傳長子謙謙子旭官至太僕從獻帝西入關興司徒王允同謀共誅董卓及李傕入長安旭興允俱遇害何氏焯云旭疑非謙之子有脫誤

## 巴郡太守謝版

顧氏廣圻云案本傳還巴郡太守復留爲侍中

連值盛時盧氏文弨云連疑遭及蓮香瓠子唾壺蓮鈔本作董顧氏廣圻云案董當作薰○北堂書鈔一百三十五儀飾部六補注引作薰爐唾壺太平御覽七百三服用部五引蔡邕表曰詔賜薰爐唾壺朝廷之恩前後重疊父母子子無以加此又七百十七服用部十九引蔡邕表曰賜鏡匳等前後重疊父母子子無以加此

## 宗廟祝嘏辭

國享十有一世歷年二百十一載　享一十一世歷年

一百六十五載西漢十一世不數孺子嬰案高帝以即帝位之年己亥定都長安至孺子嬰初

始元年戊辰二百一十載歷年則孺子嬰之三年亦併計之東漢光武帝建武元年乙酉至靈帝中平六年己

巳十一世歷年一百六十五載遷都舊京顧氏廣圻云遷上有脫文乃當爲殷道衰而盤庚六字

以三月丁亥來自雒三月丁巳至于長安案獻帝紀初平元年二月

丁亥還都長安三月乙巳車駕入長安袁紀同唯乙巳作己巳三國魏志武帝紀董卓傳初平元年二月乃徙

天子都長安是文以三月三字疑誤以通鑑目錄推之二月辛未朔三月辛丑朔丁亥爲二月十有七日乙巳

爲三月五日丁巳爲三月十有七日己巳爲三月二十有九日

宗廟迭毀議獻帝紀初平元年是歲有司奏和安順桓四帝無功德不宜稱宗又恭懷敬隱恭愍

三皇后並非正適不合稱后皆請除尊號制曰可袁紀書于二年通鑑綱目亦書于元年

孝元皇帝顧氏廣圻云下當補時丞相匡衡御史夫大貢禹始建大議請依典禮孝文孝武孝宣三

皇帝二十八字因皇帝字復出而脫去也據經傳義傳盧氏文弨校作傳今聖遵古復

禮續志注聖下有朝字當依徐劉本補以求厥中中盧氏文弨校作衷七廟七字上鈔本有

武林葉氏

天子二字顧氏廣圻云案天子二字當有則覩盡宜數案數當作毀八月酬報鈔本
作報八月聽酬盧氏文弨校報字屬上宗字下爲句衣鈔本以意刪聽字增時字作八月酬時爲句五年
一致祭致鈔本作毀案毀乃殷字之譌孝章皇帝顧氏廣圻云案章當作安孝章在二宗
禝宗敬宗恭宗之號顧氏廣圻云案恭宗當作威宗威宗桓宗也若是安帝則順不得在
安上亦其一證又案祭祀志云安帝以讒害大臣廢太子及崩無上宗之奏後以自建武以來無毀者故遂常
祭因以其陵號稱恭宗云云可知恭宗本非廟號也桓帝之爲威宗又在必省注脫順此以威爲恭皆誤東漢
十一帝光武一祖也明章二宗也其和殤安順沖質桓靈八帝除殤沖質三帝不列于廟安桓爲昭和順爲禝
的然無疑矣

上始加元服與羣臣上壽表靈帝紀建寧四年春正月甲子帝加元服大赦天下
賜公卿以上各有差

令月吉日始加元服進御幘結北堂書鈔一百二十七衣冠部一引云陛下令
月吉日加元服進御幘臣等不勝鳧藻謹奉牛一頭酒九鍾牛一二文連寫之譌徐劉本俱誤作生

表賀錄換誤上章謝罪

臣以相國兵討逆賊獻帝紀中平六年十一月癸酉董卓為相國獨斷云相國自蕭何以後始非復人臣之位故河內太守王臣等顧氏廣圻云案臣當作匡○王匡事見獻帝紀並見袁紹董卓傳三國魏志董卓傳作河南太守王匡南字誤河南為尹非太守也袁紹傳武帝紀中並稱河內太守注引謝承後漢書曰匡少與蔡邕善范書董卓傳注引英雄記曰匡字公節泰山人輕財好施以任俠聞

右衛尉杜衍顧氏廣圻云案右衛當作石行不惟石慶數馬之誤石慶數馬見史漢萬石君傳誤盧氏文弨校作慎不勝忪蒙流汗蒙盧氏文弨校作懞

讓高陽侯印綬符策表盧氏文弨校作三首刪後篇題案建寧元年陳蕃亦封高陽鄉侯固讓不受見本傳

詔制案光武帝紀注引漢制度曰制書者帝者制度之命其曰文制詔太平御覽文部亦引之文選潘元茂冊魏公九錫文注引蔡邕獨斷曰制詔王者之言必為法制也詔猶告也御覽亦引之史記及班范書中皆稱制詔本集中亦多稱制詔此詔制必為制詔倒文之誤精魄播超超盧氏文弨校作越肥如侯肥如侯名寅見前書功臣表伏受罪誅盧氏文弨校以下又一首國憲上行盧氏文弨校刪上行二字履傷涉血之難傷盧氏文弨校作腸

武林葉氏

再讓高陽侯印綬符策表

昔之范正顧氏廣圻云匃誤爲正可證左傳襄三十一年釋文不亡禮讓亡盧氏文弨校作忘以躡高蹤躡盧氏文弨校作庶壽同松喬壽同盧氏文弨校依徐本作同壽

# 蔡中郎集卷第十

## 明堂月令論

明堂者天子太廟所以宗祀其祖以配上帝者也藝文類聚三十八禮部上引蔡邕月令論曰明堂者天子太廟也所以宗祀而配上帝明天氣統萬物也中央曰太室易曰離也者明也南方之卦也聖人南面而聽天下莫正于此爲隋書北史牛宏傳引明堂者至而王以明堂也一段中央作內字無易曰以下十二字無天下二字莫正于此爲作莫不正爲譬如北辰居其所而衆星拱之文選顏延年三月三日曲水詩序注引蔡邕曰如北辰居其所而衆星拱之又謝元暉齊敬皇后哀策文注引蔡邕曰如北辰居其所也政教之所由生變化之所由來續祭祀志注作教之所由生專受作之所自來陸氏堯春云業生字疑衍專當作專說文專布也受作疑以形近而譌取

其宗祀之貌十四句詩大雅靈臺正義引蔡邕月令論取其宗廟至其實一也一段貌上有清字無取其尊崇二句鄉明作堂無四面二字禮記明堂位正義引蔡邕明堂月令章句取正室之貌則曰太廟取其正室則曰太室取其堂則曰明堂取其四時之學則曰太學取其圜水則曰辟雍雖名別而實同晉書紀瞻傳所稱中四語與明堂位正義同無正字清貌無清字四時所四門亦無四面字末二句與靈臺正義同隋書牛宏傳引取其宗祀至則曰辟雍一段貌亦作清貌尊崇亦作正室鄉明亦作堂亦無四面二字北史本傳同

取其四門之學惠氏棟云下云太學中學明堂之位又云太學明堂之東序則非四門學

之命魯公世世禘祀周公于太廟今明堂位無禘于太廟四字下文以禘禮祀周公于太廟

易傳太初篇惠氏棟云蒙求師之封世於八月當太初故易傳有太初篇

禮記保傳篇保傳篇今在大戴禮此文節引之

禮記古大明堂之禮曰顧氏廣圻云業大當作文下當有王居二字○隋書北史牛宏傳宏上議曰業作劉向別錄及馬宮蔡邕等所見當時有古文明堂禮王居明堂禮明堂圖明堂大圖明堂陰太陽山通義魏文侯孝經傳等並說古明堂之事其書皆亡莫得而正蔡氏云曰牛里仁分古文明堂禮王居明堂禮爲二書顏師古省古字僞文王居明堂之禮未識孰是○太平御覽一百八十三居處部十一引蔡邕明堂月令論曰禮古大明堂之禮曰膳夫氏相禮日中

武林葉氏

出南闈見九侯及門子日昃出西闈親五闈之事日闈出北闈視帝績帝獻明堂之西北稱闈下卷又引蔡邕明
堂月令記曰明堂之門北稱闈膳夫是相是御覽作氏業古文尚書五者來備史記五是來備范書
李雲傳五氏來備注云氏與是古字通耳曲禮五官之長曰伯是職方注云是或爲氏覲禮大史是右注云古
文是爲氏班書地理志至元孫氏爲莊公師古云氏與是同古通用字又西河有鯢是縣說文作鯢氏班固幽
通賦氏中葉之炳靈顏注解氏爲是與文選注異漢時是氏通用如隸釋所載韓敕後碑於氏憤情之思以氏
爲是蕩陰令張遷表張是輔漢以是爲氏其明證也各本是相下有禮字見九侯及門子陸氏
堯春云業周禮小宗伯職云正室皆謂之門子鄭注正室適子也將代父當門者也左氏襄九年十年傳亦皆
興大夫並稱自當以御覽爲正惠氏明堂大道錄作及門子反問子相二語並存未知所據何本
日側出西闈陸氏堯春云側御覽作昃業儀禮既夕有司請祖期曰日側作側周禮司市大市日
昃而市作厄蓋厄爲正字側爲假借而昃則厄之俗體也視帝獻各本獻字上有節字鈔本作即勞氏
格云御覽引作視帝績帝獻則脫一帝字又誤績爲郎陸氏堯春云傳元鼓吹作亦有帝績惟期語似獻上應
有帝字而節亦當作績以聲同致誤也故周官有門闈之學文選王元長三月三日曲
水詩序引作周官有闈門之學遂設三老五叟之席位惠氏棣云業列子黃帝篇云手

生子伯宿於田叟商邱開之舍注云叟當作叜然則蔡說不為無據令祀百辟卿士之有
德於民者令戴記月令德作益太學明堂之東序也詩大雅靈臺正義引此八
字作政穆篇政疑昭之誤令大戴禮是政篇逸明堂者所以明天氣統萬物初學
記十三禮部上引蔡邕月令論曰明堂所以通天氣統萬物禮記盛德篇盛德篇今在大戴禮
此文節引之武王伐殷薦俘馘于京太室惠氏棟云今樂記無此文當在河間
獻王之二十一篇中又据呂氏紀古樂篇有其文以為即河間樂記無疑其制度之數至
王者之大禮也隋書北史牛宏傳引制度之數一段屋徑作楣徑方三十六丈作方六丈圓蓋
上也字亦作且方載作方覆以象卦以象州以象日辰以應三統各象其行無者字又列于作布字亦字作四
方字重文外廣作水闊四周以水作于外業隋書北史各有譌脫互校正之方覆覆字誤屋圜屋徑
隋書北史宇文愷傳引三輔黃圖亦作屋圓楣徑通典引大戴禮但作屋圓徑魏書北史賈思伯傳所引亦無
次屋字業屋徑當依隋書作楣徑方三十六丈蔡氏雲曰牛里仁議依周書月令論作方
六丈六丈太狹卅六丈太廣未詳孰是○業隋書北史宇文愷傳藝文類聚初學記太平御覽玉海引周書室
中方六十尺宇文愷議引黃圖亦云太室方六丈魏書北史賈思伯傳亦作太廟明堂方六丈九六之

變也

六九之道也通典引大戴禮皆無也字九室以象九州十二宮以應十二辰禮記玉藻明堂位正義引明堂月令書說有四堂十二室之文又云四堂十二室字誤本書云九堂十二室大戴禮盛德篇有九室十二堂之文玉藻正義亦作九室十二堂魏書北史賈思伯傳引蔡邕云九室十二堂北史封軌傳亦引蔡邕應劭等撰九室以象九州十二堂以象十二辰續漢祭祀志注引新論又作九室法九州十二坐法十二月隋書北史宇文愷傳引黃圖亦作十二堂法十二月白虎通亦作十二座法十二月案宮當作堂爲是三十六戶七十二牖通典引大戴禮三十六戶上有一室而有四戶八牖一句七十二牖下有室四戶二牖二句以下至外博二十四丈以應節氣也止上文堂方百四十四尺起至以應十二辰文皆同通天屋隋書北史宇文愷傳引三輔黃圖作通天臺又引禮圖作通天之觀此蓋漢制堂高三丈隋書北史宇文愷傳引三輔黃圖及牛里仁議亦作三尺又云堂四向五色法四時五行大戴禮盛德篇堂高三尺隋書北史宇文愷傳及玉海九十五引周書堂高四尺四堂爲三孫氏星行曰四字蓋三字積畫之誤案考工記殷人重屋堂修七尋堂崇三尺禮記玉藻明堂位正義引異義明堂月令書說云明堂高三丈孔氏廣森云此謂擔榮之高非階崇也四鄉五色者象其行案者字當依牛宏傳作各字通典引大戴禮亦作四鄉五色各象其行易正月之

卦曰益各本益皆作泰惠氏棟云泰當作益此益六二爻辭益于消息爲正月卦陸氏堯春云周易乾鑿度引孔子曰益者正月之卦也又引孔子曰泰者正月之卦也据此知泰益皆爲正月之卦然此既引王用享于帝吉文則泰當爲益之誤凡此皆合于大曆唐政顧氏廣圻云業大當作古指顯項歷言之蔡氏雲曰大歷見漢藝文志戴禮夏小正顧氏廣圻云業鈔本無夏字是陰陽生物之候王者之次今戴氏無此文傳仲尼譏之譏盧氏文弨校作書

月令問荅

月令服食器械之制皆順五行者也太平御覽八百四十九飲食部七引春食麥一條服食作服飾所食順作從無也字不已畧乎御覽引脫不字凡十二辰之禽五時所食者御覽引禽作會五作四犬牙而無角牙各本皆作豕顧氏廣圻云業豕當作猛聊以應問問鈔本作閒顧氏、廣圻云業閒字是妄位最下也各本下字上有在字

武林葉氏

# 蔡中郎集舉正

錢唐羅以智鏡泉甫撰

## 蔡中郎集外紀

胡廣黄瓊頌　胡廣本傳熹平六年靈帝思感舊德乃圖畫廣及太尉黄瓊於省内詔議郎蔡邕爲其頌云注引謝承書載其頌曰云云顧氏廣圻云案然則此篇不在集中也　宋王氏應麟云其頌胡廣黄瓊幾於老韓同傳若繼成漢史豈有南董之筆案是頌承詔而作不得不然王氏譏之過矣然讀范書傳贊胡不若黄載筆自有定論耳

降神有周八句　韻補三引曰胡曰黄四語又引降神有周四語作胡黄二公贊

超哉邈乎莫與爲二　文選皇太子釋奠會作詩注引蔡邕胡黄二公頌曰超哉邈漪莫參其二又西征賦注引蔡邕胡黄公頌曰參其二也胡氏克家云公上當有二字參上當有莫字案當依選注爲是顏詩襲用超哉邈漪語潘賦云莫二其一

上漢書十志疏

朔方髡鉗徒臣邕徒盧氏文弨校作徒故尚書郎張俊坐漏泄事當服重刑事見袁安子敞傳盧氏文弨校作伏服已出穀門穀鈔本作穀顧氏廣圻云穀案穀字是敞傳廷尉將出穀門注穀門洛陽城北面中門也盧氏文弨校作穀○案續百官志雒陽城十二門有穀門門注引李尤銘曰穀門北中位當於子何進傳亦作穀門注穀門洛城北當中門也劉洪爲穀城門候見續律曆志水經注穀水又東逕廣莫門北漢之穀門復也考國語韋注穀水在王城北疑穀門以水得名聽續鞫詔書馳救一等盧氏文弨校作讀救作赦續既到徒所至致章闕庭段公路北戶錄引之藝文類聚八十火部太平御覽三百三十五兵部六十六並引之其難者鈔本無其字難字上有所使元元順四字顧氏廣圻云案元順當作尤元煩請太師田注顧氏廣圻云案師當作史田盧氏文弨校作舊作郎中劉洪劉洪無傳詳見續律歷志引袁山松書及博物志適有頭緒緒盧氏文弨校作角并書章左并盧氏文弨校作竝

述行賦古文苑二十七載是賦僅十四句不相連屬無兮字藝文類聚二十七人部十一同

又起顯明苑于城西惠氏棟云明疑作陽○桓帝紀延熹二年秋七月初造顯陽苑楊賜傳注延熹二年造顯陽苑三國魏志董卓傳注引獻帝春秋曰卓時適至屯顯陽苑白馬令李雲以直言死鴻臚陳君以救雲抵罪桓帝紀延熹三年白馬令李雲坐直諫下獄死哀紀載在二年本傳亦在二年陳蕃上書救雲見兩人本傳赦陳留太守遣案當依本傳作督促發遣爲句過漢祖之所隘兮弔紀信于滎陽水經注濟水一紀信家在滎陽城西北三里故蔡伯喈述征賦曰過漢祖之所隘弔紀信于滎陽陟蔥山之蕘崤顧氏廣圻云案瑤當作嶺被浣濯而羅布豐茭莫與臺菌兮顧氏廣圻云案羅下當有生字○案羅下當補生字爲韻布字屬下讀舊本與譌奠俗本二字並用奠字當衍孫氏星衍續古文苑已校正矣六書正譌豐俗作豊瞰洛汭之始并古文苑瞰作靚類聚同山風泊以飂涌兮案泊爲泪字之誤盧氏文弨校改作泪氣懆懆而厲涼心惻愴而懷懆顧氏廣圻云懆俱當作慘案操方舟而溯湍流兮流鈔本作浴顧氏廣圻云案浴當作洛操吳榜其萬艘兮操盧氏文弨校作連玄雲黯以凝結集零雨之溱溱文選雪賦注引蔡邕述行賦曰元雲黯以凝結零雨集之溱溱赴

武林葉氏

偃師而釋勤○顧氏廣圻云案釋當作精古文苑而釋作假精義二士之使墳類聚使作夾盧氏文弨校從之天罕滿而無文滿盧氏文弨校作漫思逶迤以東

運逶迤鈔本作威遺顧氏廣圻云案遺當作遲威遲郎詩威夷見文選注○韻補一引彌信宿四語亦作威遺皇家赫而天居兮文選魏都賦注引蔡邕述行賦曰皇家赫而天居彰舞鶴賦注引云皇家赫赫而天居崇絕高而懸絕陸士衡前緩聲歌詩注又引蔡邕述征賦皇家赫而天居萬方徂而星集鮑明遠代君子有所思詩注引皇家赫而天居亦作述征賦道無因而獲入顧氏廣圻云案入當作合唐虞渺其既遠兮四句韻補五引之猶紛掌其多違兮掌盧氏文弨校作掣則善戒惡顧氏廣圻云案疑是明善戒惡○韻補三引登高斯賦六語亦作則善

短人賦載初學記十九人部下又引蔡邕短人賦曰巴巔馬兮柙下狗

其餘尪幺初學記幺作公嚖嘖怒語初學記嚖嘖作嚖噴衆人患忌初學記患作恐盧氏文弨校從之熱地蝗兮蘆即且蕭中蛹兮蠶蠕須視短人兮形若斯韻補一引是三語初學記熱作蟄即且作蝍蛆蠶作蠢須作蝢注云音須盧氏文弨依校熱作蟄蠶作蠢鞞鞨鼓兮補履樸脫椎枘兮搆衣杵初學記樸作撲

抄變二字宜查

作下空字查填

衣作蕤

飲馬長城窟行水經河水三注云余每讀琴操見琴慎相和雅歌云飲馬長城窟及其跋涉斯逵遠懷古事始知信矣非虛言也文選注引之文有抄變文選二十七藝文類聚四十一樂部一皆作樂府古詩文太平御覽五百九十五文部十一引後八句亦作古詩

青青河邊草類聚邊作畔誰肯相爲言類聚爲作與書上竟何如文選上作中類聚御覽俱同御覽竟作意上有加餐食下有長相憶類聚食作飯兩有字御覽作言

篆勢晉書衛恒傳漢末又有邕采斯喜之法爲古今雜形然精密閑理不如淺也邕作篆勢云云古文苑十七亦載是文初學記二十一文部引作篆書體書斷引作贊分大篆小篆二首藝文類聚七十四巧藝部太平御覽七百四十九工藝部俱節引之

字畫之始六句晉書首段作八句曰鳥遺跡皇頡循聖作則制斯文體有六篆爲真形要妙巧入神古文苑同初學記文首體有六篆六句書斷大篆增一因字篆爲真爲作引是六語下接延頸負翼狀似凌雲二語類聚御覽並引是六語

或象龜文或比龍鱗晉書作或

龜文鋮列擲比龍鱗古文苑初學記俱同鋮作斜書斷小篆引是二句作龜文如鐵鋮列擲比龍鱗紆體放尾晉書紆作舒古文苑初學記俱同類聚書斷大篆作紆長翅短身晉書作長短複身古文苑初學記作長短副身頡若黍稷之垂穎蘊若蟲蛇之棼縕晉書頡作頹古文苑初學記俱同書斷小篆引是二句亦作頹棼作焚揚波震擊類聚引揚波四語擊作激古文苑同初學記作體龍躍鳥震晉書龍躍作鷹跱類聚初學記俱同古文苑同注云一本作龍躍延頸脅翼勢似凌雲御覽引是二句初學記勢作體或輕舉內投晉書舉作筆似冰露緣緣凝垂下端晉書冰作水緣作緣古文苑作似露緣絲垂凝下端書斷小篆引若絕若連三語作似水露緣竿垂下端杪者邪趣晉書杪者作杳抄古文苑初學記作杪者岐岐翾翾晉書岐作跂古文苑同初學記作枝若鴻鵠羣游晉書若作象古文苑初學記俱同書斷小篆引遠而望之三語亦作象湍際不可得見指揮不可勝原晉書湍際作端凝揮作摛古文苑初學記俱同研桑不能數其詰屈四句書斷小篆引是四語屈作曲倕作垂槃槃彬彬其可觀顧氏廣圻云案槃字不當重○案晉書古文苑並不重摛華艷于紈素爲學藝之範先書斷小篆引是二句晉書先作

闡嘉文德之弘懿（晉書作喜）嘉蘊作者之莫刋思字體之俯仰（古文苑無是二句初學記體作指俯作頃）舉大略而論旃（略活字本作教顧氏廣圻云業教當作較○古文苑初學記略並作體）隸勢（盧氏文弨校目錄中題下注云崔駰作文中又云此鍾氏作晉書衛恒傳作隸勢曰云云不稱邕作書斷節引十八句）

奐若星陣（晉書奐作煥陣作陳盧氏文弨校從之）或砥繩平直（晉書作砥平繩直）或蜿蜒繆戾（晉書繆作膠）修短相副異體同勢（書斷引是二句在煥若星陳前）奮華輕舉（晉書華作筆）蔪嵳崔嵯（晉書崔作嶻一作巀）層雲冠山（晉書層作增）心亂目眩（書斷作如心亂目眩）奇姿譎誕（晉書誕作詭）聊佇思而詳觀舉大略而論旃（晉書佇作俯略作較）

釋誨（藝文類聚二十五人部九節錄是文不滿六十句文心雕龍有蔡邕釋誨體奧而文炳之語）

夫子生清穆之世稟醰和之靈（類聚夫子上有今字靈作器文選曹子建七啟天下穆清注引曰生穆清之世稟醰和之靈）安貧樂賤與世無營（文選嵇叔夜幽憤詩）

武林葉氏

注引之時逝歲暮暮盧氏文弨校作移才羨者羨盧氏文弨校作美何爲守彼而不通此顧氏廣圻云業通此當作此通方入韻今本傳已誤王塗壞太極阤文選陸士衡弔魏武帝文注引曰王塗壞人極弛戰士講銳類聚銳偶作說亦連衡者六印磊落合縱者駢組陸離北堂書鈔一百三十一儀飾部二引大印磊落駢組流離八字大爲六字之譌佩六國相印見史記蘇秦傳文心雕龍六印磊落以佩蓋用是文語類聚陸作流害漸亦芽類聚害作容芽作牙皇道惟融帝猷顯丕文選顏延年宋文皇帝元皇后哀策文注引是二句顯丕作丕顯泜泜庶類泜盧氏文弨校作泜人人有優贍之智何氏焯云行一人字闇謙盈之效類聚闇作暝卑俯乎外戚之門八句韻補四引卑俯乎四語俯作依又引下獲熏胥四語熏作墨榮顯未副類聚榮顯作顯榮予誰悼哉四句韻補四引之夫九河盈溢類聚九作大非一勇所抗韻補四引九河四語抗作伉注云伉一作抗尋端見緒類聚見作究羣車方奔乎險路安能與之齊軌文選王元長三月三日曲水詩注引是二句乎作于

蔡中郎外集卷第一

伯夷叔齊碑載藝文類聚三十七人部二十一

熹平五年自熹平五年至郎降甘雨未有也字見後漢書二十三五行志一注時處士平陽蘇騰水經注河水五夷齊之廟前有二碑並是後漢河南尹廣陵陳導洛陽令徐循與處士平原蘇騰南陽何進等立事見其碑

憂懷感兮是句上疑有脫句

司空房楨碑載藝文類聚四十七職官部三

寔惟皇后皇當依類聚作房

荆州刺史庾侯碑載藝文類聚五十職官部六

明潔鮮于白珪文選顏延年祭屈原文注引蔡邕視覽度尚碑曰明潔鮮白珪蓋脫於字

出于自然英風發乎天受文選袁彥伯三國名臣序贊注引蔡邕度侯碑曰朗鑒出於自然英風發於天骨類聚受亦作骨又爲張本誤字

司空袁逢碑載藝文類聚四十七職官部三

乃尹京邑總齊禁旅文選沈休文齊故安陸昭王碑文注引是二句尹作撫

翟先生碑載藝文類聚三十七人部二十一

熏洞墳籍藝文類聚熏作洗仰之若華岳藝文類聚岳作光
真定直父碑載初學記十八人部中太平御覽四百九人事部五十
其接友也太平御覽友作交審辨真偽初學記真作大度始終而後交初學記交作之
桓彬論載本傳案本傳句首有僉以爲三字則是語非頌中郎文末云乃共樹碑而頌焉則是語尚非頌辭
夙智早成岐嶷也宋劉氏攽云案蔡邕本以早成爲一德傳寫之誤反以岐嶷在下當云夙智岐嶷早成也
九疑山碑載藝文類聚七山部上古文苑十八碑作銘注云舊注集中有目而忘其篇
克諧頑傲以孝烝烝據是文則漢時人讀尚書克諧爲句以孝烝烝爲句又不格姦爲句故范書中多以烝烝稱孝耳王引之經義述聞詳證之其字范書多作烝烝唯袁紹傳作蒸蒸案詩大雅烝民孟子引作蒸廣雅蒸蒸孝也古蓋烝蒸通用王氏昶跋揚著碑云漢碑用烝烝者皆作蒸蒸唯此文作烝
京兆尹樊德雲銘碑載藝文類聚六郡部作京兆尹樊陵樊陵范書無傳靈帝本紀中平

上半御覽宜查

五年五月永樂少府樊陵爲太尉注陵字德雲胡陽人也六年五月罷六年八月司隸校尉袁紹勒兵收僞司隸校尉樊陵河南尹許相及諸閹人無少長皆斬之何進傳讓珪等爲詔以故太尉樊陵爲司隸校尉少府許相爲河南尹袁紹與叔父隗矯詔召樊陵許相斬之羊陟傳中有司徒樊陵與官豎相姻私公行貨賂之文崔寔傳是時段熲樊陵張溫等雖有功勤名譽然皆先輸貨財而後登公位李膺傳南陽樊陵求爲門徒膺謝不受陵後以阿附宦官致位太尉爲節志者所羞三國魏志董卓傳注引傅子有靈帝時牓門賣官太尉樊陵之徒皆入錢以買三公陵能偶時皆一時顯士之文

道路孔夷民情險棘文選魏都賦注引蔡邕樊陵碑曰進路孔夷人情險棘藝文類聚道亦作進

東巡頌載藝文類聚三十九禮部中作班固古文苑十二注云一本作班固

柴望山川宗祀明堂藝文類聚無此二句遵奉光武藝文類聚光武作世祖動自聖心初學記十三禮部上引至休徵乃降止無是句作班固東巡頌是以神明屢應休徵乃降藝文類聚神明作明神乃作仍不勝狂簡之情謹上岱宗頌一篇太平御覽五百三十七禮儀部十六引班固東巡頌曰事大而瑞盛誠非一小臣所有頌述不

勝狂簡之情謹上岱宗頌一篇翮六龍八句初學記引是八語陶作練古文苑篇末注云後闕太

平御覽三百五十八兵部八十九引班固東巡頌曰乘輿動色犀后屏氣萬騎齊鑣千乘弭轡

南巡頌載古文苑十二藝文類聚三十九禮部中作班固

惟漢再受命系葉十一藝文類聚無受字十一下有帝典二字既禘祖于

西都四句初學記十三引是四句作班固南巡頌旂作旗後又全載仍作旂建日月之

旂旐藝文類聚作懸列宿而贊元太平御覽五百三十七禮儀部十六引班固南巡頌是時聖上二句同

祖德頌載藝文類聚二十人部四

陳留太守行小黃縣頌載藝文類聚五十職官部六文選陸士衡吳趨行詩注引蔡

邕陳留太守行縣頌曰府君勸耕桑于屬城也疑爲是頌之序孔德璋北山移文注亦引之屬城作屬縣案孔

文曰跨屬城之雄疑所引必爲城字縣字誤也

我君勤止藝文類聚勤作勸玄化洽矣黔首用寍文選魏都賦注曹子建七

啟注並引是二句潘安仁楊荊州誄註又引玄化一句

考城縣頌載藝文類聚五十職官部六

麟頌載初學記二十九獸部

視明禮脩麒麟来孚案視明禮脩麒麟来游即禮稽命徵中文孚爲游字之譌詩猶字左傳猶字皆讀去聲文選班孟堅典引蔡邕注云視明禮脩則麒麟来應不引禮緯康士子鉏予爲子字之譌案易林訟之同人子鉏執麟春秋作經則漢人皆以子鉏連文讀左傳正義引服虔注子姓鉏商名元和姓纂引風俗通義左傳有子鉏商則杜注與孔叢子以車子連文鉏商爲名者非也王氏引之謂春秋時婦人稱姓男子稱氏族子鉏其氏商其名如子服何子人九之類服長於杜而未盡其說良是

五靈頌載藝文類聚九十九祥瑞部下

思叡信立蔡邕注典引曰思睿信立則白虎擾騶虞也

太尉陳公贊載藝文類聚四十六職官部二

焦君贊載藝文類聚三十六人部十二古文苑十三注云鎮江焦山寺有焦徵君贊碑僧了元跋云丹陽舊圖經言焦山以焦光所隱故以爲名案皇甫謐逸士傳曰世莫知焦光所出或言生漢末無父母兄弟見漢衰乃不言常結草爲庵冬夏袒露垢坊如泥居于海島之上三召不起羅升洞中今録蔡邕贊以附于石元祐四年已巳正月十三日案伯喈遇害於漢末魏志載焦光青龍閒事蔡不及徵召之說未知孰是○焦先諸

書多誤作先三國魏志管寧傳注引魏畧高士傳並作先案魏志先于魏郡陵厲公時尚在則此集君必别是一人

常比玄墨藝文類聚比作此不遺一老藝文類聚作不惟一志古文苑同不照、斯域藝文類聚作不詔斯惑古文苑惑作或注云或石刻作惑恨兹學士藝文類聚兹作以古文苑同

擣銘載古文苑十二

懋勖厥心玉海勖作勉

盤銘載太平御覽七百五十八器物部三

華蓋就用太平御覽蓋作槃內納其實太平御覽納作丹

警枕銘載藝文類聚七十服飾部太平御覽七百七服用部五古文苑十二注云此銘當爲曹操作操是時猶未甚顯蟠龍哲人皆指操也後操有以小木圓枕警睡即其遺制

居安聞傾北堂書鈔一百三十四儀飾部五引制器象物四字補注載之聞作盧太平御覽同

衣箴載北堂書鈔一百二十九衣冠部三

廣連珠載太平御覽四百五十九人事部一百北堂書鈔九十九藝文部五又御覽八百十四布帛部一引蔡邕廣連珠曰參絲之絞以絃琴緩張則撓急張則絕藝文類聚五十七傅元叙連珠曰所謂連珠者興于漢章帝之世班固賈逵傅毅三子受詔作之而蔡邕張華之徒又廣焉又曰蔡邕似論言質而辯辭然旨篤矣

祝社文載藝文類聚五歲時部下白帖

元正令午時惟嘉良北堂書鈔一百五十五歲時部三引蔡邕祝祖文云冬令子朔時惟嘉良乃祝靈祖以祈福祥又引嵇含祖賦序曰有漢曰用丙午藝文類聚亦引其文風俗通詩云吉日庚午漢家盛於午故以午祖也

祖餞祝文載太平御覽七百三十六方術部十七

爽應孔加太平御覽加作嘉玄武作侶太平御覽侶作偈

禊文載初學記三歲時部三

洋洋暮春北堂書鈔一百五十四歲時部二引是句作蔡邕修禊說又一百五十五引蔡邕祝文云洋洋暮春厥自祓除有求百福在洛水溪自求百福在洛之溪文選閒居賦注引是二句

武林葉氏

作蔡邕祓禊文百作多陸佐公石闕銘注又引作祝禊文

弔屈原文載藝文類聚四十禮部下

九惟文載藝文類聚三十五人部十九古文苑十二注云惟思也此文乃九惟之一後當有闕文否則以貧爲病不思所以處之徒見隕穫亦非作文之法

# 蔡中郎外集卷第二

陳政要七事疏本傳熹平六年七月制書引咎誥羣臣各陳政要所當施行邕上封事曰云云

餘皆枉撓惠氏棟云撓當作橈音女教反又乃絞反字林作撓訛

曆數議續志載所文無異同宋書志中亦載是議刪削過半　續志注蔡邕集載三月九日百官會府公殿下東面校尉南面侍中郎將大夫千石六百石重行北面議郎博士西面戶曹令史當坐中而詔書公議蔡邕前坐侍中西北近公卿興光晃相難問是非焉叢宣卿既云邕集所載則集中當補入

太史令張壽王北堂書鈔五十五設官部七張壽非漢歷注蔡邕集議太史令張壽云云壽下脫王字叢張壽王上書事在元鳳三年詳前書志

正交論後漢書朱穆傳論曰朱穆見比周傷義偏黨毀俗志抑朋遊之私遂著絕交之論蔡邕以爲穆

貞而孤又作正文而廣其志爲章懷太子注蔡邕論畧
曰云云文選應休璉與侍郎曹長思書注引蔡邕正
論曰皮朽則毛落水涸則魚逝其勢然也案章懷注稱
論畧則所載之文必非全篇選注所引正論疑正字下
脫文字抑或別有此論如崔寔之有正論耶案崔寔之
論選注多引作正唐六典注亦引作正隋志正論六卷
范書本傳作政選注及御覽
更引有阮子正論袁子正論
谷風有棄予之怨章懷注下有其所由来政之闕也八字疾淺薄而裹攜
貳者有之章懷注脫裹字否則止宋劉氏郤曰案否字當作不可莫之致也章懷
注作莫之能政也穀梁赤曰章懷注作穀梁子赤曰穀無乃未若擇其正而
黜其邪與與其彼農皆黍而獨稷焉章懷注與字不重
銘論載太平御覽五百九十文部六又七百六十一器物部六引蔡邕銘論曰漢獲齊侯寶樽於槐里也
銘論作論銘誤倒
若黃帝有巾几之法孔甲有盤盂之誡太平御覽無若字范書朱穆傳
注文選陸佐公新刻漏銘注引是二句北唐書鈔九王帝部九引孔甲一句冕鼎有丕顯之
銘太平御覽冕作毚案冕爲毚字之譌讒鼎之銘見左氏傳昭三年作席几楹杖之銘

武林葉氏

太平御覽擿杖下有器械二字文選新刻漏銘注引武王踐阼咨于太師而作席机擿杖雜銘緘口以
慎亦所以勸導人主太平御覽作緘口書背銘之以慎言亦所以勸進人主呂尚
作周太師封于齊其功銘于昆吾之冶文選張景陽七命注引是二句
封于齊作兩封齊冶下有也字又新刻漏銘注引昔召公作誥先王賜朕鼎出於武當曾水呂尚作周太師而
封於齊其功銘於昆吾之野業野當作冶昔召公十六字當依選注補太平御覽脫誡百辟之功
太平御覽誡作誡凡有大功者太平御覽無者字有宋大夫正考父三
命滋益恭而莫侮太平御覽無有字莫侮下有其國二字莫不朽于金石
故也太平御覽無也字近世以來咸銘之于碑文選王簡棲頭陁寺碑文注引
曰碑在宗廟兩階之間近代以來咸銘于碑也又新刻漏銘注引德非此族不在銘典八字孫氏星衍續古文
苑據補篇末
辭郡辟讓申屠蟠書載本傳太平御覽八百二十八資產部八引謝承後漢書曰郭泰
拔申屠子陵於漆工之中嘉許偉康於屠酤之肆案此一則姚氏原輯孫氏補輯皆失引又案范書本傳申屠
蟠字子龍

不爲窮達易節本傳有此一句

與袁公書載北堂書鈔一百四十八酒食部八

酌麥醴燔乾魚欣欣焉樂在其中矣北堂書鈔麥作清中作間文選應璩百一詩注引曰酌麥醴爔乾魚欣然樂在其中矣

與人書載太平御覽八百二十五資產部五但作蔡邕書曰

與人書載太平御覽四百三十二人事部七十三但作蔡邕書曰

邕薄祜早喪二親文選嵇叔夜幽憤詩注引此七字但作蔡邕書曰叔父親之惠氏棟云叔父謂蔡子文也

女訓載太平御覽四百五十九人事部一百作蔡邕女誡

心猶首面也至慼矣文選張茂先女史箴注引蔡邕女誡曰夫心猶首面一但不修飾則塵垢穢之人心不修善則邪惡入之人咸飾其面而莫修其心慼矣太平御覽三百六十五人事部六又引蔡邕女戒與選注同首面作面首也修善作思善面一日不修太平御覽日作旦傅脂則思其心之和也四句北堂書鈔一百三十五儀飾部六一百三十六儀飾部七引是四語

作蔡邕女誡太平御覽七百四十服用部十六引蔡邕女誡曰用櫛則思其心之理七百十九服用部二十一又引曰加粉則思其心之鮮又引曰傅脂則思其心之和澤髮則思其心之潤四百五十九潤作順誤

# 蔡中郎外集卷第三

## 漢津賦載古文苑藝文類聚八節錄是賦無兮字

洪流淼以玄清四句藝文類聚無此四句配名位乎天漢初學記七地部下引至豈魚龜之足收止是句末亦有兮字登源自乎嶓冢登當從初學記作發納陽谷之所吐兮陽當從初學記作湯文選南都賦注引盛宏之荊州記曰南陽郡城北有紫山紫山東有一水無所會通冬夏常溫因名湯谷案日所出之暘谷諸書亦作湯谷今本淮南作暘谷而史記索隱文選蜀都賦西征賦注引淮南皆作湯谷山海經海外東經大荒東經並作湯谷楚辭天問出自湯谷亦不作暘堯典暘谷說文土部亦作陽谷與日所出之湯谷不同與此湯谷亦不同遇萬山以左迴兮遇藝文類聚初學記作遇當依盧氏文弨校本改從之萬藝文類聚作曼古文苑注萬一作曼山名在南郡襄陽西九里酈元注水經云漢水東經萬山北今本水經二十八沔水下注云沔水又東逕方山趙氏一清云案初學記太平御覽引注文作萬山元和郡縣志寰宇記並是萬字廣韻万同萬傳寫作方也旋襄

陽雨南縈藝文類聚旋作游切大別之東山兮十句藝文類聚無此十句

協和婚賦載初學記十四禮部下古文苑二十七賦末注云後闕

實人倫之肇始初學記肇始作端始古文苑作所使驂騑如舉阿傅御堅初學記舉作舉堅作豎盧氏文弨校從之

檢逸賦載藝文類聚十八人部二

情罔寫而無主寫當依藝文類聚作象罔象見莊子楚辭沛罔象而自浮

協初賦載藝文類聚十八人部二北堂書鈔一百三十五儀飾部六引蔡邕協初賦云粉弛黛落髮亂釵脫又一百三十四儀飾部五引蔡邕協初被賦云長枕橫施大被竟牀又云莧蒻和軟茵褥調良葉被疑初字之誤莧疑莞字之誤

其在近也四句太平御覽三百八十一人事部二十二引是四句緣漢作掃漢

青衣賦載藝文類聚三十五人部十九初學記十九人部下古文苑六張超張超誚青青衣賦注云邕少年時所爲耶志蕩詞淫不宜玷簡冊以有誚之者故附見之案張超同時人見文苑傳

金生沙礫珠出蚌泥太平御覽七十四地部三十九引是二句塵于卑微

産于古文苑作散在玄髮光潤領如螬蠐　脩長冉冉碩其人
頎初學記古文苑俱無是四句綪袖丹裳躡蹈絲扉藝文類聚袖作繡扉作韋
盤跚躈蹀初學記躈作蹴趨事如飛藝文類聚趨作趣如作若不蹈邪非
初學記蹈作陷古文苑同故因錫國初學記錫作揚寒雪繽紛藝文類聚繽紛作翩
翻昒昕將曙初學記昒昕作昕昕　昒無此字案班固幽通賦昒昕寤而仰思兮昒昕前書
注早旦也文選注晨旦也昒韋昭音昧又音忽說文昒尚冥也當依改停停溝側自停停以
下初學記古文苑不載藝文類聚載之類聚上文無盼倩二句盤跚四句中饋十八句蕃棠八句條
風狎躐吹予牀帷海錄碎事引是二句躐作獵
瞽師賦太平御覽七百四十三疾病部三引蔡邕瞽師賦曰夫何矇眛之瞽兮心窮忽以鬱慰目冥
而無睹兮羨求須以張志北堂書鈔一百十一樂部十一笛十九云詠新詩陳氏本補注云撫長笛以攄
憤氣轟鍠以橫飛詠新詩之悲歌舒滯積而宣鬱何此聲之悲痛愴然淚以隱惻類離鵾之孤鳴起嫠婦
之哀泣本文又類鵾鳴又云瞽師撫笛
又載初學記十六

詠新詩之悲歌文選劉公幹贈五官中郎將詩注引蔡邕讚師賦曰詠新詩以悲歌文賦注又引曰時年落以失次號繼蹇而陽絕

筆賦載古文苑七藝文類聚五十八雜文部初學記二十一文部有序云昔倉頡創業翰墨作用書契興爲夫制作上聖則憲者莫先乎筆詳原其所由究察其成功鑠乎煥乎弗可尚矣北堂書鈔一百四藝文部十引之墨池編亦載是序

于季冬之狡兔墨池編句首有生字性精亟以慓悍體遄迅以騁步墨池編兩以字皆作而加漆絲之纏束韻補五引削文竹四語之作以形調博以直端藝文類聚博作搏韻補同墨池編作傳畫乾坤之陰陽墨池編畫作書讚虙皇之洪勳、藝文類聚虙作三墨池編同叙五帝之休德墨池編叙作畫揚蕩蕩之明文墨池編明作典盧氏文弨校從之表八百之肆覲墨池編肆作肆傳六經而綴百氏兮藝文類聚墨池編博作傳韻補一引紀三王四語同氏作代建皇極而序彝倫韻補序作叙乾坤位也藝文類聚作乾坤之位也下三也字句皆有之字墨池編同

琴賦載古文苑二十七藝文類聚四十四樂部四初學記十六樂部下俱作傳毅

乃弁伐其孫枝藝文類聚弁作升古文苑弁字下注云作升

又載北堂書鈔一百九十樂部五文引有一彈三聲淒有餘哀二句又引有筍斯樂之可貴宜簫琴之

足聽二句文選江文通雜體詩袁太尉從駕注引蔡邕琴賦曰丹絃既張八音既平

又載北堂書鈔一百九樂部五

轅馬蹀足以哀鳴北堂書鈔哀作悲

彈琴賦載藝文類聚四十四樂部四題無彈字北堂書鈔一百九樂部五初學記十六樂部下同

古文苑二十七清風發兮起無前一段與初學記同題亦無彈字注云此賦首尾皆有闕文

觀彼椅桐四句北堂書鈔引是四句下接考之詩人二句煒煒作煒燁爰制雅

器四句藝文類聚無是四句北堂書鈔引之爾乃清聲發兮五音舉初學

記載清聲發兮起至末句止又引繁絃既抑以下八句韻宮商兮動徵羽徵盧氏文

弨校作角曲引興兮繁絲撫藝文類聚絲作絃祕弄乃開北堂書鈔引是

四字又引發宮商動徵羽于是繁絃既抑雅韻乃揚文選文賦注引蔡邕琴頌

破作破下破字當查

作繁絃既抑雅音復揚北堂書鈔引雅韻一句梁父悲吟周公越裳文選陸士衡令日良宴會詩注引是二句作蔡邕琴頌青雀西飛別鶴東翔走獸率舞飛鳥下翔北堂書鈔引是四句楚曲明光楚明光曲王彥伯事見吳均續齊諧記蔡邕琴操曰楚明光者楚王大夫也昭王得瑪氏璧欲以貢於趙王於是遣明光奉璧之趙瑪古和字

彈棊賦載藝文類聚七十四巧藝部古文苑七

于是列象雕華逞麗藝文類聚作於是列象棊雕華麗易使馳驛古文苑注作馳驛吳才老作騁馳韻補四引于是列象至騁馳同然後我製兵棊夸鷙藝文類聚我作栰製作挐棊作棊

又載太平御覽七百五十五工藝部十二

託歡娛以講事太平御覽娛作宴設茲矢石矢當依太平御覽作文王粲彈棊賦有文石爲局之語其夷如破滑不可屢太平御覽破作破屢作覆張本字誤

團扇賦載北堂書鈔一百三十四儀飾部五

武林葉氏

胡栗賦載藝文類聚八十七果部下作傷故栗賦無兮字初學記二十八果木部作傷胡栗賦古文苑二十七有序太平御覽九百六十四果一但引傷故栗賦序人有折蔡氏祠前栗者栗上亦有故字

通二門以征行兮六句藝文類聚無是六句凝育蘖之緣英初學記凝育作挺育形猗猗以豔茂兮藝文類聚茂作懋似翠玉之清明藝文類聚作似碧玉之精明初學記翠亦作碧清作植根莖之豐美兮四句初學記無是四句藝文類聚適作遇

蟬賦載藝文類聚十七蟲豸部初學記

荅元式詩載藝文類聚三十一人部十五有對子

辭之輯矣藝文類聚輯作集

翠鳥詩載藝文類聚九十二鳥部下

幸脫虞人機四句藝文類聚無是四句

荅卜元嗣詩載藝文類聚三十一人部十五

漢故太尉陳公之碑隸釋篆額鄭樵通志金石畧蔡邕文并書在徐州歐陽棐集

古錄不著書撰人名氏

君諱球字伯真有虞氏之裔也當周盛德有虞遏父爲陶下闕公生公子完適齊爲桓公公正其後彊大遂有齊上楚漢之下闕宦生乇有令名廣漢太守公旣慕世業不隊前軌孝友秖穆下闕典誥微言雎頌情指憲發綱統莫不守其絛貫綜其倫理采下闕換東城門候虔恭職司夙夜匪解遷繁陽令寬以闕二字溫而下闕不闕遺跡邈而不闕喪母去官服除辟司徒府拜侍御史下闕陸梁荆揚州郡闕弱莫能禁御太尉楊秉舉公下闕師溪闕二字弱闕三字難一闕而平詔書闕五字十萬州下闕公發遺家屬辟闕二字難公赫下闕有言者斬乃悉闕人民老弱闕共闕三字材爲大弧下闕攻前闕遏之弘衆

而適全郡保字闕六拜子男闕下作大匠孝桓晏駕字闕四躬親功闕下爲玄表公爲河南闕惟明克闕公闕遂作司空通導水泉稼嗇繁阜陽陰闕下致仕賜榮而退復拜永樂少府光和闕下而不撓雖有周之申甫漢优之匡翟闕下知公之明德其辭曰

於顯明德峻喆字闕二亶闕柔度伊闕下 隸釋云大凡碑碣率與史傳抵牾球之二碑獨繫陽事迹不同所書零陵平賊事雖石破文闕其存者皆與傳合至廷尉永樂時則一辭不措故熹平之議光和之謀咸無爲殆有所畏而然也左傳虞闕父爲周陶正而此作遏父陳敬仲至齊爲工正掌百工之官也而此作公正大尉橋公而此作高背借用也　碑以隊爲墜嗇爲檣弘爲引字

漢故太尉陳公之碑 篆額後碑太平御覽五百八十九引述征記下漢城西北漢太尉陳球墓有三碑又有陳寔碑文並蔡邕所作

君諱球字伯真廣漢太守之元子也蓋周存六代嬀

淵繼虞建國于陳還完祖齊實爲陳氏公闕下父自營州來宅海淮世耽典籍集通勤誨振裘褐即徵聘咨宰司荷顯貢者繼世而傳焉至公闕下劉寡欲闕[illegible]惠和高明柔克甘味道藝強學博物凡墳素遺訓聖賢立言掬精極微無闕不究闕下除郎中尚書符節郎恒陵園令換中東城門候還滎陽令養老長孤救災匡困化惡以善擾逆以闕下聿厥澤鴻醇則百姓敬之如神祇愛之如慈親矣暨于考績遭繼母憂祉紀向闕犀公爭掐遂闕下拜侍御史爾時鑾闕賊胡闌李硑等蜂賊蛾動剝落荆揚出師命將輙有奔北之困大尉揚闕下公嚴闕曲陳爲驚爲闕兵揚霆激朞月獻捷有詔厚賜榮書歎述績遇畔兵朱蓋等建闕三牧二守零陵之宜初闕阻闕土地平夷編木爲城舊有過寇

武林葉氏

未嘗能亢蓋等望闕下以爲闕二字入便就館穀公慨然
抑留妻子以鎮民心擐甲登埤親阰吏士身當鋒闕下
圍城至乎旬有六日傷熖稍逸仍隨馘截威震南夷
功光王室詔拜子爲郎闕下優闕二字勞事列闕二字遷魏
郡太守徵拜將作大匠會孝桓皇帝崗實掌梓宮闕
事身安茶闕下南陽太守父病去官居家半年弘授廷
尉八議寔闕二字無夆民乃遷衛尉遂伦司空闕土二闕
字濟可黜否闕盈致仕復拜廷尉進登太常三祀咸
闕二字時西戎衣王選能闕二字朝闕下舉蕫干戈斯戢三闕
字黜又拜永樂少府年六十有二光和闕下執法三應
符守八伦卿闕二字任相闕慎在宰割闕二字茂惡樹闕
爲志闕下特立闕二字顧秉心茲隆天命弗闕嗚呼哀哉
闕是凡我困矇洒掃之闕下鄘闕虐悠將闕稚泣涕漣

如惟闕衣朽實左傳紀乃相闕三字勳績銘闕立石闕下六字臨萬國降茲闕長爰任民牧遠鎮南闕近撫闕服文選陸士衡贈顧交阯公真詩注引蔡邕陳球碑曰遠鎮南裔近撫侯服又潘安仁金谷集詩注引蔡邕陳琳碑曰遠鎮南裔琳為球字之譌芟闕五字凶霊虍字播思闕下升大鹿沛乎如川巖闕猶嶽闕下休休之志夭闕為之墮我梁闕下勿思是用鑽勒永闕萬基隸釋云隸法有所謂省文者如爵之為附鶴之為雀是也經傳多書蟻作蛾似亦是省文左傳蛾析戴記蛾子時術列子未聚禽獸虫蛾皇帝紀這化鳥獸虫蛾元帝紀白蛾羣飛蔽日長揚賦扶服蛾服皆讀蛾為蟻隸釋仲秋下旬碑有蛾附之句此云蜂聚蛾動亦蟻省也弘即引字

劉寬後碑中平某年黃伯思東觀餘論云碑在洛陽尉射圃中蔡中郎書

上闕四字文饒弘農華陰人也厥祖出自闕三字臣王侯相繼遭漢中微失其爵土闕五字世祖復阼仍有顯位光輔王室公之考作司徒于安闕三字勳績昭乎前朝公

吕萬高之門好譏儉之樸希衣糲食涉履寒苦周覽
五經汜篤尚書闕三字徵潛隱講誨世之榮利不滑其
守州郡禮招王公並辟皆不詘志大將軍辟舉闕第
拜闕三字遷梁令喪舊君去官博士徵三府辟皆又不
到司隸校尉察茂材大尉闕三字有道徵闕五字長史侍
中延熹八年地震爲異聖朝咨問公吕對肅嘉黨克
厭帝心引拜尚書出闕五字謚靜雖龍左納言山甫喉
舌無吕尚爲遷東海相南陽太守公之闕性也栗而
能闕五字弘裕凱弟無競伊人及其涖官統政推是心
也吕御萬事故闕民見德義而興行闕三字讓而不爭
政不肅而威宣教不舒而德洽帝將入學選定講闕三
字舉公宜參誨闕五字拜大中大夫勸講于光華之内
遷侍中屯騎校尉宗正光禄勳太尉股肱元首宣闕七

字臣工允勑帝載粤熹寢疾遜位復拜光禄大夫衛尉大尉闕二字交會獨引其咎闕五字拜永樂少府光禄勳先是時妖民張角造爲邪孽逆節有萌公闕四字聞罪誅未闕五字用首謀先覩封逯鄉侯食邑六百户春秋六十有六臣中平闕年闕月丁卯薨闕六字張良錫蘭嘆悼贈臣車騎將軍印綬位特進賵璲含斂闕備闕禮有加復遣闕五字七曰昭烈侯詔蘭休命宜宣無窮庸器銘勒若古有訓門生郭異等闕公永慕闕七字紼無以慰懷洵涕述高乃共列石建碑式序鴻烈其辭曰

上闕八字祇慕祖武允迪丕道厥丕如何耽此箕謨用闕聖主納諸軌度統闕三事闕九字　文選曹子建王仲宣誄注引蔡邕劉寬碑曰統艾三事以清王塗也又王仲寶褚淵碑文註亦引此二句無也字行雨布海隅緝

武林葉氏

熙羣生賴祚降命孕融氏闕悠慕生榮亡哀厥聲載路

門生隸川段芭京兆闕字二河内李照等共所典立

朔方上論渾天書（宋書二十三天文志一）

論天體者三家宣夜之學絕無師法周髀術數具存考驗天狀多所違失惟渾天僅得其情今史官所用銅儀則其法也立八尺圓體而具天地之形以正黄道占察發斂以行日月以步五緯精微深妙百世不易之道也官有器而無本書前志亦闕而不論（晉書天文志引宣夜之學至前志亦闕此僅得作近得侯臺二字在史官下）本欲寢伏儀下思惟微意按度成數以著篇章阜惡無狀投畀有北灰滅雨絕勢路無由宣問羣臣下及巖穴知渾天之意者使述其意

筆論 墨池編

書者散也欲書先散懷抱任情恣性然後書之若綰閒務雖中山兔毫不能佳也先默坐靜思隨意取擬言不出口心不再思沉密若對人君則無不善矣字體形勢若坐若行若飛若動若往若來若臥若起若愁若喜若春夏秋冬若鳥啄形若蟲食木若利刀戈若彊弓矢若水火若樹雲若日月縱橫有象可謂書矣 書苑精華亦載是文惟起數語相同下云若迫於事雖中山兔不能佳也夫書先察坐神靜思隨意所適言不出口氣不盈息沉密神彩如對至尊則無不善矣爲書之體須入其形若坐若行若飛若動若往若來若臥若起若愁若喜若蟲食木葉若利劍長戈若强弓硬矢若水火若雲霧若日月縱橫有可象者方得謂之書矣

女訓 梅氏鼎祚東漢文紀

禮女始行服纁纁絳也絳正色也紅紫不以爲褻服

武林葉氏

緗緑不以爲上服，繒貴厚而色尚深，爲其堅級也。太平御覽八百十四布帛部一引作蔡邕女誡。絳正色也，絳作上，緗緑句無服字。

舅姑若命之鼓琴，必正坐操琴而奏曲，若問曲名，則捨琴興對曰某曲。北堂書鈔一百九樂部五引蔡邕女訓至則捨琴而對止。坐若近則琴聲必聞，若遠，左右必有贊其言者。凡鼓小曲五終則止，大曲三終則止，無數變曲，無多少，尊者之聽未厭，不敢早止。若顧望視他，則曲終而後止，亦無中曲而止也。琴必常調，尊者之前不更調張，私室若近舅姑，則不敢鼓，獨居絶遠，聲音不聞，鼓之可也。鼓琴之夜，有姊妹之宴，則可也。太平御覽五百七十七樂部十五引是段無中曲句，作亦爲終曲而止也。

加以思謀深長，達於從政。文選潘安仁馬汧督誄注引蔡邕趙歷碑。

孝友盡于閨庭。文選王仲寶褚淵碑文注引蔡邕何休碑。

辭述川流文章雲浮同上

邈矣高蹤孰能剋茲文選傅長虞贈何劭王濟詩注引蔡邕遠陽碑

呱呱孤嗣含哀長慟文選曹子建王仲宣誄注引蔡邕袁成碑

于茲德聲發聞遐邇文選張茂先厲志詩注引蔡邕袁喬碑案晉有袁喬爲山松之父

景命不延遭此顛沛文選袁彥伯三國名臣序贊注引蔡邕楊復碑

文學之徒擁書抱籍自遠而至稟采豐華斟酌洪流

者雍雍焉誾誾焉北堂書鈔九十六藝文部二引蔡邕楊復碑

猗歟我祖出自有嬀顏氏家訓文章篇引蔡邕袁三公頌

哀此骼骴寬體孤魂遭水爲泥逢風成塵殮以時服

葬以洛濱北堂書鈔三十九政術部十三引潁川太守王立義葬流民蔡邕頌云

邕退省金龜紫紱之飾非臣庸體之所能當也北堂書鈔

一百三十一儀飾部二引漢末雜事詔賜陳留蔡邕金龜紫紱上表云

四年正月朔日體微傷羣臣服赤幘赴宮門之中無

武林葉氏

救乃各罷歸天有大異隱而不宣求御過是已事之甚者後漢書二十八五行志六引蔡邕上書

大官令職役煩碎非文雅所使也北堂書鈔五十五設官部七引蔡邕書云俗本煩誤作斯

相公金印綠綬位在公上所以殊異休烈羣臣莫得而齊也北堂書鈔百三十一儀飾部二引蔡邕雜章

枉屈麟鸞奉計王室北堂書鈔四十政術部十四引蔡邕與故郡將子橋伯尉書云計一作法

侍中執事相見無期惟是筆跡可以當面初學記二十一文部引蔡邕曰跡一作疏又文選陸士衡謝平原內史表註引蔡邕書曰惟是筆跡可以當面

人無貴賤道在則尊文選閒居賦註引蔡邕勸學篇

蠙無爪牙輭弱不使穿穴洞地食塵飲泉藝文類聚六地部引蔡邕勸學

瞻彼頑薄，執性不固，心游目蕩，意與手互。太平御覽四百九十引蔡邕勸學

木以繩直，金以淬劍，必須砥礪，就其鋒鍔。太平御覽七百六十七雜物部二引蔡邕勸學

明珠不瑩，焉發其光？寶玉不琢，不成珪璋。太平御覽八百三珍寶部二引蔡邕勸學

世祖追修前業，採讖緯之文曰太子樂府，曰黃門鼓吹。北堂書鈔九十六藝文部二引蔡邕叙樂

中宵夜而歎息。文選曹子建美女篇詩註引蔡邕霖雨賦

瞻元雲之晻晻，懸雨之森森。文選張景陽雜詩註引蔡邕霖雨賦

庶小善之有益。文選謝朓拜中書記室辭隨王牋註引蔡邕元表賦

思在口而爲簧。北堂書鈔一百十樂部十引蔡邕賦

暮宿河南悵望。文選江文通雜體詩休上人別怨註引蔡邕詩序，又任彥昇爲范尚書讓

武林葉氏

吏部封候第一表所引同

暮宿河南悵望天陰雨雪滂滂文選謝元暉新亭渚別范零陵詩註引蔡邕初平詩

暮宿何悵望文選謝元暉和王晉安詩註引蔡邕詩曰

是編藏唐生嘉登篋中蓋崇甫先生叚孫氏仲融本而錄者猶憶道光丁酉年　先君奉大吏檄分校浙闈得一卷詫爲名宿呈薦未售惋惜累月徹棘而羅君來謁遂以老友視之迨咸豐庚申浙中不靖　先君捐館而羅君消息亦無從過問光緒戊寅唐生爲余轉詢濮彝齋處知羅君僅有一孫青氈故物未識能世守否余遂亟錄是篇冀廣流傳春暮病幾不起冬初始愈今補鈔十餘頁而願甫畢是亦不幸中之一幸也光緒己卯春仲

上元朱桂模崇嶧甫跋

附　綸致濮彝齋信云羅鏡泉者羅曉岩之從兄也切前作古遺有五子省城失守時大二三四皆被戕惟第五子號氷卿者出危城有人遇於江干形容

拈槁奄奄一息以後即不知蹤迹大約亦入鬼簿矣惟次子有後然亦只一人與曉翁同居城内之下林司後光景平平昨見曉翁詢其顛末故能知其詳如此

據辛楣比部七十二候表敘述及羅鏡泉先生於咸豐庚申春盡室徙居海甯是年秋歿於海甯之葉氏僦舍

傳古樓景印

# “四部要籍選刊”已出書目

| 序號 | 書名 | 底本 | 定價／圓 |
|---|---|---|---|
| 1 | 四書章句集注（3 冊） | 清嘉慶吳氏刻本 | 150 |
| 2 | 阮刻周易兼義（3 冊） | 清嘉慶阮元刻本 | 150 |
| 3 | 阮刻尚書注疏（4 冊） | 清嘉慶阮元刻本 | 200 |
| 4 | 阮刻毛詩注疏（10 冊） | 清嘉慶阮元刻本 | 500 |
| 5 | 阮刻禮記注疏（14 冊） | 清嘉慶阮元刻本 | 700 |
| 6 | 阮刻春秋左傳注疏（14 冊） | 清嘉慶阮元刻本 | 700 |
| 7 | 杜詩詳注（9 冊） | 清康熙四十二年初刻本 | 450 |
| 8 | 文選（12 冊） | 清嘉慶十四年胡克家影宋刻本 | 600 |
| 9 | 管子（3 冊） | 明萬曆十年趙用賢刻本 | 150 |
| 10 | 墨子閒詁（3 冊） | 清光緒毛上珍活字印本 | 150 |
| 11 | 李太白文集（8 冊） | 清乾隆寶笏樓刻本 | 400 |
| 12 | 韓非子（2 冊） | 清嘉慶二十三年吳鼒影宋刻本 | 98 |
| 13 | 荀子（3 冊） | 清乾隆五十一年謝墉刻本 | 148 |
| 14 | 文心雕龍（1 冊） | 清乾隆六年黄氏養素堂刻本 | 148 |
| 15 | 施注蘇詩（8 冊） | 清康熙三十九年宋犖刻本 | 398 |
| 16 | 李長吉歌詩（典藏版）（1 冊） | 顧起潛先生過録何義門批校清乾隆王氏寶笏樓刻本 | 198 |
| 17 | 阮刻毛詩注疏（典藏版）（6 冊） | 清嘉慶阮元刻本 | 598 |
| 18 | 阮刻春秋公羊傳注疏（5 冊） | 清嘉慶阮元刻本 | 298 |

| 序號 | 書名 | 底本 | 定價 / 圓 |
|---|---|---|---|
| 19 | 楚辭（典藏版）（1 册） | 清汲古閣刻本 | 148 |
| 20 | 阮刻儀禮注疏（8 册） | 清嘉慶阮元刻本 | 398 |
| 21 | 阮刻春秋穀梁傳注疏（3 册） | 清嘉慶阮元刻本 | 164 |
| 22 | 柳河東集（8 册） | 明三徑草堂本 | 398 |
| 23 | 阮刻爾雅注疏（3 册） | 清嘉慶阮元刻本 | 164 |
| 24 | 阮刻孝經注疏 （1 册） | 清嘉慶阮元刻本 | 55 |
| 25 | 阮刻論語注疏解經（3 册） | 清嘉慶阮元刻本 | 164 |
| 26 | 阮刻周禮注疏 （9 册） | 清嘉慶阮元刻本 | 480 |
| 27 | 阮刻孟子注疏解經（4 册） | 清嘉慶阮元刻本 | 218 |
| 28 | 孫子十家注 （2 册） | 清嘉慶二年刻本 | 108 |
| 29 | 史記 （15 册） | 清同治金陵書局刻本 | 798 |
| 30 | 漢書（12 册） | 清同治金陵書局刻本 | 600 |
| 31 | 資治通鑑（60 册） | 清嘉慶初刻同治補修本 | 4498 |
| 32 | 後漢書（10 册） | 清同治金陵書局刻本 | 498 |
| 33 | 元文類（11 册） | 明脩德堂刻本 | 600 |
| 34 | 蔡中郎集（3 册） | 清咸豐楊氏海源閣刻本 | 168 |

**圖書在版編目（CIP）數據**

蔡中郎集 /（東漢）蔡邕撰. -- 杭州 : 浙江大學出版社，2025. 3. --（四部要籍選刊 / 蔣鵬翔主編）.
ISBN 978-7-308-25909-5

Ⅰ. I263.4

中國國家版本館 CIP 數據核字第 2025W88J94 號

**蔡中郎集**

〔東漢〕蔡　邕　撰

---

| | |
|---|---|
| **叢書策劃** | 陳志俊 |
| **叢書主編** | 蔣鵬翔 |
| **責任編輯** | 蔡　帆 |
| **責任校對** | 潘丕秀 |
| **封面設計** | 温華莉 |
| **出版發行** | 浙江大學出版社<br>（杭州市天目山路 148 號　郵政編碼 310007）<br>（網址：http://www.zjupress.com） |
| **排　　版** | 杭州尚文盛致文化策劃有限公司 |
| **印　　刷** | 杭州宏雅印刷有限公司 |
| **開　　本** | 889mm×1194mm 1/32 |
| **印　　張** | 27.5 |
| **字　　數** | 88 千 |
| **印　　數** | 001—800 |
| **版 印 次** | 2025 年 3 月第 1 版　2025 年 3 月第 1 次印刷 |
| **書　　號** | ISBN 978-7-308-25909-5 |
| **定　　價** | 168.00 圓（全三册） |

---